I0641825

SOUVENIRS ANECDOTIQUES

DE LA

GUERRE DE 1870-71

PAR

LÉOPOLD DOUSSAINT

Avocat à la Cour d'Appel de Paris

OUVRAGE POSTHUME

Préface de Narcisse LEVEN

Avocat à la Cour d'appel, Conseiller municipal de Paris.

TOME II

PARIS

Librairie Centrale des Publications Populaires

H.-E. MARTIN, DIRECTEUR

45, RUE DES SAINTS-PÈRES, 45

1885

Tous droits réservés

SOUVENIRS ANECDOTIQUES

DE LA

GUERRE DE 1870-71

Lh4
1693

SOUVENIRS ANECDOTIQUES

DE LA

GUERRE DE 1870-71

PAR

LÉOPOLD DOUSSAINT

Avocat à la Cour d'Appel de Paris

OUVRAGE POSTHUME

Préface de Narcisse LEVEN

Avocat à la Cour d'appel, Conseiller municipal de Paris.

TOME II

[Bibliothèque nationale stamp]

PARIS

Librairie Centrale des Publications Populaires

H.-E. MARTIN, DIRECTEUR

45, RUE DES SAINTS-PÈRES, 45

1885

Tous droits réservés

ARMÉE DE L'EST

(SUITE)

CHAPITRE VIII

RETRAITE SUR BESANÇON

Selon les instructions de notre général, le 18 janvier, au jour, nous nous empressions d'arrêter les voitures vides qui descendaient des bois de Thure et d'Aspremont, afin de charger les blessés de l'ambulance de Béverne et de les diriger sur Besançon. A la vérité cet ordre fut assez difficile à remplir ; nous manquions de voitures, et celles que nous avions ne pouvaient loger que quatre blessés au plus. Cependant tout le monde voulait partir et se prêtait volontiers aux circonstances, contrairement aux habitudes. Avec tant de bonne volonté, vers les huit heures, cette évacuation était à peu près terminée.

Sans autre incident, si ce n'est l'abandon de plusieurs chevaux sur la route et les difficultés que nous éprouvâmes à gravir les rampes nombreuses qui séparent Béverne de Lyoffans, devenues très-glissantes par la neige gelée, nous arrivâmes à Lyoffans à dix heures du matin. Nos chevaux se jetaient par terre à chaque instant et ne pouvaient se tenir sur la glace, faute de clous. Nous fûmes obligés de nous arrêter dans le village et, à défaut du maréchal-ferrant, quelques lanciers, qui s'y trouvaient cantonnés, nous rendirent le service de ferrer nos montures.

Pendant ces quelques minutes d'arrêt, nous eûmes le temps de faire la connaissance du commandant de ce détachement de lanciers. Sa conversation nous intéressa vivement. Il nous raconta un épisode de Ladon. A Juranville, près Orléans, nous dit-il, avec les quelques lanciers qu'il commandait, dans une charge, il avait pris le canon prussien que nous avions vu promener triomphalement dans les rues de Ladon. Puis il nous apprit que son régiment n'existait plus que de nom, tellement l'effectif en avait été réduit par tous les services de l'armée et les escortes des généraux. En effet, deux jours avant notre arrivée, avec son colonel, il avait passé la revue de ses hommes, et il ne lui restait plus que trente cavaliers.

Nous avions quatre régiments de cavalerie : à quelque chose près, leurs effectifs étaient aussi complets. On voi si notre division de cavalerie était redoutable !

Nous nous séparâmes de cet officier, non sans quelque regret. Mais nous n'avions pas le temps de nous livrer à nos études et à nos réflexions habituelles ; les Prussiens étaient sur nos talons ; il fallait marcher ; nous devions seulement prendre un peu de repos pendant la nuit à Villargent.

Vers les trois heures nous arrivâmes à Athésans ; en cet endroit nous apprîmes que l'avant-garde de Manteuffel était arrivée à Lure. Des ordres furent donnés pour presser notre marche ; et à partir de ce village on ne marchait plus, on courait. Cependant l'armée de Werder n'avait dû connaître notre retraite que dans la journée. Mais on redoutait surtout que Manteuffel, dont l'avant-garde était déjà à Lure, ne fît sa jonction avec Werder et qu'alors ces deux armées ne cherchassent à profiter du désordre de notre retraite pour nous envelopper.

A cette nouvelle, notre général, sans perdre une minute, dépêcha des officiers d'état-major sur tout le parcours de notre corps d'armée, avec ordre d'activer la marche de cette foule d'hommes, de chevaux, de caissons, de canons, de voitures de toute sorte.

Voir ce tourbillon d'hommes effarés se bousculer, cherchant à se dépasser mutuellement, de peur de rester aux mains des Prussiens qui disait-on, nous suivaient de très-près, et devaient forcément nous atteindre avant la nuit, était un spectacle horrible.

Malgré la pluie et les difficultés sans nombre, à neuf heures du soir, nous entrions à Villargent. Nous avions reçu une trop bonne hospitalité à Villargent chez la famille Pecquigniot pour l'oublier à notre retour. Mais cependant nous étions loin de penser que le souvenir de notre passage était resté gravé dans la mémoire de cette famille et surtout dans celle de la jeune fille, Mlle Caroline. A la nouvelle de l'arrivée du 18e corps cette jeune fille se préoccupa de notre installation et, de sa propre initiative, elle demanda à la mairie un billet de logement pour nous et tout notre service.

A dix heures du soir, nous reprenions possession de notre ancien logement; il nous semblait que nous rentrions dans notre famille, tellement les visages de ces bons villageois nous étaient sympathiques. La famille Pecquigniot nous abandonna encore quelques chambres de sa maison et trouva le moyen d'y recevoir tout l'état-major.

Cette nuit, malgré nos occupations, devait nous fournir l'occasion d'être témoins de scènes malheureusement trop fréquentes dans les armées de cette époque.

A minuit je vis apparaître un général, le bougeoir à la main, me demandant un lit. Par habitude impériale, ces messieurs ne couchaient pas sur la paille, encore moins sur les planches. Dans la pièce où nous travaillions, et dans un cabinet qui se trouvait à côté, il y avait deux lits: tous deux étaient occupés par des officiers et ceux-ci dormaient profondément. D'un ton doucereux, comme l'est d'ordinaire celui des généraux, il s'adressa à moi et me dit :

« Qui est-ce qui occupe ces deux lits ? »

— « Ce sont des officiers, mon général, répondis-je. »

Alors, armé de son bougeoir, et suivi de son ordonnance, il se dirigea vers les lits. A quels insignes reconnut-il que c'étaient des officiers ? Je n'en sais rien ; le fait est qu'il revint désappointé, en me disant :

« Vous avez raison » puis il hésita et enfin il s'en alla en grommelant entre ses dents.

J'avais bien peur pour ces pauvres officiers, harassés de fatigue, qu'il ne donnât un de ces ordres que MM. les généraux d'alors savaient si préalablement imaginer.....

Quelques instants s'étaient à peine écoulés que je vis entrer la jeune Caroline, tout effarée et s'écriant : « On veut tuer mon père ; venez vite à mon secours, M. Nazim ! » Sans perdre une minute, je la suivis : nous traversâmes différents couloirs qui nous conduisirent à un grenier. Sur les quelques bottes de foin que nous avions laissées à M. Pecquigniot, j'aperçus trois hommes luttant, se bousculant. Et ce qui me surprit surtout, ce fut de voir, sur un plan moins élevé, à l'entrée du grenier, des soldats spectateurs de cette scène, qui riaient et qui tenaient même, à la main, des lumières pour l'éclairer. Je m'interposai entre les combattants et j'essayai de les séparer : horions, coups de poings pleuvaient de tous côtés. Cependant je parvins, avec l'aide de mon ordonnance, à délivrer le père Pecquigniot des mains de ses adversaires. Dans ses agresseurs, je reconnus deux officiers de cavalerie. Aux seuls mots que nous leurs fîmes entendre, ils comprirent la portée de l'acte qu'ils avaient commis et confus d'être pris en flagrant délit, pour leur excuse, ils prétextèrent que le paysan Pecquigniot était un mauvais patriote ; qu'il leur avait refusé pour eux l'hospitalité et, pour leurs chevaux, du fourrage ; et qu'assurément il méritait une correction. Je calmai comme je pus cet excès d'ardeur patriotique et je leur expliquai qu'en refusant de livrer les quelques kilogrammes de foin qu'il pouvait avoir, M. Pecquigniot ne faisait qu'user de l'autorisation qu'il avait reçue de notre administration ; que, s'il y avait encore quelques bottes de foin, elles étaient destinées à deux vaches que l'on avait jugé prudent de lui laisser pour faire vivre sa famille ; généralement, lorsque nous quittions ces pauvres villages et surtout lorsque nous y avions passé à plusieurs reprises, la famine était menaçante.

Sur cette explication, les colères s'apaisèrent et cette lutte n'eut pas d'autres suites que les regrets de nos deux officiers, qui furent tout honteux de s'être laissé entraîner à un acte de violence aussi condamnable.

Nous ne pûmes retourner à nos travaux sans sourire en pensant à cette scène plus que burlesque, dont nous venions d'être témoin.

La jeune Caroline, dans tous les travaux domestiques, remplaçait sa mère âgée ; elle prenait soin de la bergerie comme de la laiterie ; elle entretenait la maison dans une propreté rare, gouvernant en reine tout son personnel. En un mot, elle était la véritable providence de cette demeure et, dans sa modeste condition, l'une de celles dont le poète dit :

« Belle âme, que le ciel fit sœur d'une âme haute [1]. »

Quel plus noble rôle dans la vie que de pouvoir faire plier sous sa loi, grâce à son intelligence, grâce à son dévouement, ses vieux parents comme ses serviteurs ? N'être qu'au début de la carrière et déjà en connaître toutes les conditions ; les remplir avec le tact et l'expérience de l'âge mûr !...

Telles étaient les fonctions de la jeune Caroline au foyer domestique. Aussi tous se soumettaient à sa loi sans murmure, et tous l'aimaient en lui obéissant et en reconnaissant sa supériorité.

Ce n'est pas à la vérité une petite besogne, que de diriger une ferme de l'importance de celle de M. Pecquigniot, où il y avait chaque jour quinze ou vingt personnes à nourrir. La besogne devint encore plus difficile en ces temps de guerre, au milieu du passage de deux corps d'armée à Villargent, village qui n'a qu'environ vingt-cinq feux. Néanmoins, avec son intelligence remarquable, au milieu de cette foule d'officiers et de soldats qui emplissaient sa maison, la jeune Caroline savait suffire aux besoins de chacun, ne négligeant rien, de façon à rendre son hospitalité agréable ; accordant à l'officier un sourire gracieux, mais honnête, et au pauvre soldat une parole amie, un mot de consolation.

Dans cette nuit du 18 au 19 janvier, n'ayant pas reçu d'instructions du quartier général, au jour nous fûmes très-inquiets. Notre colonel d'état-major, qui était logé avec ses officiers dans la maison Pecquigniot, n'avait reçu aucun ordre non plus, et attendait avec une impa-

[1] V. Hugo. — Année terrible, p. 305.

tience fébrile. Enfin, vers midi, on nous annonça le général ; il entra brusquement dans la pièce dont nous avions fait notre bureau, déploya sa carte sur notre table, nous fit voir dans quel sens le mouvement de retraite se continuait, puis il nous donna rendez-vous le même soir 19 janvier à Bournoy. Son air inquiet et préoccupé nous fit supposer que les Prussiens nous suivaient de près.

Cependant, ce jour-là, la marche du 18e corps se fit en bon ordre, et le soir chacun occupait les positions prescrites par l'ordre de mouvement, de telle façon qu'il est difficile de concevoir cette espèce de retraite imaginée par des écrivains fantaisistes qui, pour lui prêter une couleur plus sombre, s'aventurent à dire, chaque jour, qu'elle s'effectua dans le plus grand désordre. Il faut avouer au contraire que, depuis Belfort jusqu'à Villargent, nous nous étions repliés avec beaucoup de méthode et selon l'art de la guerre, profitant de tous les obstacles, utilisant toutes les positions et tenant en respect, grâce à notre arrière-garde bien commandée, les premiers détachements prussiens qui avaient quitté leurs positions de la Lisaine pour nous poursuivre. Nous n'avons pas la prétention de dire qu'il n'y avait pas de traînards et que notre marche s'effectuait avec un ordre exemplaire. Mais nous affirmons qu'aucun des corps de l'armée de l'Est, à ce moment, n'était encore désorganisé. Seulement, sur tous les visages et dans tous les cœurs, il était facile de voir et de lire des signes de découragement et de souffrance.

Le général venait de donner ses ordres ; nous faisions nos préparatifs de départ lorsque tout-à-coup apparut

l'officier Sans-Peur [1] ; il entra précipitamment en s'é-
criant d'un ton effaré : « M. l'Intendant, les Prussiens !
les Prussiens ! Sauvons-nous ! Sauvons-nous !... »

Selon son habitude franc-comtoise mon chef sourit et
et n'en continua pas moins à donner ses ordres.

La jeune Caroline, qui assistait à nos préparatifs de
départ, éclata en sanglots à cette nouvelle. Malgré son
vif chagrin, il fallut nous séparer : l'ordre était précis,
l'heure du départ était arrivée, nos divisions étaient
déjà en route pour Bournoy.

Que de regrets ! que de pleurs versés ! Comme cet
adieu fut sympathique et comme les yeux de cette jeune
fille semblaient nous dire : n'est-ce pas, Messieurs, que
vous reviendrez ? N'est-ce pas que vous ne serez pas pris
par les Prussiens ? N'est-ce pas que j'aurai encore le
plaisir de vous servir et le bonheur de vous donner
l'hospitalité chez moi ?... Cette seule pensée la consolait
et par moments arrêtait ses larmes.

Hélas ! pauvre enfant ! Elle ne se doutait pas de la
vérité : qu'il ne nous serait plus permis de faire notre
entrée triomphante dans Villargent, comme nous
l'avions fait sept jours auparavant, c'est-à-dire le
13 janvier, après la prise d'Arcey.

Quels braves gens que toute cette famille Pecquigniot !
Il eût été à désirer que tous les Français aimassent

---

[1] Jeune gentilhomme, commandant de mobiles, attaché à titre
auxiliaire à l'état-major, que notre chef recevait souvent comme
compatriote.

On l'avait surnommé ainsi parce qu'il était très-intrépide lorsque les Prussiens étaient éloignés de nous.

autant leur pays et qu'ils en eussent donné autant de preuves.

Notre marche jusqu'à Bournoy fut assez pénible, par la raison que les troupes occupaient la route et que la panique ayant été répandue parmi les convoyeurs, (qui n'étaient jamais surveillés par les gendarmes), nous fûmes obligés de mettre pied à terre à chaque pas. Cependant, au bout de quelques kilomètres, l'ordre put être rétabli dans nos voitures, et on put discipliner un instant les charretiers, chose d'ordinaire peu facile.

Quand nous arrivâmes en vue de Bournoy, la nuit était venue ; de loin nous apercevions de grands feux qui éclairaient tout l'horizon, et nous indiquaient tout à la fois les emplacements de nos divisions et les premières maisons de ce village. Notre première division se trouvait à Melcey, la seconde à Bournoy, la troisième à Fallon, la cavalerie à Sénargent et le général Crémer à Saint-Ferjeux.

Bournoy est un petit village de la Haute-Saône à quelques kilomètres de Villargent. Il se trouve au haut d'une côte très-rapide. Pour la gravir, nous mîmes un long temps. A l'entrée du village, nous longeâmes avec beaucoup de peine les voitures qui suivaient la même direction que nous et qui faillirent plusieurs fois, vu l'exiguité de la route, nous jeter dans le ravin.

Les administrations des postes et des télégraphes étaient installées à la mairie, dans la salle de l'école primaire. Grâce au bon accueil des employés, nous pûmes nous remettre de notre froid excessif ; la marche dans l'eau et dans la neige nous avait totalement glacés.

Un de nos officiers avait installé nos bureaux chez un célibataire de Bournoy, M. Baliverne, homme qui ne paraissait pas détester le fruit de la vigne. Sa réception fut fort gaie, mais fort peu amusante pour notre chef. Naturellement, en compagnie de plusieurs de mes amis, qui étaient comme moi obligés de passer la nuit pour le service, nous nous empressâmes de saisir l'occasion de juger jusqu'à quel point pouvait aller la passion de notre hôte. Cela nous permit au moins d'oublier un instant notre situation, nos insuccès, toutes nos souffrances morales.

Ne semble-t-il pas que quelquefois la Providence réunit les contrastes les plus frappants à la même heure, pour nous faire toucher du doigt la vérité sur la vie humaine, nous en montrer le côté ironique ? Combien nous nous sentons petits en présence de la volonté suprême ? Rires et pleurs sont de bien proches voisins ! Souvent les uns sont nécessaires pour combattre les autres et atténuer leur puissante action sur notre être ; souvent les autres sont indispensables pour nous rappeler les devoirs et les obligations de la vie. Que les moments d'oubli pour l'homme sont précieux et que d'adoucissements ils apportent au fardeau de l'existence ! Comprendre la vie n'est-ce pas aussi comprendre la folie ? Les rires prolongés qui s'échappèrent cette nuit de la maison du père Baliverne attestaient qu'une grande douleur accablait ses hôtes...

Grâce à son habitude le malheureux, non content de s'enivrer cette nuit-là, dès le jour recommença à boire. Le lendemain, lors de notre départ, nous le laissâmes à ses amis dans le même état d'ivresse que la veille. Ce départ et surtout nos taquineries le chagrinèrent beaucoup. Mais, ce qu'il regrettait le plus, c'était les petits bénéfices qu'il avait fait avec nous et aussi avec nos soldats en vendant, à des prix excessifs, des morceaux de porc.

Nous descendîmes, avec quelque difficulté, la montagne sur laquelle est élevé Bournoy. En apercevant les routes de droite et de gauche encombrées de nos colonnes, et croyant aller plus vite, nous essayâmes de couper à travers champs ; mais, à notre grande déception, nous eûmes beaucoup de peine à marcher dans les champs entièrement recouverts de neige ; à chaque pas, nos chevaux glissaient ou tombaient dans des fondrières. Lorsque nous atteignîmes la route de Rougemont, nous trouvâmes nos troupes défilant en assez bon ordre ; seulement nous eûmes le regret de constater que la plupart des officiers ne marchaient pas à pied à côté de leurs soldats. Les officiers de mobiles surtout étaient montés soit sur des voitures de bagages, soit sur des voitures de vivres. Les soldats, n'étant plus alors surveillés, s'éloignaient par groupes de la route et capitulaient (selon l'expression consacrée dans le 18e corps, c'est-à-dire se retiraient dans les fermes).

A l'arrière-garde et sur notre droite, on entendait le canon. Que se passait-il ? Les Prussiens attaquaient décidément nos arrière-gardes. Peu à peu, en nous rapprochant de Cubry, le canon se faisait entendre plus distinctement ; l'action paraissait être engagée du côté de Villers-la-Ville et de Villersexel.

Dès que nous fûmes arrivés au haut de la crête de Cubry, nous aperçûmes le château de Bournel qui

domine toute cette vallée. Ce château, qui est de construction récente, (le gros œuvre est à peine terminé),
placé au milieu de pelouses très-vastes, offre l'aspect
d'une demeure seigneuriale. Admis sans difficulté à le
visiter, nous apprîmes de notre cicérone qu'il appartenait
au marquis de Moustier ; de la terrasse on domine tout le
val de Cubry et la vue s'étend jusqu'à Villers-la-Ville ;
le style de ce château nous parut sans caractère bien dé-
fini : en un mot, c'est du moderne marié à de l'antique.
Nous montâmes jusqu'au faîte et, arrivés au belvédère,
où s'était tenu, nous dit-on, le général en chef de l'armée
de l'Est, le général Bourbaki [1], pendant la bataille de

---

[1] On représente, comme je l'ai vu à Lyon, dans une image populaire, le général Bourbaki à cheval sur une barricade à Villersexel, pendant la bataille du 9 janvier ; M. de Mazade, dans
son ouvrage de *La guerre de France*, s'évertue à montrer, avec
toute sorte de grands traits, le général en chef présent à cette
action :

« Occupé par les Allemands, repris par les Français, toujours
disputé avec fureur, le malheureux village de Villersexel était,
de neuf heures du matin à dix heures du soir, le théâtre d'une
lutte sanglante qui finissait par se concentrer au château. Un
moment, dans la journée, nos bataillons avaient semblé fai-
blir : et il n'avait fallu rien moins que l'arrivée de Bourbaki
lui-même sur le terrain pour rallier ces jeunes troupes électri-
sées tout à coup par ce brillant courage, par l'impétueux capitaine qui se portait au feu en s'écriant d'un accent vi-
brant :

« — A moi l'infanterie ! Est-ce que l'infanterie française ne
sait plus charger ? » Chefs et soldats, tout cédait aussitôt à
cette inspiration guerrière, à cet éclat de commandement ; on
revenait au combat, et Villersexel restait définitivement en notre possession. Ce que le 20e corps avait commencé, une division du 18e corps, sous l'amiral Penhoat, l'achevait au déclin
du jour et dans la nuit, au milieu des flammes du château in-
cendié par l'ennemi en fuite. »

Villersexel, le 9 janvier nous découvrîmes une plaine immense. Au bout, on aperçoit les premières maisons de Villersexel ; un peu sur la droite, le petit village de Villers-la-Ville ; au pied du château, de l'autre côté de la vallée, Cuse et Cubrial. Nous crûmes même, ce jour-là, apercevoir la division Crémer qui battait en retraite, et un certain ordre paraissait régner dans sa marche.

De Bournel à Rougemont la distance est petite : cela nous permit d'arriver à Rougemont vers les deux heures de l'après-midi.

Rougemont est situé sur une colline couverte de maisons étagées sur le versant nord, ce qui donne à la petite ville un aspect vraiment pittoresque ; les rues sont très-étroites et en un instant elles furent remplies par nos colonnes qui s'y précipitaient toutes à la fois. Naturellement, il devint très-difficile de traverser cette foule ; cependant, avec de la patience, nous finîmes par atteindre la place.

Chez les habitants, nous trouvâmes peu de bienveillance ; dans plusieurs maisons même on refusa de nous recevoir. Mais, grâce à l'amabilité de quelques-uns de nos officiers, qui malheureusement n'étaient pas aussi

---

Cependant nous avons lieu de mettre en doute la présence de Bourbaki à l'action de Villersexel. D'après nos propres renseignements et ceux de nos amis présents à cette action, nous ajoutons plus de foi dans le récit de notre naïf *cicerone* du château de Bournel. Et un argument décisif qui vient confirmer cette appréciation, c'est que le combat de Villersexel n'avait pas été prévu par notre général, ainsi que cela a résulté de la note du capitaine Voiture.

Nous redressons cette assertion, non point dans le but de contester la bravoure de l'illustre général que nous connaissons tous, mais dans le but de redresser une erreur trop commune.

zélés pour le service et se préoccupaient trop des besoins matériels, nous pûmes, ce soir-là, dîner et reposer.

Dans cette dernière étape, notre colonel d'état-major avait fait une chute et s'était cassé la jambe. Cet accident affligea tout le monde, car le colonel Gallot était, non-seulement un brave soldat, mais un charmant homme qui avait su conquérir l'estime et l'affection de tous ceux qui l'entouraient. Son physique était peu agréable, sa taille petite, son âge un peu avancé, mais son caractère jeune, et tous les officiers supérieurs du corps reconnaissaient qu'il était un officier d'état-major fort distingué. On doit, du reste, lui attribuer en partie l'organisation et le maintien de la discipline dans le 18° corps jusqu'à cette date.

Dans la soirée nous nous rendîmes, mon chef et moi, au quartier général pour prendre les ordres du lendemain. Le quartier général était naturellement chez le maire de Rougemont ; la mairie était une belle maison très-confortable où l'on pouvait facilement supporter les rigueurs et les privations de la campagne. Dans le vestibule se tenait l'officier de service, faisant les cent pas dans la crainte de sommeiller. Peu aimable, à la vérité, ce monsieur ! En revanche, auprès de lui se trouvait un jovial compagnon qui avait l'air de prendre avec beaucoup de philosophie nos misères et nos malheurs ; je veux parler de l'aumônier du 18° corps ; un véritable abbé de Paris. Le prestige de son saint ministère n'existait pas pour lui ; il suffisait de l'entendre appeler son ordonnance, pour se convaincre de cette vérité. Devant moi, il fit apporter de la paille pour son coucher, car il n'y avait pas de lits pour l'état-major, ou plutôt

il n'y en avait qu'un qui de droit appartenait au général.
En homme spirituel, l'abbé riait de sa situation et riait
avec moi de son établissement pour la nuit. Il fit dis-
poser la paille entre deux meubles de façon que, dans
ses moments de vivacité et d'exaltation, il ne pût pas
tomber. De sa nature, M. de C*** était très-vif et surtout
faisait une bonne figure à table. Conseiller aulique du
général, peut-être un peu trop enorgueilli de ce poste
de confiance, parfois il se prenait au sérieux et discutait
les mesures du commandement, comme s'il était le chef
du 18ᵐᵉ corps. Je n'affirmerais pas qu'il n'ait jamais
balbutié quelques ordres...

Le quartier général n'était ni brillant ni tapageur ce
soir-là, comme nous avions eu occasion de le voir
souvent. Les Prussiens nous suivaient de très-près et le
général craignait une surprise pendant la nuit. Assurément, à cette heure elle eût été facile, le succès de l'ennemi assuré. Mais les Prussiens étaient, comme nous,
fatigués et par les longues marches et surtout par la
température. Chez nous, la plupart des soldats étaient
harassés après une marche presque sans repos depuis
trois jours. La lassitude apparaissait aussi chez les
officiers. Rougemont était rempli de soldats de toutes
armes, et principalement de mobiles qui, pour la plupart, avaient abandonné leurs bataillons, erraient et
jetaient le désordre parmi les soldats qui étaient restés
fidèles à leur drapeau. Dans cette journée, le général Crémer avait été attaqué à Villers-la-Ville, et on nous dit même
qu'il avait démonté deux pièces à l'ennemi. Cette affaire
nous expliquait la canonnade que nous avions entendu
lors de notre départ de Bournoy. On nous dit aussi que

notre division de cavalerie avait été attaquée à Esprels par quatre escadrons prussiens, et que notre petit nombre de cavaliers leur avait tenu tête et avait pu leur échapper.

Toute la nuit nous restâmes donc sur le qui-vive, attendant avec anxiété les événements. Nous savions bien que les Prussiens n'étaient pas éloignés. Mais heureusement eux ne savaient pas dans quel état nous nous trouvions après les marches aussi rapides et aussi pénibles de ces trois jours.

Vers les trois heures du matin, l'ordre de mouvement nous arriva et fixa le départ à la première heure du jour. Les Prussiens, à la vérité, nous avaient laissés tranquilles pendant la nuit, néanmoins leurs grand'gardes s'approchaient de nous. Pour éviter un engagement et pour faire défiler toutes nos divisions, il fallait de minutieuses précautions ; ces précautions furent admirablement prises et parfaitement combinées par nos chefs. Rendons-leur justice pour ce jour-là. La retraite s'opérait militairement, sans désordre et avec méthode, excepté lorsqu'on était forcé de faire des haltes comme à Rougemont. A eux seuls ces temps d'arrêt, s'ils avaient dû se prolonger, auraient amplement suffi à désorganiser entièrement notre armée . Jusque-là , chaque corps arrivait à l'heure au poste indiqué afin de faciliter la retraite à celui qui suivait et ainsi ils se protégeaient réciproquement contre toute espèce d'attaque. L'arrière-garde, qui avait été confiée à la division Crémer, s'acquitta parfaitement de sa mission.

Nous devions nous rendre avec le plus de rapidité possible à Marchaux. Nous y arrivâmes, en effet, vers midi ; il faisait un temps d'hiver magnifique ; le soleil faisait fondre la neige et facilitait singulièrement la marche de nos chevaux.

Marchaux est un petit village à dix kilomètres environ de Besançon. Peu intéressant, il ne se compose que de quelques maisons ; les greniers à foin et à paille se trouvent placés au-dessus des habitations, selon l'usage constant dans cette partie de la Franche-Comté qui avoisine la Suisse. De grandes rampes en terre partent du sol et s'élèvent jusqu'à la hauteur des greniers, afin de donner accès aux voitures de fourrages. Sans doute on a voulu ainsi se préserver du froid, qui est très-intense l'hiver dans ces contrées. Pendant notre court séjour dans le village, nous essayâmes de quelques réquisitions, mais les habitants étaient peu patriotes et ne s'empressèrent pas de répondre à notre appel.

Le maire, chez lequel nous étions descendus, était trop bonapartiste pour être hospitalier et bon patriote. Là, comme ailleurs, nous constatâmes avec chagrin que tous les habitants de Marchaux oubliaient la patrie pour leurs intérêts. Nous nous fîmes alors cette réflexion que nous avions faite bien des fois. Comment cet empire, ce gouvernement despotique de 18 ans qui n'avait recommandé à ce peuple que le côté matériel de la vie sans s'occuper de la culture de l'intelligence, aurait-il pu graver dans le cœur de tous ces honnêtes ignorants l'amour de la patrie? Pourquoi en définitive s'étonner de cet égoïsme universel, présent ordinaire des monarchies ? Pour mieux asservir un peuple, ne faut-il pas toujours voiler son intelligence et même au besoin l'éteindre complétement ?...

Tous, autant que nous étions, après une marche aussi rapide, nous étions surpris de ce temps d'arrêt à Marchaux et cherchions de tous côtés des renseignements. Cependant nous faisions alors cette réflexion : « Les Prussiens ne sont pas éloignés de nous; pourquoi nous arrêter ainsi? Pourquoi ne pas continuer notre route sur Besançon ? »

Néanmoins, cette journée se passa sans aucun incident. Mais, dans la nuit, vers les deux heures, un officier, tout effaré, entra dans notre bureau, ferma les portes avec précaution et, jetant un regard de droite et de gauche, afin de s'assurer que notre conversation ne serait pas entendue, dit à voix basse : « Les Prussiens sont sur nos talons, Messieurs, il faut partir; ils vont arriver ; partons ! partons !... »

Mon chef, tout habitué à ces paniques, sans s'émouvoir, m'emmena avec lui au quartier général qui se trouvait au presbytère [1].

Dans ce moment, le quartier général offrait un aspect assez curieux. D'un côté une table autour de laquelle se pressaient des secrétaires attendant phrase par phrase la prose de la bouche d'or, car les quatre pages d'ordre de mouvement étaient réglementaires. De l'autre côté, quelques officiers qui soupaient. Il est vrai qu'il était assez avant dans la nuit pour qu'on pût se permettre de manger. Ces messieurs nous apprirent qu'à Cussey les Prussiens avaient tenté de passer l'Ognon ; qu'ils

---

[1] C'est une justice à rendre aux presbytères de l'Est ; généralement, si on les compare aux maisons particulières, où l'on trouvait à peine de quoi vivre, ils étaient pourvus d'un confort extraordinaire.

avaient attaqué nos arrière-gardes et que, dans la crainte
que les généraux Crémer et Pallu de la Barrière, qui
commandaient la réserve à Châtillon, ne pussent résister
à l'attaque, le général en chef avait fait réveiller tout le
monde et avait donné l'ordre du départ pour aller les
soutenir. Mais tout-à-coup, vers six heures du matin,
cette belle ardeur se calma et l'on se dirigea tout bonnement, sans se presser, sur Besançon.

Pendant que nous nous trouvions à ce quartier général, un certain groupe d'officiers racontait une histoire que nous ne devons pas taire ici, car elle rentre
dans le cadre que nous nous sommes tracé. Y verra-t-on
une histoire ? Je ne sais. Si c'est un conte, on en rira.

Lors de la reprise de Lure par les Prussiens, un de
nos officiers, surnommé le chevalier D'Agathon [1], s'y
trouvait en mission, et il n'eut que le temps de changer
de costume et de se sauver pour n'être pas fait prisonnier. Mais certains malins esprits du 18e corps qui avaient
une petite pointe de jalousie contre cet officier disaient :
« Ce ne sont pas les Prussiens qui ont tant épouvanté
notre ami et l'ont forcé de se déguiser en conducteur
de chemin de fer ; mais c'est bien un mari jaloux, clair-
voyant, qui était revenu tout-à-coup surprendre son
épouse, au moment où l'autre roucoulait près d'elle.
Pour sortir de cette difficile impasse, le pigeon à été forcé
de prendre plumage d'emprunt. »

Ce qui pouvait donner une certaine vraisemblance à
la seconde version, ce sont les suites plus qu'extraordinaires que le premier groupe donnait à cette aven-

[1] M. le baron de D***, surnommé ainsi au corps à cause de sa
bravoure et de sa galanterie exquise.

ture. Un de nos excellents camarades, le chevalier Sans
Peur, avec lequel nous avons fait connaissance plus haut,
et qui paraissait prendre la défense du pigeon, s'écriait :
« Cette seconde raison n'a pas le sens commun : c'est
une calomnie et je vais vous en donner la preuve ! »

« Avant hier, en rentrant à Lure, les Prussiens ont
découvert dans la gare le costume de notre ami le chevalier d'Agathon et, comme il était tout chamarré d'or,
ls s'en sont emparés. Hier, en venant à Marchaux, j'é-
tais à la tête d'un de nos régiments de cavalerie avec
mon ami le colonel X*** et nous causions des événements lorsque, par hasard, nous aperçûmes des hulans chevauchant dans la plaine à une courte distance
de nous ; alors celui-ci me dit : « Comme ils sont audacieux et fanfarons, ces hulans ! Il faut les faire prisonniers ; qu'en dites-vous ? »

« Aussitôt, il donna l'ordre de les sabrer. Nous nous
mîmes à la tête de nos cavaliers et nous les chargeâmes :
bientôt ils ne purent tenir devant notre impétuosité et
ils furent mis en déroute. Mais quel fut notre étonnement lorsque nous vîmes revenir un de nos chasseurs
avec un képi et tout un costume français ? Avait-on, dans
la *furia* du sabrement, tué un de nos officiers d'état-major ? Nous reconnûmes, en effet, le képi et le costume
du chevalier d'Agathon. Comment ce costume était-il
tombé aux mains des Prussiens ? Notre surprise fut très-
grande ; nous présumâmes qu'ils avaient fait le chevalier prisonnier et qu'ils l'avaient fusillé, puisque nous
ne le retrouvions pas parmi les morts et les blessés dont
la plaine était jonchée. Ce matin, en arrivant ici, la

première personne que nous avons rencontrée, c'est le brave chevalier lui-même. »

Le chevalier Sans Peur montra en même temps ce képi et nous fit remarquer que les Prussiens avaient commencé à en détacher les galons.

J'avoue que cette dernière remarque ne nous convainquit pas complètement de la véracité de ce récit. Après un examen approfondi de ce képi, on pouvait reconnaître que l'usure et la fatigue de la campagne étaient seules les causes de la désagrégation des galons.

Mais que s'était-il donc passé à Lure ?

CHAPITRE IX

BESANÇON. — SAINT-CLAUDE

Le 22 janvier, à cinq heures du matin, nous quittâmes Marchaux. La marche générale de l'armée jusqu'à
Besançon fut très-lente, car nos divisions, campées sur
cette route même, obligées par conséquent de s'échelon-
ner les unes derrière les autres, suivant l'ordre de marche, effectuaient leur mouvement avec beaucoup de
difficulté. Il pouvait être huit heures, lorsque nous atteignîmes les premières maisons du faubourg de Battant.

A quelques centaines de mètres de ce faubourg la route de Belfort à Besançon, que nous suivions, se trouve très élevée et forme un angle très-prononcé, d'où la ville de Besançon, avec ses hautes murailles, nous apparut dans le lointain. Aspect curieux et beau. Cette ville, en effet, est située sur la rive gauche du Doubs, enfermée dans un de ses replis avec sa citadelle qui la domine, et flanquée de droite et de gauche de deux puissants appuis, de gigantesques collines sur lesquelles se trouvent les deux forts Brigille et Chaudanne. Au nord elle est dominée par le mont Charmont qui porte le fort Griffon. Aussi ses abords sont difficiles et lui ont valu la réputation d'une des premières places de guerre de l'Europe.

L'encombrement dans le faubourg devint extrême et le défilé des troupes fut encore retardé par le mouvement de la ville, plus considérable en cet endroit, en raison de la proximité de la gare où se trouvaient beaucoup de blessés.

Mais tout-à-coup cette masse compacte d'hommes, de chevaux, de voitures de toutes sortes, artillerie, ambulances, trains auxiliaires, etc... s'agita bruyamment ; de tous côtés on entendait crier : « Laissez passer l'artillerie ! laissez passer la cavalerie ! »

Aussitôt notre général en chef, allant au galop, traverse nos lignes en criant à tous : « Messieurs, aux canons ! aux canons ! les Prussiens ! les Prussiens !

Cette démonstration de la part de l'ennemi, comme nous le verrons plus loin, n'était pas sérieuse : son principal but était de détourner l'attention de l'armée de l'Est du mouvement qu'il exécutait sur Mouchard et de paralyser nos forces, en assurant ainsi l'exécution d'un mouvement en avant par le sud de la France.

Devant Orléans, Bellegarde, Ladon, les Prussiens avaient employé la même tactique ; ils avaient immobilisé le 18ᵉ et le 20ᵉ corps afin d'écraser plus facilement les 16ᵉ et 17ᵉ corps d'armée, que le général d'Aurelle de Paladines avait tenus malheureusement trop éloignés des autres corps, au moment de l'action.

Comme nous nous étions arrêtés une minute à la gare de Besançon pour affaires de service, nous fûmes bientôt avertis qu'il était inutile d'aller plus avant, que les Prussiens, ou plutôt leurs éclaireurs, avaient été repoussés ; que l'action engagée était terminée et qu'assurément ils ne renouvelleraient pas leur tentative dans la journée, après l'échec que le 18ᵉ corps venait de leur infliger.

En présence de ce succès et de cette espérance de quiétude, mon chef nous emmena à Besançon rendre visite à quelques membres de sa famille.

Il pouvait être quatre heures de l'après-midi lorsque nous pénétrâmes à Besançon.

L'entrée de la ville de Besançon est pourvue des ouvrages de défense que l'on rencontre ordinairement dans les places de guerre et n'offre rien de particulier. Après avoir franchi la porte Battant, nous descendîmes une rue excessivement rapide qui conduit directement au cœur de la ville. Ce jour-là était un dimanche ; la population, inquiète sur les événements, errait dans les rues et s'interrogeait sur ce mouvement inaccoutumé, sur ce va-et-vient de soldats. L'entrée dans Besançon, par la porte Battant, n'a rien de séduisant pour le visiteur : les maisons sont inégales, petites, mal construites, et les

rues malpropres. Cependant, en arrivant sur les quais
du Doubs, nous nous aperçûmes que nous étions dans une
grande ville. Là, en effet, les rues sont plus spacieuses,
les magasins sont presque tous d'aspect moderne ;
ce ne sont plus des échoppes, mais de véritables et lu-
xueuses boutiques, empruntant leur forme, leur élé-
gance, leurs proportions, à celles de Paris. Après avoir
traversé le Doubs sur un pont de pierre de construction
récente, nous suivîmes une longue rue qui mène droit à
l'hôtel-de-ville, monument qui, d'après son style, peut
remonter au XVIᵉ siècle. Une foule d'oisifs encombrait
les abords de cet hôtel, et notre arrivée ne contribua
pas peu à l'augmenter. Notre chef ayant quelques renseignements à y demander pour le service, nous fûmes
obligés d'y faire une petite station. En une minute nous
fûmes entourés d'une foule curieuse et avide de nouvelles de l'armée de l'Est ; cela paralysa un instant nos
mouvements, mais nos chevaux nous permirent de sortir vite de cette fausse position.

En suivant la rue, nous nous trouvâmes en face d'un
bâtiment très-spacieux que l'on nous dit être le palais
Granvelle, construit pour le chancelier de Charles-
Quint de 1534 à 1540, et qui devint en 1715 le logis des
gouverneurs de la Franche-Comté.

De là nous nous dirigeâmes vers la rue Neuve, où demeurait M. P***, parent de mon chef, qui nous fit une
réception très-affectueuse, et nous présenta aux membres de sa famille, qui se composait de plusieurs jeunes
filles, plus belles les unes que les autres. Dans leur extrême affabilité, ils insistèrent beaucoup pour nous retenir et nous garder la soirée. Mais notre chef, toujours

intraitable lorsqu'il s'agissait de distractions en dehors du service, refusa net, et décida que nous rentrerions au camp. Vers les sept heures, nous quittâmes à grand regret, à la vérité, cette charmante famille, et nous reprîmes le chemin de Saint-Claude où se trouvait notre campement. En route, nous fîmes la rencontre de notre général en chef qui nous assura qu'il avait lui-même l'intention de passer la soirée à Besançon et que par conséquent nous pouvions en faire autant.

Alors, et à notre grand contentement, nous revînmes nous asseoir au foyer de l'intéressante famille de M. P***. Pour nous, après une campagne aussi dure, nous étions heureux de retrouver tant d'affection, tant de sympathie pour nos souffrances physiques et morales ; nous étions tout surpris de nous trouver dans un appartement bien chauffé, les pieds étendus sur de moëlleux tapis. A la vérité, depuis le 23 novembre, nous avions vécu dans les champs et dans les bourgades : or nous avions perdu l'habitude de nous tenir sur un parquet ciré. Notre démarche dans ces appartements, avec nos bottes ferrées, était empruntée, gauche, et plus d'une fois excita le rire de cette aimable famille.

La soirée fut pour nous très-agréable : toutes ces dames rivalisèrent d'amabilité auprès de nous. Ah ! combien de telles prévenances vous réjouissent le cœur, lorsqu'on souffre depuis longtemps loin des siens !... Combien le langage si sincère, si tendre, si honnête de ces belles jeunes filles réveilla en notre âme de nobles élans et nous fit oublier nos fatigues, nos veilles, nos nuits passées sur les routes ou au bivouac !

Comme, dans de semblables moments, l'on comprend

l'importance du rôle de la femme sur cette terre ! comme
alors on peut l'admirer dans toute sa noblesse, dans
toute sa grandeur ; comme alors il ne vous semble plus
être limité aux choses matérielles de la vie ; comme
alors il vous apparaît sous son vrai caractère, avec
cette douce poésie qui vous fait entrevoir un monde
meilleur !...

Ces jeunes demoiselles, si attentives et si préoccupées
de nous faire oublier, pendant ces courts instants, les
longues heures d'angoisses de notre terrible campagne,
nous racontèrent comment, elles aussi, elles avaient
servi et servaient leur pays. Chaque jour, dès le matin,
elles se rendaient à la gare de Besançon, portaient les
objets en laine qu'elles avaient tricotés la veille et les
distribuaient à nos pauvres soldats. Mais aussi elles en
revenaient quelquefois avec des sentiments et des impressions bien pénibles. Il arrivait trop souvent hélas !
que, leur distribution terminée, elles voyaient des misérables vendre effrontément, devant elles, ces objets
faits avec tant de soin, et ensuite passer au cabaret !
Tristes signes du temps ! tristes effets de ce règne corrupteur de dix-huit années !!...Nous étions sous le charme ;
nous avions oublié l'ennemi et l'invasion. Mais le temps
n'en marchait que plus vite. Bientôt neuf heures sonnè-
rent ; mon chef m'envoya prendre les ordres du général
en chef qui se trouvait à la préfecture, où il avait dû
passer la soirée.

J'arrivai bien vite à la préfecture, à l'ancien palais
des intendants de Franche-Comté. Dès mon entrée dans
le vestibule de l'hôtel, j'entendis rouler les billes de
billard, ce qui tout d'abord me persuada que, cette fois

au moins, ma course ne serait pas perdue. Un valet de chambre survint et me dit qu'il allait prévenir le général. A peine quelques minutes s'étaient-elles écoulées que ce même valet revenait en me disant que sans doute j'étais sourd, que je n'avais pas pu entendre rouler les billes de billard, puisque ces messieurs étaient sortis. Cette nouvelle eut lieu de me surprendre vivement... Mais... c'était un simple officier qui venait chercher des ordres. Cependant les joueurs de billard eussent assurément mieux fait de me faire répondre par le mot fameux du viveur de l'antiquité :

« A demain les affaires sérieuses. »

La réponse eût été plus simple et plus vraie. Et cependant les Prussiens continuaient leur mouvement tournant sur Mouchard sans être inquiétés. Eux ne s'amusaient point à jouer au billard, en de semblables moments !

Nous revînmes donc de la préfecture de Besançon sans ordres, sans savoir ce qui allait ou pouvait se passer pendant la nuit. Dans cette occurence, nous nous empressâmes de rentrer à notre quartier général, qui se trouvait à Saint-Claude.

Cette journée du 22 se passa sans autre incident ; cependant le lendemain matin les positions du 18° corps furent légèrement modifiées, en vertu de l'ordre du grand quartier général.

Un petit mouvement d'avant se fit ; mais nous, nous restâmes à Saint-Claude. L'unique préoccupation de nos généraux, pendant cette journée, paraissait être de ravitailler les troupes et de leur laisser prendre du repos : assurément ce n'était pas sans besoin, après la retraite précipitée que nous venions de faire depuis Belfort.

Dans la journée, les habitants de Saint-Claude répandirent le bruit que les Prussiens voulaient brûler Pirey ; alors notre général redoubla de précaution. Notre troisième division fut dirigée sur les villages de Frannois et Serre ; notre deuxième, déjà à Pouilley, devait garder sa position, mais étendre ses lignes de la route de Langres au village de Miserey et devait se relier au 20e qui occupait Miserey. La division Crémer fut placée entre Frannois et Grange-Fontaine. La réserve, avec le général Pallu de la Barrière, devait occuper Saint Ferjux et se tenir prête à soutenir Crémer. La 1re division devait se tenir derrière la 3e pour lui servir de réserve et enfin notre division de cavalerie devait rester à Ecolle. Les Prussiens, disait-on, avaient coupé le chemin de fer de Lyon à Saint-Vit. Voilà ce qui expliquait ce mouvement et ce changement de position.

Les succès de Garibaldi des 20, 21 et 22 janvier sous Dijon, ensuite le besoin de ravitailler notre armée, endormirent la vigilance de nos généraux ; c'est pourquoi, ce jour-là, on ne fit pas de mouvement d'avant, comme on aurait dû le faire, et l'on ne se préoccupa pas autrement, au quartier général, du mouvement tournant que les Prussiens exécutaient sur Mouchard.

Le quartier général ne nous paraissant redouter aucun nouveau mouvement de l'ennemi pour cette journée, nous descendîmes dans l'après-midi à Besançon, et nous allâmes rendre de nouveau visite à la charmante famille de M. P***. Nous utilisâmes aussi ces quelques instants de repos à parcourir la ville et à faire quelques achats indispensables, car depuis que nous vivions dans

les champs, les fermes et les villages, nous avions usé
ou perdu nos effets, notre linge, sans pouvoir les remplacer.

Besançon, comme nous l'avons dit plus haut, est une
grande ville ; on y respire un certain air de bien-être et
de commerce qui en fait, à juste titre, une des plus importantes villes de l'Est.

Les principales rues, ce jour-là, étaient sillonnées par
de nombreux officiers qui allaient de magasin en magasin, faire leur provision de linge et de vêtements. Des
plaintes et des récriminations sans fin, s'élevèrent contre
eux. Et pourquoi? Les plus acharnés contre cette partie
de l'armée eussent été bien embarrassés de les formu-
ler. Mais, à cette époque, l'irritation que causaient nos
incessants échecs, faisait multiplier les accusations et
les accusations le plus souvent injustes.

La municipalité de Besançon, par un arrêté sévère,
mais prudent, refusa des billets de logement aux officiers. La plupart, hommes du monde, habitués aux
mœurs si faciles de l'empire, montrèrent peut-être une
joie excessive en se retrouvant, après une campagne si
dure, dans une grande ville, où ils pouvaient se procurer le superflu, comme le nécessaire. Est-il cependant
absolument extraordinaire que quelques-uns d'entre
eux se soient oubliés un instant, et n'aient point songé
que le temps n'était point aux plaisirs ; que l'invasion,
que les insuccès de nos armées les condamnaient plus
que qui que ce fût, à beaucoup de réserve dans leur
conduite ?

Aux yeux de toute la population, la joie d'un moment
était coupable, chez les officiers. Et ceux-ci en portèrent

la peine. Mais si l'on veut bien se rendre compte que
la plus grande partie de ces officiers de l'armée de l'Est
n'y figuraient que depuis deux mois, qu'ils venaient de
faire une campagne bien rude, que souvent ils avaient
fait preuve de dévouement, peut-être aura-t-on pour
eux quelque indulgence.

Si cependant la soif du confortable et l'amour excessif du bien-être existaient chez l'officier, encore une fois
nous ne pouvons nous en prendre qu'à nous-mêmes, et
n'accuser que nous, qui avons toléré, pendant dix-huit
ans, un régime tel qu'il devait vicier toutes les classes
de la nation française. En effet, si à cette époque l'on
avait parcouru les villes du midi, se serait-on réellement douté que nous étions aussi menacés par les Prussiens ? N'aurait-on pas trouvé, chez l'habitant de ces
villes, l'égoïsme, l'amour du moi, du bien-être que l'on
a pu reprocher un instant à des officiers qui se battaient
et tenaient la campagne depuis plusieurs mois ?

En rentrant à Saint-Claude, nous passâmes par le
quartier général, afin d'avoir des nouvelles de notre
prochain mouvement.

A Besançon divers bruits circulaient. Nous avions entendu dire que le conseil municipal, ému des dangers
que notre présence faisait courir à cette place, avait fait
des démarches auprès de notre général en chef, pour
hâter notre départ. Au quartier général du 18e corps,
nous ne pûmes obtenir aucun renseignement à cet égard.
Tout le monde paraissait ignorer les projets du général
en chef et plutôt se préoccuper du ravitaillement de
nos soldats.

Cependant nous apprîmes que, ce jour-là, le général

Crémer avait eu un engagement d'artillerie avec les Prussiens, mais qu'il n'y avait eu de part et d'autre aucun résultat appréciable. On nous présenta ensuite à notre nouveau colonel d'état-major, M. de Sachey, remplaçant du brave colonel Gallot qui s'était cassé une jambe à Rougemont. Après avoir pris notre correspondance ministérielle, que nons fîmes charger sur une charrette, nous nous retirâmes. Encore un abus à signaler et une réforme à faire.

Un ministre qui correspond avec ses chefs de corps, en les accablant en temps de guerre de circulaires de règlements de toutes sortes, n'entrave-t-il pas plutôt les services qu'il ne les active? Où prendre le temps nécessaire, en campagne, pour dépouiller cette volumineuse correspondance et y répondre ?

Peut-être se demandera-t-on pourquoi les ministres de France sont si verbeux, si passionnés pour les circulaires ? C'est qu'en temps de paix il faut de la besogne pour la bureaucratie, pour ce personnel officiel qui n'a réellement qu'une fonction dans l'administration, c'est d'émarger au budget. Or, ce personnel était surtout nécessaire à l'homme de Sedan ; c'était un moyen d'augmenter le nombre de ses créatures. Comment perdre ces mauvaises habitudes en un jour? On ne détruit pas si vite la routine.

A travers cette tranquillité apparente du quartier général, il n'était pas difficile d'apercevoir quelques signes de vives préoccupations et même de craintes pour l'avenir. Il paraissait de toute évidence qu'en prolongeant notre séjour autour de Besançon il viendrait un moment où nous y serions bloqués et par conséquent réduits à la dernière extrémité, comme l'armée de Bazaine sous Metz.

Tout le monde discutait cette thèse dans le camp ; le soldat même commençait à murmurer. Cette inactivité de l'armée paraissait inqualifiable. Après ce repos de deux jours, il était bien certain qu'un coup hardi et décisif pouvait seul nous tirer de l'embarras où nous nous trouvions.

A Besançon, on chantait très-haut, il est vrai, les victoires de Garibaldi sous Dijon, mais ce que l'on ne voulait pas se donner la peine d'examiner, c'étaient les conséquences de ces heureux combats.

Pendant que quelques bataillons prussiens retenaient l'armée des Vosges sous Dijon, le gros de l'armée de Manteuffel coupait, comme nous l'avons déjà dit, le chemin de fer de Lyon à Besançon, la seule ligne de ravitaillement qui nous restât.

Donc, à ce moment, l'armée de l'Est n'avait que deux partis à prendre : ou rallier l'armée des Vosges en marchant sur Auxonne, ou chercher à gagner Lyon en longeant la frontière suisse.

Le 24 janvier, le 18e corps se concentra autour de Besançon, et aucun mouvement important n'était prescrit ! Ou nous étions mal éclairés et induits en erreur sur le mouvement des Prussiens, ou notre général en chef hésitait, ne savait quel parti prendre dans une situation aussi pleine de dangers. Cet ordre du 24 janvier 1871 prouve, à lui seul, l'exactitude de nos suppositions et tout au moins l'hésitation du quartier général :

ORDRE

Quartier-général de Saint-Claude,

24 janvier 1871.

« Le général Bourbaki vous prie de considérer comme non avenu l'ordre d'évacuer les positions ; vos troupes devront donc rester sur les points où vous les aviez placées cette nuit et, dans le cas où elles les auraient quittées, les reprendre au plus vite. »

Le général commandant le 18ᵉ corps,

Billot.

Nous revenions dans nos positions de la veille ; aussi cet ordre fut-il beaucoup critiqué.

Comme on le voit par leurs ordres de mouvements successifs, nos généraux étaient trompés par la présence de quelques milliers de Prussiens chargés d'immobiliser l'armée de l'Est devant Besançon, tandis que des colonnes nombreuses prolongeaient leur mouvement vers Mouchard, de manière à nous enfermer dans ce cercle de fer qui devait quelques jours plus tard nous acculer à la Suisse. Quant à nous, nous nous concentrions, disait-on au quartier général !.....

Dans ce jour, à Besançon, j'eus l'occasion de constater que la population devenait de plus en plus hostile à notre armée. Ses récriminations commençaient à prendre un caractère d'exaltation qui nous faisait craindre pour la tranquillité publique, si notre séjour se prolongeait sous les murs de Besançon.

Une visite que je fis à un notable nous persuada de la justesse de nos observations.

« *La population, comme vous avez pu vous en apercevoir, me dit ce notable, est inquiète, et redoute vivement votre séjour sous nos murs. Si vous ne partez d'ici promptement, les Prussiens vous bloqueront sous la ville, et ainsi vous nous affamerez. Mais le conseil municipal s'est réuni hier soir, à ce propos ; il est décidé à ne pas laisser se prolonger une situation qui nous amènerait inévitablement une seconde représentation de Metz.*

« *Quelques généraux de votre corps d'armée que je connais particulièrement, ajouta-t-il, trouvent cette inaction coupable ; certains sont décidés à agir, si Bourbaki ne prend pas un parti.* »

Sous l'impression de cette situation qui s'aggravait d'heure en heure, je rentrai fort triste au quartier général. En chemin je trouvai deux officiers d'état-major qui, comme moi, regagnaient leur cantonnement. Ils m'apprirent qu'au grand quartier général la discussion sur le parti à prendre était fort vive ; que nos généraux ne s'entendaient pas et même étaient en complet désaccord ; que le général Clinchant voulait gagner Lyon par Pontarlier ; que le général Billot voulait marcher directement sur Auxonne ; qu'en présence de cette divergence d'opinions le général Bourbaki triste, abattu, suivait la discussion d'un air insouciant et indifférent ; qu'au moment de leur départ le conseil de guerre n'était point terminé. Tout en discutant ces nouvelles si graves, nous arrivâmes aux portes de la ville, mais elles étaient fermées ! La consigne était formelle, personne ne devait ni entrer ni sortir après huit heures. A cette occasion, nous ne pûmes nous empêcher de faire cette réflexion : « Comment un général commandant en chef, résidant dans une ville, pouvait-il correspondre avec son corps d'armée campant en dehors quand les portes étaient si rigoureusement fermées pour les officiers d'état-major ? Combien n'a-t-on pas vu donner d'ordres semblables et même plus incompréhensibles ? Qui aurait osé blâmer l'homme de la campagne qui, en apprenant de tels faits, aurait crié à la trahison, à l'incapacité ? Quoi de plus juste ? Quoi de plus logique ?.....

Légitimistes de naissance, mes nobles compagnons de route, naturellement, récriminaient contre les hommes et le gouvernement d'alors. Ils ne voyaient le salut de la France que dans la venue du prétendant, de leur roi Henri V, de ce véritable Messie si bruyamment prôné. Il fallait les entendre maugréer contre la bourgeoisie, les parvenus, les prolétaires, etc ! Assurément ils n'eussent pas eu, pour les Prussiens, des qualifications plus violentes !

Chose horrible à penser, que la passion politique puisse égarer des hommes au point de leur faire oublier leur origine, les liens qui les rattachent à une même patrie, pour ne songer qu'au triomphe de leurs idées égoïstes et ambitieuses !

Cette pensée était malheureusement trop répandue alors. Bien que le parti légitimiste ne fût pas précisément en faveur auprès du Gouvernement, tout en affectant le plus profond mépris pour les hommes du jour, néanmoins le parti légitimiste ne perdait pas son temps. Il travaillait secrètement, il cherchait à s'immiscer dans les affaires publiques et à se glisser dans le Gouvernement de la Défense Nationale. Comme preuve de ces faits, il suffit de se rappeler les nombreuses demandes qui encombraient alors les ministères de Tours et de Bordeaux.

Ces hommes qui, par une hypocrisie malsaine, font ordinairement de la religion leur instrument, qui cachent leurs appétits sous un étalage de traditions usées, démodées, s'ils se battaient avec un courage chevaleresque, ne craignaient pas de mettre leurs bannières religieuses à la tête de leurs escadrons, de dire qu'ils combattaient pour leur Roy d'abord et pour la France ensuite.

Le parti de la jouissance et des honneurs, autrement dit le parti bonapartiste, grouillait moins dans les antichambres ministérielles, d'où il était exclu impitoyablement. En revanche, il réclamait sans pudeur, sans se souvenir de l'état de la France, des compensations pour ses positions perdues lors de la catastrophe de Sedan.

Ah ! gens égoïstes, ambitieux, intrigants de toutes sortes, qui de vous, dites-le aujourd'hui, pensait à la France ? Qui de vous marchait au combat avec ce seul mot gravé dans le cœur : *Patrie ?* Un seul mobile vous guidait, tous sans exception : la soif des honneurs, des oripeaux, des jouissances sans travail. Voilà les véritables dieux que vous honoriez et que vous honorez encore aujourd'hui.

Tout en faisant ces réflexions, j'arrivai au quartier général ; je trouvai mon chef qui m'accueillit avec sa bienveillance habituelle. L'ordre de mouvement n'était pas encore arrivé, et cependant nous l'attendions avec impatience, car l'immobilité de l'armée avait lieu de nous surprendre. Trois jours nous avaient paru suffisants pour la ravitailler ; rester plus longtemps sous les murs de Besançon nous semblait devoir nous être fatal. Bientôt l'ordre de mouvement nous fut apporté[1]. Le plan du général Clinchant avait été définitivement adopté, malgré la vive opposition qu'il avait rencontrée dans le sein du conseil de guerre.

L'armée de l'Est allait se diriger sur Lyon par Pontarlier et l'on envoyait le général Crémer en avant-garde avec une colonne formée de la cavalerie, d'une division du 15e corps et de sa propre division. Les 18e et 20e corps restaient, comme on va le voir, en arrière pour masquer le mouvement.

Les rumeurs et les craintes de la population de Besançon ne nous parurent pas étrangères à cette timide et tardive décision. Néanmoins celle-ci était loin de satisfaire tout le monde. Cette nouvelle marche n'était encore qu'une retraite déguisée devant les Prussiens. Pouvions-nous faire autrement et marcher plus utilement sur Auxonne ?... C'est une question trop complexe pour que nous entreprenions de la résoudre.

Cette journée ne fut signalée par aucun incident remarquable ; notre général se contenta de faire prendre quelques positions défensives à notre corps, comme il lui était prescrit, pour masquer le mouvement général de l'armée [2].

[1] Voir documents historiques, no 4.
[2] Voir documents historiques, no 4 bis.

Dans la soirée on vint nous prier de nous rendre près de l'intendant Régence qui, nous dit-on, était au lit depuis quelques jours, ayant fait une chute de cheval. Je m'empressai d'accéder à ce désir et avec mon fidèle caporal Martineau je me mis en route. La nuit était très-noire ; munis d'une lanterne, nous avions de la peine à nous diriger, surtout lorsque nous fûmes obligés de traverser les travaux qui se faisaient de nuit, au fort de la Justice. A chaque instant nous étions arrêtés par les sentinelles ; cependant nous traversâmes sans trop de difficulté ces travaux qu'on s'empressait de terminer. L'activité la plus grande régnait dans ce chantier. Des points noirs, à la clarté de notre lanterne, nous apparaissaient au fond des tranchées que l'on creusait et que l'on maçonnait ; ces points noirs étaient des hommes qui travaillaient à compléter la ligne de défense des forts de Besançon. Travaux bien inutiles, et qui ne devaient être, à ce moment, d'aucune ressource pour la défense du pays.

Les Prussiens nous entouraient de toutes parts, et nous, nous nous amusions à faire des travaux de défense, des forts et des ouvrages de maçonnerie !

Après une course d'une heure environ à travers les décombres du village qui devait ressembler par son aspect, en temps ordinaire, aux joyeux et riants environs de Paris, nous arrivâmes devant une grille de fer qui fermait un logis d'une apparence royale. Partout, autour de nous, régnait la solitude, à l'exception du bruit de nos sentinelles et des bivouacs, qui nous arrivait de temps en temps ; partout la destruction, le pillage, se montraient avec leur triste cortège de ruines. Cette maison, ou plutôt ce château seul avait été préservé de la ruine générale. Ce n'était, çà et là, que monceaux de pierres et platras ; pas un vestige humain dans la cour, pas une seule lumière ; sans le cri d'une sentinelle qui nous avertit de la présence de l'intendant Régence dans ces lieux, il est plus que probable que nous eussions erré encore longtemps sans découvrir le logement de celui-ci.

Nous fûmes immédiatement introduits par un planton. Après avoir traversé différentes salles, nous arrivâmes à une grande pièce dans laquelle notre ami, l'intendant Régence, reposait ; il était dans son lit, entouré de son état-major qui festinait joyeusement. D'un geste majestueux il congédia tous ses officiers.

Lorsque nous fûmes seuls, il me raconta sa chute de cheval, m'interrogea sur les événements et me pria d'intercéder auprès de mon chef, en sa faveur, afin qu'il le proposât pour l'avancement, à la première promotion. Généralement, dans le peu de temps que j'ai passé à l'armée et dans le poste de confiance que j'ai occupé auprès de M. de N***, c'était un moment délicat que celui où l'on venait me prier d'intervenir auprès de mon chef pour obtenir un ordre de proposition. Mauvais exemple et mauvaise habitude qui n'ont qu'un seul résultat, c'est d'affaiblir le caractère de l'homme au point de le démoraliser complètement. Dans ce mal, nous pouvions encore reconnaître un triste héritage de l'empire. A quoi bon le répéter ? Chacun ne sait-il pas que, sous aucun gouvernement, la faveur et les sollicitations ne furent plus en pratique ? Du reste, c'est l'unique moyen de soutenir un gouvernement despotique.

Mais hélas ! comme nous tous en général, notre intendant Régence oubliait les malheurs présents pour ne songer qu'à lui-même !

A mon retour au quartier général, je trouvai l'ordre de départ pour la nuit même [1]. Les Prussiens s'étaient établis à Baume-les-Dames, nous disait-on, et le général en chef, en précipitant le mouvement du 18e corps, espérait pouvoir les empêcher de passer le Doubs et ainsi protéger la retraite ; selon cet ordre de mouvement nous devions, en effet, au point du jour nous diriger sur Bouclans et l'occuper, tandis que les autres colonnes de notre corps d'armée prolongeraient leur mouvement vers Pontarlier.

[1] Voir documents historiques, nos 4 ter et quater.

CHAPITRE X

BOURBAKI CHERCHE A SE TUER

Le 26 janvier, à cinq heures du matin, le 18e corps devait quitter Saint-Claude. Contre son habitude, notre quartier général était en retard ; il ne partit que quelques minutes après l'heure prescrite : aussi notre chef m'ordonna-t-il aussitôt de m'enquérir des causes de ce manquement au service. Tout d'abord, nos officiers d'administration, nos adjudants se rejetèrent cette faute les uns sur les autres. Enfin, pressés de questions, nos *tringlots* avouèrent que ce retard provenait du charge-

ment de la batterie de cuisine, de la popotte de certains
de nos officiers. Furieux, à cette nouvelle, notre chef
donna l'ordre d'alléger le fourgon aux bagages et de
jeter les batteries de cuisine sur la route.

Les Prussiens nous entouraient, et certains songeaient
encore aux jouissances de l'estomac! O humanité!
comme parfois ton attachement pour les choses matérielles de la vie semble nier ton génie et ton intelligence!...

Nous ne pûmes donc quitter notre cantonnement que
vers les six heures du matin. Le jour n'apparaissait pas
encore ; il faisait une obscurité très-grande ; nous marchions lentement ; tout le corps d'armée, piétons, cavaliers, artillerie, voitures, se trouvant échelonné sur la
route de Saint-Claude à Besançon. C'est en désordre
que nous entrâmes à Besançon, et que nous traversâmes
le pont de la Madeleine ; nous nous bousculions les uns
les autres. Les becs de gaz des rues, avec leur lumière
ternie par l'approche du jour, donnaient encore à notre
marche un air plus saisissant, mais aussi la rendaient
plus difficile. Voir, à la lueur de ce demi-jour, ces
ombres qui se remuaient en tous sens, entendre la
la marche de ces canons dont le poids faisait trembler
le pavé, et rendait un bruit sourd ; ouïr le piaffement
des chevaux, les cris des chefs qui cherchaient à rétablir l'ordre dans cette foule affolée de crainte et de terreur était un bien pénible spectacle.

Dans les rangs, chacun se faisait cette demande : où
allons-nous ? Pourquoi cette marche précipitée ? Les
habitants de Besançon, eux-mêmes, sortaient de leurs
maisons, ouvraient leurs fenêtres et nous faisaient

mille questions semblables. Que pouvions-nous leur répondre ? Nous étions aussi embarrassés qu'eux ; ce qu'il y avait de certain, c'est que nous nous repliions encore.

Le jour commençait à paraître ; nous arrivions à la porte Taillée ; ainsi nous avions mis plus d'une heure et demie pour parcourir la distance qui sépare Saint-Claude de cette porte, c'est-à-dire, quatre kilomètres environ, tellement l'encombrement était grand sur tout notre parcours.

La route de Besançon à Pontarlier, que nous suivions, côtoie le Doubs jusqu'à la vallée de More. A cet endroit elle offre des sites dont la variété et les accidents eussent excité notre admiration en d'autres temps. Mais nous n'avions pas le loisir de rester en extase devant ces beautés de la nature ; nous avions des préoccupations bien autrement sérieuses ; l'ennemi était devant nous, sur notre flanc, sur nos arrières.

En entrant dans ce village de More, nous fûmes saisis de surprise et d'étonnement à la vue de la gorge dont More est le point central, et autour de laquelle se développe un immense amphithéâtre de hautes montagnes, entièrement couvertes de neige à cette époque de l'année.

A la sortie du village, la route quitte la vallée du Doubs pour s'élever peu à peu, en suivant les contours de la montagne, jusqu'à la Percée [1].

Nous mîmes un assez long temps pour gravir cette rampe et atteindre le plateau. L'encombrement nous arrêta en ce point et nous permit de contempler,

---

[1] Nom donné au tunnel qui se trouve à l'embranchement des routes de Nancray et d'Ornans.

quelques minutes, cette vallée si bruyante et d'un aspect si étrange, le 26 janvier 1871.

A nos pieds, à quelques centaines de mètres de profondeur, nous apercevions une foule dont on ne pouvait bien préciser la physionomie à la hauteur et à la distance où nous nous trouvions. Elle sortait comme par enchantement du village de More, sans discontinuer, et se déployait en longs anneaux autour de cette montagne. Le petit village de More semblait placé comme exprès au milieu de ce cirque ; à droite, la montagne laisse entrevoir le trou béant de la Percée, et à l'extrémité de cette même ligne, le fort de Brigille ; à gauche, le fort de Montfaucon situé sur un plateau très-élevé, en arrière de Besançon, et qui semble, comme une sentinelle avancée, préposée à la garde de cette gorge de More. Au milieu des ouvrages de ce fort, nous distinguions des petits points noirs qui s'agitaient, et que nous prîmes pour des ouvriers qui charriaient de la terre ; en effet, bientôt on nous apprit que le génie faisait exécuter et compléter les travaux de défense de ce fort.

Les Prussiens étaient à six kilomètres de nous, et nous étions obligés de faire des forts, comme celui de la Justice, de réparer celui de Montfaucon pour ainsi dire sous le feu de l'ennemi ! O imprévoyance ! O coupable incurie des généraux de l'empire ! Nous étions prêts à faire la guerre, disiez-vous, et une place de 1re classe, comme Besançon, une des villes qui, par sa position géographique, devait assurément être des premières menacées par les Allemands, n'était pas en état de défense même le 26 janvier 1871 !

Essayez maintenant, dignes émules de votre maître, du héros de Sedan, de soutenir, en présence de ces faits indéniables, que vous aviez bien préparé cette fatale guerre de 1870 !

Tout à coup cette foule qui, tout à l'heure, s'acheminait lentement, paisiblement, le long de la montagne, s'agita, se troubla aux détonations successives des mines, des travaux du fort de Montfaucon. Aussitôt une clameur s'éleva dans tous les rangs : « Les canons ! les canons !... Voici les Prussiens ! Les Prussiens ! »

Certains essayaient même à revenir sur leurs pas. Mais l'énergie de quelques-uns de nos chefs parvint en peu de temps à calmer cette panique générale.

Pour ajouter aux difficultés de cette marche, un convoi de blessés du 24ᵉ corps, qui avait été battu la veille à Pont-de-Roide, accompagné de quelques compagnies de ce corps d'armée, se rendant à Besançon, débouche par la Percée et vient se heurter à mi-côte contre nos colonnes. Alors le désordre est à son comble ; les colonnes, montant et descendant, s'arrêtent mutuellement, s'entrechoquent, les voitures s'établissent sur plusieurs rangs ; bientôt elles ne peuvent ni avancer ni reculer. La route devient trop petite et la foule qu'elle ne peut plus contenir débordant sur les pentes rapides de la montagne, reste pour ainsi dire immobilisée par l'épaisse couche de neige qui, ce jour-là, recouvre la terre. Les plus impatients franchissent les talus et cherchent à gagner du terrain. Mais ils tombent les uns sur les autres ; d'autres, plus hardis encore et à cheval, font la même tentative, mais sont renversés par leurs chevaux, qui glissent et les entraînent avec eux, à 20 ou 30 mètres

dans la vallée. Le général Bourbaki lui-même, à pied,
franchit et gravit ces pentes si glissantes, va et vient,
ordonne la police des convois ; ici fait avancer une
pièce d'artillerie ; là fait reculer une voiture et, par des
paroles bienveillantes, encourage tous, officiers et
soldats.

Triste nécessité, assurément ! Il était facile de reconnaître qu'en ce moment la direction manquait totalement à ce corps d'armée. Mais, il est vrai de dire que
les préoccupations du général en chef étaient ailleurs ;
les craintes de toute sorte, les soucis l'absorbaient.

Il est profondément triste d'avoir à écrire de telles
choses. Mais l'implacable vérité l'exige et nous l'écou-
terons jusqu'à la fin de la tâche que nous nous sommes
imposée.

L'ordre rétabli dans la marche de nos colonnes, le
général Bourbaki vint en compagnie de plusieurs autres
généraux se placer à l'entrée de la Percée. Il était facile
de lire le plus profond désespoir sur le visage des uns
et des autres : des larmes perlaient dans leurs yeux ; il
semblait que les paroles fussent impuissantes à traduire
les sentiments que leur inspirait ce triste défilé ; ils
échangeaient un geste, un regard...

Le général Bourbaki paraissait plus affecté encore
que les autres ; il était rêveur et abattu ; une seule
pensée semblait l'occuper, le harceler, l'obséder. Au
milieu des discussions de son état-major, il était là muet,
le regard fixe et fiévreux, comme s'il cherchait à pénétrer un avenir aussi ténébreux que redoutable. Toute
sa physionomie, toute son attitude révélaient en lui une
lutte intérieure terrible.

Le général Billot avait beau chercher à réveiller sa bravoure en lui rappelant son passé ; aucune consolation n'était plus possible : le doute était entré dans son esprit et dominait son âme.

Lorsque nous-mêmes nous défilâmes devant ce groupe de généraux nous allions au pas. Le général Bourbaki adressa, à son ex-camarade de Saint-Cyr, à notre propre chef, un signe de tête, un geste de la main qui étaient bien significatifs, bien éloquents même dans cette terrible circonstance !

Lorsque nous fûmes de l'autre côté de la Percée, au point de jonction des routes de Bonclans et d'Ornans, nous fîmes la rencontre de l'amiral Penhoat qui commandait l'avant-garde. L'amiral profita de son avance sur les autres divisions pour faire faire une halte ; il pouvait être alors midi environ. Le soleil éclairait le panorama qui présentait çà et là des effets de neige merveilleux. Mais nous détournions les yeux avec tristesse, quand par hasard notre regard se portait sur la route et que nous apercevions le désordre de notre marche, la douleur extrême peinte sur tous les visages.

Toutefois, à quelques kilomètres de la Percée, l'ordre se rétablit un peu dans nos rangs.

Nous marchions côte à côte avec l'amiral, devisant avec lui sur les événements, lorsqu'on vint lui signaler, à de grandes distances, des cavaliers parcourant la plaine.

Dans le premier moment, l'amiral pensa que ce devait être quelques éclaireurs qui fuyaient devant l'ennemi ; il envoya à leur rencontre. Mais bientôt on lui amena des mobilisés du Rhône, appartenant au

24ᵉ corps, qui avait été battu la veille à Pont-de-Roide, près de Saint-Hippolyte. Une grande partie de ces bataillons avait pris la fuite et se trouvait dans une débandade complète. Ces mobilisés nous racontèrent qu'ils s'étaient battus toute la journée, la veille, qu'ils avaient eu à lutter contre des forces bien supérieures, qu'ils avaient un effectif de 2 ou 3.000 hommes, tandis que les Prussiens les avaient attaqués avec 50.000 hommes.

« Regagnez bien vite Besançon, leur dit froidement l'amiral, autrement vous vous feriez faire prisonniers ; vous n'êtes que de mauvais soldats. »

Puis, avec son flegme ordinaire, il continua sa route et sa conversation. En vérité, le brave amiral ne savait pas, lui, ce que c'était que de fuir devant l'ennemi : du reste, dans cette campagne, à Villersexel et à Belfort, il nous avait donné la mesure de son courage et de son sang-froid.

Bientôt quelques cavaliers de nos éclaireurs, qu'on voyait sur la colline, en avant de Nancray, observer la plaine, vinrent avertir l'amiral qu'il pouvait entrer dans le village, que l'ennemi en était assez éloigné et ne paraissait pas vouloir avancer de la soirée.

Cinq heures venaient de sonner, et il fallait songer au repos du soldat, mais une grande difficulté s'y opposait ; il n'y avait pas d'ordre ; le général Billot, attardé auprès du général en chef, ne nous avait pas encore rejoints. Cependant l'amiral donna l'ordre d'entrer dans Nancray, et fit faire halte aux soldats.

Le général Billot survint quelques minutes après notre installation dans le village. La nuit approchant, il remit la marche sur Bouclans au lendemain et fit bivouaquer tout son corps d'armée autour de Nancray. Grâce à la complaisance de la femme de charge de M. Morel, nous trouvâmes un petit coin, dans une maison située sur la route de Nancray à Bouclans, pour faire nos travaux de nuit. Pendant cette nuit-là, nous n'eûmes pas beaucoup de repos ; comme à l'ordinaire, à chaque instant, on venait faire un véritable siège de la petite pièce que nous occupions ; nous eûmes beaucoup de peine à en empêcher l'invasion. Sous nos fenêtres même campait un régiment de mobiles. Tout en travaillant, nous entendions très-distinctement leur conversation ; mais, vers les trois heures du matin, la route de Nancray à Bouclans nous sembla extrêmement agitée.

Inquiets de tout ce tapage, nous sortîmes aussitôt ; les premiers soldats que nous aperçûmes nous annoncèrent le suicide du général Bourbaki. De tous côtés, en effet, on disait : « Bourbaki s'est suicidé, notre général en chef est mort...

Le jour commençait à poindre lorsqu'un officier du grand état-major, un de mes amis, entra et vint nous confirmer la fatale nouvelle. « J'arrive de Besançon, me dit-il, ce n'est malheureusement que trop vrai ; Bourbaki a essayé de se suicider ; il n'est pas mort, mais il est blessé grièvement. »

Et il continua ainsi :

« Le général Bourbaki était très-affecté depuis Belfort, ou pour mieux dire découragé. Dans sa pensée tout était perdu ; il n'entrevoyait même pas le moyen de sauver son armée ; l'échec de Belfort avait produit sur son esprit des effets terribles. De plus, l'aspect de son armée, lors de l'arrivée à Besançon, et la nouvelle qu'elle était enveloppée par le 2e et le 7e corps d'armée prussiens, achevèrent de le démoraliser. Enfin les soupçons du gouvernement de Bordeaux à son endroit, la continuelle et vive opposition qu'il rencontrait dans ses conseils de guerre de la part de quelques généraux, ses subalternes, vinrent aggraver le mal, et le poussèrent à attenter à ses jours [1].

« Déjà, ajoutait mon ami, sous Belfort, au conseil de guerre qui fut tenu avant la retraite, notre général en chef avait manifesté toute l'amertume et tout le chagrin qu'il ressentait de ses échecs, lorsque votre général en particulier combattit énergiquement son avis sur l'opportunité de la retraite. A partir de ce moment cette opposition, jointe à son chagrin, assombrit son caractère, ébranla sa volonté et sa fermeté de soldat.

« Ces jours-ci, à un dernier conseil de guerre, exalté encore par l'opposition du général Billot, qui était d'avis de marcher sur Auxonne au lieu de se diriger sur Pontarlier, il aurait témoigné de nouveau son grand découragement par ces paroles: « On veut me rendre responsable de toutes les fautes commises dans cette campagne ; ne vous ai-je pas déjà offert le commandement devant Belfort, ne vous ai-je pas dit : « Prenez-le si vous vous chargez d'enlever Chagey et le Vaudois? »

« Alors vous n'avez pas voulu et cependant vous disiez quelques minutes avant : qu'on me donne le com-

---

[1] Voir Documents historiques, no 5 des pièces qui établissent l'irrésolution et le découragement du général Bourbaki au 24 janvier 1871.

mandement de l'armée ; j'enlève la position... Si vous le voulez encore aujourd'hui, je vous le donne ; mais à une condition, c'est que vous nous sortirez de l'impasse où nous nous trouvons et que vous forcerez la ligne de fer qui nous enveloppe.

« Avec mon corps d'armée, aurait répondu le général Billot, je passerai.

« Oh ! ajouta alors le général Bourbaki, traverser avec une semblable armée une ville investie, un pays sans vivres, cela me paraît bien difficile, pour ne pas dire impossible ; néanmoins j'y consens, prenez le commandant du corps d'armée ; je pars avec vous et me mets à la tête de la réserve.

« Le général Billot refusa.

« Malgré ces objections, tout le conseil de guerre pensa qu'il était urgent et plus utile de se replier sur Pontarlier en couvrant le chemin de fer de Lyon ; et notre retraite fut ainsi décidée. »

— Vous m'étonnez singulièrement, dis-je à mon ami ; je n'ai jamais entendu le général Billot critiquer les qualités réelles du général Bourbaki, ni ouï dire qu'il lui faisait une opposition aussi vive dans les conseils de guerre. »

— A Besançon, reprit celui-ci, au grand quartier général, nous connaissons tous l'opinion de votre quartier général sur le général Bourbaki ; nous savons bien que vous dites tous, et sans cesse, dans votre 18e corps. Tant que Bourbaki sera là, nous ne ferons rien.

— « Vous me surprenez de plus en plus, répliquai-je, je n'ai jamais entendu dire de choses semblables à notre quartier général.

— « C'est possible, mais vous savez bien que le général Billot a une grande influence à Bordeaux, tandis que Bourbaki n'en a aucune ; on regarde l'un comme le Bonaparte de la jeune République, tandis que l'autre on le suspecte.

— « C'est sans doute, repris-je, les douloureux événements de cette nuit qui vous exaltent au point de vous laisser aller à de telles exagérations de langage.

— « Non, mon cher Nazim, laissez-moi vous achever ce récit et, dès lors, vous comprendrez comment le général Bourbaki, par la force des choses et la rigueur des événements, a été graduellement amené à l'acte désespéré de cette nuit.

« Hier l'armée est partie de Besançon sans direction bien arrêtée et sans suivre aucun plan ; seulement comme le 24ᵉ corps avait été battu à Pont-de-Roide et mis en pleine déroute, on a dépêché votre corps à la rencontre des Prussiens dans la crainte qu'ils n'inquiétassent le mouvement qu'on doit faire sur Pontarlier. Telles sont les raisons pour lesquelles vous vous trouvez à Nancray. N'avez-vous pas remarqué aussi hier, en arrivant à la Percée, le général Bourbaki en grande conférence avec plusieurs généraux et le général Billot entr'autres ? Le général Bourbaki faisait lui-même déblayer la route, comme vous avez dû vous en apercevoir, et s'occupait des plus petits détails de votre marche, troublée un instant par les convois de blessés du 24ᵉ corps, qui descendaient cette crête lorsque vous la montiez.

« En ce moment même j'ai vu et entendu votre général discuter encore avec le général Bourbaki et, à la fin de la discussion, le général Billot s'est écrié en s'en allant.

« C'est égal, Bourbaki est le meilleur et le plus honnête homme du monde.

« Il était sept heures du soir, lorsque nous retournâmes à Besançon. Pendant tout le trajet, Bourbaki paraissait triste, sombre, agité et il parla très-peu.

« Deux heures environ après notre arrivée, il se tirait un coup de pistolet.

« Le doute à Bordeaux sur son dévouement et sa fidélité, le doute à l'armée sur ces capacités militaires, son échec devant Belfort, l'état de son armée enfermée dans le cercle de fer des Prussiens, voilà les vraies causes qui le poussèrent à cet acte désespéré.

« Telle est, mon ami, la vérité sur la scène tragique de cette nuit à Besançon. Je vous en parle avec connaissance de cause ; je n'ai pas quitté le grand quartier général depuis quatre jours, sauf cette nuit seulement, pour apporter des ordres à votre quartier général. »

Troublé par ces nouvelles et ce triste récit, nous nous empressâmes de prévenir notre chef ; sans retard nous nous rendîmes, ensemble, à notre quartier général.

Nous trouvâmes notre général en chef très-impressionné et très-inquiet ; il accueillit notre chef avec ces paroles :

« Le général en chef a tenté de se suicider ; les moments sont graves, il faut payer d'énergie ; nous ne pouvons plus faire la guerre en règle, nous allons faire une guerre de guérillas. »

Alors, se tournant vers tous ses officiers d'état-major : Messieurs, leur dit-il, j'ai besoin de votre zèle et de votre dévouement ; nous allons nous jeter dans les montagnes de la Suisse ; je ne veux plus voir ni voitures de vivres, ni de bagages d'officiers à la suite de nos colonnes. Celles qui entraveront la marche seront impitoyablement jetées dans les fossés ; je renvoie deux pièces par batterie d'artillerie à Besançon et si les autres venaient aussi à entraver notre marche, je les jetterais dans quelque fort ou dans quelque précipice. Que chacun redouble d'activité et de zèle dans son service ; il faut se préparer aux privations et aux souffrances de toutes sortes : à ce prix là seul, est le salut de notre corps d'armée. »

Pendant que le général, les mains appuyées sur une chaise, prononçait ce petit discours d'un ton vif et décidé, le plus profond silence régnait dans la salle, et tous les officiers présents paraissaient vivement affectés et anxieux.

Nous quittâmes le quartier général, assaillis par mille réflexions pénibles, avec un ordre de départ immédiat pour Pontarlier. Cet ordre, quoique très-court, suffira pour montrer combien la situation d'alors était critique, et c'est pourquoi nous l'intercalons dans le texte de notre récit.

ORDRE

« Le grand convoi et les convois divisionnaires partiront immédiatement pour Pontarlier, en passant par Ornans. »

Le général commandant en chef le 18e *corps,*

BILLOT.

Il n'est pas difficile de croire combien la nouvelle du

suicide du général en chef jeta de trouble et d'inquiétude dans l'armée. En un instant la désorganisation du corps, déjà commencée depuis Belfort, pouvait être complète. Heureusement chefs et officiers furent à la hauteur de leur tâche, dans ces douloureuses circonstances.

Une heure après cette entrevue, les petites rues de Nancray n'étaient plus assez larges pour contenir le flot de soldats qui défilait non assurément avec tout l'ordre et tout le respect de la discipline désirables, mais plutôt avec la crainte et l'épouvante d'une telle situation, aggravée par le voisinage des Prussiens.

Bientôt, nous-mêmes, nous fîmes nos préparatifs de départ. L'excellente gouvernante de M. Morel veilla avec une sollicitude toute particulière à ces préparatifs, et malgré sa quarantaine, elles nous aurait suivis comme infirmière si M. de D*** ne l'avait fait renoncer à ce projet plus qu'extravagant. Tout d'abord nous cherchâmes, mais en vain, la cause d'une telle résolution, mais par quelques confidences nous découvrîmes que cette pauvre fille s'était subitement éprise d'un de nos officiers, dont je ne me rappelle plus le nom[1] .

[1] Ce passage étant écrit au crayon sur notre carnet, les notes sont devenues illisibles.

CHAPITRE XI

DE NANCRAY A DOUBS

Quelles opérations restaient à faire avec cette armée de l'Est, après des événements aussi tragiques ? Il ne restait plus, assurément, qu'un parti à prendre : chercher à traverser sans retard le cercle de fer qui se resserrait de plus en plus autour de nous. Ce mouvement sur Bouclans n'était-il pas inopportun ? Les Prussiens ne paraissaient point être encore en nombre assez important aux passages du Lomont pour qu'on n'essayât pas de les reprendre. Il nous semble que notre quartier général eût dû, plutôt, s'inquiéter des bataillons de Manteuffel, qui, à marches forcées, s'avançaient vers le sud, pour nous couper la route de Lyon.

Dans un mouvement aussi rapide que commandaient les circonstances et avec le peu de discipline qui régnait ordinairement dans nos marches, un désordre plus grave et un encombrement plus grand étaient réellement à craindre. Aussi l'ordre du jour, prévoyant ces embarras, ces difficultés, y obviait en partie. — Sachons le dire, notre nouveau général en chef fit, ce jour-là, preuve de réelle prévoyance. Il avait su parfaitement assurer la marche de son armée par la seule route qu'il avait en son pouvoir : celle de Besançon à Pontarlier ; et grâce à l'énergie de ses subalternes il sut prévenir ou du moins atténuer dans la mesure du possible la démoralisation du soldat, qui commençait à gagner l'officier.

Selon l'ordre général, nous devions avoir atteint Fallerans dans la soirée, et nous y établir pendant la nuit. Dans cette marche, notre flanc gauche fut protégé par la 2e division qui se tint à Valdahon et Epenoy ; notre division de cavalerie nous servait d'arrière-garde ; notre flanc droit était défendu par les 15e et 20e corps, qui suivaient la route de Besançon par Ornans.

Nous quittâmes Nancray le 27 janvier vers onze heures du matin ; le temps était gris, froid et aussi sombre que nos visages ; la plaine était couverte de neige, et la route encombrée de cadavres de chevaux morts soit de froid, soit de fatigue.

A la vérité nous allions très-lentement. On a prétendu que le génie civil avait toujours rendu nos routes praticables. Cela eût été bien difficile ce jour-là, avec le vent épouvantable qui ramassait incessamment sur la route la neige en monceaux très-élevés. Aussi les difficultés étaient extrêmes et l'encombrement inextricable, parce que chacun savait que nous étions suivis de très-près par les Prussiens, que nous avions un seul moyen de leur échapper : les gagner de vitesse.

Rendons d'ailleurs cette justice à notre génie civil : souvent nous n'avons pas même soupçonné, par l'état des routes que nous parcourions, qu'il y avait un service semblable attaché à notre corps. Nous nous sommes bien aperçus à certains moments de son existence, mais c'est lorsque ses officiers nous apportaient les bons de ration à signer.

Après sept heures d'une marche très-pénible, nous atteignîmes un petit village qu'on nous dit être Etalans. Nos chevaux étaient très-fatigués, bien que nous eussions franchi au pas la distance qui sépare Bouclans d'Etalans ; nous fîmes une halte à ce dernier village. Naturellement en cette saison, par la neige, il présentait un aspect misérable. On se pressait en foule à l'entrée d'une maison : ce fut pour nous un indice certain qu'il y avait du feu, car il faisait bien froid. Nous nous dirigeâmes donc de ce côté et nous retrouvâmes, en effet, quelques-uns de nos collègues qui partagèrent avec nous leur installation.

Nous étions bien heureux, oui certainement, de nous retrouver, mais quelle tristesse nous avions tous au fond de l'âme ! Que dire ? Qu'apprendre ? Sur chaque visage apparaissait la crainte ; tous, nous nous consultions ; mais hélas ! le temps des illusions était bien passé !...

Bientôt on nous avertit que si nous avions hâte d'arriver à Fallerans il fallait partir tout de suite. Cela pour deux raisons : l'artillerie, avec ses longues files, arrivait derrière nous ; de plus, le vent balayant la neige de la plaine l'entassait sur la route qu'il serait difficile de franchir sans quelque danger pendant la nuit. Aussitôt nous remontâmes à cheval ; le vent avait, en effet, amoncelé de telles quantités de neige sur la route que les chevaux ne voulaient plus avancer et, dans certains endroits, cette couche de neige atteignait déjà un mètre de hauteur.

A deux kilomètres d'Etalans les voitures que nous avions devant nous s'arrêtèrent ; l'artillerie, qui nous suivait de très-près, justifia nos craintes et nous rejoignit. Alors une indescriptible scène de désordre se produisit. La colonne, composée de piétons, de cavaliers, de voitures, s'avança jusqu'au bas d'une colline dont chacun tentait l'ascension, non-seulement avec beaucoup de peine, mais encore avec quelque crainte. Car, si par hasard vous vous égariez tant soi peu de la route, vous pouviez tomber et disparaître dans les profonds ravins qui se trouvaient à droite et à gauche. Il n'était pas rare de rencontrer ce soir-là, gisant en pleine neige, des hommes exténués de fatigue, glacés de froid, qui ne pouvaient aller plus loin et qui préféraient ce lit glacé aux souffrances de la marche. Les prévenir du danger qu'ils couraient en sommeillant ainsi sur la neige était inutile, ils ne voulaient rien entendre, et ne répondaient même pas aux officiers qui essayaient de les réveiller et de les faire lever.

O nuit horrible ! O spectacle navrant ! Voir des êtres vivants sur cet horizon semblable à un linceul blanc sans fin, lutter ainsi contre la mort, souffrir ainsi pour leur patrie, lorsque tant d'autres. . . . . Ah ! quelque soit le caractère, le degré de faiblesse qu'on peut reprocher au soldat d'alors, celui qui a passé par de pareilles épreuves sans y succomber mérite qu'on lui tienne compte, grand compte de la terrible nuit du 27 au 28 janvier 1870 !

Il est des historiens de cette guerre effroyable qui sont restés paisiblement dans leur ville. Et pourtant, à prendre au pied de la lettre leurs pompeux récits, ils auraient subi les plus atroces souffrances. Ah ! s'ils avaient enduré ces maux ; s'ils avaient été témoins et victimes des douleurs, de l'affreuse détresse de l'armée de l'Est à ce moment, certes, ils seraient plus modestes. Ils s'avoueraient coupables de vanité et d'orgueil eux qui ont cru sentir les aiguillons du froid dans une nuit passée sur le rempart ou dans les casemates d'un secteur quelconque !

Grâce aux efforts et aux encouragements de tous les officiers et soldats, mitrailleuses et canons purent être hissés au haut de cette rampe si rapide et si glissante. Arrivés sur le plateau nous aperçûmes au loin les feux des bivouacs de nos avant-gardes qui étaient déjà campés autour de Fallerans.

A la lueur de ces feux, une vierge toute dorée apparaissait comme un fantôme et produisait un singulier effet au milieu de cette nuit si froide et si sombre. Cette statue d'une grandeur gigantesque se trouve à l'entrée de Fallerans et, suivant les coutumes de la

Franche-Comté, à l'embranchement de deux routes.

Fallerans est un petit village composé de quelques maisons seulement. Nos soldats l'occupant, nous y trouvâmes difficilement un abri pour nos chevaux et un toit hospitalier. Un bon paysan nous donna cependant un coin de son hangar pour nos chevaux et nous offrit de partager sa modeste chambre : ce que nous acceptâmes sans nous faire prier ; hélas! nous avions si froid !

Aussitôt que nous eûmes réchauffé nos membres engourdis, nous nous occupâmes de rechercher le quartier général ; on nous apprit qu'il était installé à la cure. Nous nous empressâmes de nous rendre à cet endroit ; là nous trouvâmes un brave et obligeant curé, bien autrement charitable et patriote que celui de la Cluse, dont nous aurons l'occasion de parler plus tard dans ce récit.

Cette nuit-là, heureusement, nos différents services réglés, nous eûmes encore quelques heures pour nous reposer. Mais l'inquiétude sur le mouvement que nous faisions ne nous le permit pas. Aussi nous restâmes à nous chauffer près du poêle de notre hôte. En attendant que le général voulût bien nous envoyer ses instructions pour le lendemain, nous eûmes une longue conversation avec notre bon paysan. En quittant Nancray, on nous avait déjà prévenus qu'une fois arrivés à Fallerans nous serions peut-être forcés de marcher sur Pontarlier sans désemparer. En effet, l'ordre de départ nous arriva, pour le lendemain, dès la première heure. Le même planton nous apporta un ordre du jour, une proclamation de notre général en chef à son corps d'armée, véritable morceau d'éloquence militaire qui mérite assurément d'être reproduit ici en entier.

Fallerans, 27 janvier 1871.

Officiers, sous-officiers et soldats du 18e corps d'armée,

Depuis deux mois que j'ai l'honneur de vous commander, vous avez traversé de rudes épreuves : à Lorcy, Juranville, Mézières, Gien, Villersexel, Autrey, Chénebier et Echenor, vous avez abordé l'ennemi, et chaque fois vous avez tout au moins repoussé ses attaques et conservé vos positions ; le plus souvent vous l'avez culbuté.

Dans cette longue campagne d'hiver, il n'est pas de souf-rances, il n'est pas de privations que vous n'ayez endurées.

Votre calme, votre résignation ont été à la hauteur de votre courage ; et dans l'Est, comme sur les bords de la Loire, les soldats du 18e corps ont fait l'admiration de l'armée.

Vous avez touché à nos provinces envahies de l'Alsace et après avoir combattu l'envahisseur autour de Belfort le devoir vous appelle à combattre ses nouvelles phalanges que l'ennemi a dû détacher de l'armée qui assiège Paris.

Chaque combat, chaque souffrance endurée par vous, est une douleur détournée de notre héroïque capitale ; ce grand cœur de notre patrie.

Soldats du 18e Corps ! vous aurez encore des combats à livrer, des nuits de bivouac à supporter, des privations à subir, et la campagne qui commence, comme celle qui vient de finir, rappellera les souvenirs les plus héroïques de notre histoire.

Pour moi, malgré les souffrances de la campagne qui ont atteint ma santé, je resterai debout au milieu de vous, au milieu des neiges et des frimas ; je vous demande de me conserver votre confiance ; nous combattrons jusqu'au bout ; et si l'ennemi tentait de s'opposer à votre marche vers un autre théâtre d'opérations, prétendait vous barrer le passage,

nous le culbuterions à la baïonnette aux cris de vive la
France ! vive l'indépendance nationale !

Le général commandant en chef le 18e corps

Signé : BILLOT.

P. C. C. Le Colonel, chef d'État-major.

DE SACHEY.

Après d'aussi belles paroles, l'ardeur, le courage de
nos soldats, auraient dû doubler. Mais hélas ! l'armée
souffrait depuis Belfort, et elle souffrait tant au moral
qu'au physique. Assurément le 18ᵉ corps, à part quelques rares exceptions, aimait son chef. Assurément cet
appel était chaleureux et patriotique ; on y retrouve
parfois l'accent de Napoléon s'adressant à ses vieux
compagnons de victoires. Mais, rien désormais ne pouvait relever l'ordre et la discipline dans le 18ᵉ corps
d'armée ! Les événements et les éléments étaient plus
forts que toute puissance humaine.

Oui, nous aimions notre chef, parce que nous le savions brave, actif et courageux. Si nous lui connaissions
de grandes qualités, nous savions aussi que parfois son
caractère était trop mobile, que la science de l'administration lui faisait défaut. Nous savions très-bien que,
dans un coup de main, dans une affaire où il fallait de
l'audace et de la vigueur, le général Billot, notre général en chef, à lui seul, par son courage et son exemple,
pouvait décider du sort de la lutte. Mais malheureusement, nous savions aussi par expérience que lorsqu'il
fallait user de tactique, le général disparaissait pour ne
laisser que le bon officier d'état-major. Toutefois, il faut

bien le dire pour être exact et impartial, il ne fut pas toujours bien secondé ; parfois peut-être son entourage laissa à désirer comme aptitudes et savoir militaires.

Nous quittâmes Fallerans dès le matin ; la division Bonnet formait l'arrière-garde. Cependant nous entendions dire de tous côtés que les Prussiens étaient sur nos talons. Le général était inquiet, et non sans raison ; il redoutait surtout les conséquences d'une surprise, en présence de notre marche qui devenait de plus en plus désordonnée, de l'encombrement de cette route sur laquelle devaient se trouver, douze heures plus tard, échelonnés les uns derrière les autres, trois corps d'armée, les 18e, 20e et 15e corps.

Cependant nous atteignîmes les gorges de Saint-Gorgon vers les deux heures du soir, sans autre incident que le trouble apporté à notre marche par la température, par les nombreuses difficultés de la route et les Prussiens n'apparaissaient pas encore.

Sans le froid excessif de la journée, sans les soucis et les craintes de toute sorte que nous faisait concevoir une marche exécutée dans d'aussi mauvaises conditions, nous eussions éprouvé une véritable satisfaction de parcourir, en semblable moment, ces sites si beaux, et ces forêts de sapins, si majestueuses, sous leur manteau de neige.

N'est-ce pas à la vérité un spectacle grandiose et imposant que de voir ces sapins centenaires pliant sous le fardeau des glaçons qui garnissaient leurs branches, depuis le sommet jusqu'à leur base ; de voir, au milieu de cette neige une foule armée, dans tous les costumes les plus bizarres, chercher sa route, dans sa course précipitée jeter de temps à autre un regard inquiet en arrière, s'agiter à cet ordre pressant : « En avant ! marchez ! Mais marchez donc ! vous retardez les colonnes qui nous suivent ! »

Aux gorges de Saint-Gorgon, nous fîmes une grande halte, d'autant plus nécessaire qu'à cet endroit se bifurque la route d'Ornans qui vient rejoindre celle de Pontarlier. A ce point de bifurcation nos voitures, notre artillerie se rencontrèrent avec celles des 15ᵉ et 20ᵉ corps qui arrivaient d'Ornans. Naturellement, un pêle-mêle sans pareil et un trouble général dans notre marche s'en suivirent encore.

Pendant cette halte et pendant que des officiers d'état-major cherchaient à rétablir l'ordre dans les rangs, nous utilisâmes les quelques instants qui nous restaient pour parcourir les régiments d'une de nos divisions qui organisaient leurs feux dans un grand bois de sapins, et nous rendre compte de l'état dans lequel se trouvaient nos soldats, après une marche aussi pénible,

Les hommes couraient çà et là pour se réchauffer, d'autres cherchaient du bois et essayaient d'établir leurs feux au milieu de la neige.

Tout ce tapage, le bruit de ces voix humaines, le cliquetis des armes, au milieu de ces grands bois, formaient un tableau dont l'ensemble était bien triste à la vérité, mais admirable.

A la suite de cette promenade, nous fûmes saisis d'un froid aux pieds très-vif. L'ordre dans la traversée de Saint-Gorgon n'étant pas encore rétabli, nous en profitâmes, mon chef et moi, pour demander l'hospitalité, à une espèce d'auberge qui se trouve à la rencontre de ces routes d'Ornans et de Fallerans.

Beaucoup d'entre nous avaient suivi notre exemple ; il nous fut difficile d'approcher du poêle, l'unique foyer de la maison. Au bout de quelques minutes, et avec beaucoup de patience, nous pûmes prendre place dans dans un coin : la chaleur de la chambre suffit pour réchauffer nos membres engourdis. Cette pièce était principalement occupée par des mobilisés du Rhône, d'humeur assez gaie. Ils faisaient en mangeant beaucoup de bruit et racontaient, avec force bravades leurs exploits de l'avant-veille, au Pont-de-Roide. Selon eux, ils n'avaient pas fui devant les Prussiens, comme le bruit s'en était répandu dans l'armée ; ils s'étaient simplement repliés devant des forces supérieures. Aussi ils se livraient à des récriminations de toute sorte contre leur chef.

Avoir vu de ses yeux, depuis le commencement de cette guerre, toute espèce de défaillances, et rencontrer encore des fanfarons, des Français mentant ainsi à la vérité et se jouant des événements était pour nous une cause de chagrins inexplicables. Oh ! combien de fois nous nous sommes demandé jusqu'à quel degré d'abaissement moral ce règne infernal de vingt années pouvait avoir précipité la France naturellement si brave et si loyale ?

De telles conversations nous chassèrent bien vite de ce lieu et, pour nous réchauffer, nous nous mîmes à suivre, à pied, un sentier déjà frayé, qui nous permit d'éviter l'encombrement de la route de Pontarlier, et ainsi d'abréger notre marche d'une demi-heure environ.

En quelques minutes nous nous trouvâmes au milieu

des bois : là notre embarras ne fit que s'accroître ; ce sentier disparaissant sous la couche de neige très-épaisse, nous ne savions plus de quel côté nous diriger. Mais tout à coup, nous aperçûmes un peu à droite, dans un chemin de traverse, une voiture versée. Quelques personnes, empressées autour, faisaient tous leurs efforts pour la relever. En nous approchant, nous reconnûmes la belle infirmière de Bourges, sa jolie camériste et le jeune vicomte d'Agathon qui, dans un moment aussi grave et dans une retraite aussi dangereuse, n'avait pas voulu les abandonner. Il ne faut pas oublier qu'il leur servait ordinairement de protecteur au milieu de la soldatesque brutale.

En attachant nos chevaux de selle à ceux de la voiture, nous parvînmes à la faire sortir de l'ornière. Mais, ô douleur ! Un ressort était brisé et une roue hors de service ; force fut donc de l'abandonner.

Que faire maintenant de ces deux femmes ? Notre jeune vicomte était dans un grand embarras ; ces dames ne paraissaient pas moins contrariées. Tout-à-coup, reprenant sa fierté et son courage habituels, la belle infirmière s'écria : « Qu'à cela ne tienne ! nous ferons l'étape comme les soldats, à pied dans la neige ; seulement, vous ne nous abandonnerez point, M. d'Agathon ? » Pour toute réponse, celui-ci se contenta d'incliner la tête en signe d'affirmation.

A la vérité mon chef et moi, quoiqu'imbus des principes de la galanterie française, nous fûmes obligés d'abandonner ainsi au milieu des bois de charmantes femmes, sans pouvoir leur être de quelque utilité. L'ordre du général en chef était formel ; nous devions arri-

ver à Doubs, à la même heure que nos premières colonnes, et nous n'avions pas de temps à perdre ; celles-ci
avaient une avance d'une demi-heure sur nous.

Nous cherchâmes à regagner au plus vite la grande
route de Saint-Gorgon à Doubs ; la nuit étant arrivée,
nous n'avions plus la ressource de nous frayer des sentiers à travers champs, et nous courions le risque de
nous égarer au milieu de ces montagnes de neige.

Il pouvait être sept heures du soir, lorsque nous arrivâmes au milieu d'une immense plaine couverte de
neige ; nous traversâmes deux ponts et nous aperçûmes
un bâtiment gigantesque qu'on nous dit être une église.
Autour se trouvaient quelques maisons avec toitures peu
élevées construites en forme de chalet. Ces constructions
nous avertirent que nous approchions de la Suisse ;
nous étions à Doubs. Le maire, qui fut un des premiers
à nous recevoir, voulut bien nous offrir l'hospitalité
sans trop se faire prier.

Comme les maisons ne pouvaient contenir et les
hommes et les chevaux, on fit camper le surplus des soldats dans les rues. C'était un spectacle vraiment curieux
de voir ces malheureux creuser des trous dans la neige
pour faire leurs feux. Ces premiers préparatifs terminés,
ils se pelotonnaient tous les uns auprès des autres, les
pieds dirigés vers le feu, et essayaient ainsi de prendre
du repos.

Notre général en chef arrivait presque en même
temps que nous. Rédiger un ordre, selon l'habitude, il
n'en avait pas le temps ; il se contenta de nous transmet-
tre verbalement les ordres du général commandant en
chef. Il fit placer la 1ᵉ division à Dammartin, la 2ᵉ à

Vuillecier et la 3ᵉ à Arçon. Il laissa une partie de la cavalerie sur les routes des gorges de Saint-Gorgon, afin d'éviter une surprise de l'ennemi. Cela eût été facile alors à ce dernier s'il avait pu deviner dans quel état de désordre et de fatigue nous nous trouvions alors. Quoi d'étonnant après une marche de plus de 50 kilomètres en deux jours et une nuit dans la neige, par un froid de 20 degrés, avec des vêtements insuffisants et la crainte constante de voir apparaître les Prussiens ?

Après de telles marches et de telles souffrances on peut se demander quelle consistance présentait cette armée le 28 janvier 1871 à son arrivée à Doubs.

Un temps d'arrêt à Doubs était donc nécessaire, d'abord pour donner un peu de repos à nos soldats, ensuite pour réunir les débris de cette armée attardés sur les routes, depuis notre départ de Besançon. La fatigue avait épuisé nos malheureux soldats, démoralisés déjà par nos échecs devant Belfort, par notre retraite et enfin par la tentative de suicide de leur général en chef ; tentative qui était alors connue de toute l'armée. On marchait sans ordre réel et sans discipline ; le soldat n'avait plus confiance et l'officier lui-même doutait du dernier effort que nous allions tenter. Pour être très-exact dans ce récit, il faut cependant dire que quelques régiments, au milieu de cette foule, avaient conservé quelque semblant d'organisation et avaient résisté à toutes les causes de décomposition.

C'était la réserve du corps d'armée, composée en partie de quelques troupes régulièrement organisées et qu'on avait pu former avec les dépôts des départements, avec les soldats restés en Afrique. En un mot, à ce moment, notre force réelle ne consistait plus que dans le nombre : le doute était entré dans l'esprit de tous ceux qui composaient alors cette armée de l'Est.

Comment peut-on même croire qu'après une retraite aussi précipitée, par le temps le plus mauvais, le froid le plus intense, et en outre, des souffrances de toute sorte, chefs et soldats eussent pu être conservés à la France ?

Le lendemain, 29 janvier, tout en faisant une course, je traversai les bivouacs et j'entendis courir un bruit vague répandu, disait-on, par le maire d'un village voisin : un armistice de 21 jours aurait été signé à Paris.

Le soldat, heureux d'avoir passé cette nuit en repos, se refaisait auprès de son feu, astiquait et fourbissait ses armes en riant et en chantant avec entrain. Cette matinée d'hiver, il est vrai, était fort belle ; le soleil dardait ses rayons sur la plaine, ce qui contribuait beaucoup à donner un moment de gaieté aux hommes, cependant bien malades, tant au moral qu'au physique. Goûter un instant de repos, n'était-ce pas un bonheur inespéré pour ces malheureux, habitués à se sauver et à entendre dire que les Prussiens étaient sur leurs talons ?

Doubs est un petit village composé seulement de spacieux chalets et de grandes étables qui peuvent contenir jusqu'à 200 vaches. Au milieu de ces chalets s'élève une grande église d'un style antiquo-moderne, à peine achevée ; les proportions nous en parurent gigantesques et assurément peu en rapport avec l'importance de ce petit village. Comme je faisais cette observation au maire de Doubs :

« Regardez, me dit-il, autour de cette église, toutes

les montagnes boisées que vous apercevez ; elles appartiennent à la commune de Doubs ; or, comme vous devez le penser, la commune se fait de très beaux revenus par la vente de ses bois ; c'est pourquoi, quand il s'est agi de bâtir une église, le conseil municipal n'a pas hésité à dépenser quelques milliers de francs de plus pour avoir un beau monument. »

La neige encombrait les routes qui servent de rues à Doubs et malgré la promenade, c'est-à-dire le labourage du triangle [1], il était difficile de s'y tenir sans glisser. Quand nous avions des courses pressées, nous prenions des traîneaux et, disons-le en passant, c'est un mode de locomotion assez singulier mais très-commode dans ces pays de neige et de montagnes.

Dans cette promenade matinale nous apprîmes aussi que l'intendant Régence n'était pas remis de sa chute de cheval et que ses officiers l'avaient installé dans un hôtel de notre voisinage. J'allai prendre de ses nouvelles : je trouvai notre intendant trônant déjà, au milieu d'une table bien servie, entouré de ses chevaliers de la Table-Ronde, comme il appelait en riant les quelques officiers de service qu'il avait auprès de lui. La foulure de sa jambe ne paraissait pas avoir amoindri son brillant appétit. Comme il était heureux au milieu des siens ! Comme il était heureux de me montrer qu'il avait un excellent chef de popotte et de me railler, en faisant la comparaison avec la nôtre qui n'existait que de nom ! Notre chef, non sans raison, était d'avis que ce luxe n'est pas tout à fait indispensable en campagne.

Mais, à mon retour à notre quartier général, lorsque

[1] Le triangle, instrument pour balayer la neige.

je fis connaître en souriant, à notre chef, l'installation
de l'ami Régence, il ne prit pas du tout la chose aussi
gaiement que moi, il fronça le sourcil, et d'un ton bref
et dur, il me dit : « Ce n'est pas le moment de songer
au bien-être ; j'ai horreur des gens qui ne vivent que
pour manger. » Lui qui, ordinairement, savait si fine-
ment se moquer et rire des chercheurs de dîners, comment se faisait-il qu'à ce moment, au lieu de rire, il se
fâchait presque ? Sans nul doute, de mauvaises nouvelles lui étaient arrivées du quartier général, pendant
notre absence.

Vers les six heures du soir, le maire de Doubs entra tout
effaré dans nos bureaux en nous annonçant que les Prussiens venaient d'attaquer nos divisions; qu'ils s'avançaient
vers Doubs, tandis que nos soldats battaient en retraite,
et même il nous montrait la direction de Sombacourt
en prétendant entendre le canon. Aussitôt je courus au
quartier général, mais personne ne put me renseigner
sur cette nouvelle panique. On ne savait encore rien de
précis ; on nous dit seulement qu'il y avait eu un engagement, en effet, près de Sombacourt, mais qui n'avait
pas eu de suite à cause de l'arrivée de la nuit ; et qu'enfin on en ignorait encore les détails ; que nos divisions
étaient en ce moment sous les armes en cas d'une seconde surprise pendant la nuit.

Mon chef, inquiet, m'envoya de nouveau vers les 9
heures du soir chez le général en chef. Quelques détails venaient d'arriver sur l'affaire de Sombacourt.
Ils confirmaient les bruits qni circulaient déjà depuis plus de deux heures dans le camp. Il était malheu-
sement trop vrai que les Prussiens avaient surpris à

Sombacourt la 1° division du 15° corps, qui cependant occupait un défilé facile a défendre. Dans cette affaire, nous avions perdu dix canons, sept mitrailleuses, presque tous les bagages de la division ; les généraux d'Astugue et Minot avaient été faits prisonniers avec cinq mille hommes [1].

Après d'aussi tristes événements, il serait profondément regrettable à tous les points de vue qu'une enquête ne fût pas ordonnée. Il faudrait rechercher avec soin si, réellement, ces généraux se sont laissé surprendre comme le maréchal de Villeroi en 1702, dans Crémone, ou s'ils ont rendu les armes, trompés par les bruits d'armistice qui couraient dans le camp depuis le matin.

Ensuite on nous communiqua une lettre du général Robert [2] qui confirmait tous ces faits, et en même temps on nous remit un ordre du général Borel [3], qui annonçait à l'armée qu'un armistice de 21 jours venait d'être signé avec la Prusse.

Tout le monde au quartier général faisait des copies de la dépêche de Bordeaux au général en chef de notre armée, qui annonçait l'armistice : ce document rentrant dans le cadre de notre récit, nous le transcrivons ci-dessous.

Bordeaux, le 29 janvier, 2 h. du soir.

« Un armistice de 21 jours vient d'être conclu par le gouvernement de Paris. Veuillez, en conséquence, suspendre immédiatement les hostilités, en vous concertant avec le chef

[1] Voir Documents historiques. n° 6. (Dépêche de Berlin,)
[2] Voir Documents historiques, n° 7, (lettre Robert.)
[3] Voir Documents historiques, n° 8 et 8 bis. (Ordres,)

des forces ennemies en présence desquelles vous pouvez vous trouver.

« Vous vous conformerez aux règles pratiques suivies en pareil cas. Les lignes des avant-postes respectifs des forces en présence sont déterminées sur le champ et avec précision par l'indication des localités, accidents de terrain et autres points de repère. Le procès-verbal constatant cette délimitation est échangé et signé des deux commandants en chef, ou de leurs représentants.

« Aucun mouvement des armées en avant des lignes ainsi déterminées ne peut être effectué pendant toute la durée de l'armistice. Il en est de même du ravitaillement et de tout ce qui est nécessaire à la conservation de l'armée, qui ne peut non plus s'effectuer en avant desdites lignes. Donnez également des instructions aux francs-tireurs. Afin d'éviter toute difficulté ultérieure, je vous invite instamment à faire apporter la plus grande précision dans la rédaction des procès-verbaux et dans la réunion des éléments qui leur servent de bases. S'il surgissait quelque difficulté sur laquelle vous jugeriez bon d'être éclairé, référez-m'en par dépêche d'extrême urgence, en gagnant le temps nécessaire dans les négociations. Réponse urgente ».

Les expéditions de cette dépêche ne purent être prêtes que vers onze heures du soir et communiquées à tous les chefs de service du 18ᵉ corps que le 30 janvier, à une heure assez avancée de la nuit.

Notre général envoya des parlementaires dans toutes les directions : le capitaine Libermann fut envoyé à la 1ʳᵉ division, le capitaine Charrette à la seconde, et le capitaine Parizot à la troisième. De plus il fit recommander à tout le monde de se tenir sur ses gardes ; les Prussiens, disait-il, pourraient bien ne pas avoir connaissance de l'armistice.

Nous reçûmes pendant cette nuit deux ordres : l'un

prescrivant certaines mesures pour le lendemain relativement à la réorganisation et au ravitaillement de notre corps d'armée ; l'autre ordonnant certains mouvements défensifs pour la journée du 30 janvier 1871 [1].

Partout nos parlementaires furent bien accueillis aux avant-postes prussiens ; ceux-ci acceptèrent même tout d'abord la notification. Mais, quelques heures plus tard, avec tous les détails de l'affaire de Sombacourt, on nous apprit que les Prussiens refusaient de reconnaître l'armistice sous le prétexte qu'il ne s'appliquait pas à l'armée de l'Est ; qu'ils entendaient continuer les hostilités et qu'ils les continueraient jusqu'à ce que leur plan fût complètement exécuté. En effet, Manteuffel s'avançait toujours vers le Sud-Ouest. La surprise de la 1re division le 15 à Sombacourt avait découvert la division Thornton, qui fut attaquée dans la nuit dans Chaffois ; elle s'y maintint énergiquement. A la réception des instructions de notre général commandant en chef, prescrivant de s'entendre avec les commandants ennemis, pour mettre fin aux hostilités, le général Thornton fit cesser le feu et envoya un parlementaire. Mais, pendant les pourparlers, des bataillons prussiens, profitant de l'ordre de cesser le feu, se glissèrent sans opposition dans le village, désarmèrent nos hommes et les constituèrent prisonniers.

L'erreur fut reconnue le lendemain, et le général prussien renvoya nos soldats, mais sans leurs fusils.

Dans cette soirée du 29, ce village de Chaffois fut occupé, partie par nous, partie par les Prussiens.

Dès le lendemain matin, ne pouvant supporter plus

[1] Voir Documents historiques. no 9 et 9 bis.

longtemps cette situation et cette incertitude, le général
Clinchant, commandant en chef de l'armée de l'Est,
envoya de nouveau au camp prussien un officier supérieur, afin d'obtenir une suspension d'armes de 36 heures,
et en même temps il demandait à Bordeaux des explications sur l'armistice conclu à Versailles.

Nous passâmes cette journée du 30 dans une anxiété
terrible ; les nouvelles d'heure en heure se contredisaient ;
que croire, que penser ? Chacun se laissait aller à des illusions ; nous nous voyions déjà depuis 21 jours au milieu
de cette neige ; nos pauvres têtes formaient mille projets
insensés ; dans cette journée, les quelques vestiges de
discipline qui restaient dans notre corps disparurent naturellement, au point qu'un brigadier de gendarmerie,
avec ses propres gendarmes et de son autorité privée,
employa la force pour faire des réquisitions de fourra
ges, dans le cantonnement même de l'Intendant en chef
du 18e corps [1].

Dans la soirée on nous confirma les mauvaises nouvelles du matin ; un officier, qui venait du grand quartier
général, nous affirma que Manteuffel ne voulait pas consentir à appliquer l'armistice à l'armée de l'Est, avant
que son mouvement, résultant du plan général de l'invasion, ne fût exécuté : « Le général en chef, ajouta-t-il,
fait en ce moment tous ses efforts pour obtenir une sus-

---

[1] « Le général Manteuffel, aux demandes d'explications qui lui
avaient été adressées à ce sujet, avait répondu que ses ordres
lui prescrivaient de ne point arrêter les opérations militaires
contre l'armée de l'Est. Les échauffourées de Sombacourt et de
Chaffois avaient été la conséquence de ce grave malentendu.

« La nouvelle de la capitulation de Paris s'était rapidement

pension d'armes de 36 heures. Je ne sais s'il sera plus
heureux que dans ses premières négociations. »

En présence de ces menaces, du silence du gouvernement de Bordeaux, du terrible effet moral que ces
nouvelles avaient produit sur l'armée de l'Est, la position du général en chef était devenue en vérité excessivement critique. Mais heureusement, pendant ces

propagée ; d'autres nouvelles plus vagues annonçaient la défaite
de l'armée de Chanzy.

« Enfin, le ministre de la guerre à Bordeaux, auquel des explications avaient été demandées au sujet de l'armistice, répondait
que cet armistice ne s'appliquait pas à l'armée de l'Est.

« Ces nouvelles achevèrent de détruire le moral de l'armée,
déjà très ébranlé par les fatigues et les mécomptes de toute
sorte qu'elle avait éprouvés. Le nombre des hommes débandés
était considérable et tendait encore à s'accroître. On venait d'être
informé que l'ennemi, délogeant de leurs positions les troupes
qui gardaient la trouée de Bonnevaux, la position de la Planée
et celle de Vaux, venait de s'emparer, sans coup férir, du village
de Granges Ste-Marie, situé sur la route de Pontarlier à Mouthe.

« On apprit en même temps qu'il se montrait au village des
Planches ; et enfin qu'il occupait en force la route de Mouthe.

« L'état moral des troupes, l'insuffisance des approvisionnements et surtout des moyens de transport dans ce rude pays
de montagne couvert de neige, rendaient impossible un mouvement offensif contre l'ennemi et, dans la situation où se trouvait l'armée, il n'y avait d'autre parti à prendre que de la mener
en Suisse.

« Déjà, du reste, des négociations avaient été entamées avec
les autorités suisses, en vue de cette éventualité.

« On savait que les Prussiens se concentraient pour opérer
une attaque générale sur l'armée. Il était donc urgent de prendre
des dispositions militaires afin de protéger la retraite sur la
Suisse. (Extrait du Journal des marches et combats de la 2e division du 18e corps, p. 109).

deux journées d'inaction de l'armée de l'Est, il ne perdit pas son temps. Autrement, c'en était fait de cette armée, elle eût éprouvé le sort de celle de Sedan.

En effet, pendant qu'il négociait avec les Prussiens dans le but d'entraver leur marche, il prenait ses dispositions pour la faire évacuer sur le territoire suisse, avant que l'ennemi eût pu l'atteindre.

Des ordres furent donnés et expédiés en conséquence à tous les corps.

Les habitants de Doubs couraient çà et là, affolés. Partout on organisait la défense en cas d'une surprise de nuit ; partout dans la plaine s'exécutaient des mouvements de troupes.

Le maire de Doubs, aussi brave que beaucoup d'autres de ses semblables, en présence de ces préparatifs de défensive, nous demanda s'il pouvait sans crainte se réfugier dans ses caves, si les obus pourraient percer les voûtes, etc...

Tel était alors l'esprit patriotique des campagnes. Si un chef de commune donnait un tel exemple à ses concitoyens, que devaient faire ceux-ci ? Quelque honteux qu'il soit d'avoir à avouer de telles faiblesses, en général, nos bons villageois étaient plus soucieux de cacher leur fortune, leur linge, leurs denrées, que de prêter main forte à l'armée. Et cependant ces mêmes hommes avaient été assez naïfs, assez aveugles, pour obéir à la voix de l'homme, à jamais exécrable, qui dicta ses ordres à la France pendant dix-huit années. Nous découvrîmes, chez ce maire, un exemplaire du compte rendu des réunion publiques tenues en 1869, à Paris, compte rendu arrangé de façon à effrayer les habitants des campagnes et à obtenir les 8.000.000 de suffrages, par lesquels la France devait, elle-même, s'imposer tous les désastres actuels.

En conformité des instructions de notre général en chef, le général du 18ᵉ corps prescrivit le mouvement suivant :

« Le 18ᵉ corps devait occuper les hauteurs qui sont au Nord-Est ainsi que les hauteurs du Sud-Ouest jusqu'en face des Granges-Marbot et surveiller en outre la route de Morteaux par les Allemands. [1] »

Vivement préoccupé des événements qui pouvaient se produire dans cette nuit du 30 au 31 janvier, nous fîmes de nombreux voyages au quartier général de l'état-major et du général commandant le 18ᵉ corps. Pour se rendre à cet état-major, il fallait traverser le petit village de Doubs, et le trajet exigeait environ dix minutes.

La nuit était froide, et la lune éclairait cette plaine de neige, tout à l'heure si bruyante et devenue tout à coup silencieuse. Un sommeil bienfaisant semblait s'être emparé de ces milliers d'êtres humains couchés au milieu de la neige.

Au quartier du général en chef, tout le monde également sommeillait. Les sentinelles qui gardaient le camp étaient elles-mêmes appuyées sur leurs fusils et n'étaient point difficiles sur la consigne.

Seul, parcourant ces routes sillonnées de bivouacs, en tous sens, au milieu du silence de la nuit, heurtant sans cesse les sacs de nos soldats qui encombraient les petits passages laissés libres entre les groupes couchés autour de quelques tisons qui fumaient encore, je croyais

[1] Les Allemands. Nom d'un village du Doubs sur la frontière suisse.

rêver et être transporté au milieu d'un vaste désert.

En arrivant au pont sur le Doubs le terrain offre une petite élévation d'où, grâce au clair de lune, j'aperçus entièrement la vallée ; je m'y arrêtai un instant. Je ne pouvais rassasier ma vue de ce splendide paysage nocturne. Au milieu de la neige, tous ces points noirs innombrables, semés les uns auprès des autres ; dans le lointain, quelques chalets de Doubs, avec leurs larges toits couverts de neige ; l'église, avec son élégant clocher se détachant sur l'immensité de la plaine, dominant de son élévation tout ce qui l'environnait, ressemblait à un spectre qui veillait à la garde du village.

J'arrivai enfin à l'état-major ; par exception je trouvai un soldat qui, me voyant enfoncé dans la neige et fort embarrassé, m'indiqua une voie frayée. Tous les officiers de l'état-major étaient couchés sur la paille à part un, qui arrivait de course. Tout en nous chauffant le long du poêle, nous nous mîmes à causer.

« Quel silence ! lui dis-je. Comme la plaine de Doubs est triste, malgré les lumières vacillantes de nos feux de bivouacs ! Comme cette nuit est éloquente et prête à la méditation malgré le froid intense qu'il fait ! Ne vous semble-t-il pas que cette tristesse, que l'on respire à pleins poumons, la vue de ce tableau si beau et si grandiose, nous présagent pour l'avenir quelque malheur ?

« Que voulez-vous ? non cher ami, me répondit-il ; soyez un peu philosophe ; oublions nos misères comme nous savons supporter avec résignation les injustices de nos chefs. Je vous avoue, néanmoins, que pour demain j'ai de vives préoccupations. Nous ne savons rien encore

de ce qui va se passer ; j'arrive de Pontarlier et, au
grand quartier général, ils n'ont aucune réponse ni de
Bordeaux ni du général Manteuffel. Le général est
encore en instance pour obtenir une suspension d'armes
de 36 heures ; Manteuffel y consentira-t-il ? Dans tous
les cas, nos hommes ont beaucoup souffert depuis
quelques jours et si nous sommes attaqués demain,
comme c'est probable, je doute qu'ils résistent au choc
de cette armée marchant sans cesse avec la victoire. En
prévision de toute éventualité, nous venons de porter à
nos généraux de division les ordres nécessaires, afin
qu'ils soient à l'abri d'une surprise. »

Je revins triste, soucieux, à pas lents, à notre bureau,
ne pouvant détacher mes yeux ni ma pensée de cette
plaine, où 100.000 hommes reposaient au milieu de la
neige !

Le jour commençait à peine à paraître que, selon
l'ordre de mouvement [1], en compagnie de mon chef,
nous prenions à pied le chemin de Pontarlier, le mauvais état des routes ne nous permettant pas de nous
servir de nos chevaux.

[1] V. Documents historiques, nos 10 et 10 bis.

CHAPITRE XII

PONTARLIER

Le 31 janvier au matin, nous quittâmes Doubs ; le soleil se levait à l'horizon, une belle journée d'hiver se préparait. La route, quoique déblayée par le triangle, était devenue très-mauvaise ; les chevaux ne pouvaient plus se tenir, tellement la neige était glissante : nous fûmes forcés, tous autant que nous étions, d'aller à pied à Pontarlier. Nous n'eûmes pas à regretter ce contre-temps ; cette marche, en effet, nous permit de faire quelques observations importantes sur l'état de notre armée et d'apprécier la situation qui nous était faite par l'armistice.

Comme nous l'avons vu plus haut, les Prussiens ne voulaient pas reconnaître l'armistice : ce matin-là même, 31 janvier, ils avaient averti notre général en chef qu'ils reprendraient les hostilités. Malgré cet avertissement le général Clinchant négociait encore, en vue d'obtenir une suspension d'armes de 36 heures ; le temps nécessaire pour traiter de notre entrée en Suisse avec le général Hertzog.

Hélas ! qu'on veuille bien le croire, en ce moment, il ne nous restait pas d'autre parti à prendre.

Dans le doute, en vue des éventualités, soit d'une surprise, soit d'une entrée en Suisse, le général voyait de graves décisions à prendre, de grandes précautions à observer.

. . . .

Le général Clinchant fut assez habile pour tout prévoir.

Avec la lassitude et l'abattement moral de notre armée, ce matin-là, assurément, les Prussiens avaient la partie belle. Lors même que la majorité de nos troupes n'aurait pas par exception fait preuve d'inertie complète ; lors même qu'il se serait trouvé quelques vieux régiments d'Afrique pour opposer une vive résistance ; la perte de l'armée de l'Est n'en était pas moins très-certaine.

Si les officiers prussiens se sont montrés d'habiles stratégistes dans toute cette campagne, à Doubs et à Pontarlier, les 28, 29 et 30 janvier, ils ont commis de nombreuses fautes qu'il est bien difficile de comprendre et d'expliquer.

Le parcours de Doubs à Pontarlier, long seulement de 3 kilomètres, fut pour nous une promenade très-inté-

ressante et très-instructive. Comme nous traversâmes
nos lignes de bataille, nous pûmes examiner de près et
juger d'abord l'état du soldat, puis les dispositions défensives qui avaient été prises dès le jour.

La couche de neige sur la route était si épaisse qu'on
avait été obligé de la relever sur les côtés. Elles formait
ainsi de droite et de gauche un rempart d'au moins un
mètre et demi. Dans la plaine, on ne voyait qu'une
nappe de neige dont l'œil ne pouvait mesurer l'étendue ;
à l'horizon on découvrait de grandes files de points noirs
qui paraissaient se mouvoir. Par leur va et vient, elles
enlevaient à ce passage toute sa monotonie et toute sa
tristesse. A notre gauche, au pied des montagnes couvertes de sapins, se trouvaient des batteries en position
prêtes au moindre signal à balayer la plaine. Sur notre
droite les mobiles, en colonnes légères, occupaient la
grande route de Besançon à Pontarlier. La matinée
était très-froide et on s'en apercevait surtout lorsqu'on
restait immobile. Aussi tous nos soldats sautaient et
battaient la semelle dans les rangs.

A chaque instant nous ralentissions le pas, croyant à
un engagement, mais l'ennemi n'apparaissait nulle part ;
il ne sortait pas de ses retranchements.

Nous eûmes l'occasion en parcourant nos lignes de
voir plusieurs officiers de notre connaissance et de causer aussi avec quelques soldats. Tous également pensaient que, si nous étions attaqués, le succès de la journée appartiendrait à l'ennemi.

Neuf heures sonnaient lorsque nous entrions à Pontarlier. Cette ville, de prime abord, ressemble à une
place forte avec ses vieilles murailles du temps d'Au-

guste : ses portes ont encore conservé le cachet des travaux romains. Une fois entrés, nous eûmes de grandes difficultés à avancer ; des soldats, de l'artillerie, des voitures, des impédimenta sillonnaient les rues en tous sens.

Nous nous empressâmes de chercher la mairie et ce ne fut pas sans peine que nous la trouvâmes. Le plus grand désordre y régnait : tout le monde demandait à grands cris des logements ; mais la ville était trop petite pour satisfaire aux désirs de chacun.

Que de colères, que de mécontentements n'avons-nous pas vus ! Ces scènes nous parurent très-frappantes et il eût été difficile d'inventer des images plus fidèles de nos mœurs impériales.

Dans un couloir, j'aperçus un hulan faisant les cent pas ; je m'approchai de lui et lui demandai ce qu'il faisait là. Il me répondit d'un air narquois, le sourire sur les lèvres : « qu'il avait été fait prisonnier, la veille, et qu'il attendait que le général eût statué sur son sort. »

S'il avait tenu à s'échapper, je crois qu'il l'aurait pu aisément, mais il paraissait trop heureux d'être prisonnier.

O dérision du sort ! un prisonnier, un seul, quand la veille on nous en avait fait des milliers, et encore nous en étions embarrassés !.   .   .   .   .

Au milieu de ce trouble général, je parvins à obtenir un billet de logement chez un M. de la grande rue (je regrette beaucoup de ne pas me rappeler son nom). Quand nous nous présentâmes chez lui, il nous fit un accueil plus que glacial ; il s'emporta vivement contre

l'armée de l'Est et ses chefs, sous le prétexte qu'ils
avaient amené les Prussiens à Pontarlier. Il ajouta même :
« Si j'avais été maire de Pontarlier, j'aurais fait fermer
les portes de la ville, et j'aurais refusé l'hospitalité à
cette armée, qui n'a pas su se défendre et qui, par ses
retraites continuelles, a amené les Prussiens jusqu'ici. »

A la vérité Pontarlier est une ville très-commerçante ;
la population se compose surtout de négociants et de
manufacturiers enrichis, qui forment la bourgoisie
de l'endroit et qui, chose pénible mais nécessaire à dire,
par habitude mesurent toutes leurs actions au poids de
l'or.

Nous, qui arrivions des plaines de neige, et qui avions
hanté plutôt les champs que les villes depuis le 23 novembre, nous étions vivement surpris de nous trouver
au milieu de ces parvenus et de leurs petits palais. Toutes les maisons de Pontarlier sont en effet très-luxueu-
ses à l'intérieur, et les habitants nous paraissaient mé-
diocrement disposés à sacrifier un peu de leur bien-être
pour les défenseurs de leur patrie. Nous refusâmes donc
l'hospitalité de ce monsieur qui aurait été, ce nous semble, trop chèrement achetée ; nous nous contentâmes
d'un modeste réduit dans un hôtel que nous avons appelé, à cause du mauvais accueil que nous y reçûmes,
hôtel de Bismarck.

Peut-être dira-t-on que ce mauvais accueil, en une
certaine mesure fut la conséquence des exigences, plus
que ridicules, de plusieurs officiers d'état-major qui,
chez quelques Crésus de Pontarlier, auraient été jusqu'à défoncer les placards pour boire le champagne
dans des verres de mousseline ; jusqu'à réquisitionner

toutes les poules de la ville, etc... Ces enfantillages, ces
folies de jeunesse, réminiscence des déplorables coutumes de l'empire, étaient assurément fort regrettables et
même odieux. Mais justifiaient-ils la rigueur avec laquelle les habitants de Pontarlier accueillaient tous les
officiers sans distinction ?

Cette population de commerçants, d'enrichis égoïstes
plaçant la défense de leurs foyers, l'honneur national
au-dessous de leurs intérêts matériels, ne rappelait-elle
pas, à part quelques rares exceptions près, tous ces mauvais Français que nous avions rencontrés dans presque
toutes les villes depuis Orléans ?

Un littérateur de mérite, dans un des récents écrits
sur l'armée de l'Est, a caractérisé en termes terribles,
mais vrais, notre esprit national en 1870. Son langage
est si précis et si exact, que nous allons en reproduire
les principaux traits : « Ces nababs de commerçants,
tenant à conserver leur moëllons et leur tuiles, faisaient une faute d'arithmétique et de raisonnement. [1] »

---

[1] « En attendant, il est permis de supposer que les principaux
d'entre les Pontissaliens, propriétaires, industriels et commerçants, n'ont pas manqué d'exposer, avec cette éloquence qui
vient du cœur, le danger que la défense de la ville ferait courir
à leurs tuiles et à leurs moëllons. Quoique plus instruits que les
paysans, les bourgeois citadins font toujours la même faute
d'arithmétique et de raisonnement. De peur de se noyer, ils se
jettent à l'eau et préfèrent se voir dépouiller à coup sûr par des
ennemis, que de courir au moins le risque de sauver une partie
de leurs biens en se défendant, et l'honneur par surcroît. Il y a
longtemps qu'on le dit : deux et deux ne font pas toujours quatre. En se mettant au-dessus de l'intérêt général, l'intérêt privé
ne commet pas seulement une mauvaise action, il fait un faux
calcul. Pontarlier est debout ; ses maisons sont intactes extérieu-

Celui qui parle ainsi est bien compétent en pareille matière ; nous pouvons l'en croire car le Suisse, calculateur par nature, nous a appris, en nous donnant sa facture relative à l'internement de l'armée de l'Est, combien il sait rigoureusement additionner les chiffres.

Tous les mauvais Français, en défendant leurs villes et leurs villages, auraient perdu assurément beaucoup. Mais les conséquences n'auraient pas été aussi graves que l'a été l'abandon au pouvoir de l'ennemi. Il est bien certain que si les Prussiens avaient trouvé partout une population décidée à mourir plutôt qu'à se courber sous leur joug, c'en était fait de l'invasion allemande. Que la France se levât et elle était sauvée. Mais la France de 1870 ne s'est pas levée....... et elle ne pouvait pas se lever !

Pendant que nous nous installions à Pontarlier, la municipalité, ce qui n'est un secret pour personne aujourd'hui, traitait directement de la remise de la ville avec les Prussiens et cherchait à obtenir les conditions les plus avantageuses. O honte ! ô infamie ! Mais il ne faut pas craindre de le dire, puisque nous avons promis de tout dire.

En effet le lendemain 1er février, vers une heure de l'après-midi, l'armée prussienne entrait à Pontarlier. Après l'avoir rançonnée, pillée de toutes les façons, après

rement, mais l'ennemi en a franchi le seuil, et le souvenir odieux de sa présence, hôte funeste, ne les quittera plus ; il a fallu payer une contribution énorme, faire face à des réquisitions de toute nature, subir des insolences de tout genre et, pour cela, la France a perdu une armée. Faites le bilan, MM. les calculateurs. (Fritz Berthoud, Retraite de l'armée de l'Est en Suisse, p. 16.)

avoir exigé une contribution de guerre qui peut se chiffrer par plus de 600.000 francs, elle y restait jusqu'au mois de juin.

Que Pontarlier, comme beaucoup d'autres villes, telles que Gien, Orléans, comprenne aujourd'hui ce qu'il en coûte de ne pas se défendre ! Qu'elle reconnaisse de quel côté est l'économie et surtout l'honneur ; qu'elle comprenne quelle prime d'encouragement elle a donné aux Prussiens pour la prochaine invasion de la France qu'ils méditent !

Dès que nous fûmes sortis de cette maison inhospitalière, nous nous mîmes à errer dans les rues de Pontarlier, cherchant un gîte. Quel spectacle navrant s'offrit à nos yeux ! Dans la grande rue, une foule habillée de tous les costumes fantaisistes et imaginables, parlant toute espèce de langues, se pressait, se bousculait, criait, fuyait dans la direction de la Suisse. Parmi cette foule on distinguait des Algériens, des Montévidéens, des Corses, des Américains, etc...

Tous ces hommes ne paraissaient être mus que par une pensée, c'était de se sauver et de gagner au plus tôt la Suisse. Aussi étaient-ils joyeux de voir la guerre finie et d'entrevoir le terme de leurs souffrances.

J'eus l'occasion d'interroger plusieurs d'entr'eux et de leur demander pourquoi ils fuyaient ainsi et jetaient leurs armes. Tous invariablement me tinrent ce langage : « Que voulez-vous que nous fassions maintenant ? Notre général en chef est en Suisse pour y traiter de notre entrée ; nous n'avons qu'une chose à faire, c'est d'aller le rejoindre. Depuis deux mois nous avons bien assez souffert ; les armées de Paris et d e l'Ouest ont déposé les armes, nous ne voyons pas pourquoi nous nous battrions puisque les autres ne se battent plus. A quoi bon nous faire tuer aujourd'hui sans aucune utilité pour la France ?

Un seul motif, peut-être, pourrait encore retenir nos généraux à Pontarlier, ce serait l'occasion favorable de faire une parade militaire qui, assurément, n'aurait d'autre résultat que d'augmenter le nombre de nos victimes. Bien triste satisfaction pour leur vanité ! Assurément, pour nous, la guerre est finie ; nous ne nous faisons point illusion à ce sujet, nous allons regagner au plus vite la Suisse ; et en cela, mon officier, nous ne ferons pas acte de lâcheté ; l'occasion de la bravoure est passée ; et l'heure du gros bon sens est arrivée. »

Que répondre à ce raisonnement si juste, à ce désespoir si grand, devenu presque général dans l'armée de l'Est, à ce moment ?

A trois heures de l'après-midi, lorsque le défilé fut terminé, la grande rue de Pontarlier était littéralement jonchée d'armes abandonnées. Il fallut plus de deux heures pour ramasser les nombreux chassepots et les sabres baïonnettes !

Les soldats que nous avions vus, quelques instants auparavant, dans la plaine de Doubs, n'offraient pas un aspect aussi triste. Mais eux aussi commençaient à être vivement affectés par les événements. Là encore, en parcourant nos lignes, nous avions vu des hommes, l'arme au pied, obéissant aux ordres de leurs chefs, immobiles dans les rangs, et qui attendaient, malgré les souffrances du froid, avec impatience et courage, l'heure du combat. En faisant la comparaison avec les bandes que nous rencontrions dans Pontarlier, nous nous demandions pourquoi cette différence. Pourquoi ici, le désordre le plus complet et là-haut, sur la montagne, non pas seulement une apparence, mais un ordre réel ? Bientôt nous nous persuadâmes que cette différence et dans la tenue et dans l'organisation s'expliquait par le degré de confiance que les soldats avaient en leurs chefs. Par exception, les officiers restés dans la plaine s'étaient appliqués à alléger les souffrances du soldat, tandis que les autres, en général, ne s'étaient préoccupés, pendant cette rude campagne, que d'eux-mêmes. D'où la conséquence toute naturelle que les soldats qui protégeaient la retraite de l'armée de l'Est, étaient encore disciplinés et pouvaient offrir quelque consistance. Tel était l'état du 18e corps.

Cependant, malgré cette sensible différence avec les fuyards de Pontarlier, la tenue de ces braves laissait encore à désirer. Au moral, ils étaient à la vérité moins atteints que les premiers, mais néanmoins le mal avait déjà fait son apparition dans ce corps d'armée et menaçait même de faire des progrès. Les commandements commençaient à ne plus être aussi attentivement écoutés ; il fallait les répéter plusieurs fois ; on commençait à raisonner dans les rangs ; on tenait les propos suivants : « On ne se bat plus en France, il y a un armistice. Pourquoi allons-nous nous battre ?

Avec un tel état, un tel esprit de l'armée de l'Est, que devions-nous désormais espérer ?

A la vérité, en ce moment, une bataille, en raison même de ce que nous venions de constater de nos propres yeux, nous semblait offrir de sérieux dangers pour cette armée, ne disposant plus que de très faibles effectifs. C'est dans cette inquiétude et sous l'empire de telles réflexions que nous passâmes toute la journée du 31 janvier dans un réduit de l'hôtel Bismarck, en compagnie de notre chef, cherchant à oublier nos douleurs dans son aimable et spirituelle conversation, et à chaque instant cherchant à surprendre dans ses yeux quelque lueur d'espérance. Mais, hélas! il n'y avait que des larmes !

Nous étions ainsi absorbés par nos tristes pensées, lorsqu'on vint nous communiquer la réponse du gouvernement de Bordeaux à la dépêche de notre général en chef :

Guerre à général Clinchant, à Pontarlier.

Bordeaux 31 janvier, 9 h. 55 matin.

« D'après le texte officiel de l'armistice, que nous recevons à l'instant, il est fait une exception que rien ne nous avait fait prévoir. Les opérations militaires sur le terrain des départements du Doubs, du Jura et de la Côte-d'Or se continueront indépendamment de l'armistice, jusqu'au moment où les deux puissances belligérantes se seront mises d'accord sur le tracé d'une ligne de démarcation entre les ar- « mées dans lesdits départements. Veuillez, en conséquence continuer les hostilités à votre appréciation, avec tous les moyens d'action dont vous disposez. »

Pour être complet et pour permettre de mieux apprécier cet armistice et de juger dans quelles conditions il fut souscrit, il est indispensable, ce nous semble, d'en donner le texte. Aussi nous allons reproduire ici l'article I de cette convention où se trouve l'unique clause qui concerne l'armée de l'Est :

« Art. I. Un armistice général sur toute la ligne des opérations militaires en cours d'exécution entre les armées allemandes et les armées françaises commence pour Paris, aujourd'hui et pour les départements dans un délai de trois jours. La durée de l'armistice sera de 21 jours à dater d'aujourd'hui de manière que, sauf le cas où il serait renouvelé, l'armistice se terminera partout le 19 février à midi.

« Les armées belligérantes conservent leurs positions respectives qui seront séparées par une ligne de démarcation. Cette ligne partira de Pont-l'Évêque, sur les côtes du département du Calvados, se dirigeant sur Lignières, dans le nord est du département de la Mayenne, en passant par Briouze et Fromentel, en touchant au département de la Mayenne à Lignières. Elle suivra la limite qui sépare ce département de celui de l'Orne et de celui de la Sarthe, jnsqu'au nord de Morannes et sera continuée de manière à laisser à l'occupation allemande les départements de la Sarthe, d'Indre-et-Loire, de Loir-et-Cher, du Loiret, et de l'Yonne jusqu'au point où, à l'est de Quarré-les-Tombes, se touchent les départements de la Côte-d'Or, de la Nièvre et de l'Yonne. A partir de ce point, le tracé de la ligne sera réservé *à une entente qui aura lieu aussitôt que les parties contractantes seront renseignées sur la situation actuelle des opérations militaires en exécution dans les départements de la Côte-d'Or, du Doubs et du Jura.* Dans tous les cas, elle traversera le territoire composé de ces trois départements en laissant, à l'occupation allemande, les départements situés au nord, à l'armée française, ceux situés au midi sur ce territoire. »

Peut-on trouver dans une convention, plus de tartufferie que dans l'article Ier de celle-ci ?

En tout cas, cette convention est sans précédent dans

l'histoire. La duplicité et la fourberie en ont dicté tous les termes et les principes dont elle s'inspire sont depuis longtemps condamnés par le droit des gens. Aussi sera-t-elle à tout jamais une honte pour le ministre qui l'a imaginée et pour le roi qui l'a ratifiée.

Malgré tout cet acte, auquel on ne peut donner son véritable nom, n'a eu qu'un résultat sur l'armée de l'Est, c'est d'avoir hâté et achevé sa décomposition ; de la forcer à entrer en Suisse huit jours plus tôt. Ce résultat, nous en sommes persuadé, n'a pas répondu aux espérances de M. de Bismarck.

Le général Clinchant, notre général en chef, en militaire expérimenté et prudent, dès la veille, avait entrevu la situation exceptionnelle qui nous était faite par cet armistice. Avec un coup d'œil juste, une prévoyance rare et une décision de caractère remarquable, il s'arrêta à la seule résolution possible : faire passer aussitôt en Suisse son armée cernée de toutes parts ; profiter des seules routes qu'il avait encore en son pouvoir.

Le général Clinchant, comme nous l'avons vu plus haut, par son ordre de mouvement du 30 janvier, sans perdre une minute, rapprocha son armée de la frontière suisse et entra en négociations, aux Verrières françaises, avec les autorités fédérales. Dans la nuit du 31 la convention, ébauchée la veille, était signée par les deux parties. L'activité de notre général en chef, dans ces terribles circonstances, ne se démentit pas un seul instant et suffit à cette tâche difficile. C'est ainsi qu'il put conserver à la France le matériel de l'armée de l'Est et éviter le sacrifice parfaitement inutile de **nouvelles et malheureuses victimes. Titre d'honneur et**

de gloire attaché à tout jamais au nom du brave général, et que plus tard, sans nul doute, l'histoire mettra
au-dessus de bien des victoires.

En même temps on nous remit la proclamation du
général Clinchant à l'armée.

Par son importance nous nous sommes cru obligé de
la placer ici, au lieu de la renvoyer à nos documents
historiques.

Pontarlier, le 31 janvier 1871.

Soldats de l'armée de l'Est,

« Il y a peu d'heures encore, j'avais l'espoir, j'avais même
la certitude de vous conserver à la Défense nationale. Votre
passage jusqu'à Lyon était assuré à travers les montagnes du
Jura.

« Une fatale erreur nous a fait une situation dont je ne
veux pas vous laisser ignorer la gravité. Tandis que notre
croyance en l'armistice, qui nous avait été notifié et con-
firmé à plusieurs reprises par notre Gouvernement, nous re-
commandait l'immobilité, les colonnes ennemies continuaient
leur marche, s'emparaient des défilés déjà en nos mains, et
coupaient ainsi notre ligne de retraite.

« Il est trop tard aujourd'hui pour accomplir l'œuvre interrompue : nous sommes entourés par des forces supérieures ; mais je ne veux livrer à la Prusse ni un homme, ni un
canon. Nous irons demander à la neutralité suisse l'abri de
son pavillon ; mais je compte, dans cette retraite vers la
frontière, sur un effort suprême de votre part : défendons
pied à pied les derniers échelons de nos montagnes ; proté-
geons le défilé de notre artillerie et ne nous retirons sur
un sol hospitalier qu'après avoir sauvé notre matériel, nos
munitions et nos convois.

« Soldats ! je compte sur votre énergie et sur votre ténacité. Il faut que la patrie sache bien que nous avons tous fait notre devoir jusqu'au bout et que nous ne déposons les armes que devant la fatalité.

Général CLINCHANT.

Plus d'illusions possibles ! Cette proclamation faisait la lumière sur le sort de l'armée de l'Est qui, le lecteur le reconnaîtra avec nous, méritait une autre fin !

CHAPITRE XIII

PONTARLIER (SUITE)

SOMMAIRE. — L'armistice et ses conséquences. — La belle infirmière. — Le chevalier de la Ferblanterie. — Ses conseils. — On bat la générale. — Panique de la ville de Pontarlier. — Le commandant de nos mitrailleuses. — Préparatifs de défense de Pontarlier. — Le quartier général chez un adjoint. — Tous les officiers du quartier général veulent être députés. — Signe indéniable de l'abaissement des caractères en France. — Opinion de l'Angleterre sur les malheurs de la France. — Un officier d'artillerie rend compte de sa mission au fort de Joux. — Notre retour à l'hôtel. — Réflexions. — La nuit. — Ordre de mouvement. — Visite au quartier général. — Les Prussiens se promènent dans Pontarlier. — Inquiétude générale. — Nos magasins d'approvisionnements Dormier : leur état. — Les distributions préparées. — L'armée songe à se retirer en Suisse et non à prendre des vivres. — Terreur du docteur L***. — Les Prussiens laissent replier la 2e division du 18e corps jusqu'à Pontarlier sans l'attaquer.

Comme nous l'avons vu plus haut, désormais, l'armée de l'Est devait songer à passer au plus tôt en Suisse, si elle voulait conserver son matériel et ne pas laisser un grand nombre de prisonniers aux mains des Prussiens.

Peut-on attribuer exclusivement à l'armistice et à ses effets la position désespérée dans laquelle se trouvait cette armée, le 31 janvier 1871 ? Nous ne le pensons pas.

En étudiant cet armistice dans ses causes et dans ses effets, nous espérons arriver à démontrer le bien fondé de notre appréciation.

Mais tout d'abord, pour jeter de la lumière sur cette discussion, il nous semble indispensable de retracer très-sommairement les événements, qui ont précédé le 28 janvier 1871 ; de rappeler les positions respectives que les deux armées belligérantes occupaient à la nouvelle de cet armistice. Les faits étant parfaitement connus, les déductions se feront d'elles-mêmes.

Le 28 janvier au soir, l'armée de l'Est, après trois jours et presque deux nuits de marche dans la neige, c'est-à-dire les 26, 27 et 28 janvier, sous la terrible impression de l'acte de désespoir de son général en chef, arrivait aux environs de Pontarlier.

Pour faire un tableau sincère et exact de cette armée, en ce moment, il faut avoir vécu avec elle. Il faut avoir été témoin des regrets et du chagrin profond qu'elle avait éprouvés lorsqu'elle avait été forcée d'abandonner ses positions sous Belfort pour se mettre en retraite ; il faut avoir vu dans quel découragement cette fatigante retraite plongea toutes ces âmes encore enthousiastes, encore enivrées du succès de Villersexel. Mais ce n'est pas assez d'avoir pu constater *de visu* ces souffrances morales, il faut les avoir connues, les avoir partagées.

Quel aveu plus autorisé, et qui **caractérise mieux le**

déplorable état de l'armée de l'Est, à cette date, que la réponse du général Clinchant à M. Callet, dans l'enquête parlementaire ?

« Je ne crois pas qu'aucune armée ait jamais autant souffert que les armées de l'Est devant Héricourt et devant Pontarlier[1]. »

Lorsqu'on se sera bien pénétré de ces premières pensées l'on comprendra que l'armistice nous surprit, non pas au milieu d'une situation florissante, mais bien dans la voie d'une désorganisation complète. Or, selon nous, attribuer exclusivement la décomposition de l'armée de l'Est et même son entrée en Suisse à l'armistice, c'est commettre une erreur et nier la lumière. Comme on le voit, les germes de dissolution dataient de loin.

Maintenant que nous avons constaté non-seulement par nos impressions, mais encore par des autorités incontestables, l'état dans lequel se trouvait l'armée de l'Est le 28 janvier, examinons quelles étaient les positions respectives des deux armées à cette même époque.

Pour répondre à cette question, il nous suffit de transcrire ici une page d'un écrivain allemand[2]. qui résume fidèlement les mouvements de l'armée prussienne, pendant les derniers jours de la campagne :

[1] Enquête Parlementaire. — Déposition du général Clinchant, p. 313.

[2] Rustow : Guerre des frontières du Rhin, Traduction de Savin de Larclause, 288-289.

« Cet échec perdit de sa gravité pour les Français parce que le même jour 29 janvier Manteuffel fit abandonner au 2ᵉ corps la direction qu'il suivait au sud-est pour lui faire prendre celle du nord-est sur Frasne, qui fut occupé le 30 par une avant-garde du 9ᵉ corps.

« On peut se demander pourquoi Clinchant ne fit aucun mouvement le 29 janvier et ne chercha point à se faire jour au sud. Cela provient de l'horrible état d'abandon où se trouvait cette armée qui était à peine vêtue et à laquelle aucun homme intelligent ne pouvait demander, après l'avoir vue, qu'elle continuât de se battre par ce froid rigoureux.

« Le 29 janvier Clinchant conserva ses positions ; seulement Crémer se retira précipitamment avec sa cavalerie sur Saint-Laurent par Foncine-le-Bas.

« Le 29 janvier fut une journée très-importante pour l'armée de Clinchant.

« Après avoir occupé si rapidement d'excellentes positions sur le Doubs, devant Besançon, Manteuffel y resta plus longtemps que cela ne semblait nécessaire avec des troupes comme celles qu'il commandait. Le 27 janvier, lorsqu'il fut parfaitement certain que l'armée de Clinchant avait marché sur Pontarlier, vers la frontière suisse, il indiqua à ses colonnes les directions suivantes :

« Le 2ᵉ corps marcha en partie de Mouchard sur Pontarlier, par Salins et il envoya des détachements par Arbois sur Champagnole et Lons-le-Saulnier ; bientôt après, tout le 2ᵉ corps fut dirigé sur Champagnole, où son avant-garde arriva dès le 28.

« Le 7ᵉ corps fut relevé dans les positions qu'il occupait devant Besançon par deux brigades de la division badoise, qui étaient arrivées le 27 à Marnay, en même temps que la brigade prussienne de Goltz. Le 7ᵉ corps tourna le col de Salins, que défendait le fort Saint-André, et il marcha sur Pontarlier par Villeneuve-d'Amont et Levier.

La 4ᵉ division de réserve Schmeling marcha de Beaume-les-Dames sur Saint-Gorgon ; Debschitz, avec 7 bataillons de sa division, marcha au sud sur Morteau, en suivant la frontière suisse.

« Manteuffel mit le 29 son quartier général à Arbois. Il plaça la brigade Goltz, en réserve générale à Villers-Farlay.

« Ce même jour 29 janvier, l'avant-garde du 2ᵉ corps allemand livra combat aux Planches, entre Foncine et Saint-Laurent, à un détachement français placé là pour défendre la seule route, très-mauvaise du reste, en cette raison rigoureuse, par laquelle Clinchant pouvait se retirer vers le Sud le long de la frontière suisse. Les Français furent encore battus.

Telles étaient les positions respectives des Français et des Prussiens lorsque le bruit d'armistice se répandit dans l'armée française le 29 janvier. Mais l'armistice ne fut officiellement connu et porté à l'ordre du jour de l'armée de l'Est que le 30 au matin. Tel était aussi l'état véritable de l'armée de l'Est le 29 janvier au matin.

Ainsi le général Clinchant se faisait illusion à lui-même lorsque, dans sa proclamation du 30 janvier 1871[1], il attribuait à l'armistice la fatale situation dans laquelle se trouvait alors son armée. Il se trompait sur le véritable état de ses troupes ou plutôt la préoccupation des événements l'empêchait de s'en rendre un compte exact et, par voie de conséquence, il exagérait la résistance qu'elles auraient pu offrir sans cette convention du 28 janvier. Comment en aurait-il pu être autrement ?

L'armée de l'Est arrivait le 28 janvier au soir, à une heure assez avancée, à ses cantonnements autour de Pontarlier, après trois jours et deux nuits de marche dans la neige et de souffrances de toute sorte.

[1] Voir chapitre XII, page 104, Armée de l'Est, Proclamation du général Clinchant.

Toute la journée du 27 fut consacrée au repos des hommes, qui en avaient grand besoin, au ravitaillement, et enfin à la réorganisation des effectifs. Beaucoup d'hommes débandés, n'ayant pas pu suivre cette longue et pénible marche de Besançon à Pontarlier, étaient dispersés sur les routes, erraient dans la campagne, et arrivaient d'heure en heure au camp.

Le bruit d'un armistice qui avait couru dans la matinée avait déjà, il est vrai, commencé à détruire ce que les chefs avaient essayé de reconstituer dans cette même journée, c'est-à-dire l'ordre et la discipline.

Aussi lorsque le 30 au matin toute l'armée eut connaissance de la première dépêche [1] du gouvernement de Bordeaux, annonçant l'armistice, la joie fut dans tous les cœurs. Chacun voyait déjà apparaître la fin de ses maux. Alors tous les services se relâchèrent, officiers et soldats s'adonnèrent à l'oisiveté, au bavardage, à toutes les illusions.

Mais quelle déception, quelle panique générale vinrent répandre dans les rangs de l'armée de l'Est les surprises de Sombacourt et de Chaffois !... Pendant que le général Clinchant négociait, l'armée prussienne resserrait son cercle de fer. En effet, les 29 et 30 janvier, dans les deux jours de négociations, elle s'emparait de la route de Mouthe à Saint-Laurent et occupait Foncine au-delà de Mouthe ; de plus, dans cette fatale journée du 29, elle nous avait enlevé le col des Planches, notre extrême ressource pour échapper à l'internement en Suisse. Autre conséquence de la prise de ce col : la der-

[1] Voir chapitre XII, Armée de l'Est, page 79.

nière route qui conduit de la Chapelle-aux-Bois à Morez et de Morez à Gex nous était enlevée.

Cet armistice avait donc, sinon arrêté notre marche car, même sans lui, nous aurions été obligés de faire halte pour nous reposer, mais ajouté aux causes antérieures de désorganisation de nos forces, tandis qu'au contraire les Prussiens avaient profité de ces deux jours de confusion pour faire prendre à leur armée des positions importantes.

Tel fut pour nous le résultat de l'armistice. Mais est-ce à dire que, sans lui, nous aurions pu profiter de nos 24 heures d'avance sur l'armée prussienne pour lui échapper? Non, assurément, l'armée de l'Est était trop démoralisée à ce moment.

Qu'on se rappelle que l'armée de l'Est battait en retraite depuis le 18 janvier. Qu'on se rappelle aussi que, le 29 janvier 1871, notre général en chef prescrivait pour le 30 un jour de repos, afin de pourvoir au ravitaillement, de permettre le rétablissement de l'organisation bien affaiblie par une longue et fatigante marche dans la neige depuis Besançon.

Ce tableau de l'armée de l'Est au 28 janvier n'est ni atténué ni grossi, mais il ne laisse aucune place au doute. L'espérance de rejoindre Lyon, en continuant notre marche le 29 janvier, devenait plus que chiméri-que, puisque nous ne pouvions lutter de vitesse avec l'armée prussienne qui, le jour de notre arrivée à Doubs, avait déjà ses avant-gardes à Foncine.

On peut voir dès lors combien ceux qui avaient espéré un instant mener l'armée à Lyon, se faisaient illusion sur sa véritable situation et sa véritable force.

On voit aussi combien, même sans l'armistice, nous eussions eu de peine à arriver à Lyon. Comme nous le disions tout-à-l'heure, les Prussiens, mieux disciplinés que nous et faisant continuellement des étapes plus longues, par nature plus habitués à ces températures froides, nous eussent sans nul doute gagnés de vitesse. Et s'ils n'eussent pas réussi à nous enfermer dans un cercle de fer, assurément ils nous eussent fait un très grand nombre de prisonniers, au milieu de ces montagnes du Jura si difficiles à la marche. Et alors encore, c'était l'insuccès de notre tentative de retraite sur Lyon. Cette ville n'eût recueilli que nos débris.

L'armistice a peut-être achevé la démoralisation de nos soldats. Mais il n'a nullement pu arrêter notre marche sur Lyon : elle n'était qu'hypothétique. Voilà son premier effet.

Son second effet, c'est d'avoir forcé l'armée de l'Est à entrer huit jours plus tôt en Suisse.

Admettons un instant qu'il n'y ait pas eu d'armistice. Comment pouvait-on fonder quelqu'espoir de résistance sur une armée qui battait en retraite avec précipitation, dont le chef même avait douté de l'entreprise, et essayé de se tuer ? Comment espérer de cette armée le moindre effort ? Si elle en eût été capable, elle l'eût fait afin de rentrer le plus tôt possible dans ses foyers. C'était tout ce qu'on pouvait attendre d'elle.

En définitive, et afin de clore cette discussion déjà trop longue, il nous semble que pour apprécier encore plus impartialement les faits, il suffit de les résumer dans cette simple question : l'état de l'armée de l'Est, le 29 janvier au matin, lui permettait-il d'atteindre Foncine en douze heures, c'est-à-dire de faire dans cette journée 50 kilomètres ?

Evidemment non. Nous venons de le démontrer par les faits eux-mêmes. Aussi croyons-nous pouvoir le répéter ; même sans l'acte de déloyauté accompli par les Prussiens lors de l'armistice, c'en était fait de l'armée de l'Est. Mais on peut faire ici une autre objection. En paralysant Garibaldi par l'exclusion des armées des Vosges et de l'Est de l'armistice, les Prussiens ont empêché la première de sauver la seconde. Certes, on ne nous accusera pas, nous le croyons du moins, de vouloir excuser l'odieux manque de foi de nos heureux mais déloyaux ennemis. Toutefois, nous sommes obligés de dire que, même exécuté deux jours plus tôt, le mouvement de Garibaldi n'eût pas pu nous sauver. Notre conviction est qu'il se produisait un mois trop tard et, de plus, avec des effectifs insuffisants.

Le mouvement projeté sur Dôle le 27 janvier fut exécuté le 29. Garibaldi n'avait que 50.000 hommes ; il s'agissait d'attaquer des ennemis plus nombreux et établis dans des positions inexpugnables, entre Arbois et Quingey. Le résultat de cette suprême tentative était donc bien facile à prévoir. L'idée de secourir l'armée de l'Est, marchant toujours en avant depuis le 21 décembre et d'empêcher que les Prussiens ne lui coupassent ses lignes de retraite, en cas d'échec, était excellente, assurément.

Peut-être une armée composée d'autres éléments que ceux de l'armée de Garibaldi, lancée à la suite de l'armée de l'Est un mois plus tôt, eût déterminé le succès de celle-ci.

Mais, il ne faut pas se le dissimuler ; le mouvement de Garibaldi, exécuté le 29 janvier, était trop tardif pour produire quelqu'effet. Pouvons-nous oublier qu'à cette époque l'armée de l'Est était enfermée par des forces considérables, qui ramenées de Lure et d'Héricourt menaçaient sa gauche et son centre, tandis que sa droite était menacée par Manteuffel lui-même qui avait son quartier général à Arbois ?

Le 29 janvier, ce demi-cercle était complètement fermé par la prise de Foncine, située au-delà des Planches, qui fut occupée par le 2e corps prussien.

En vérité, on peut se demander, en supposant même que Garibaldi eût pu être à Dôle le 30, comment il aurait rejoint les colonnes prussiennes qui avaient au moins 60 kilomètres d'avance sur lui ? Et lors même qu'il aurait pu arriver le 29 janvier à Champagnolle, ses troupes eussent-elles eu assez de force et de cohésion pour triompher de la solidité de l'armée prussienne ?

On aurait donc tort de penser que, par une tentative aussi tardive et faite avec une armée offrant peu de consistance, on eût pu dégager notre malheureuse armée.

Le 29 janvier au matin, par la savante tactique des généraux prussiens, l'armée de l'Est se trouvait dans une position désespérée. Et ce n'est pas une poignée de braves qui eût pu l'en arracher.

Ce merveilleux résultat ne pouvait être obtenu même par Garibaldi. A notre grand regret, nous sommes obligés de répéter ici un mot que l'histoire enregistre bien souvent hélas ! Il était trop tard !

Maintenant qu'on ne nous accuse pas d'avoir voulu,

en entrant dans des développements aussi étendus à propos de cette question de l'armistice, déguiser ou atténuer les fautes qu'ont pu commettre les négociateurs français de cet acte diplomatique. Non ! Jamais nous n'avons eu cette pensée. En tout cela, nous n'avons eu qu'un but : chercher loyalement et franchement, en nous appuyant sur des faits précis, sur des données certaines, jusqu'à quel point l'armistice et la façon dont il a été entendu par nos ennemis dans l'Est ont pu contribuer au malheur suprême de notre armée.

Encore une fois nous ne voulons pas défendre les négociateurs français. Nous ne voulons pas les condamner absolument non plus ; l'histoire mieux éclairée que nous se chargera de ce soin. Mais qu'il nous soit permis de dire qu'elle ne souscrira pas sans doute à la justification que l'un d'eux a tentée[1].

Dans la situation où les derniers événements avaient placé l'armée de l'Est, comment pouvait-on se faire illusion sur l'efficacité de nouvelles tentatives offensives ? Seule la retraite en Suisse apparaissait comme dernière ressources et comme dernière espérance.

Si cette armée ne pouvait plus lutter utilement, si elle était forcée de déposer les armes, il lui restait cepen-

---

[1] Lorsqu'au début de nos pourparlers M. de Bismarck me demanda la reddition de Belfort qu'il allait, disait-il, enlever dans quelques jours, je refusai péremptoirement, *ne sachant rien du sort de l'armée de l'Est et devant croire, d'après les dernières dépêches, qu'elle était victorieuse. Je ne voulus pas priver la place assiégée de son secours, et c'est ainsi que nous ajournâmes sur ces deux points l'application de l'armistice jusqu'au moment où nous aurions des nouvelles.*

Ext. Gouvernement de la Défense Nationale, par Jules Favre, 3e partie, p. 40.

dant une dernière tâche à remplir. C'était de conserver intact l'honneur du drapeau français, qu'elle avait soutenu avec quelque courage depuis le 21 décembre. Vive préoccupation de tous, surtout de quelques-uns de nos généraux, car cette retraite, sous les yeux mêmes de l'armée prussienne, offrait de très réels et sérieux dangers.

Sous le coup de ces pénibles impressions, mon chef inquiet, agité, m'envoyait à chaque instant au quartier général afin d'être au courant des événements et de se préparer au mouvement que nous devions exécuter, disait-on, dans la soirée.

Vers les deux heures de l'après-midi, lorsque je me disposais à faire encore un voyage au quartier général, en traversant l'hôtel Bismarck, j'entendis une voix m'appeler à deux reprises.

A cet appel réitéré, je me retournai et me trouvai en face de la belle infirmière du 18° corps.

« Comment ! vous ici, M. Nazim ? Qu'y faites-vous ?... Donnez-moi des nouvelles sur les mouvements de notre armée ; le général a-t-il donné des ordres pour aller en avant ou pour entrer en Suisse ? Rassurez-nous, Olympe et moi ; nous avons grand'peur de tomber dans les mains des Prussiens. Quoi qu'il arrive, nous venons de retenir une chambre dans cet hôtel, afin d'y passer la nuit ; croyez-vous que ce soit bien prudent ?.... Pourquoi hésitez-vous à me répondre, M. Nazim ? » reprit-elle en faisant une jolie petite moue et en montrant ses belles dents.

Sur ces entrefaites, survint le chevalier de la Ferblanterie, surnommé depuis peu, dans le corps d'armée, le héros de Baume-les-Dames[1].

En le voyant arriver, se dandinant, la main sur la garde de son épée, je m'écriai :

« Belle madame, le chevalier va assurément mieux vous renseigner que moi. Vivant auprès des dieux, il connaît leurs pensées les plus secrètes. »

« Toujours plaisant, M. Nazim ! Mais voyons, répondez-moi ! » reprit-elle, avec un petit trépignement nerveux.

« Pourquoi vous tourmenter de la sorte ? » repartit cet excellent chevalier. « Mon camarade Nazim aime toujours faire le farceur. Sans connaître les secrets des dieux, je puis vous affirmer que l'armée de l'Est va se réfugier en Suisse. D'ici quelques heures, mon service sera terminé ; si vous voulez partir avec moi, je vous offre une place dans ma voiture ; bien entendu, comme dans la fameuse nuit de Baume-les-Dames, je m'engage à vous servir de protecteur, ainsi qu'à mademoiselle Olympe, jusqu'en Suisse ; décidez-vous de suite, et dans la soirée je vous promets que nous franchirons la frontière suisse.

J'aurais bien désiré connaître la suite de l'aventure de la belle infirmière, au milieu des bois de sapins de Saint-Gorgon. Mais la présence du chevalier m'arrêta ; je craignis ses soupçons : je n'aurais pas voulu motiver une surveillance plus active de la part de ce Cerbère d'un nouveau genre sur notre charmante infirmière ;

[1] A Baume-les-Dames, disait-on, notre belle infirmière ayant été en danger, M. le chevalier de la Ferblanterie, grâce à sa bravoure, l'avait sauvée des mains des Prussiens.

je gardai donc le silence. Je ne sais dans quelles circonstances et dans quelles conditions il avait reçu la
garde de cette jeune femme qui se dévouait réellement
sur les champs de bataille et donnait fort bien les premiers soins à nos blessés. Mais sans cesse je l'entendais
maugréer contre tous ses camarades qui, prétendait-il,
étaient trop aimables avec sa protégée. Il est vrai de
dire que cette jeune patriote était d'une beauté remarquable. Mais la présence d'une jeune et jolie femme,
au milieu de nous, devait éveiller naturellement plus
d'une convoitise. De là nombreuses assiduités d'officiers
auprès d'elle et autant de sujets d'irritation et de soucis pour ce bon M. de la Ferblanterie. Aussi souvent
lorsque dans la soirée, sa besogne faite, il venait au
quartier général, si nous avions le malheur de lui parler de sa belle protégée, aussitôt il s'irritait : « Avez-
vous fini, tas de farceurs, avec vos demandes plus qu'indiscrètes ? La belle infirmière se moque pas mal de
vous tous ; et si quelqu'un d'entre-vous se permettait
quelqu'assiduité auprès de cette dame, je le saurais
aussitôt, et alors.... Vous êtes prévenus, désormais, tenez-vous sur vos gardes. »

Le ton et les gestes avec lesquels il débitait ce petit
discours quotidien, se drapant dans son petit manteau
à capuchon et posant une main sur sa rapière, nous
amusait beaucoup.

Après cette digression qui nous paraissait nécessaire
pour faire connaître ce nouveau type de protecteur,
nous reprenons notre récit.

« Merci de votre offre, mon cher chevalier, reprit la
belle infirmière. Je l'accepte volontiers. Mais à une con-

dition : c'est que nous offrirons aussi une place dans notre voiture à ce bon M. Nazim. »

« Oh ! reprit vivement le chevalier, le service ne permet pas à M. Nazim de quitter ainsi Pontarlier ; du reste, il faut qu'il me fasse une situation qui lui demandera une partie de la nuit. »

« Vous avez raison, lui dis-je, cher chevalier, je ne puis quitter Pontarlier avant demain matin, car la situation que vous m'avez ordonné de faire me semble longue et peut en effet m'occuper toute la nuit.

« Mais pourquoi ne retarderiez-vous pas votre départ jusqu'à demain matin ? me permis-je d'ajouter. Puis, en définitive, à quoi vous servira cette situation, puisque nous passons la frontière ? »

Pour toute réponse, il posa sa main sur sa rapière, se campa sur sa hanche droite et me dit : Pas de réplique ! s'il vous plaît, M. Nazim. Exécutez mes ordres, ou je vous mets aux arrêts. »

— « Comment, M. le chevalier, pouvez-vous parler aussi sévèrement à ce bon M. Nazim » reprit la belle infirmière. « Pourquoi ne viendrait-il pas avec nous dans notre voiture ? Voyons ! votre service n'a plus de raison d'être, et M. Nazim peut aussi bien entrer en Suisse ce soir que vous, mais si vous croyez que votre présence est encore utile ici, nous pouvons tout concilier ; demain matin seulement nous quitterons Pontarlier.

« Est-ce entendu ? Voyons ! vous n'appartenez pas plus que M. Nazim à l'armée active ; vous êtes seulement son supérieur, grâce à la faveur de vos amis. Vous usez mal de cette supériorité, cher chevalier, en voulant contraindre un de vos subalternes, un de vos amis

7*

surtout, à rester à Pontarlier, quand vous jugez utile, vous-même, de le quitter, et que vous n'ignorez pas qu'il sera obligé de faire l'étape de la Suisse à pied.

« Demain matin nous partirons tous les quatre ensemble, c'est entendu, et bientôt, j'en suis certaine, vous oublierez vos rodomontades de vieux grognon. »

A cette petite, mais logique observation, mon ami se contenta de faire la mine et ne répliqua pas.

Sur ce, la Belle Infirmière s'éloigna en nous faisant à tous les deux, de sa petite main droite, un geste accompagné d'un sourire qui voulait dire : « à bientôt ! »

Le chevalier de la Ferblanterie me prit aussitôt sous le bras et me dit :

« Voyons ami, ma protégée et sa bonne sont trop légères et vous feriez, sans nul doute, dans ce voyage, quelque folie dont je serais responsable. N'acceptez pas, je vous en prie, l'offre de la Belle Infirmière ; vous l'avez déjà assez compromise aux yeux du corps d'armée, vous et votre ami Cunning. Assez de plaisanteries comme cela ; j'en ai déjà trop souffert, il n'est que temps de mettre un frein à ces assiduités. Dans peu de jours, je remettrai la Belle Infirmière à sa famille, et je serais bien malheureux, après tant de soins et de vigilance que j'ai déployés pour sa garde, si vous parveniez à lui faire faire un faux pas, car elle est assez folle et assez légère pour cela. Voyons, mon cher camarade, promettez-moi de ne pas accepter l'offre qu'elle vient de vous faire tout-à-l'heure, c'est-à-dire d'entrer en Suisse avec nous, dans ma voiture. »

Un père, un mari n'eût pas fait un appel plus chaleureux, plus éloquent, à nos sentiments d'amitié.

Après avoir pris conseil de mon ami Cunning, nous décidâmes que, malgré les craintes du protecteur de la Belle Infirmière, nous ne l'abandonnerions pas ainsi au milieu de cette soldatesque, et que nous l'accompagnerions jusqu'en Suisse.

Mais hélas! les événements devaient modifier du tout au tout nos projets!

A partir de ce jour, nous ne revîmes plus la Belle Infirmière. Que devint-elle?

Cependant notre ordonnance nous apprit que la belle dame avait quitté brusquement l'hôtel de Bismarck, peu d'instants après cette scène, sans doute sur l'ordre de son Barbe-Bleue.

Au moins, dans cette journée néfaste, pendant une minute, sous le charme de cette attrayante aventure, nous pûmes oublier notre malheureuse situation ; mais cet oubli ne devait pas être de longue durée. En parcourant l'hôtel nous fûmes bien vite rappelé à la réalité.

Nous nous trouvions seuls dans ce grand bâtiment ; les maîtres ne l'avaient pas encore abandonné, mais se cachaient dans des pièces retirées pour n'être pas importunés par les demandes indiscrètes. Ils ne voulaient plus rien donner à l'armée française ; ils réservaient précieusement tous les vivres qu'ils pouvaient avoir dans leur garde-manger pour l'arrivée de l'armée prussienne.

Antipatriotisme dont nous avons déjà cité tant d'exemples et qui, selon nous, est la cause principale de tous nos désastres, comme nous ne cesserons de le répéter jusqu'à la fin de cet ouvrage, afin qu'on se persuade bien que, si la France l'avait voulu, les Allemands ne l'auraient pas envahie, ne l'auraient pas vaincue, même avec leurs habiles stratégistes et leurs savants généraux.

Malgré ces divers incidents, la journée du 31 janvier nous parut bien longue. Vers les quatre heures du soir, nous entendîmes le crieur public de Pontarlier prévenir les habitants d'avoir à quitter au plus vite leurs maisons, à déménager ; que les Prussiens s'avançaient sur la ville et que l'armée se disposait à la défendre.

L'on peut facilement comprendre la terreur que cette nouvelle répandit parmi tous les habitants de Pontarlier. Chacun courait aux renseignements ; chacun serrait ses objets précieux ; en un mot, une panique épouvantable se répandit en une minute dans toute la ville. Toutes les rues étaient encombrées de Pontalissiens discourant, maudissant la présence de l'armée de l'Est, qui leur attirait le fléau de l'invasion prussienne.

En allant au quartier général, nous rencontrâmes le commandant de notre batterie de mitrailleuses. Nous l'interrogeâmes sur ce tapage et sur les intentions de nos généraux.

« Toutes nos précautions sont prises, dit-il, en cas de surprise de la part des Prussiens ; la ville, si facile à défendre par sa position heureuse, est garnie, à l'entrée de la plaine, de canons et de mitrailleuses ; maintenant nous les attendons de pied ferme. Malgré notre résistance qui sera vive, et les ravages que causera notre feu dans les rangs des Prussiens, la ville sera bombardée sans doute à grande distance ; néanmoins nous avons reçu l'ordre de tenir tant que nos munitions le permettront, afin de couvrir la retraite de nos autres corps d'armée en Suisse. »

Je lui demandai, alors, quand cette bataille devait commencer.

« Je ne sais, me répondit-il ; peut-être ce soir ; peut-être demain ; nos renseignements ne peuvent être précis à cet égard ; nous ne pouvons deviner les intentions de l'ennemi. »

Le doute, l'incertitude de ce brave commandant, me donnaient à penser que les ordres qu'il venait de recevoir n'étaient point aussi précis qu'il voulait bien le dire. Il y avait là dedans un vague qui semblait dénoncer, chez nos commandants en chef, des préoccupations toutes particulières...

En effet, cette démonstration offensive, projetée et organisée à grand orchestre, avait en définitive pour but de prévenir une surprise de la part des Prussiens, et surtout de leur dissimuler notre mouvement de retraite, qui s'accomplissait vers les frontières de la Suisse.

Selon les prescriptions verbales de notre général nous allions, de deux heures en deux heures, au quartier général, prendre ses ordres et lui rendre compte de notre service.

Le 18e corps était destiné, comme nous l'avons déjà dit, à couvrir la retraite de l'armée se rendant en Suisse.

Le quartier général était situé chez un monsieur... qui demeurait dans une maison pourvue d'une grille en fer, près de la mairie. Lorsque nous y fûmes, on nous dit même que ce M. était un des adjoints de Pontarlier.

Dès notre entrée dans cette maison nous aperçûmes tous les officiers d'état-major désœuvrés, causant et s'interrogeant entre eux. Mon chef prit place autour d'une table, se mêla à la conversation. Dans cette position, nous attendîmes trois quarts d'heure notre général, mais... il ne vint pas.

Chacun, dans ces instants d'attente, faisait son petit commentaire sur les événements ; chacun proposait son plan de délivrance.

Mais ce qui paraissait surtout préoccuper la réunion d'officiers, c'était la convocation des électeurs pour nommer des députés le 8 février. Chacun faisait ses petits calculs et se demandait si la guerre serait finie à cette époque. Tous, tant qu'ils étaient, voulaient, en effet, être candidats à la députation dans leur département. Plusieurs considéraient déjà leur nomination comme certaine.

Une véritable épidémie de candidatures à la députation s'était abattue sur notre état-major.

Bien des fois je me suis demandé à quoi il fallait attribuer cette maladie étrange et imprévue. Sans nul doute, l'exemple du grand patron, notre général, pouvait en être la cause.

Tous se préoccupaient vivement de leur future candidature ; ils supputaient leurs chances d'éligibilité, énumeraient leurs cantons, comptaient leurs fidèles partisans, et tous également étaient à la recherche de la meilleure recette pour s'assurer les suffrages de leurs concitoyens.

Un de ces officiers, et pas le moins sage de tous, disait : « Oui, messieurs, c'est très bien de songer à son élection dès aujourd'hui et même, dès à présent, de composer sa profession de foi. Mais pour nous tous, futurs députés, cet armistice boiteux nous fait une position bien fâcheuse et compromet nos canditatures. Eloignés de nos électeurs, comment connaîtrons-nous leurs opinions et leurs désirs du jour? Avec quels éléments pourrons-nous faire une profession de foi? Quant à moi, je vous l'avoue, mon embarras est grand ; je préfère attendre notre rentrée en France pour faire ma circulaire obligée. En vérité, l'on ne peut faire utilement une profession de foi quand on n'a aucune nouvelle du pays, qu'on ignore ses opinions et ses préférences du moment. Demain soir, j'espère être en France et aussitôt je songerai à satisfaire, de ce côté, mes électeurs. »

Français, par cette logique froide et intéressée vous pouvez reconnaître l'esprit de la génération de 1870. En effet, aujourd'hui, on en est arrivé à exploiter en France une charge de député comme un marchand vend ses marchandises et calcule froidement ses chances de gain ou de perte dans ses affaires commerciales. A ces signes, ne reconnaît-on pas le degré d'affaissement moral où est tombé le caractère français parce que nous n'avons pas voulu nous occuper de nos propres affaires pendant 20 ans ? Ne voyons-nous pas que, si nous n'y prenons pas garde, certaines gens finiront par exploiter dans un intérêt purement privé jusqu'à nos désastres, jusqu'à nos hontes ?

Qui oserait contester la réalité de ces faits et nier que, les signaler, c'est faire acte de patriotisme, que les

montrer dans toute leur nudité, c'est déjà peut-être arrêter les progrès d'un mal si dangereux pour l'existence
de notre généreuse et sympathique nation ? En jetant
le cri d'alarme, nous avons l'espoir de réveiller les engourdis, qui dorment à leur aise dans leur *farniente*,
sans même apercevoir l'avenir.

Nous avons vu de bien près les bords du précipice ;
sans l'expérience et le sage patriotisme de l'élu de vingt-
six départements, peut-être en aurions-nous mesuré les
profondeurs !

Pour corroborer cette opinion et sans vouloir allon-
ger ce récit par quelques digressions étrangères, il ne
me semble cependant pas inutile de reproduire ici la
réponse que me fit à l'Assemblée de Versailles, au mois
de décembre 1871, un membre du parlement anglais,
lorsque je lui demandais l'opinion de l'Angleterre sur
les malheurs de la France.

« La France se relèvera de ses désastres, nous en sommes persuadés en Angleterre, me répondit-il. Quelle nation a été plus de fois vaincue et plus de fois victorieuse?
L'empereur Napoléon III l'a désorganisée, mais son propre génie la relèvera plus grande et plus forte qu'elle
n'a jamais été. »

Acceptons, avec confiance, l'augure de ce noble lord !
Et nous, enfants de la France, faisons des vœux pour
elle, mais surtout prêtons-lui notre concours pour que
cette heure du relèvement sonne bien vite !...

Nous étions plongé dans ces réflexions et absorbé par
ces observations, lorsque nous fûmes troublé par un
bruit étrange de bottes, résonnant sur le parquet. Nous
nous levâmes brusquement, croyant voir apparaître

notre soleil. O désillusion profonde ! C'était un officier
supérieur qui arrivait du fort de Joux. Après en avoir
passé l'inspection, il venait rendre compte de sa mission
au général. Il nous montra le plan de ces fortins et il
nous fit observer, en suivant des points sur la carte
qu'il avait dressée lui-même, que si nous étions attaqués
dans notre retraite, leur appui semblait devoir nous
être de bien peu de valeur ; d'abord parce que leurs
embrasures étaient tournées du côté de la Suisse, ensuite
parce qu'ils n'étaient garnis que de quelques canons, et
encore ces canons étaient de calibre différent. En résumé,
l'espoir qu'on paraissait fonder sur cette petite forteresse
de Joux, en cas d'une retraite précipitée, lui paraissait
peu sérieux et chimérique.

Nous allons voir tout-à-l'heure que cet officier avait
mal vu ou vu trop précipitamment. Quoi qu'il en soit,
dans un tel moment, cette nouvelle n'était pas faite
pour ranimer des hommes presqu'entièrement découra-
gés et démoralisés. Le général n'apparaissant pas, et
les valets dressant déjà la table pour le dîner des officiers de l'état-major, nous nous retirâmes.

Il eût été difficile, ce nous semble, d'emporter une
bonne impression de cette visite. Triste, en silence, nous
revînmes à notre hôtel et nous nous retirâmes dans notre
petite chambre du rez-de-chaussée. Cependant, ayant
encore quelques officiers autour de nous, nous cherchâmes à raisonner les événements et nous nous livrâ-
mes à tous les calculs imaginables sur ceux du lendemain. Pour nous, notre séjour à Pontarlier était inexplicable ; pourquoi n'avait-on pas profité de la journée
et de la nuit pour passer en Suisse ? Il est vrai qu'alors

nous ignorions les négociations que notre général en chef poursuivait avec la Suisse ; il est vrai aussi que, dans notre extrême agitation, dans le bouleversement d'esprit où nous nous trouvions, nous ne nous rendions pas bien compte du temps nécessaire pour l'entrée en Suisse d'une armée de 90.000 hommes avec son matériel de guerre.

On voit combien le problème que nous nous posions était insoluble, au moins dans les conditions où nous nous trouvions.

Aujourd'hui, ce qui nous semble encore inexplicable, c'est que les Prussiens aient assisté tout ce long jour à nos préparatifs d'évacuation sur la Suisse sans essayer de les entraver. Cela leur eût été facile, malgré la poignée de braves du 18e corps qui n'auraient pu leur opposer une résistance sérieuse que pendant quelques instants.

Si, dans toute cette guerre, les Prussiens se sont montrés d'une supériorité incontestable sur nous en stratégie, les faits démontrent que ce jour-là ils n'ont pas su mettre à profit cette supériorité. Qu'ils nous eussent attaqués le 31 janvier et, quand bien même une tentative de résistance nous eût paru avoir quelque chance de succès, nous ne lui aurions probablement pas cru assez d'avantages pour juger à propos de l'essayer. Admettons cependant que, par point d'honneur, cédant encore une fois à ce sentiment de vanité plutôt que de dignité qui a si longtemps rempli nos pauvres intelligences et en définitive nous a valu nos désastres et nos hontes ; admettons que, persuadés que nous pouvions redevenir les « premiers soldats du monde » nous eussions entrepris de résister, hé bien ! nous aurions certainement été battus.

Aujourd'hui nous devons être pleinement satisfaits sur ce point. Avons-nous eu assez de preuves que le sentiment seul de cette fausse gloire ne suffit pas pour vaincre ? Saurons-nous, désormais, que nous abandonner aux illusions c'est assurer notre perte dans l'avenir ? Peut-être, lorsque nous aurons gravé ces vérités dans notre intelligence, pourrons-nous apprécier de sang-froid nos défauts et les fautes que nous avons commises dans cette guerre si terrible.

Avec ces sacrifices d'amour-propre, de vain orgueil, de sotte vanité, nous pouvons encore espérer de voir la France se relever assez forte, non pas pour dominer l'Europe, comme l'a essayé dans un autre temps un grand capitaine que nous ne regrettons nullement et dont nous ne désirons pas le retour pour le bonheur des peuples, mais pour reprendre le rang qu'elle peut occuper parmi les nations européennes.

Nous passâmes cette nuit dans une grande impatience et dans l'attente des événements. Comment dormir en pareille situation ? Comment songer à reposer en de semblables moments ?

Vers une heure du matin, on nous apporta enfin les ordres de mouvement [1] ; chacun de nous les parcourut avec avidité. Plus de doute, la proclamation du général en chef se justifiait de point en point ; nous entrions en Suisse, la convention était signée et, pour sauver notre honneur, notre matériel, nous allions être obligés de

[1] Voir Documents historiques, nos 11-12 et 12 bis.

donner une parade militaire, sans doute au prix de la vie de quelques milliers de soldats !

Mon chef, désirant avoir plus de détails sur ce mouvement, m'envoya les chercher au quartier général, auprès de nos futurs candidats à la députation.

En allant de nouveau à ce quartier général, je rencontrai sur la petite place de Pontarlier un de mes amis, qui m'apprit que les Prussiens se promenaient librement dans cette ville, et que, déjà même, on venait d'en amener deux à l'état-major.

« Pourquoi donc ce laisser aller ? demandai-je à un de ces messieurs de l'état-major. Est-ce que nos grand'-gardes n'existent plus ? » Un groupe de camarades me rassura, en me montrant de la lumière à une fenêtre voisine de la mairie : « Là, voyez ! les généraux délibèrent encore sur notre retraite. Nos divisions sont encore compactes ; l'amiral est toujours à Doubs et couvre Pontarlier. » Certains ajoutèrent qu'ils avaient fait de nombreux voyages au quartier général des Prussiens, que ceux-ci refusaient, plus que jamais, une suspension d'armes de 36 heures ; qu'ils étaient bien décidés à nous attaquer à la pointe du jour.

Néanmoins, nous crûmes apercevoir le reflet de la pensée de notre général en chef dans la conversation de ses aides-de-camp, car ils étaient tous inquiets. En effet, tout le monde de ce quartier général prétendait marcher contre l'ennemi : l'un voulait aller faire sa trouée avec un fusil à la tête du bataillon d'Afrique ; un autre avec les zouaves ; un autre s'écriait : « Si j'étais officier de peloton, je le ferais aussi. » Evidemment, notre général en chef était inquiet, il hésitait, il doutait surtout du so'dat qui n'allait plus combattre que pour l'honneur de l'armée.

Se battront-ils, lorsqu'ils sauront que leurs frères d'armes sont déjà en Suisse? Combien resterons-nous demain soir ? Ne serons-nous pas tous faits prisonniers? Autant de questions que nous nous posions et qui étaient loin de nous rendre le calme et la libre possession de nos facultés. Dès lors, en quel état devait se trouver notre général en chef lui-même?

Cependant, au bout de quelque temps, nous allâmes nous assurer si notre service fonctionnait régulièrement et si nos officiers étaient à leur poste. C'est avec une vive satisfaction que nous constatâmes aux magasins Dormier, rue des Ecorces, que tout notre personnel des distributions était présent et attendait, avec patience, l'arrivée de la 2ᵉ division.

Nous demandâmes l'état exact des approvisionnements que renfermaient ces magasins de Pontarlier, le 31 janvier 1871 ; on nous remit la situation suivante :

18ᵉ Corps.

Quartier Général

Situation des approvisionnements en magasin à Pontarlier au 31 janvier, non compris les approvisionnements existant sur les voitures du convoi qui restent encore chargées :

	Quintaux	Rations
Farine,	158,75	38,090
Pain,		400
Riz,	30,27	50,450

	Quintaux	Rations
Haricots,	35,05	58,330
Sel,	4,00	24,000
Sucre,	44,90	213,810
Café vert,	24,43	116,328
Fromage,	50,00	
Avoine ou orge.	94,00 {18,80 à 5 k. / 31,33 à 3k. }	

Pontarlier, le 31 janvier 1871.

L'officier d'administration comptable :

Signé GOUSSAULT.

P. C. C.

L'intendant A. ROBERT

Pour ne pas manquer au devoir d'impartialité que nous nous sommes imposé en écrivant ces souvenirs et aussi puisque l'occasion se présente de réfuter certaines accusations lancées contre l'intendance devenue à cette époque le bouc émissaire de toutes les fautes commises dans cette malheureuse guerre de 1870, nous avons cru devoir reproduire ici ce document. A lui seul il prouve qu'on ne saurait, à ce propos, accuser l'intendance du 18e corps. En effet, ce jour-là, l'intendance du 18e corps, outre ces réserves considérables de vivres qui lui restaient en magasin, à la fin d'une campagne, avait encore sur ses voitures des quantités sérieuses, provenant de Besançon.

Je regrette de ne pouvoir reproduire ici cette seconde situation, égarée dans notre retraite précipitée. Elle aurait, j'en suis convaincu, achevé de faire la lumière, et montré bien complètement l'inanité de toutes les accusations lancées contre le **service de** l'intendance à l'armée de l'Est.

Nos autres divisions, sans être aussi riches que le quartier général, n'étaient certainement pas dépourvues, et avaient des approvisionnements venant de Besançon ou faits à Pontarlier.

Ainsi, nous, 18ᵉ corps, nous ne manquions certes pas encore de tout, bien que, comme nous le verrons tout-à-l'heure, certains de nos chefs ne se soient pas doutés de nos ressources, et nous aient adressé des reproches soit au fort de la Cluse ¹ soit dans l'*Enquête parlementaire sur le gouvernement du quatre septembre*. On était tellement habitué à insulter les Riz-Pain-Sel que notre général,

---

¹ A 6 heures du soir, je réunis tous les généraux de division : la plupart des troupes des autres corps d'armée étaient passées en Suisse avec toute l'artillerie ; c'était celle du fort de Joux qui m'avait secondé toute cette journée. Il ne restait plus en France que le 18ᵉ corps d'armée et la réserve du général Pallu de la Barrière. Les convois étaient passés en Suisse à l'exception de deux ou trois cents voitures de réquisition tombées à Pontarlier aux mains de l'ennemi ; *nous n'avions presque plus de vivres : quelques corps en avaient pour deux jours ; la plupart n'en avaient pas du tout, puisque les convois n'arrivaient plus.* Il était donc de toute impossibilité de songer à gagner la vallée du Rhône à travers les neiges du Jura. Ce n'est pas un reproche que je veux faire à l'intendance ; celle du 18ᵉ corps était dirigée par MM. Huot de Neuvier, Martinie, Robert, Tranchard et au-dessus d'eux M. Friaut, dont le dévouement et l'intelligence ont été admirables. Mais il y a quelque chose de supérieur au dévouement et à l'intelligence, c'est la rigueur des éléments et les frimas qui tuent les chevaux et les empêchent de marcher.

(Extrait de la déposition du général Billot, commandant en chef le 18ᵉ corps. Enquête Parlementaire sur le 4 septembre p. 480.)

tout comme les autres officiers, se serait bien gardé de
croire à l'efficacité du service de l'intendance. Il est vrai
qu'alors on ne calculait pas les difficultés engendrées
tant par le défaut de patriotisme de la nation que par
la température.

Certains intendants avaient failli au début de la
guerre : il devait en être ainsi de tous les autres pendant
toute sa durée, du moins à en croire la malveillance.
Qu'un mouvement projeté vînt à manquer, à qui la
faute ? Il était de principe qu'il fallait l'attribuer à l'intendance. Qu'un retard se produisît dans notre marche,
à qui la faute ? A l'intendance. Que les mobiles aient capitulé (se soient retirés dans les fermes) ou aient battu
en retraite, à qui la faute ? A l'intendance et toujours
à l'intendance...

Cette digression était nécessaire en cette circonstance
pour montrer combien nous sommes parfois injustes
par nature.

Nos officiers, quoique préparés aux distributions,
semblaient douter que les soldats, en passant à Pontarlier, ce matin-là, prissent le temps de toucher leurs
vivres.

Croyez-vous, me disaient-ils que, lorsque nos soldats
passeront, ils s'arrêteront pour prendre des vivres ? Non ;
tous sans exception n'ont qu'une pensée : entrer en
Suisse le plus tôt possible ; tous considèrent la guerre
comme terminée. Aussi soyez persuadé que nos distributions aujourd'hui seront insignifiantes.

J'allai soumettre à mon chef ces réflexions qui me paraissaient justes. Celui-ci donna aussitôt l'ordre aux

voitures de se préparer à charger ce qui ne serait pas pris par nos soldats.

Mais ce qui avait été prévu arriva ; notre 2ᵉ division défila sans prendre de vivres ; de telle façon que nous fûmes obligés de faire charger ce que nous pûmes ; les voitures nous faisaient défaut (beaucoup avaient déjà pris le chemin de la Suisse); c'est pourquoi la plus grande partie de ces approvisionnements de Pontarlier fut prise par les Prussiens, dès leur entrée dans la ville.

Tel est l'état dans lequel nous nous trouvions le 31 au matin, une heure environ avant le jour, à Pontarlier. Plus de service possible ; nous n'avions de chefs que pour l'apparence ; une seule pensée préoccupait l'esprit de chacun de nous ; entrer en Suisse le plus tôt possible, afin de voir la fin de nos souffrances. Il faut excepter cependant quelques régiments d'élite qui ont sauvé non-seulement l'honneur de l'armée de l'Est, mais encore les restes de cette armée un instant en péril par le mouvement tournant du 4ᵉ corps prussien. Selon notre ordre de mouvement, nous ne devions pas quitter Pontarlier avant la division Penhoat. Cependant certains de notre service du quartier général étaient très pressés de partir.

Comme je revenais à l'hôtel de ville porter un ordre relatif aux blessés qui s'y trouvaient, je rencontrai sur la place le même groupe d'officiers tenant la bride de leurs chevaux sous leur bras, et attendant le signal du départ.

On avait si bien gémi toute la nuit sur les événements que le caractère français prenait le dessus, et déjà on commençait à prendre son parti de notre malheureuse situation.

Nous allions quitter ces officiers lorsqu'accourut un bon docteur tout essoufflé et s'écriant en mâchant des cailloux : « M. Nazim, donnez-nous l'ordre de départ. » — « Comment ! lui répondis-je, il n'y a pas d'ordre de départ ; vous avez eu communication de l'ordre de mouvement et vous ne devez quitter Pontarlier qu'au moment où la division Penhoat traversera la ville. »

« Vous voulez donc nous faire faire prisonniers ? ajouta-t-il. Voilà les Prussiens qui entrent dans la ville... »

Je n'ai pas plus de compétence, lui répondis-je, pour vous faire décorer, comme vous me l'avez demandé à Villersexel, que pour vous donner aujourd'hui un ordre de départ. Voyez donc le général en chef, qui se trouve dans cette maison en face ; il vous donnera peut-être cette autorisation ; aussitôt nous la transmettrons à notre chef qui, alors, vous laissera quitter Pontarlier. »

Le général accorda cette autorisation, et mon chef la confirma, non sans laisser échapper un léger sourire.

Combien de Français, malheureusement, en 1870, ressemblaient à ce bon docteur, ne pensaient qu'à eux, et à la conservation de leur petite personne !

Le jour commençait à poindre : la panique ne tarda pas être générale dans toute la ville de Pontarlier. Déjà les voitures qui étaient restées en dehors de la ville défilaient avec bruit et avec précipitation dans la grande rue ; les conducteurs criaient : Voici les Prussiens, voic les Prussiens !...

Certains habitants de Pontarlier, effrayés par ce vacarme, fermaient leurs portes avec fracas, d'autres apparaissaient en bonnet de nuit à leurs persiennes demi-ouvertes, puis se retiraient aussitôt.

Et cependant les Prussiens n'étaient seulement pas encore à Doubs ; l'amiral venait de quitter ce village et les premiers soldats de sa division arrivaient à peine à Pontarlier.

Comme nous le verrons tout-à-l'heure, les Prussiens laissèrent l'amiral Penhoat se replier avec sa division et la réserve, sans l'inquiéter : ils n'entrèrent dans Pontarlier, que quelques heures plus tard.

CHAPITRE XIV

COMBAT DE LA CLUSE

Il pouvait être huit heures et demie du matin lorsque nous quittâmes Pontarlier. Nos chevaux avaient beaucoup de peine à marcher sur la route de Pontarlier aux Verrières, devenue très glissante par la forte gelée de

OPÉRATIONS DE L'ARMÉE DE L'EST

la nuit et encore occupée presqu'entièrement par nos
nombreuses voitures. Celles-ci, enchevêtrées les unes
dans les autres, formaient, dans certains endroits et malgré l'exiguïté de la route, jusqu'à quatre files. Les voituriers, par leur indiscipline habituelle, par la crainte
de voir à chaque minute apparaître les Prussiens et
d'être faits prisonniers, cherchaient à se dépasser, bousculaient leurs compagnons, de telle façon que personne
ne pouvait avancer, et la marche des convois comme
des cavaliers et des piétons s'en trouvait d'autant retardée. Nous allons voir tout-à-l'heure quelles terribles
conséquences eurent ce désordre et cette panique des
voituriers.

Pour sortir d'embarras et afin de ne pas troubler les
files, nous fûmes forcés de nous tenir, autant qu'il était
possible, en dehors de la route et, dès que nous apercevions un petit espace entre deux voitures, nous y faisions glisser nos chevaux comme nous pouvions ; encore
fallait-il beaucoup de prudence, dans cette opération.
Combien de fois, n'avons-nous pas couru le risque
d'avoir les jambes broyées par les roues des caissons et
dès voitures !

Les brancards des voitures qui nous menaçaient aussi
à chaque instant ne nous laissaient guère le loisir de
nous livrer à nos observations habituelles. Cependant
nous pûmes apercevoir sur tous les visages le plus profond abattement et parfois mêmes des signes d'un désespoir absolu. On se disait en effet dans toute cette
foule : « Si les Prussiens, d'ordinaire très-bien renseignés, viennent à connaître notre situation, nous sommes
perdus ; qu'allons-nous devenir ? »

La matinée était sombre ; la neige nous entourait de tous côtés ; à droite et à gauche de la route, des montagnes arides montraient leurs flancs noircis par le temps et leurs cimes couronnées de hauts sapins chargés de glaçons.

Tout en marchant ainsi, nous arrivâmes à un endroit où ce défilé fait une courbe ; ce détour passé, apparurent devant nous les deux forts de Joux et du Larmont placés en face l'un de l'autre, et solidement établis sur les sommes de deux gigantesques rochers ; on peut sans crainte les comparer à deux nids situés à la cime d'arbres très élevés. Il est facile de se rendre compte de la hauteur de cette position, d'après les constatations de la science ; on estime que les rochers sur lesquels ces deux fortins sont bâtis mesurent plus de deux cents mètres d'élévation. Au fort de Joux se rattachent quelques souvenirs historiques : il est devenu célèbre par la captivité de Mirabeau et de Toussaint Louverture.

Nous étions occupés à regarder les forts ; à cette époque de l'année, avec la neige qui les recouvrait, ils présentaient un aspect réellement beau, lorsque quelques soldats nous dérangèrent tout-à-coup de notre contemplation en nous faisant remarquer que, sur les sommets des rocs à pic qui se trouvaient à droite, les Prussiens essayaient de placer des canons. Nous vîmes, en effet, sur les hauteurs, des ombres qui semblaient fouiller dans la neige. Nous présumâmes tout d'abord que ce devait être ou l'avant-garde de Manteuffel ou des espions prussiens. A une aussi grande distance un doute pouvait cependant exister dans notre esprit. Mais hélas ! bientôt nous devions comprendre que les terreurs de nos soldats étaient parfaitement fondées.

Distraits et préoccupés sans cesse par toutes ces difficultés de la route, nous finîmes par arriver au village de la Cluse. Dix heures venaient de sonner. Là l'encombrement était encore plus complet que sur la route ; les quelques maisons de ce village motivaient une halte générale. En un instant elles regorgèrent de soldats qui cherchaient un abri pour se chauffer et pour manger. Nous traversâmes cette foule avec beaucoup de peine, et quelques instants après nous nous trouvâmes au pied des forts de Joux. Entre les forts de Joux et du Larmont passent la route et le chemin de fer. Le défilé est si resserré qu'il y a juste la place pour ces deux voies et un petit ruisseau. Au-delà, à quelques centaines de mètres de ce défilé si exigu, la vallée s'élargit ; le canon des forts, de ses feux, balaie toutes les routes vers la Suisse. En réalité, Joux et le Larmont, semblables à des sentinelles avancées, gardent cette partie de la France du côté de la Suisse.

Nous fîmes encore un kilomètre, et nous arrivâmes à Saint-Pierre de la Cluse, rendez-vous du quartier général, selon l'ordre de mouvement du matin. Ce petit village ne se compose que de trois ou quatre maisons ; les religieuses voulurent bien nous donner l'hospitalité dans leur cuisine, leurs appartements étant déjà occupés par une ambulance. Nous rencontrâmes là plusieurs officiers d'artillerie, du génie, d'état-major. Tout en devisant sur les événements et sur notre situation critique, nous attendîmes notre général en chef. A chaque instant, la porte donnait passage à un nouveau venu. Alors on l'interrogeait sur son voyage ; tous sans exception déclaraient impossible une dernière affaire avec les Prussiens. Un fait justifiait, d'ailleurs, cette opinion générale, c'était le départ continuel, pour la Suisse, de nos bataillons que nous voyions sans cesse défiler sous nos fenêtres. De plus, le parc de réserve même, établi dans la prairie en face de la maison que nous occupions, venait de recevoir l'ordre d'atteler, d'entrer en Suisse ; et l'ordre s'exécutait. Tout était donc bien fini ; la campagne était terminée.

Le défilé de toutes les colonnes offrait le spectacle de toutes les douleurs physiques possibles. Oh ! assurément alors ce n'était plus une armée, n'en déplaise aux beaux conteurs de la retraite ! C'était une bande d'hommes, sur la figure desquels apparaissait la souffrance et, si on avait pu lire au fond de leur cœur, on n'y aurait pu trouver qu'un mot ou plutôt qu'un sentiment : le désespoir.

Il faut avoir vu ces bandes, sur les routes de Pontarlier à la Suisse, le 1er février 1871, leur état de dénuement physique et moral ; il faut avoir vécu avec elles dans ces moments de douleur, pour pouvoir les dépeindre avec quelque exactitude.

Depuis plus d'un mois, nos malheureux soldats marchaient dans la neige, quand ils ne l'avaient pas pour lit, ce qui hélas ! arrivait trop souvent. Les chefs, plus à l'abri de la misère par leur position, n'avaient pas la mine bien plus brillante. Peut-être, à la vérité, étaient-ils moins débraillés dans leur costume, ou plutôt moins en haillons, mais ils étaient aussi peut-être plus gravement atteints au moral.

En effet, pour un officier brave et patriote, quoi de plus dur, de plus humiliant que nos incessants revers ? J'en ai vu non quelques-uns, mais beaucoup qui, en ce moment, étaient paralysés par la douleur et pleuraient comme des enfants.

Pour soutenir cette retraite, le général commandant en chef l'armée de l'Est avait choisi le 18e corps de préférence à tout autre, parce que ce corps pendant tout le temps de la campagne jusqu'à ce jour, grâce à ses premiers succès de Juranville et de Villersexel, avait conservé quelque apparence de discipline et quelque cohésion. Mais il faut le dire, depuis Belfort, notre malheureuse retraite avait fort ébranlé la discipline et même aussi l'organisation du 18e corps. Réellement, pour lui comme pour tous les autres corps, il était temps que la campagne prît fin.

Onze heures venaient de sonner : le mouvement de défilé des troupes se ralentissait, la route devenait peu à peu libre ; quelques rares voitures et quelques piétons seuls se traînaient vers la Suisse.

Pendant que nous faisions les cent pas sur la route, en attendant les ordres, on nous avertit que le général arrivait et que son quartier général était à la maison du curé, maison distante de quelques mètres seulement de celle que nous occupions. Nous nous transportâmes sans retard au presbytère, et l'on nous installa dans une salle du rez-de-chaussée où, pour tout siège, il y avait de la paille. A l'exemple de notre chef et de notre colonel d'état-major, qui présidaient cette singulière table d'hôte, officiers d'état-major, officiers d'administration, nous étions tous pêle-mêle assis sur la paille, grigno-

tant·soit un morceau de pain gelé, soit un morceau de
biscuit ; et nous passant les uns aux autres un verre
rempli d'un vin généreux, que notre religieux hôte nous
fournissait moyennant un franc la bouteille.

Chacun racontait ses projets, chacun s'arrangeait
un avenir à sa façon. Même certains enlevaient leurs
galons, que tout à l'heure ils prisaient tant, afin de
pouvoir se travestir en pékins, et traverser la Suisse
sans être internés.

Tout-à-coup, le sifflement d'un obus fait vibrer les
vitres de cette maison ; en une seconde, tout le monde
est dehors et l'on voit non loin, dans la prairie, la fumée
du projectile qui venait d'éclater.

Aussitôt le général, qui banquetait au premier étage
avec quelques officiers, descend précipitamment et
s'écrie : « MM. à cheval ! voici les Prussiens ! » En
effet, à ce premier obus, plusieurs autres succèdent et
bientôt l'horizon, autour du quartier général, en est
sillonné. La montagne répercute un bruit sourd qui
s'interrompt à intervalles : ce sont, à n'en pas douter,
nous disons-nous, des décharges de mousqueterie. Tout
le monde suit le général Billot qui se dirige à toute vitesse vers le village de la Cluse.

Selon leur habitude, nos ennemis cherchaient, par
ces attaques imprévues, par un affreux vacarme, à
jeter le désordre dans nos rangs ; et ce jour-là, surtout,
leur but était de répandre la panique dans nos colonnes
de retraite afin de masquer leur mouvement de flanc.
Mais heureusement nos généraux surent deviner leur
pensée et ainsi sauver les débris de cette armée qui

n'avaient pas encore eu le temps d'atteindre les Verrières suisses.

Mon chef et moi nous étions réstés par ordre au quartier général de Saint-Pierre. Pendant un instant, nous
ne pûmes avoir aucun renseignement précis sur l'engagement. Mais, au bout d'une heure environ, nous apprîmes que le combat avait lieu au milieu de nos voitures,
à l'entrée du village de la Cluse. Nous nous hâtâmes
de nous y transporter. Là, nous vîmes un désordre
sans nom ; les charretiers affolés de terreur fuyaient
de tous côtés, d'autres, ramenés *manu militari*, attelaient
leurs voitures, et aussitôt se sauvaient vers la Suisse.

Nous n'étions pas moins surpris de ne plus entendre
la canonnade que nous entendions quelques minutes
auparavant à Saint-Pierre lorsqu'un de nos amis
nous dit que le commandant des forts de Joux, dès
qu'il avait pu dresser quelques pièces du côté de la
France (toutes les embrasures des forts de Joux et du
Larmont se trouvant tournées du côté de la Suisse)
avait, par la précision de son tir, éteint le feu des Prussiens et démonté les deux seules pièces qu'ils avaient
hissées avec beaucoup de peine sur le versant opposé.

L'action s'était engagée vers onze heures, en avant
de la Cluse, avec notre arrière-garde qui, partie en retard de Pontarlier n'avait pas exécuté à temps l'ordre
d'évacuation. Il est bien certain que le général Pallu
de la Barrière, avec notre réserve générale, aurait
éprouvé un désastre si heureusement l'artillerie des
forts avec les autres troupes du 18e corps n'avaient été
là pour le soutenir. Les Prussiens s'étaient glissés habilement de droite et de gauche, au milieu de la file de

voitures, et ainsi disséminés et cachés, ils avaient attaqué nos derniers régiments.

Comme il était facile de le prévoir, au premier coup
de feu, une affreuse panique s'était emparée des votu-
riers qui avaient abandonné leurs attelages. A cette vue,
nos soldats avaient fait un mouvement en arrière et
s'étaient retirés dans la Cluse. Mais, encouragés par
l'exemple de leurs braves chefs, ils revinrent à la charge
et tombèrent avec furie sur les Prussiens, qui reculè-
rent épouvantés de cet élan et cherchèrent de nouveau
à se dissimuler au milieu des charrettes abandonnées
sur la route. Certains quittèrent leur casque (nous
avions affaire à la garde prussienne du régiment de
Colbert, de la brigade du Trossel), afin de ne pas servir
de point de mire, car les rayons de soleil les transfor-
maient en de vrais miroirs ; d'autres s'embusquèrent
au milieu de l'encombrement et, de là, firent des décharges très-meurtrières pour les nôtres.

Sur les pentes des montagnes de droite et de gauche,
l'action s'engagea aussi ; le commandant de Beaupoil
Saint-Aulaire tomba frappé mortellement. Au centre,
l'intrépide colonel Achilli du 44e, à la tête d'une colonne,
avait fait reculer les Prussiens jusqu'à 500 mètres en
arrière. Mais nous payions bien cher ce succès : le colonel Achilli avait été tué.

Nos soldats fatigués, harassés, à bout de munitions,
se replient et viennent occuper fortement le village de
la Cluse. L'amiral, avec le 52e, le 77e, se maintient jusqu'à la nuit sur les sommets. Le général Billot craignant un mouvement tournant avait fait rappeler des
Verrières françaises le 92e et le 38e régiments sans

lesquels nous eussions été infailliblement tournés.

Je me rappelle, avec douleur, ce moment d'anxiété : je rentrais au quartier général pour prendre les ordres de mon chef, lorsque le jeune officier Leclerc me dépassa en me criant : Nous sommes tournés ! nous sommes tournés ! . . . .

Et il courut chercher ce 92ᵉ qui, heureusement pour nous, n'avait pas encore dépassé la frontière française. Sur notre droite, les mobiles lâchaient pied et le danger grandissait de minute en minute.

Mon absence de Saint-Pierre avait environ duré deux heures ; comme je revenais, j'aperçus sur le chemin de fer, marchant avec un air d'insouciance et de nonchalance sans égales, le comte Roger Bontemps que le matin même, à Pontarlier, je n'avais pu faire réveiller, n'ayant pas l'adresse de son logement. Selon une déplorable habitude, il était très difficile de persuader à MM. les officiers d'apporter leur adresse au quartier général, aussitôt leur arrivée à l'étape ; négligence funeste pour le service et qui faisait que la plupart ne connaissaient le mouvement du corps d'armée que lors du départ des dernières colonnes de l'étape.

Nous fûmes d'autant plus étonné de rencontrer cet officier que nous ne doutions pas un instant qu'il eût été fait prisonnier. Il nous accueillit avec son sourire malin sur les lèvres et nous dit :

« Je viens de l'échapper belle avec mon président des ministres ; heureusement, par son adresse, il nous a tirés tous deux d'une fausse position.

Puis comme je souriais :

« Rassurez-vous, me dit-il, nous sommes, à la vérité,

partis de Pontarlier en retard, mais assez tôt pour être témoins de cette attaque, et cependant sans être faits prisonniers, quoiqu'étant restés constamment avec les Prussiens jusqu'au détour de la Cluse. Lorsque notre quartier général nous a, ce matin, envoyé l'ordre de mouvement, nous n'étions nullement inquiets, parce que nous savions que le général Pallu de la Barrière, le général Billot et l'amiral Penhoat devaient rester à Pontarlier après le départ de nos divisions. Nous savions aussi que nos chefs, dans l'espoir de gagner quelques heures, cherchaient encore à négocier avec Manteuffel ; et en effet, ce matin, ils ont envoyé le colonel de l'Espée à Manteuffel[1], mais celui-ci n'a pas eu plus de succès que les parlementaires qui l'avaient précédé.

« Voilà le vrai motif pour lequel nous ne nous pressâmes pas de quitter Pontarlier : nous attendions le résultat de ce nouveau message ; le général Pallu fit monter dans le clocher, mais bientôt on signala les Prussiens à l'entrée de la ville. Nous quittâmes tous précipitamment Pontarlier ; nous suivîmes le chemin de fer ; le général Billot, trouvant que le convoi qui marchait devant nous n'avançait pas assez vite, donna aussitôt l'ordre au général Pallu d'occuper la gauche et la droite du défilé. Alors, pendant que ce mouvement s'exécutait, je retournai en arrière au devant du président des ministres qui s'était un peu attardé dans Pontarlier. Je le trouvai en conversation avec un officier prussien qui venait en parlementaire auprès de notre général et

---

[1] Voir Documents historiques, n° 13.

nous demanda à voir le général en chef ; nous lui répondîmes qu'il était parti. Alors je lui offris de le conduire au général Pallu :

« De suite, dit-il, sans retard ; ce que j'ai à lui dire est ceci : « Dès que je serai de retour dans nos lignes, les hostilités recommenceront ; de plus, si un coup de fusil est tiré contre nous, nous couvrirons Pontarlier d'obus. »

— « Nous n'avons là qu'une compagnie d'infanterie, répondis-je ; c'est celle qui doit défendre la ville. Dans ces conditions, nous allons tout de suite la prévenir et la reconduire jusqu'à nos grand'gardes.»

« Mais bientôt des coups de feu partent dans les convois ; nous le prions de faire cesser le feu. Cela m'est impossible ; nous répondit-il.

« C'était le 2e corps prussien qui, n'étant pas prévenu, descendait sur nous de la gare, et se glissait dans nos convois.

« Nous traversons les Prussiens et un officier nous empêche d'aller plus avant, tout en nous faisant observer que nous n'étions pas prisonniers : il nous donna même un sauf-conduit pour aller trouver le général prussien. Nous allons à la rencontre du général commandant le 2e corps ; pendant ce trajet nous nous apercevons que le convoi était déblayé et la route libre. Les troupes prennent position ; une colonne, dans un ordre remarquable, montait pour nous tourner à gauche. Tout d'abord le général refusa de nous laisser partir ; enfin il consentit à nous laisser prendre la route des Allemands, puis il s'écria : « A quoi bon chercher à franchir nos lignes? Dans un instant, si nous manœuvrons comme nous en avons reçu l'ordre, vous devez être enveloppés complètement ! »

« Nous avons pu atteindre le chemin de fer sans trop d'embarras, sauf quelques coups de fusil qui effrayaient nos chevaux. Voilà comment se termina notre odyssée. A Oye, cependant, nous l'avons échappé belle... Et reprenant sur un ton plus triste : J'ai tout à la fois, maintenant, un regret et un remords, c'est de n'avoir pas été assez éloquent pour persuader la belle infirmière, que j'ai rencontrée dans sa voiture, de nous suivre et de monter un de mes chevaux. Je vous avoue que j'ai aussi des craintes sérieuses pour la marquise des Mathurins, la jolie veuve, égarée au milieu de l'armée de l'Est. Elles seront certainement faites prisonnières toutes les deux ; elles ont au moins 150 voitures devant elles, et je ne crois pas qu'avant la fin de la soirée, le 44°, par son mouvement d'avant, puisse arriver jusqu'à elles. »

Tout en causant avec le comte, j'étais revenu à Saint-Pierre. Dans cette course, à chaque pas nous fûmes forcés de faire la police de la route, d'empêcher les charretiers qui venaient de la Cluse de se dépasser et de former ainsi des obstacles sur la route. Nous rencontrâmes aussi vingt prisonniers prussiens, sous l'escorte d'un caporal, qui se dirigeaient en riant vers la Suisse, et très heureux de s'éloigner du champ de bataille. Dans cette affaire, je crois que nous en prîmes une centaine environ.

Nous retrouvâmes le curé de Saint-Pierre très-effrayé ; il oubliait volontiers son empressement de tout à l'heure à nous vendre son vin, il hissait un drapeau d'ambulance

sur sa maison, sur la cure où se trouvait le quartier général. Sur l'ordre de notre chef, nous l'interrompîmes
dans son travail et nous lui fîmes enlever le drapeau,
par trop protecteur en semblable circonstance.

L'arrivée des régiments rappelés des Verrières françaises changea vite notre fortune.

Désormais nos troupes irrégulières, se sentant soute-
nues, se ranimèrent et, par un élan incroyable, arrêtèrent les efforts du 2e corps prussien, qui essayait de
nous tourner sur les plateaux. Dans ce combat furieux
et désespéré les Prussiens eurent beaucoup plus de soldats tués ou blessés que nous : l'on chiffre leurs pertes
par 3.000 environ, dans cette journée. Quant à nous,
nous fûmes également éprouvés : nous perdîmes, tant
tués que blessés un colonel, trois chefs de bataillon,
douze cents officiers, sous-officiers et soldats.Ce seul relevé suffit pour démontrer combien le soldat, en général, était las de la guerre ; les officiers avaient été obligés
de l'entraîner au feu. La défaillance de nos soldats, en
ce jour, peut facilement s'expliquer par les nombreuses
causes que nous avons énumérées plus haut. Les Prussiens évacuèrent le plateau de la Cluse, où nos soldats
restèrent en position jusqu'à la nuit.

Dans cette journée, un autre engagement avait eu lieu
à Oye, avec la division de cavalerie sous les ordres du
général Brémont d'Ars ; l'ennemi avait été aussi repoussé à la nuit. On put ainsi rallier les mobiles épars
de tous les côtés, et aussitôt qu'ils furent rassemblés on
les dirigea sans retard sur la Suisse.

Les Prussiens se retirèrent sur Pontarlier. A 4 heures 1/2 du soir, la victoire était presque certaine. L'on

doit attribuer ce succès à l'attitude énergique de l'amiral Penhoat qui, avec une partie de sa division, sur les sommets de la Cluse, manœuvra assez habilement pour arrêter le mouvement tournant des Prussiens, des généraux Billot et Pallu de la Barrière, et aussi à l'artillerie des forts du Larmont et de Joux, habilement dirigée par le brave commandant Ploton[1].

A partir de ce moment, le reste du matériel de notre armée et les dernières troupes purent entrer en Suisse sans encombre ; les canons des forts se mirent de la partie ; car il faut se rappeler, comme nous l'avons dit plus haut, qu'avant trois heures du soir le commandant des forts de Joux n'avait pas pu intervenir dans la lutte, parce que les embrasures de ses canons se trouvaient dirigées vers la Suisse et qu'il avait été obligé d'en faire ouvrir de nouvelles vers la France.

On se rappelle aussi que, dès le commencement de l'action, au col de la Cluse, le commandant de ces forts dressa précipitamment deux pièces en batterie contre celles que les Prussiens avaient établies sur le sommet qui leur faisait face. En quelques coups seulement il éteignit leur feu. Puis, ce premier succès obtenu, comme il savait parfaitement que les Prussiens, en quelques heures, ne pouvaient hisser de nouvelles pièces sur la montagne, il cessa le feu ; et en silence il s'empressa de compléter son installation, de faire des épaulements au moyen de la neige, de faire des ouvertures pour ses canons, du côté de la France. Les Prussiens, trompés par ce silence et croyant à l'impuissance des forts, se répan-

---

[1] Voir Documents historiques, nos 14 et 15.

dirent tout autour. Leur surprise fut grande quand, vers
les 4 heures du soir, une grêle de projectiles arriva dans
leurs lignes ; cette tactique aussi intelligente qu'habile
nous assura la victoire.

La nuit commençait à poindre, et nous attendions toujours les ordres du général. Certains prétendaient qu'il
était déjà entré en Suisse, d'autres, au contraire, disaient qu'il était à l'escarmouche d'Oye. Dans cette incertitude, une partie de sa maison militaire, qui se trouvait
avec nous, fit ses préparatifs de départ. Enfin notre
chef, voyant défiler les mobiles vers les Verrières et par
là jugeant que désormais toute lutte était terminée, se
résigna à donner l'ordre du départ.

La bataille alors se réduisait aux détonations successives des forts. Nous marchions au pas en compagnie
du comte Roger Bontemps et d'un autre officier. Depuis
j'ai entendu dire que ce dernier avait eu trois chevaux
tués sous lui ce jour-là ; qu'en récompense de ce haut fait
d'armes il avait reçu la croix de la légion d'honneur, à
son entrée en Suisse ; il est vrai que je ne l'ai pas suivi
au plus fort de la bataille ; mais il est non moins vrai
aussi qu'il ramenait les deux seuls chevaux que nous
savions lui appartenir.

Jusqu'aux Verrières françaises, nous traversâmes plusieurs bataillons qui se dirigeaient à la hâte vers la
Suisse ; à chaque pas, nous étions arrêtés soit par les
chevaux qui tombaient pour ne plus se relever, ou encore par des caissons qui, faute d'équipages, étaient forcément abandonnés. Autant d'obstacles que nous étions
obligés de franchir avec beaucoup de prudence, afin
d'éviter les accidents. Arrivés aux Verrières françaises,

nous retrouvâmes les dernières voitures de nos convois ; l'ordre paraissait y régner ; les voituriers, plus calmes par l'éloignement de l'ennemi, ne cherchaient pas trop à se dépasser, selon leur noble habitude. Cependant toute voiture qui ne marchait pas était impitoyablement jetée dans les fossés ; il fallait bien prévoir l'arrivée de ces braves qui avaient su protéger, avec tant de courage, notre retraite, qui nous suivaient et qui allaient profiter de la nuit pour rentrer en Suisse. Nous arrivâmes aux Verrières suisses, vers les neuf heures et demie.

Des soldats suisses placés près de la maison de la Douane désarmaient chaque soldat, et jetaient sur la route armes et munitions ; les officiers gardaient leurs armes.

Ce lugubre défilé dura toute la nuit ; le lendemain, vers les huit heures, les derniers soldats de l'armée de l'Est, qui avaient soutenu la retraite, entraient en Suisse.

Le passage en Suisse se fit, à la vérité, sur plusieurs points, ce qui accéléra le mouvement qui se termina dans cette journée du 2 février. Très peu de soldats et d'officiers avaient profité de l'autorisation du général en chef, qui leur permettait de regagner à leurs risques et périls les départements non envahis.

Aux Verrières françaises, nous avions appris que notre général en chef venait d'envoyer au général Clinchant son colonel d'état-major, pour lui rapporter deux saufs-conduits qui devraient lui assurer le passage sur notre frontière. Il était chargé, disait-on, par le général commandant en chef l'armée de l'Est d'une mission urgente près du Gouvernement de Bordeaux. Sans doute, notre général n'oubliait pas non plus que les

élections à l'Assemblée qui devait négocier la paix avec
les Prussiens avaient été fixées au 8 février, et nous
étions le 2 février. Six jours pour préparer une élection ! Le délai était juste suffisant.

Vers quatre heures du matin, on vit passer un traî-
neau dans lequel se trouvaient deux hommes enveloppés et encapuchonnés dans des vêtements de campa-
gnards suisses ; c'étaient notre général et son aide de
camp.

J'ignore de quelle nature et de quelle importance
pouvait être cette mission à Bordeaux, mais si j'avais
été le brave et courageux général Billot, je doute fort
que j'eusse accepté, dans de pareils moments, de m'en
charger. Selon moi, d'autres devoirs plus impérieux et
plus pressants m'auraient commandé de ne pas laisser
ainsi mon corps d'armée à l'abandon en Suisse. Parfois
il est bon, ce nous semble, de savoir obéir à la discipline. Mais, en pareil cas, quand on a en mains un pouvoir aussi grand que le commandement d'un corps d'armée, il n'y a que deux personnes qui puissent vous en
relever : celui qui vous l'a confié ou la mort. On peut
nous objecter, non sans quelque raison, d'abord que
la paix n'était point encore signée et que, par conséquent, le patriotisme commandait à tous ceux qui
avaient l'habitude de porter les armes et plus spécialement aux généraux, de venir se mettre à la tête des
nouvelles armées, que préparait la délégation de Bordeaux.

Mais tous nos généraux, et en particulier ceux qui
avaient fait cette dure campagne de l'Est, savaient
mieux que personne quelle créance il fallait fonder sur

la reprise de la lutte, et, surtout en cas de continuation de la guerre, quelles espérances il fallait fonder sur le résultat, malheureusement trop facile à prévoir !

On peut encore nous dire que le gouvernement fédéral s'était chargé de pourvoir à tous les besoins de l'armée de l'Est, et que par conséquent un général entrant en Suisse, avec son corps d'armée, n'avait plus rien à y faire. Les autorités fédérales savent aujourd'hui de quel poids fut la tâche qu'elles entreprenaient si légèrement. Sans le concours de quelques chefs français dévoués, elles n'auraient pas pu régler, ordonner cette invasion de 80,000 hommes dans leur pays. Nous sommes certain que, si le général commandant notre corps eût été en Suisse avec ses soldats et eût surveillé par lui-même leur internement, bien des conflits et des difficultés de toute sorte ne se fussent pas produits.

La précipitation avec laquelle avait été faite la convention qui réglait l'entrée de l'armée de l'Est en Suisse par le général Clinchant et par le Conseil fédéral, devait avoir des conséquences désastreuses pour l'ordre et la discipline de nos troupes à leur entrée en Suisse. Nous nous efforcerons de montrer, dans la 3e partie de cet ouvrage, quelles graves conséquences eurent pour l'armée et pour la Suisse la désorganisation des corps de l'armée de l'Est et l'absence de la plupart de leurs chefs.

En effet, comment le général Clinchant pouvait-il, sur un territoire étranger, alors que ses auxiliaires lui faisaient défaut, surveiller les quatre corps d'armée que comprenait l'armée de l'Est ? Souvenons-nous qu'à ce moment le 20e et le 18e corps n'avaient pas leurs généraux. L'un était parti pour Bordeaux, l'autre, le général Clinchant lui-même, général en chef de l'armée, n'avait pas été remplacé au 20° corps. Il n'y a rien d'exagéré à dire que nous n'avons jamais vu plus grand désordre que pendant les premiers jours de cette entrée en Suisse : l'armée de l'Est allait, venait sur toutes les routes sans but, sans direction.

Sur le conseil de l'état-major suisse, et en particulier du colonel de Mandrot, en compagnie de notre chef et de quelques officiers qui n'avaient pas voulu l'abandonner, nous prîmes la route de Fleurier ; nous y arrivâmes assez avant dans la nuit : dernière étape pour nous de cette longue et douloureuse retraite, de cette pénible et malheureuse campagne !

ARMÉE DE L'EST

CONCLUSION

§. I

Il y avait 42 jours que nous étions partis de Bourges ; et nous entrions en Suisse dans un état physique et moral difficile à dépeindre. Des marches forcées, des privations, des souffrances de toute nature, des efforts réels et bien peu récompensés hélas ! voilà ce que représentait avant tout notre campagne de l'Est.

Dans notre longue et pénible retraite nous n'emportions qu'une consolation, c'est que ce suprême effort avait un instant relevé le drapeau de la France souillé, traîné dans la boue par les honteuses capitulations de Sédan et de Metz.

Tout en résumant les événements de cette campagne, nous essaierons de rechercher les causes de nos insuccès, de les analyser et, par voie de conséquence, d'attribuer à chacun la responsabilité qui nous semble lui incomber.

Mais, tout d'abord, nous nous demanderons quelle a

été la pensée qui a présidé à cette campagne de l'Est ; si elle a été aussi témérairement entreprise que certains ont bien voulu le dire ; nous étudierons ensuite le plan adopté ; enfin nous verrons si l'on pouvait tirer un meilleur parti des débris de l'armée de la Loire, qui se trouvaient réunis autour de Bourges le 10 décembre 1870.

N'oublions pas qu'au 10 décembre 1870, s'il restait à la Province quelques nouvelles entreprises de guerre à faire, il fallait les combiner et les exécuter en toute hâte. Un motif puissant, irrésistible, nous entraînait à cela ; nous avions les plus vives inquiétudes sur les approvisionnements de la capitale ; le bruit que les vivres des Parisiens s'épuisaient s'accréditait de plus en plus. Il devenait donc urgent de débloquer Paris, dans un court délai, sinon une nouvelle capitulation, bien différente de celles de Sédan et de Metz, mais enfin une capitulation plus désastreuse encore que les précédentes était à redouter.

Et cependant que faire ? Nous n'avions plus d'armée ; la capitulation de Metz avait emporté nos derniers défenseurs aguerris ; il ne restait plus qu'une dernière ressource, le courage et le patriotisme du civil, du pékin, comme on l'appelle vulgairement à l'armée.

A quelle école le Français de 1870 pouvait-il avoir appris à aimer la France au point de lui sacrifier et ses intérêts et sa vie ?

Ce n'était pas les agents et les complices du guetapens du 2 décembre, ce n'était pas les viveurs des Tuileries et de Compiègne qui avaient pu lui enseigner le patriotisme.

D'un autre côté, pouvait-on appeler armée ces deux
débris, ces deux tronçons de l'armée de la Loire qui, le
10 décembre 1870, étaient également affolés par les
succès des Prussiens devant Orléans et dégoûtés par la
criante incapacité de leurs chefs ? L'un s'enfuyait vers
Tours et l'autre vers Bourges et tous deux semaient sur
leur passage les malades et les chevaux harassés, épuisés par les marches et contremarches.

Le tronçon de l'armée de la Loire qui arrivait à
Bourges le 10 décembre 1870 était-il en état de recommencer aussitôt de nouvelles opérations ? Que pouvait-
on demander à des jeunes gens encadrés, armés de la
veille, battus par la faute d'autrui et qui venaient de
passer huit jours, huit nuits par les routes et les champs
couverts de neige, marchant sans trève ni repos ?

De quels efforts pouvaient-ils encore être capables ?

Quel parti, enfin, pouvait-on tirer de ces malheureux ?

Leur faire prendre du repos d'abord et employer ce
temps à les réorganiser ; telle était la seule pensée qui
pouvait venir à l'esprit de chefs prudents et prévoyants.
D'un côté nous étions sans ressources, de l'autre nous
étions talonnés par la nécessité. La province, en effet,
ne pouvait pas s'avouer vaincue ; la province ne pouvait pas, par un acte de désespoir, abandonner ce drapeau que les Parisiens portaient si fièrement et si héroï-
quement : l'honneur de la France était en jeu dans la
partie qui se jouait.

Quel est le Français qui eût osé dire à ce moment :
Nos derniers efforts n'ayant pas réussi à Orléans, nous
devons mettre bas les armes et traiter avec les Prussiens?

Quel est le Français qui aurait eu cette faiblesse, qui aurait eu la lâcheté de signer alors un traité de paix ? Malgré les malheurs et les désastres qui ont suivi cette seconde campagne, s'il s'en fût trouvé un qui eût consenti à cet acte de lâcheté, oh ! assurément aujourd'hui tous, autant de Français que nous sommes en France, à quelque parti que nous appartenions, nous n'aurions pas assez d'indignation et de mépris pour l'homme qui aurait démenti de cette façon tout le passé de notre pays [1]!

Nous venons de retracer exactement la situation de la France au 10 décembre 1870. A ce moment, il lui fallait un homme d'une volonté énergique, il lui fallait un patriote, pour la tirer de son engourdissement et lui montrer, non-seulement par ses paroles mais encore par ses actes, les précieuses ressources qui lui restaient, les immenses richesses qu'elle possédait et surtout lui faire comprendre que l'heure du désespoir n'avait pas encore sonné.

Seul entre tous un grand citoyen, un grand cœur, ne se laissa pas abattre par nos revers successifs ; seul, il osa montrer à notre pays presque abattu le devoir et

---

[1] « L'honneur d'un peuple, comme celui d'un homme, n'est pas un vain mot, et l'estime de soi est aussi nécessaire à un pays qu'à un individu. Si la France, après Sedan, se fût laissé démembrer avant d'être réduite à l'impuissance, elle eût perdu toute estime d'elle-même.

« Votre commission est unanime à penser que les membres du Gouvernement du 4 Sept. ont eu raison de défendre Paris et la France. »

Rapport de M. Chaper. (Commission d'enquête parlementaire, p. 34.)

l'honneur ; seul, il ranima les courages : titre de gloire à jamais impérissable pour lui que rien n'ébranla et pour la France qui le comprit, qui le suivit.

En admettant même que ces efforts, que cette résistance opiniâtres eussent été insensés comme quelques beaux parleurs le prétendent aujourd'hui, surtout parce qu'ils n'ont produit aucun résultat matériel appréciable, constatons néanmoins qu'en vue du passé c'est un véritable témoignage de respect pour le précieux dépôt que nos immortels capitaines ont su si vaillamment nous assurer et nous léguer ; qu'en vue de l'avenir c'est un sérieux encouragement, un exemple salutaire pour nos concitoyens, pour nos générations futures.

Le problème qui se posait au ministre de la guerre d'alors et aux généraux qui se trouvaient le 10 décembre 1870 à Bourges était celui-ci :

Comment continuer la campagne ?

Comment constituer une nouvelle armée avec les débris de l'armée de la Loire ?

Comment opérer désormais pour débloquer Paris ?

Le résoudre n'était pas chose facile.

La première pensée qui se présentait à l'esprit était de rallier sans retard le tronçon de l'armée de la Loire qui se trouvait sons les ordres du général Chanzy, d'opérer sur Blois et de là marcher sur Paris. Ce plan s'imposait à première vue, à la vérité, comme le plus conforme à la situation. Mais pour qu'il pût offrir quelque chance de réussite, il fallait l'exécuter sans retard. Et comment l'exécuter aussitôt ? Les débris de l'armée de la Loire n'étaient pas en état de reprendre la campagne avant une réorganisation complète et un repos d'au moins une quinzaine de jours.

En second lieu, essayer d'opérer entre la Seine et la Loire semblait bien dangereux pour trois motifs : le premier parce que nos troupes n'étaient pas prêtes à prendre la campagne ; le second, parce que cette marche nous éloignait trop de nos centres de ravitaillement qui étaient établis dans le midi et qu'on ne pouvait déplacer sans une perte de temps considérable ; le troisième parce que ce mouvement nous rapprochait trop des forces allemandes et qu'ainsi, au lieu de les diviser, il leur donnait la facilité de concentrer en quelques heures des masses imposantes sur un même point, ce qui devenait un danger réel pour nous, non-seulement inégaux en nombre, mais encore, à parler rigoureusement, sans soldats exercés à la guerre.

En troisième lieu, fallait-il rester à Bourges et recommencer, par Gien et Montargis, la campagne manquée sous Orléans ? Pour que ce plan offrît quelque garantie de succès, il aurait fallu pouvoir rester un mois au moins autour de Bourges, afin de réorganiser l'armée ; il eût fallu être certain que Paris pourrait tenir pendant tout ce temps-là. Le Gouvernement d'alors, pas plus que personne, ne pouvait préciser la limite de la résistance de Paris. Le doute dans lequel nous nous trouvions rendait l'exécution de ce plan impossible.

Il s'agissait donc de trouver un autre plan de campagne qui pût permettre tout à la fois et de réorganiser les débris de l'armée de la Loire et de donner l'espoir de débloquer Paris à bref délai. Aussi le mouvement **dans l'Est parut offrir tout d'abord les deux avantages** réunis et fut adopté presque unanimement par le conseil de guerre de l'archevêché de Bourges [1].

[1] Le général Chanzy battit en retraite et 24 h. après, Blois était abandonné, comme je l'avais prévu. C'est alors que je reçus l'ordre de me rendre à Nevers afin d'y passer la Loire, de descendre ce fleuve sur la rive droite et marcher sur Montargis.

« Quoique très inquiet de ce qui pourrait advenir si les troupes du général de Werder venaient à menacer pendant ce temps mon flanc droit et ma ligne de retraite, je pris mes dispositions pour exécuter ce mouvement audacieux. Il me fallait répondre à l'intention formelle du ministre de venir en aide sans délai aux défenseurs de Paris en attirant de ce côté une partie des forces ennemies. Arrivé à Baugy le 19 déc. j'y reçus la proposition de substituer à ce mouvement un autre plan.

« Il s'agissait de forcer l'ennemi à évacuer Dijon, Gray, Vesoul, de débloquer Belfort, puis, si ce résultat était obtenu, de me porter sur Langres et de tâcher de couper les communications de l'ennemi. *Ce nouveau plan me souriait beaucoup plus que le premier, il me semblait plus fructueux.*

Extrait du rapport adressé par le général Bourbaki au ministre de la Guerre, le 3 mars 1871. Enquête parlementaire, p. 363, Déposition du général Bourbaki.

« *Je ne crois pas que ce plan fût imposé au général Bourbaki.*

« *Je dois même dire que ce plan est venu à la connaissance de l'armée et a été accueilli avec beaucoup de faveur.* C'était un peu tard, il est vrai, pour se porter dans l'Est, mais on pouvait encore obtenir de grands résultats. Le général Werder n'avait dans ce moment que 30.000 h. devant Dijon et à peu près autant devant Belfort. On pouvait donc espérer, en se jetant sur lui avec quatre corps d'armée le battre, dégager Belfort, et inquiéter ensuite la ligne d'opérations de l'ennemi par Nancy.

« Mais, pour réussir, il fallait marcher très rapidement, afin d'attaquer l'ennemi avant qu'il fût concentré et de ne pas lui laisser le temps de recevoir des renforts. Malheureusement notre mouvement fut très lent. Les transports par les chemins de fer exigeaient trois fois plus de temps qu'on ne l'avait d'abord supposé. D'un autre côté il faisait un froid de 12 à 15 degrés ; beaucoup d'hommes avaient les pieds gelés, beaucoup de chevaux périrent de froid. Les chemins étaient couverts de verglas et de

En effet, pour aller chercher Werder autour de Belfort, il fallait quelques semaines et ce temps paraissait suffisant pour organiser une armée et l'habituer aux misères d'une campagne. A cheval comme nous l'étions sur les chemins de fer, au milieu des centres de ravitaillement, nous devions nous mouvoir et vivre aisément. De plus il était permis de supposer que nos troupes, rompues à la fatigue par les longues marches qu'elles avaient été obligées de faire pendant ces derniers temps, se disciplineraient promptement, et offriraient une réelle consistance.

Ce mouvement dans l'Est présentait donc ces deux premiers avantages : discipliner le soldat et préparer, à courte échéance, une armée forte et solide.

En outre, si ce plan s'exécutait avec la rapidité primitivement espérée et la circonspection nécessaire, nul doute qu'il exerçât une grande action sur l'armée ennemie assiégeant Paris, qu'il troublât beaucoup nos envahisseurs, les obligeât à se dégarnir sous Paris. Il était bien certain que, du jour où les Prussiens auraient connaissance de la marche de cette armée vers l'Est, ils s'empresseraient de détacher des renforts de leur ligne de blocus de Paris, puisqu'ils n'avaient plus d'autre ar-

neige, très glissants pour les chevaux, et tout cela nous a beaucoup retardés. L'ennemi était bien plus mobile que nous, parce qu'il était mieux organisé, mieux discipliné et qu'il vivait sur le pays, ce qui lui permettait de ne pas traîner à sa suite des convois de vivres d'autant plus considérables que les voitures pouvaient à peine porter le tiers de leur chargement habituel ; avec toutes ces difficultés nous avions beaucoup de peine à faire des étapes de 4 lieues. (Déposition de M. le général Borel. Enquête parlementaire, p. 497.)

mée de réserve, en Allemagne, que la Landsturm, pour aller secourir le général de Werder, et surtout pour empêcher de couper les lignes ferrées qui leur apportaient d'Allemagne vivres et munitions.

Ce plan répondait donc, non-seulement à nos ressources militaires du moment, mais encore aux exigences de la situation. Assurément, s'il était exécuté dans la mesure de la conception, il devait avoir la plus grande influence sur notre avenir et produire des résultats sérieux. Ces résultats, malheureusement, n'ont pas été en raison des prévisions de ses auteurs. Mais il faut le dire, et le dire hautement, cela par des causes indépendantes de leur volonté et que nous allons essayer d'énumérer.

La plupart des écrivains, tant français qu'allemands, qui ont fait des relations sur cette campagne de l'Est jusqu'à ce jour, ne sont-ils pas d'accord sur ce point : *que si l'exécution de ce plan avait été immédiate, conforme aux ordres prescrits, Werder avec son armée, à la place de l'armée de l'Est, eût été obligé de chercher un refuge en Suisse ?*

Pour comprendre la conception grande et hardie de ce plan, il faut se rendre un compte bien exact des circonstances qui ont empêché sa réussite. Si l'armée de l'Est avait pu continuer pendant quatre jours encore, sous Belfort, ses opérations, c'en était fait de Werder et de son armée. Et cette hypothèse n'est pas aussi chimérique qu'on pourrait le penser.

Il suffit de se rappeler que si l'armée allemande, après trois jours de combat, contenait notre ligne de bataille de droite, du côté d'Héricourt, ce n'était que par un effort suprême ; que le 17 janvier elle était moins heureuse sur notre gauche et fortement menacée, tournée même par sa droite.

Il faut que l'on sache bien que, si l'armée de l'Est a battu en retraite le 18 janvier et quitté ses positions de la Lisaine, ce n'est pas par le manque de vivres et de munitions, ni par l'impuissance de ses efforts, c'est par le seul motif que son chef voyait ses arrières menacés par l'arrivée de l'armée de Manteuffel.

L'idée de la campagne de l'Est était donc bonne ; ceux qui le contestent ne l'ont point suffisamment étudiée et ne l'ont point examinée, comme nous, qui ne nous sommes pas contenté de l'analyser, mais qui l'avons approfondie au moyen des documents authentiques, irrécusables et que d'heureux hasards ont fait tomber entre nos mains.

Voyons maintenant comment ce plan va s'exécuter.

Le 19 décembre le mouvement dans l'Est était arrêté ; le commandement de cette nouvelle armée était confié au général Bourbaki. Elle devait se composer des 20e et 18e corps, commandés par les généraux Billot et Clinchant, lesquels devaient être transportés par les voies ferrées, de Bourges, Saincaize, Nevers et La Charité, à Chagny et Châlon-sur-Saône, d'où ils marcheraient sur Dijon et Vesoul ; plus tard on y ajouta le 15e, le 24e corps et la division Cremer.

Le 18e corps quitta La Charité le 21 décembre. Le transport des troupes par chemin de fer avait été décidé dans l'espoir que l'on gagnerait du temps, mais le contraire arriva. Deux corps d'armée avec leur matériel devaient s'embarquer sur une seule ligne, ce qui,

naturellement, devint un embarras extrême et jeta une
perturbation générale dans l'administration du chemin
de fer. Il est vrai de dire que le personnel des gares
faisait généralément défaut, que le matériel était insuffisant, l'administration n'ayant pas eu, du moins à
l'en croire, le temps de le réunir. Cette excuse nous sug-
gère ces simples réffexions : Où donc était le personnel ? Où donc se trouvait le matériel refoulé des gares
de Paris ?

De cette insuffisance prévue ou imprévue devaient
naître mille complications qui apportèrent autant de
retards à la marche de l'armée de l'Est, et furent certainement autant de causes de l'insuccès de cette campagne de l'Est.

Il nous semble qu'il eût mieux valu, dans ces temps
de gelée, faire faire des marches forcées à nos soldats, qui ne s'en seraient pas plus mal trouvés, et non
les embarquer en chemin de fer. Assurément, nous
n'eussions pas perdu le temps précieux que nous avons
passé, soit à nous attendre les uns les autres, soit à
attendre notre matériel et nos vivres. En cette saison,
si l'on avait tout prévu, les voies ferrées auraient dû
être consacrées seulement au ravitaillement. A ce
propos, nous ne pouvons faire l'éloge du patriotisme
et de la bonne volonté des compagnies de chemins de
fer ; comme nous l'avons déjà dit plus haut, elles ont
été impuissantes, sans nul doute, par quelques raisons
majeures ; mais aussi peut-être ont-elles été trop sou-
cieuses, dans ces moments si terribles, des intérêts de
leurs actionnaires, et pas assez de ceux de la France[1].

[1] V. Documents historiques, n° 2.

Quoi qu'il en soit, par une marche aussi lente, nous ne pûmes rejoindre l'ennemi que le 7 janvier à Frasne-le-Château, où ses éclaireurs nous furent signalés pour la première fois ; nous avions donc mis quinze jours pour venir de La Charité dans les environs de Vesoul. Et encore nous nous étions servis de chemins de fer[1].

C'est sous Mailley que le 18ᵉ corps eut avec l'ennemi les premières escarmouches de cette campagne.

Le 9 janvier avait lieu la bataille de Villersexel, qui aurait dû être pour nous l'occasion d'une victoire réelle. Mais chacun s'est déjà demandé, et se demandera pourquoi alors l'armée de l'Est ne mit pas à profit cette victoire. C'est un reproche que l'on peut adres-

---

[1] Châlon-sur-Saône, 1ᵉʳ janvier 1871.

12 h. 20 m. du matin,

Général Bourbaki à Guerre, Bordeaux.

« Je pars pour Dijon. Je serai demain à Dôle. Si le pont de Pesmes est rétabli, les 18ᵉ et 20ᵉ corps coucheront demain sur la rive droite de l'Ognon. Nous aurons ainsi parcouru 280 *kilomètres en onze jours*. Il est incontestable que, si le matériel avait été prêt en quantité suffisante et en temps opportun, nous aurions dû opérer plus vite notre concentration, mais nous aurions pu l'exécuter plus rapidement par les voies ordinaires, puisqu'il nous aurait fallu parcourir en moyenne, 25 kilomètres par jour.

Quoi qu'en dise le général Rolland, qui admet que l'ennemi fasse 70 kilomètres par jour, je ne crois pas que les Prussiens par corps d'armée marchent plus vite, surtout par le temps actuel. La concentration autour de Belfort était inévitable. Je vous demande de me faire connaître ce que vous apprendrez des mouvements de l'ennemi sur Langres et Châtillon-sur-Seine. Je cherche à me renseigner directement.

BOURBAKI.

(Extrait du Rapport de M. Perrot sur l'armée de l'Est, page 605.)

ser, non sans quelque raison, au général en chef Bourbaki, et à lui seul, en sa qualité de commandant en chef
de cette armée de l'Est. Certains prétendent, pour dissimuler cette faute, que ce sont les vivres qui nous ont
fait défaut et nous ont empêchés de poursuivre nos
succès, ce jour-là[1]. C'est là un moyen aussi facile qu'ingénieux de tromper le bon public, de pallier toutes les
fautes, quelles qu'elles soient, de nos généraux et
commandants ; d'autres prétendent que Bourbaki dut
attendre le 15e corps qui n'était arrivé qu'en partie à
Besançon.

Hélas ! toutes ces suppositions disparaissent devant
cette vérité : nous sommes restés dans l'inertie après les
succès de Villersexel, parce que nous n'avions point de
renseignements exacts sur la force et la position de
l'ennemi. Pour justifier cette assertion, il suffit de con-
sulter l'ordre de mouvement du 12 janvier, daté de
Villersexel. Et nous ne pouvons nous empêcher de reconnaître, en présence des faits accomplis le 11 janvier, que notre général en chef, le général Bourbaki,
manqua ce jour-là et d'initiative et de clairvoyance.
Car il est hors de doute, que s'il avait pu soupçonner
que Werder en se retirant précipitamment de Villersexel
avec son armée, avait l'intention de se réfugier sur les
bords de la Lisaine, afin de s'y fortifier et d'y construire

---

[1] Pourquoi du moins le général Bourbaki ne se pressait-il pas
davantage, et ne gagnait-il pas les Allemands de vitesse sur la
Lisaine ? Un peu, sans doute, pour cette même raison des approvisionnements. Sur toute la route, on avait été arrêté par la
difficulté de suffire aux besoins de l'armée. A Villersexel, on
avait perdu près de deux jours pour attendre des vivres.
Guerre de France, Mazade, t. I, page 507.

de formidables redoutes, il n'eût pas hésité à le poursuivre dès le 11 janvier.

Maintenant admettons un instant l'hypothèse que l'administration et le gouvernement n'auraient pas ravitaillé l'armée assez à temps, quoiqu'ayant à leur disposition deux lignes de chemin de fer, l'une de Nevers à Besançon, l'autre de Lyon à Besançon. Alors, ce serait une faute impardonnable. Mais jusqu'ici nous n'avons pas trouvé la plus petite trace de cette négligence ni dans tous les faits dont nous avons été témoin, ni dans les documents mis au jour sur la campagne de l'Est. Il est donc difficile d'accepter l'objection comme sérieuse. En réalité l'armée de l'Est, à Villersexel, le 11 janvier, ne poursuivit pas ses succès parce que son chef pensait que Werder avait des forces plus considérables que lui et qu'il craignit une surprise, comme à Reischoffen.

Or, si le 13 janvier, le général en chef se décida à faire un mouvement en avant, c'est qu'alors il se croyait parfaitement renseigné sur la position des Prussiens et sur leur effectif.

Les graves conséquences de cette double faute, c'est-à-dire la perte de temps dans notre marche et le long arrêt de trois jours à Villersexel devaient se faire sentir, quelques jours plus tard sous Belfort. En effet, 120.000 hommes, pendant trois jours, furent impuissants à déloger 35.000 Prussiens des positions qu'ils avaient fortifiées en quatre jours avec tous les perfectionnements de l'art de la guerre.

Sous Belfort, nous avions combattu trois jours, les 15,

16 et 17. Le 15 s'était passé sans résultat appréciable de part et d'autre. Le 16 janvier, au matin, la division Crémer avait occupé le village d'Etobon. Mais, devant Chagey le 18e corps n'eut aucun succès ; le château de Montbéliard fut à la vérité occupé un instant par une brigade du 20e corps, mais elle ne put garder cette position, en présence du feu terrible des batteries prussiennes. Le 16 au soir nous avions pris et repris Chénebier ; mais, sur tous les autres points, nous n'avions fait aucun mouvement en avant. Cette prise de Chénebier est encore un succès qu'il faut attribuer à la 2e division du 18e corps, soutenue par la division Crémer.

Enfin nos tentatives n'ayant pas produit de résultat sérieux, quoique les Prussiens eussent été défaits et tournés à Chénebier par la division de l'amiral Penhoat, le 17 janvier, nous ne fîmes plus aucun mouvement en avant. Ce jour même le général en chef, à la nouvelle de l'arrivée de Manteuffel, craignant de voir sa ligne de retraite coupée, se décida à battre en retraite. Montbéliard fut donc repris par les Allemands et l'avantage leur resta.

Après l'échec de Belfort, la campagne de l'Est était terminée pour nous.

A notre arrivée à Besançon, le général en chef ne pouvait plus avoir d'autre pensée que de se retirer, sans retard, plus avant dans le Midi, pour se refaire, pour donner du repos à ses hommes, épuisés par les marches et les fatigues, et réorganiser son armée.

Certains prétendent qu'il aurait pu encore une fois tenter la fortune. Ils ont tant d'autorité que nous n'osons pas les contredire. Mais cependant les faits et l'état de l'armée nous permettent de douter du résultat d'un vigoureux retour offensif à ce moment.

Certainement, nous reconnaîtrons que si le général Bourbaki, aussitôt arrivé à Besançon, et sans s'arrêter, se fût dirigé à marches forcées sur Quingey et Mouchard, il eût pu arriver avant l'ennemi et ainsi éviter notre internement en Suisse. Mais, le 22 janvier, le pouvait-il encore ? Nous ne le pensons pas[1].

Si tous ceux qui ont écrit sur cette campagne de l'Est avaient vu de leurs propres yeux l'arrivée de l'armée sous Besançon, nous sommes persuadés que beaucoup seraient de notre avis.

S'est-on bien rendu compte de ce qu'avait fait l'armée depuis le 18 janvier, jour où elle fut forcée de battre en retraite et de quitter ses positions dans Héricourt, Chagey, Chénebier ?

Sait-on que, pendant quatre jours, du 18 au 21 janvier, cette armée avait constamment battu en retraite, avec précipitation, en faisant en moyenne 16 à 18 kilomètres par jour, au milieu de la neige et d'un froid glacial ? Connaît-on bien exactement tous les terribles incidents de cette longue marche ?

---

[1] A partir de ce moment, la situation devint grave ; il était évident, pour tous, que l'armée allait être bloquée sous les murs de la place, si elle ne hâtait pas son mouvement de retraite, si on ne changeait pas sa situation, par un vigoureux retour offensif.

Les soldats eux-mêmes se rendaient un compte exact de cette situation ; les désertions devinrent fréquentes ; le nombre des traînards augmenta, et des symptômes de démoralisation se firent sentir.

trait du Journal des marches de l'amiral Penhoat, p. 80.

Le 18 janvier, nous arrivions à peine à Athésans, notre première étape de retraite, et des uhlans apparurent sur nos arrières ; le 19, à Villargent, nous n'eûmes que le temps de traverser le village et de nous retirer précipitamment sur Bournois ; les Prussiens étaient encore à nos trousses ; le 20, à Rougemont, nous passâmes la nuit dans une inquiétude mortelle, croyant les voir arriver à chaque instant puisque nos arrière-gardes avaient fait le coup de feu toute la journée ; à Marchaux, où nous passâmes la journée du 21, une panique générale s'empara de toute l'armée pendant la nuit ; on répandit le bruit que les Prussiens avaient passé le Doubs au-dessus de Besançon ; le 22, au matin, nous entrions à Besançon au son du canon prussien ; nos avant-postes étaient attaqués dans la direction de Saint-Vit.

Voilà donc une armée poursuivie sans relâche, pendant quatre jours, dans des conditions épouvantables. En outre, qu'on veuille bien se pénétrer des imperfections d'organisation et de l'indiscipline qui pouvaient exister dans nos divers corps d'armée organisés pendant les marches, et alors on pourra se faire une idée exacte tant des forces physiques que des forces morales de l'armée de l'Est, à son arrivée à Besançon.

Après une telle période de marches et contre-marches, faites dans de semblables conditions, en vérité, que pouvait-on demander à nos troupes, que pouvait-on espérer d'elles ? Dans une telle saison, dans une telle situation, la meilleure armée du monde aurait-elle pu résister à tant et à de si terribles causes de décomposition ? A son arrivée sous Besançon, l'armée de l'Est

avait besoin de se reposer et par-dessus tout de se ravitailler en vivres et en vêtements. Qui oserait soutenir
le contraire ?

Comme nous venons de le voir la retraite, à partir
de Belfort, se fit avec beaucoup de précipitation et trop
peu de méthode.

Cependant, jusqu'à Besançon, le désordre ne fut pas
encore extrême. Mais ce serait nier l'évidence que de
méconnaître l'inquiétude, le découragement qui s'emparèrent de tous les esprits dès qu'on fut arrivé sous
cette place.

Bien que chaque régiment fût avec sa brigade, chaque brigade avec sa division, et chaque division avec
son corps d'armée, néanmoins la désorganisation avançait et était presque partout.

Si l'armée de l'Est, à Besançon, n'avait pas eu besoin de se ravitailler, si la démoralisation, le découragement n'avaient été dans l'esprit du général Bourbaki,
à la nouvelle de la jonction des colonnes de Manteuffel
avec celles de Werder, et par voie de conséquence dans
l'esprit de nous tous, sans exception, nous comprendrions
certainement qu'à notre arrivée à Besançon on eût encore pu songer à faire quelque tentative offensive, soit
pour arrêter la marche des Prussiens sur Belfort, soit
pour chercher à percer leurs lignes du côté de Dôle.
Ainsi, on aurait permis à Garibaldi de venir à notre secours et on aurait donné le temps au gouvernement de
nous envoyer de puissants renforts, tirés des nombreux camps qui existaient dans le Midi et dans l'Ouest.

Or, comme nous ne cesserons de le redire, selon nous,
le 22 janvier, un seul et dernier devoir s'imposait à no-

tre général en chef, c'était de sauver l'honneur de notre
armée et notre matériel. Ce parti extrême lui était
commandé par la force des choses elle-même. En voulant s'y soustraire par le suicide, il peut encourir en
quelque sorte la responsabilité de l'internement forcé
de l'armée de l'Est en Suisse.

Et maintenant voyons ce que pouvait devenir une
semblable armée après l'événement du 26, c'est-à-dire
le lendemain de la tentative de suicide de son général
en chef, alors qu'elle ne voyait partout que découragement, que défaillances. Que pouvait-elle faire, privée de
son général ?

Le 25 janvier, le 24ᵉ corps éprouvait un échec complet à Pont-de-Roide et était mis en pleine déroute ; le
26, le 20ᵉ corps avait été forcé de laisser une division à
Besançon ; le 15ᵉ était en avant et servait d'avant-
garde ; le 18ᵉ corps restait seul de toute l'armée de l'Est
et, par exception, assez ferme et encore compact, quoique cependant l'échec de Belfort l'eût bien démoralisé
et eût jeté quelque perturbation dans ses rangs ; mais,
à lui seul, ce corps d'armée ne pouvait être une force
réelle à opposer aux masses des Prussiens qui s'avançaient autour de nous avec tant de prudence et d'habileté.

Le 18ᵉ corps fut donc chargé, à notre départ de Besançon, de protéger la retraite. Jusqu'au 30 janvier au matin,
malgré les rigueurs d'une marche de trois jours, au milieu de la neige, il conserva quelque apparence de solidité réelle. Mais l'annonce de cet armistice trompeur
l'atteignit, comme tous les autres corps de notre armée,
et l'entama profondément, le désagrégea même. Au-

jourd'hui nous pouvons le dire sans hésitation, c'est un vrai prodige que le 18e corps, pendant la dernière partie de la retraite, sous le fort de Joux, ait montré de la fermeté, ait tenu bon alors que tous les autres corps de l'armée de l'Est s'écoulaient pour ainsi dire vers la Suisse. Ce prodige s'explique par la composition elle-même de ce corps d'armée qui, à la différence des autres de l'armée de l'Est, possédait bon nombre de vieux soldats d'Afrique.

La seconde partie de la retraite de Belfort fut de beaucoup la plus pénible ; plus nous marchions, plus nous nous élevions vers ces hauts plateaux de Pontarlier qu'on peut appeler, avec raison, la Sibérie de la France. Si, du 22 au 26 janvier, l'armée de l'Est s'était véritablement reposée et refaite sous Besançon, la marche si difficile et si rapide jusqu'à Pontarlier, et la tentative de suicide du général Bourbaki, eurent bien vite fait disparaître le peu de force qu'elle avait retrouvé pendant quelques jours de repos. Il ne fallait plus désormais un grand effort pour annihiler complètement l'armée. Et c'est ce que fit ce malheureux armistice en causant à nos pauvres soldats une fausse joie, en ajoutant à leurs misères la plus cruelle, la plus douloureuse des déceptions.

Le dernier épisode de cette campagne fut la bataille du 1er février, sous les forts de Joux. Là encore, notre corps de réserve, composé de régiments d'élite, la 2e division et quelques régiments de la 1re division du 18e corps s'illustrèrent par une résistance opiniâtre. Cette résistance eut lieu de surprendre même les Prussiens, car, ce jour-là, leurs généraux étaient tellement

persuadés de l'impuissance de nos moyens défensifs,
qu'ils précipitèrent outre mesure le mouvement des
premières colonnes de leur 2ᵉ corps, afin de donner à
leur 4ᵉ corps d'armée toutes les facilités pour nous tourner sur notre gauche. Leur attaque fut alors trop subite,
et le 4ᵉ corps n'eut pas le temps d'achever son mouvement tournant. De cette façon, ils permirent au général Billot de rappeler quelques régiments prêts à entrer
en Suisse ; ceux-ci vinrent arrêter complètement le
mouvement tournant du 4ᵉ corps prussien. Sans cette
précipitation, inexplicable chez d'aussi habiles stratégistes que les chefs prussiens, nous étions tournés, et
tous ceux qui avaient été chargés de protéger la retraite
de l'armée de l'Est étaient infailliblement faits prisonniers.

§. II

Après cette étude du plan de campagne dans l'Est, et
les quelques réflexions que nous a suggérées son exécution, il est désormais facile d'en comprendre l'ensemble, et d'en saisir l'importance. Aujourd'hui, il n'est
donc plus douteux que, si ce mouvement de diversion
eût été exécuté avec plus de rapidité, il eût réussi, et
eût eu une influence considérable sur l'issue de cette
guerre. Sans nul doute, il eût alors ramené la fortune
de notre côté.

Si un seul doute pouvait encore subsister dans notre
pensée, les faits accomplis et les révélations de nos propres ennemis ne viendraient-ils pas les faire disparaître ?

N'est-il pas certain que, le 11 janvier 1871, le général Werder, après la perte de la bataille de Villersexel, se trouvait dans une situation excessivement périlleuse ? [1]. Qu'on veuille bien se rappeler que l'armée de secours que le général Manteuffel amenait à Werder était à cette date encore bien loin. Donc si le général Bourbaki, dès le 11 janvier, s'était mis à la poursuite de Werder, il l'eût certainement contraint, soit à déposer les armes, soit à se retirer en Suisse.

N'est-il pas également certain que, sous Belfort, le général de Werder, en acceptant la bataille le 15 janvier, ne l'acceptait qu'avec regret ? Ses positions retranchées de la Lisaine étaient à la vérité très fortes. Mais aussi ne devait-il pas craindre d'être enveloppé par l'armée de Bourbaki quatre fois plus nombreuse que la sienne ? Avec les 35,000 hommes dont se composait son armée, il lui fallait trouver le moyen de tenir tête non-seulement à l'armée de Bourbaki, mais encore d'empêcher les sorties de Belfort.

N'est-il pas non moins certain que si l'armée de l'Est, dans sa marche sur Belfort, avait conservé l'avance qu'elle avait à Villersexel sur Manteuffel le 18 janvier, l'armée prussienne, au lieu de l'armée française, eût été forcée de se retirer en Suisse ?

De ces faits, il faut conclure que nos échecs, dans la campagne de l'Est, ont été en raison directe du retard apporté dans la marche de l'armée de Bourbaki.

Maintenant voyons quelles sont les causes de ce retard et sur qui l'on en doit faire retomber la responsabilité.

[1] V. chapitre v, page 341 Tome I.

Tout d'abord, il nous semble que nous en voyons apparaître l'origine dans la négligence ou le mauvais vouloir de certains fonctionnaires, de certaines administrations, puis dans les défaillances incroyables du général en chef de l'armée de l'Est.

En effet, nombre de gens et bien des généraux montrèrent dans l'exécution de ce plan la plus grande faiblesse, une insouciance qui ressemblerait à de la trahison.

N'avons-nous pas vu les chemins de fer, administrés en grande partie par les hauts personnages du régime déchu, méconnaître les instructions formelles, les prescriptions même du gouvernement, sacrifier l'intérêt de la patrie à de mesquines considérations d'ordre purement privé ? Est-ce que les retards que l'armée de l'Est a éprouvés dans sa marche ne sont pas la conséquence du mauvais vouloir et de l'insigne indifférence des chefs de gare et des directeurs d'alors ?

N'avons-nous pas vu, à Saint-Martin comme à Auxonne, nos ordres retardés dans leur exécution par l'insuffisance de l'administration des télégraphes ? Tous ces retards n'ont-ils pas largement contribué à paralyser les différents services de cette armée et, par voie de conséquence, entravé sa marche ?

A Bordeaux comme à Tours, la fourmilière de bonapartistes qui occupait les bureaux du ministère de la guerre n'a-t-elle pas aussi mis tout en œuvre pour rendre stériles les derniers efforts de notre armée de l'Est ?

Que l'on suppose un instant tous les employés des diverses administrations touchant à la guerre unis dans la même et ardente pensée de faciliter l'œuvre de l'ar-

mée de l'Est et celle-ci, assurément, serait arrivée à
temps sous Belfort pour le débloquer, sans être inquiétée un seul instant par l'armée de secours de Manteuffel.

Certains pourraient dire, peut-être, que le mouvement dans l'Est a manqué faute d'une armée de secours
et que, dans la circonstance, le gouvernement de la Défense nationale a été imprévoyant.

Mais ceux qui formuleraient cette objection oublie-
raient que la célérité étant la première condition sur
laquelle était basé ce mouvement dans l'Est, toute idée
d'armée de secours devait forcément être exclue.
C'était bien là ce que pensait le gouvernement de
la Défense puisque, dès le début de la campagne, il
avait jugé l'armée de Garibaldi suffisante pour endormir la vigilance des Prussiens et garantir les derrières de l'armée de l'Est. Et cependant le gouvernement réunissait dans le midi des camps de mobilisés
avec l'intention de ménager à l'armée de l'Est des troupes de renfort. Mais la rapidité avec laquelle les événements se précipitèrent ne lui permit pas de les mettre
assez tôt en ligne. Le besoin d'une armée de secours ne
s'est donc fait sentir que du jour où les opérations dans
l'Est ne furent pas menées avec la vigueur sur laquelle
on avait dû compter d'abord. Donc l'absence d'une armée de secours n'est pas due à l'imprévoyance du Gouvernement qui ne pouvait pas supposer que ses ordres
seraient méconnus au point où ils l'ont été.

Maintenant il est une question que nous avons entendu poser, que notre incompétence en matière militaire ne nous permet pas d'essayer de résoudre, mais

que notre loyauté de narrateur nous fait un devoir de
rappeler. Opérant tous les deux dans les mêmes contrées, tendant au même but, les deux généraux Bourbaki et Garibaldi ont-ils été assez en rapport l'un avec
l'autre ? Ont-ils combiné leurs mouvements ? Dans le
cas où ils ne l'auraient pas fait, le gouvernement ne
pouvait-il pas les obliger à le faire ? Enfin, si nous en
croyons certains on dit, jamais le général Bourbaki n'a
pensé à communiquer avec le brave défenseur de Belfort, le colonel Denfert. Etait-il donc tout à fait impossible de faire parvenir à la garnison de Belfort quelque
nouvelle de notre marche ?

En présence des faits et gestes de l'armée de l'Est,
nous sommes forcé de reconnaître que le général en
chef, avec sa réputation de bravoure et sa longue expérience militaire, eût pu être supérieur à ce qu'il a été
dans le commandement de l'armée de l'Est.

On a voulu parfois expliquer son manque d'initiative
en disant que le gouvernement de la Défense nationale
pesait trop sur lui. Mais il est plus naturel et plus vrai
d'attribuer ses hésitations du début au peu de confiance
qu'il eut toujours dans le succès de l'entreprise et celles
de la fin au profond découragement dans lequel il
tomba en apprenant à Besançon, le 21 janvier au soir,
la jonction des armées de Manteuffel et de Werder, sur
les bords de l'Oignon. Il crut alors que c'en était fait de
son armée.

Du jour où l'armée de l'Est s'est mise en marche ;
que les retards dans les transports de troupes et de vivres se sont produits ; que les conflits des états-majors
avec les compagnies de chemins de fer se sont élevés ;

si le général en chef de l'armée de l'Est, avait usé de
son autorité, assurément ces difficultés ne se seraient
perpétuées. Comment aujourd'hui accuser le gouvernement de ne les avoir pas fait disparaître, alors qu'il
n'était pas sur les lieux, et qu'il ne pouvait pas, comme
le général Bourbaki, voir tout, juger tout, remédier
à tout ? En ces circonstances, l'énergie du général en chef eût été du plus grand secours ; mais, hélas ! elle nous a fait défaut, pendant toute la campagne.

Entré à Villersexel avec la victoire, Bourbaki oublia
qu'il était général en chef de l'armée de l'Est.

A Belfort, nous voyons reparaître un instant Bourbaki, avec les qualités d'un vrai général en chef. Il
s'était aperçu qu'il avait commis une faute en restant
trois jours à Villersexel et, ne pouvant la réparer, il
conserva assez son sang-froid pour ne pas en laisser
commettre une seconde, qui, sans nul doute, eût été
plus terrible que la première. Alors il ordonna la retraite. Cette retraite ne fut pas forcée, comme certains
l'ont prétendu, mais commandée par la prudence. En
effet, le jour où nous descendions de Belfort, c'est-à-
dire le 18 janvier, si à notre gauche, à Chénebier, Werder était tourné par la division de l'amiral Penhoat, le
même jour, les avant-gardes de Manteuffell arrivaient
à Lure. Donc si nous fussions restés dans nos positions
devant Belfort, comme le voulaient quelques-uns de
nos généraux, il est probable que nous eussions éprouvé
le 18 janvier quelque échec sérieux, ou bien que notre
succès eût été de courte durée. La retraite pouvait seule
sauver l'armée de l'Est d'une capitulation honteuse, et
le général Bourbaki sut s'y résigner à temps.

Mais à Besançon le désespoir s'empara de lui et, dans un moment d'exaltation, il chercha à s'affranchir de la responsabilité qu'il avait assumée. Triste exemple, triste présage pour les débris de cette armée de l'Est!

En résumé, son manque de fermeté, de résolution d'abord à l'égard des chemins de fer, puis de l'administration des télégraphes, ensuite son indécision après la victoire de Villersexel, enfin l'événement tragique de Besançon peuvent donner la mesure de la faiblesse de son caractère, et démontrer qu'il ne saurait se soustraire à une large part de responsabilité des insuccès de cette campagne de l'Est.

Quoi qu'il en soit, l'échec que l'armée de l'Est a éprouvé sous Belfort n'a pas eu, pour conséquence, le désastre qui était à redouter. Si cet effort énergique et suprême n'a pas abouti à un résultat, au moins l'armée de l'Est n'a pas capitulé comme elle aurait pu y être contrainte. En définitive, elle s'est retirée en Suisse après avoir passé par des phases très critiques à la vérité, mais n'a laissé ni un soldat ni un canon dans les mains des Prussiens. La retraite de l'armée de l'Est, sans précédents dans l'histoire, si ce n'est celle de Moscou, est plus glorieuse que honteuse pour la France.

Nous n'avions pas, il est vrai, un Ney, mais il s'est rencontré dans notre armée quelques généraux qui ont acquis des titres à la reconnaissance du pays.

C'est ainsi qu'après l'échec sous Belfort l'armée découragée, à bout d'efforts et de misères, poursuivie, enlacée de toutes parts par les Prussiens, privée de son général en chef, obligée de traverser les neiges du Jura pour gagner la frontière suisse, devait assurément être faite prisonnière avant d'atteindre ce port de salut. Mais malgré toutes les difficultés de la situation, malgré l'armistice machiné par nos ennemis, en homme énergique et habile à la fois, le général Clinchant sut conserver à la France les débris de ses régiments et de son matériel.

Ne craignons donc pas de le dire : il fut non-seulement le gardien vigilant de notre malheureuse armée, mais encore du drapeau et de l'honneur de la France.

Nous venons de voir que si la campagne de l'Est ne se termina pas par un désastre, elle n'en échoua pas moins de la façon la plus malheureuse.

Et la responsabilité de cet insuccès doit retomber non pas seulement sur les généraux, mais aussi sur l'administration qui ne les seconda pas assez ou plutôt qui ne sut pas en finir avec leurs lenteurs et leurs hésitations: Devant Orléans, il n'en fut pas ainsi : l'administration fit de son mieux, mais le général en chef de l'armée de la Loire fut plus qu'inhabile.

L'immensité de la tâche assumée par le gouvernement de la Défense nationale explique l'insuffisance de son action dans cette circonstance. Il avait trouvé nos affaires dans le plus lamentable état : tout était désorganisé, renversé ; nous n'avions ni armes, ni munitions, ni habillements, ni vivres ; un tiers du territoire était envahi ; de plus, on peut dire qu'un seul homme alors, en province, voulut sérieusement et constamment faire la défense et la fit.

Oui, dans ces moments de désespoir un seul homme, Gambetta, a assumé et soutenu l'énorme fardeau, mais son énergique volonté n'a pu créer tous les instruments, qu'il lui aurait fallu.

Qui donc aujourd'hui oserait lui faire le reproche de n'avoir pas su tout voir et de n'avoir pas su tout prévoir?

Le général Bourbaki, malgré son passé militaire si glorieux, peut difficilement invoquer les mêmes motifs d'indulgence et chercher à excuser ses défaillances dans le commandement de l'armée de l'Est.

Pour être complétement impartial dans nos appréciations, n'oublions pas de constater que deux choses, sur lesquelles ni le gouvernement ni les généraux qui commandaient dans l'Est ne pouvaient avoir assez d'action, ont joué aussi un grand rôle dans ces douloureux événements : la saison et le défaut de patriotisme des citoyens.

L'hiver exceptionnel de 1870, avec ses froids rigoureux, avec ses neiges de chaque jour, a eu d'autant plus d'influence sur les insuccès de l'armée de l'Est que nos services, organisés à la hâte, ne pouvaient pas avoir assez de consistance et que nos hommes, peu habitués au métier des armes, pouvaient résister difficilement aux intempéries de la saison. Dans une certaine mesure, on peut attribuer à la saison les nombreux retards survenus dans notre marche, les souffrances de toute sorte et peut-être même les faiblesses de nos soldats. Faut-il chercher maintenant les plus puissants auxiliaires de nos désastres ?

Qui n'a pas vécu avec cette armée de l'Est, qui n'a pas suivi jour par jour ses opérations, ne peut se rendre compte des difficultés qu'elle a eu à surmonter pour arriver aux environs de Belfort.

Si encore, parmi les populations que nous traversions,

nous avions trouvé gravé dans le cœur et l'intelligence l'amour de la Patrie, oui certainement nous aurions supporté plus facilement les rigueurs de cet hiver terrible. Mais hélas ! non-seulement les ressources matérielles nous faisaient défaut, mais encore toutes les consolations morales nous étaient refusées : confiance, espérance, patriotisme. Nous marchions parce qu'une seule volonté ferme dans ses convictions nous forçait à marcher. Pourquoi le taire ? Oui, dans cette campagne de l'Est, comme dans celle de la Loire et du Mans, nous n'avons pas eu de succès parce que nous n'avons pas eu assez de patriotisme ; parce que tous, autant que nous étions, nous courbions encore la tête sous le joug des traditions de l'empire ; nous ne vivions que pour nous-mêmes et qu'avec les instincts, les goûts de luxe et de plaisir, mobiles du gouvernement de Napoléon III.

A l'armée comme dans le civil, la seule préoccupation, l'unique pensée, l'unique souci, enfin le mobile de la vie de tous, c'était la satisfaction de l'égoïsme le plus brutal.

L'aveu est triste à faire, mais les Français d'alors, à part de bien rares exceptions, oubliaient une chose, c'est qu'ils avaient une patrie.

A l'absence de cet élément indispensable du succès dans toute guerre, l'amour de la patrie, vinrent se joindre les privations de tout genre, l'incapacité de nos commandants ; toutes causes qui expliqueraient, au besoin à elles seules, nos défaites sur le Rhin, sur la Seine, sur la Loire, comme dans l'Est.

Nous examinerons dans le paragraphe suivant si nous

pouvions avoir, en 1870, du patriotisme ; si nous, Français de 1870, nous pouvions connaître ce sentiment si noble, si désintéressé, qui n'est du domaine que d'un peuple libre !

§. III

Nous venons de parcourir deux phases bien tristes et bien douloureuses de notre guerre de 1870. Après avoir narré les faits et les avoir analysés, nous avons essayé de rechercher les causes particulières des revers qui ont marqué chacune des deux campagnes de la Loire et de l'Est. De cette étude, de ces réflexions, il ressort que, sur la Loire comme dans l'Est, nous n'avons trouvé une assez forte dose de patriotisme ni dans l'armée, ni parmi les populations que nous avons traversées. Par l'examen raisonné des faits qui se sont succédé, nous avons été amenés à conclure que les efforts du Gouvernement de la Défense nationale avaient été rendus vains par l'insouciance, le mauvais vouloir même de ceux qui auraient dû défendre le sol français.

Nous n'osons pas affirmer qu'à Tours et à Bordeaux on n'ait pas commis de fautes. Mais nous ne pouvons pas non plus nous dispenser de proclamer cette vérité, c'est que si nous avons déposé les armes le 1er février 1871, c'est du moins avec gloire et après un effort suprême, énergique, après une tentative désespérée et d'énormes sacrifices. Qui songerait même à nier aujourd'hui que, par cette tentative dans l'Est, nous avons conservé, non-seulement le prestige de l'armée, mais encore l'honneur de la nation qu'un Bonaparte avait si lâchement traîné dans la boue à Sedan ?

Français, soyons donc justes et impartiaux ; demandons-nous à qui nous sommes redevables de ce dernier effort, malheureux il est vrai, mais, en somme, digne de notre passé, digne de notre vieille réputation parmi les nations ? Sans nul doute, à ce petit groupe de patriotes qui siégeait à Tours et à Bordeaux.

Pourrions-nous adresser le même éloge aux généraux qui nous ont commandés ? Nous aimons mieux laisser au lecteur le soin de se prononcer ; nous avons mis sous ses yeux les pièces du procès.

Il est d'ailleurs trop tôt, aujourd'hui, pour proclamer la vérité ; nous sommes encore sous l'empire des passions qui nous égarent et nous aveuglent, au point même de ne pas permettre de porter un jugement équitable sur les bons Français qui n'ont jamais douté de leur patrie.

Nous avons constaté cette absence complète de patriotisme, en 1870, chez le civil comme chez le militaire : ni le citoyen ni le soldat ne voulait se priver de quoi que ce soit en fait de choses usuelles, mais non pas cependant indispensables à la vie. Du moment que l'un et l'autre s'adonnaient sans réserve aux jouissances matérielles, il devait forcément arriver que ni l'un ni l'autre ne pouvait avoir l'abnégation nécessaire pour l'accomplissement du devoir. Et ce mal devait avoir pour conséquence d'engendrer, dans l'armée, le relâchement de la discipline, dans le civil, la dissolution des mœurs. L'un ne pensait à son service que forcé et contraint par le commandement ; l'autre ne rêvait que de s'enrichir.

Il eût été difficile, ce nous semble, qu'un tel état de la
France eût enfanté des patriotes, aussi bien dans le militaire que dans le civil.

Voilà pourquoi nous ne trouvâmes en province
qu'un seul citoyen qui osât en ce moment prendre la
charge des affaires. C'est ce qui explique aussi notre
pénurie en fait de généraux, et ce qui fait que nous
n'en avons pas trouvé un seul capable de diriger les
opérations militaires. Tous en effet ont montré le même
degré d'incapacité et de présomption.

Ainsi sur la Loire, à en croire le général d'Aurelle de
Paladines, si on avait suivi son plan, si on l'avait laissé
libre du commandement de son armée, on aurait évité
le désastre d'Orléans [1] !

Ainsi dans l'Est, si l'on en croit le général Bourbaki,
du moment où il aurait reçu l'armée de secours qui lui

[1] « Le général en chef se sépara, avec une profonde douleur,
de cette armée de la Loire qu'il avait créée, instruite, moralisée,
disciplinée et conduite à la victoire. Elle venait d'éprouver des
revers dus à l'incapacité du ministre de la guerre et de son délégué ; revers dont le général d'Aurelle ne pouvait assumer la
responsabilité. Il espérait pouvoir réorganiser promptement cette
armée ; ses projets allaient recevoir leur exécution quand il fut
relevé de son commandement en chef.

Son plan de réorganisation était simple ; *il ne fallait que trois
jours au plus pour le réaliser. L'armée pouvait dès le 10 ou 11
décembre être prête à tenir la campagne et à reprendre l'offensive.*
Le général en chef était *bien résolu à s'affranchir, désormais, de
toute dictature civile et de toute ingérence dans la direction des
opérations militaires.*

Pour arriver à cette réorganisation, il fallait concentrer l'armée.
Ce problème, que M. Gambetta considérait comme insoluble, était
très simple, et ne demandait aucune combinaison stratégique. »
Ext. Armée de la Loire ; D'Aurelle de Paladines, p. 357.

avait été promise, affirma-t-il, par le gouvernement de la défense nationale dès le début de la campagne, et dont le rôle devait être de protéger ses arrières, il aurait débloqué Belfort[1].

Dans l'Ouest le général Chanzy avait aussi un bon plan. Mais hélas ! il n'a pu le produire qu'au moment de l'armistice : son idée était pourtant parfaite, excellente[2] !

A Paris, les généraux Trochu[3] et Ducrot avaient

---

[1] On m'avait promis, si j'obtenais ce premier succès, (l'évacuation de Dijon), 100.000 hommes, gardes nationaux, mobilisés ou autres. Ils seraient chargés, afin de me permettre de poursuivre le plan convenu, de garder le cours de la Saône ; le général Pélissier et Garibaldi occuperaient solidement Dijon et Gray ; je me trouverais ainsi garanti sur mon flanc gauche et mes derrières ; Besançon serait approvisionné de façon à me permettre de m'y appuyer, si je me trouvais dans la nécessité de me replier.
Ext. Rapport du général Bourbaki, adressé au ministre de la guerre, le 3 mars 1871. Voir Enquête parlementaire, t. III, p. 364.

[2] « Ma seule préoccupation est, si les hostilités doivent être reprises à l'expiration de l'armistice, de me placer dans les meilleures conditions pour continuer la lutte. J'ai exposé ma manière de voir, dans le rapport ci-joint. »
Ext. de Chanzy, armée de la Loire, p. 417. Voir aux documents historiques, n° 16.

[3] Le général Trochu avait son plan. Laissez-moi tranquille, disait-il aux Parisiens ; j'ai mon plan et n'en démordrai point. Je ne me suis encore trompé sur aucune des conjectures que j'ai portées sur la présente guerre, ainsi qu'on pourra s'en assurer quand on lira le testament que j'ai déposé chez mon notaire, Me Ducloux. Pourquoi voulez-vous que je n'aie pas encore cette fois confiance en mon jugement ? Attendez.
Et tout Paris de répéter ces couplets improvisés sur l'air de : On va lui percer le flanc :

trouvé des combinaisons infaillibles pour se rendre maîtres de l'invasion et faire leur trouée !

De toutes ces espérances, de tous ces beaux rêves, de tous ces chimériques projets, nous savons malheureusement trop ce qu'il est advenu.

Mais qu'aujourd'hui tous nos chefs d'alors se défendent de leurs revers avec des *si* et des *mais*, c'est très-bien ; que chacun s'admire dans ses récits et trouve encore son plan admirable, ses combinaisons dignes de

> Je sais le plan de Trochu,
> Plan, plan, plan, plan, plan,
> Mon Dieu ! quel beau plan !
> Je sais le plan de Trochu,
> Grâce à lui rien n'est perdu !
>
> Quand sur de beau papier blanc
> Il eut écrit son affaire
> Il alla porter son plan
> Chez maître Ducloux notaire.
>
> C'est là qu'est l'plan de Trochu,
> Plan, plan, plan, plan, plan,
> Mon Dieu ! quel beau plan !
> C'est là qu'est l'plan de Trochu
> Grâce à lui rien n'est perdu !

¹ Soldats de la deuxième armée de Paris !

Le moment est venu de rompre le cercle de fer qui nous enserre depuis trop longtemps et menace de nous étouffer dans une lente et douloureuse agonie ! A vous est dévolu l'honneur de tenter cette entreprise ; vous vous en montrerez dignes, j'en ai la certitude.

Pour moi j'y suis bien résolu, j'en fais le serment devant vous, devant la nation tout entière ; je ne rentrerai dans Paris, que mort ou victorieux. Vous pourrez me voir tomber, vous ne me verrez pas reculer. Alors ne vous arrêtez pas. Vengez-moi.

En avant donc ! en avant ! et que Dieu nous protège !

Paris, 28 novembre 1870.

Le général commandant en chef la 2ᵉ armée de Paris,

A. DUCROT.

Turenne et de Napoléon 1er, c'est tout naturel. Cependant l'impitoyable réalité devrait les avoir rappelés à leur devoir, à la modestie et à l'humilité, leur avoir ouvert les yeux, montré leurs fautes et appris qu'il serait bien plus digne de vaincus de ne pas récriminer contre le sort et les autres hommes. Loin de là : presque tous se sont posés en héros dans leurs écrits et leurs discours. Aussi le général Bourbaki a-t-il plus qu'eux tous mérité l'indulgence. Il n'a rien publié ; il n'a pas rédigé son panégyrique.

Dans cette guerre tous nos généraux, et il faudrait être bien aveugle pour ne pas le voir, ont donc été plus préoccupés de la gloire qui pourrait leur revenir de telle ou telle action d'éclat, que de trouver le moyen de sauver la patrie. En un mot, ils ont trop songé à eux et pas assez à la France.

En effet, tous, autant qu'ils étaient, ne rêvaient que commandement en chef ; tous voulaient être chefs de corps d'armée ; tous, jaloux les uns des autres, n'obéissaient que par contrainte à l'avocat patriote de Tours et de Bordeaux.

Le général Bourbaki, à la vérité, dans son entreprise, n'a pas eu plus de succès que le général d'Aurelle de Paladines. Mais il a, au moins un instant, mieux vu que lui ; quoiqu'insuffisant encore, il a plutôt montré les qualités d'un bon général que le vainqueur de Coulmiers. En effet, celui-là a su à temps, par une retraite intelligente, éviter un désastre devant Belfort, tandis que d'Aurelle n'a pas su éviter le désastre d'Orléans, et même a commis la faute impardonnable, les 1, 2 et 3 décembre, de combattre seulement avec la moitié de son armée en laissant l'autre inactive pendant toute la durée de l'action, et cela sous le prétexte commode que le ministre de la guerre s'était ingéré, sans son agrément, dans le commandement en chef ! Et comme nous le savons, comme nous l'avons démontré, le désastre de l'armée de l'Est n'a été que la conséquence de celui d'Orléans.

Malheureusement, il faut l'avouer, parmi les généraux qui ont commandé dans ces deux campagnes de la Loire et de l'Est, il ne s'est pas révélé un homme de guerre capable de conduire d'aussi grandes, d'aussi importantes opérations.

Le général patriote, le Hoche ou le Kléber a fait complètement défaut à la Défense nationale ; nous n'avons connu que le type du chef préoccupé de lui-même, de sa gloire personnelle et non de la pensée de sauver la France en 1870. S'il se fût trouvé à côté de M. Gambetta un soldat à l'âme aussi virilement trempée, au dévouement aussi ferme que celui du tribun patriote, bien certainement, à eux deux, ils eussent repoussé l'invasion ; ils eussent reconduit les Prussiens en Allemagne tambour battant, et l'Europe n'éprouverait pas, aujourd'hui, ce malaise dont les naïfs seuls ne connaissent pas la cause.

Gambetta, en province, fut obligé de tout faire, de tout préparer, de tout organiser, de tout administrer et même de tout commander. N'est-il pas superflu de faire ici son éloge ? N'est-il pas déjà suffisamment connu de nous tous, non pas en vertu d'une légende révolutionnaire, comme ses ennemis l'écrivent sans cesse, mais en vertu de son amour extrême pour la France et

surtout de son grand désintéressement? Cette vérité,
l'intérêt chez les uns, la passion chez les autres, la fait
méconnaître aujourd'hui. Mais, plus tard, la nation
française sera heureuse d'évoquer le souvenir de ce
grand caractère pour faire oublier une époque de défaillances presque universelles[1].

Si le bon Français avait eu l'autorité absolue tant
pour la direction que pour l'exécution, il eût pu triompher de l'invasion. Mais hélas! l'unité, l'autorité absolue dans le commandement, faisaient aussi bien défaut
à Tours qu'à l'armée.

Nous pourrions invoquer ici nombre d'exemples à
l'appui de notre thèse. Nous ne le ferons pas. Mais, bien
qu'il s'agisse d'une guerre civile et non nationale, puisque les principes sont les mêmes quelle que soit la
guerre, on nous permettra de citer un passage emprunté
à l'histoire de l'Angleterre par Macaulay.

« L'expérience a pleinement démontré que, dans la
guerre, toutes les opérations, depuis la plus grande jusqu'à la plus petite, doivent être soumises à la direction
d'un seul esprit, et que chaque agent subordonné doit
obéir sans mot dire, obéir bravement et avec l'apparence de la gaieté aux ordres qu'il désapprouve ou
dont les raisons lui sont cachées. Les assemblées repré-
sentatives, les discussions publiques et tous les autres
freins par lesquels on empêche, dans les affaires publiques, les gouvernements d'abuser de leur pouvoir, sont
déplacés dans un camp. Machiavel attribuait justement
la plupart des désastres de Venise et de Florence à la
jalousie qui poussait ces républiques à intervenir dans

---

[1] Cela était écrit en 1874. (Note de l'éditeur.)

tous les actes de leurs généraux. » (Discours sur la
1re décade de Tite-Live ; livre II, chap. XXXIII).

« L'habitude hollandaise d'envoyer aux armées des députés sans le consentement desquels on ne pouvait
frapper un grand coup était presque également perni-
cieuse. Il est incontestable qu'on ne peut jamais être
assuré que le général revêtu d'un pouvoir dictatorial
à l'heure du danger consentira à s'en démettre tranquillement à l'heure du triomphe, et c'est une des nombreuses raisons qui doivent longtemps faire hésiter les
hommes, avant de se résoudre à défendre par les armes les libertés publiques ; mais s'ils se déterminent à
toutes les chances de la guerre, ils devront confier,
s'ils sont sages, à leurs chefs, cette autorité absolue sans
laquelle la guerre ne peut pas être bien dirigée. Il est
possible que, s'ils lui donnent cette autorité, ce chef
devienne un Cromwel ou un Napoléon ; mais il est certain que s'ils la lui refusent, leurs entreprises finiront
comme l'entreprise d'Argyle[1]. »

A Tours et à Bordeaux, comment l'unité pouvait-elle
régner dans la direction de la guerre quand le fardeau énorme de l'organisation, du commandement, devait reposer sur un seul homme complètement étranger
aux choses de la guerre par sa vie antérieure ! Il fallut
donc diviser la besogne. Et le travail n'échut pas seulement à des militaires, puisqu'alors nous manquions
précisément de cadres, mais à des gens de toutes les
professions : ingénieurs, propriétaires, commerçants etc.

[1] Histoire d'Angleterre, v. IV, p. 591. Argyle, chef du clan des
Campbell, chercha vainement à soulever les Ecossais contre
Jacques II. Il fut pris et monta sur l'échafaud, (1685.)

Par comble de malheur, beaucoup de ces auxiliaires de Gambetta différaient d'avis avec lui sur les mesures à prendre.

Les armées de province devaient forcément se composer d'éléments divers. En effet, elles se composèrent de chefs et de soldats appartenant à toutes les nations et à tous les partis. On pouvait alors voir défiler les francs-tireurs ou les compagnies franches d'Alger, d'Italie, de Pologne, de Rio-Janeiro, d'Amérique etc. etc. Ensuite, venaient les véritables compagnies de chevau-légers deLouis XIV, composées de tous les gentilshommes de la nation auxquels leurs traditions de famille défendaient de s'astreindre à la discipline et de s'abaisser au rôle de simples soldats. Elles étaient commandées par les descendants des fameux Charette et Cathelineau, noms qui rappellent le souvenir d'une guerre impie et qui signifient pour la France : privilège et despotisme. Enfin, la plus petite partie de ces armées était composée de soldats qui formaient l'effectif des dépôts, de citoyens mobilisés, sans éducation militaire aucune, qui marchaient au feu en sortant de leurs foyers.

A Tours et à Bordeaux, on faisait des plans de campagne, et des ingénieurs étaient chargés de les faire exécuter. De cet état de choses devaient naître forcément des conflits entre le gouvernement et les chefs de corps d'armée. En froissant les sentiments de vanité et d'amour-propre dont nos généraux étaient gonflés à cette époque, c'était certainement apporter autant de retards à l'exécution des ordres, et créer de sérieuses difficultés pour la réussite.

Ainsi, la ville d'Orléans a été réoccupée par les Prussiens le 4 décembre 1870. Et pourquoi? C'est qu'il n'y avait pas eu unité dans le commandement, de notre côté.

De même, l'armée de l'Est a été forcée de battre en retraite après les trois journées de Belfort. Pour quel motif? Parce que Garibaldi et Bourbaki, bien qu'opérant dans la même contrée, dans le même but, n'ont pas su lier leurs commandements et leurs opérations ; parce qu'ils ont opéré différemment, sans concert aucun, comme s'ils eussent combattu chacun pour une cause qui ne fût pas la même et dans deux pays étrangers l'un à l'autre.

Ce manque d'unité dans la direction, dans la composition de l'armée, dans le commandement, ne pouvait avoir qu'un résultat : diviser nos efforts, par conséquent les neutraliser et les rendre stériles.

Or, cette unité si utile, si nécessaire pour le bon résultat de toute action n'ayant point existé entre ceux qui étaient chargés de la direction de nos armées, il était tout naturel qu'il n'y eût, dans aucun service à proprement parler, d'autorité absolue, et il était presque inévitable que l'entreprise de M. Gambetta eût le même sort que celle d'Argyle.

Avouons-le, en écrivant notre dernier mot sur les hommes de ces deux campagnes : à Orléans comme à Belfort, ce n'est pas encore tant notre indiscipline, ce n'est pas encore tant notre défaillance générale qui nous ont vaincus, que notre défaut de patriotisme.

Demandons-nous maintenant si, en 1870, nous tous Français, nous pouvions connaître et savoir remplir nos devoirs envers notre mère patrie. A ne considérer que l'état politique de la France d'alors, nous pouvons facilement affirmer que l'égoïsme ou l'amour de soi-même avait remplacé, dans tous les cœurs, l'amour de la patrie et n'avait laissé subsister chez nous que des classes nombreuses de courtisans, d'ignorants et d'indifférents.

C'est, d'ordinaire, le propre des monarchies d'énerver les caractères par les abus, et de voiler les intelligences par leur despotisme : sans les courtisans, sans les igno-rants, sans les indifférents, pas de rois, pas d'empe-reurs !

Le chef d'une monarchie ressemble à un gérant de ces grandes sociétés financières qui administre les affaires des sociétaires sans aucun contrôle, les monopolise selon ses propres intérêts et n'a pas d'autre but que de s'en-richir, dût-il pour cela ruiner les autres. Et le plus souvent ce chef, entraîné par l'ambition et voulant dé-passer les limites étroites de l'esprit humain, succombe à la tâche. Alors tous ses associés de se regarder et de s'écrier avec surprise : Comment est-ce possible ?... Tous ces sociétaires, ayant négligé de s'occuper de leurs propres affaires, sont alors incapables de les diriger. Puis, au lieu de chercher à parer tout de suite, ils per-dent le temps à s'accuser mutuellement, à se quereller. Il n'en est pas autrement dans une nation ; et c'est de là que viennent les révolutions.

Mais, dans une société privée, le mal pourra se bor-ner à la banqueroute et à la ruine pour les associés trop crédules puis, par exception, hélas ! à la ruine et au déshonneur pour le gérant. Dans un état, la chute du chef entraînera des maux bien plus grands.

Le gérant d'une société privée aura été obligé de
déguiser la situation pour se maintenir, de se faire des
amis à prix d'argent et de services. De même, dans un
état, le chef qui voudra conserver sa couronne et se
rendre populaire sera contraint d'entretenir une foule
de gens à gages pour crier en pleine rue : Les affaires
vont bien ! Quelle prospérité ! Quelle direction admirable ! Et naturellement, plus il se sera fait de créatures
à prix d'argent, plus à sa chute il aura d'ennemis et
plus les conséquences de cette chute seront graves pour
les gouvernés.

Un gouvernement taillé sur le modèle de cette société, qu'il s'appelle royauté ou empire, ne peut pas vivre sans courtisans ; il lui faut une armée à sa solde et
recrutée généralement parmi ce qu'il y a de plus ins-
truit. Hélas ! cela est cruel à reconnaître, mais malheureusement le talent calcule trop ; de plus, savoir et
moralité ne vont pas toujours de pair. Ajoutez à l'armée
des courtisans tous les parvenus et les bourgeois enrichis, et vous aurez dans l'état une légion d'émargeurs
au budget. Exemple funeste pour le reste de la population, qui cherche sans cesse à copier et à imiter les
classes élevées ou dirigeantes ; de sorte que, même sans
en avoir conscience, et par le seul contact elle devient tout naturellement avide et friande de richesses.

Alors, on déserte l'agriculture et le commerce, pour
courir aux places et occuper un rang dans l'administration. On croit s'élever ; on s'abaisse. On aurait pu vivre
largement avec ses capacités intellectuelles, mais dans
les places on végète et l'on respire une fumée de folie
et d'ambition qui pousse tout naturellement au luxe, à

la dépense, par suite affaiblit le caractère. La situation d'un citoyen dans un tel état, chez un tel peuple, devient pire que celle d'un esclave ; celui-ci est enchaîné corporellement par son patron, et celui-là vend chaque jour ce qu'il y a de plus pur et de supérieur en son être, son intelligence.

Le favoritisme, le fonctionnarisme avaient pris sous le dernier règne des proportions extraordinaires et avaient développé, parmi la population, des appétits insatiables. De là devaient nécessairement naître ces candidats officiels créés, disait-on, pour représenter la France et qui, en réalité, ne représentaient que le César de Sedan. Vrais *mignons* de la politique, ces gens-là, comme caractère, dataient du règne de Henri III. Encore cependant avaient-ils plus de droit au respect que ces magistrats qui, sous le faux prétexte de concilier à la fois les intérêts de la justice, de la sûreté générale et de l'humanité, ou plutôt pour faire les affaires d'un seul, ne craignirent pas de siéger dans les commissions mixtes de 1852, ou bien encore de figurer de telle façon à la présidence de la 6ᵉ chambre du tribunal de la Seine, qu'il leur fallut ensuite demander au revolver la fin de leur vie, de leur honte, de leurs remords [1].

[1] « Messieurs, de tout cela, il résulte pour moi la nécessité de changer l'ordre actuel des choses. Je demande donc le renvoi de ma proposition à la commission ; je le demande, ainsi que je l'ai dit en commençant, pour maintenir dans notre pays ce qu'il y a de plus précieux dans tout Etat : l'indépendance, la dignité des corps judiciaires qui est un fondement solide de conservation au sein des sociétés civilisées. Je demande que les choses se fassent de manière qu'aucune atteinte ne soit portée dans la pensée politique à ce respect fondamental, à ce respect social, à

Un état gouverné avec de tels principes, dont la loi primordiale est le favoritisme se glissant sans scrupule dans toutes les classes, sous tous les aspects et le plus souvent entretenu par une influence religieuse, ne peut avoir un autre sort que celui de la France en 1870. Il ne peut laisser en partage à ses gouvernés que les appétits de la bestialité et corrompre les mœurs. N'avons-nous pas vu, sous le dernier empire, le luxe, la débauche apparaître sous toutes les formes, s'afficher non-seulement dans les salons, dans les antichambres, dans les cabinets particuliers, mais encore se faire des stimulants, des aiguillons de la réclame et de la publicité d'une certaine presse ?

C'est à la soif des richesses, aux appétits excités par des publicistes qui s'inspiraient à la Préfecture de police, que nous devons cette race abjecte de négociants sans probité, sans pudeur et qui n'ont trouvé, au milieu des malheurs de leurs pays, qu'une occasion de s'enrichir.

L'ignorance est aussi nécessaire au pouvoir monarchique que les courtisans et la dissolution des mœurs. Plus la lumière est étouffée, moins la population peut être tentée d'étudier quels ressorts font marcher la machine gouvernementale. C'est un legs qui nous a été trop souvent fait par les gouvernements précédents et

ce respect nécessaire de l'autorité morale de la chose jugée. Ne l'ébranlez pas, Messieurs, ce respect, et soyez convaincus que les amis exclusifs de l'ordre peuvent se tromper ; car l'ordre sans la liberté et la justice, c'est l'esclavage, c'est la tyrannie ! »

Extrait du discours de M. Berryer, du 14 fév. 1868, sur la composition des tribunaux correctionnels, à propos des lois sur la presse.

nous pouvons même voir que, plus la monarchie a été puissante, plus elle a été glorieuse, plus elle a négligé d'instruire le peuple et, par voie de conséquence, plus sa chute a été ruineuse pour notre pauvre France.

Quels ont été les résultats de cette propagande et de cette création de l'ignorance obligatoire ? N'avons-nous pas vu une nation, à deux époques éloignées l'une de l'autre, par 8,000,000 de voix sanctionner, consacrer un crime, proclamer le Judas de Décembre sa Providence ? Sous ce règne, à jamais maudit, n'avons-nous pas vu dans les sciences, comme dans les lettres, dans le droit comme dans la médecine, nombre de gens obtenir leurs diplômes beaucoup plutôt grâce à des recommandations, à des appuis officiels qu'au savoir ? Comment vouloir exiger, alors, de l'élite intellectuelle de la nation les connaissances qui ne peuvent s'acquérir que par de très longues, très sérieuses études ?

O suprême honte à divulguer ! Pendant cette guerre de 1870, n'avons-nous pas vu des étrangers venir dans notre pays, nous apprendre nos chemins, nos routes, la statistique de nos villes ? [1].....

---

[1] « A mesure qu'on avançait cependant, la difficulté devenait de plus en plus grande pour se procurer des cartes du pays : l'état-major n'en fournissait aucune aux divisions. Il fallait donc s'ingénier à requérir, dans les mairies ou chez les particuliers, toutes celles que l'on pouvait découvrir et elles n'étaient généralement pas appropriées à la guerre.

De plus, les troupes qui nous précédaient avaient enlevé ce qu'elles avaient pu et la disette de renseignements géographiques devenait une gêne véritable.

Dans la suite, on distribua bien quelques lithographies, tirées de la carte de France de l'état-major, mais ces images étaient

A part quelques exceptions, qui sont devenues d'autant plus dangereuses qu'elles étaient rares, quelles ont été les conséquences de cet abandon de l'étude? Il a engendré cette classe de Français qui aujourd'hui n'ont qu'un but, qu'un idéal : s'enrichir au plus vite et à tout prix, afin de passer les dernières années de leur existence dans le *farniente* le plus absolu, inaccessibles à toute autre préoccupation qu'à celle des jouissances matérielles. Pour ces gens-là la Patrie même n'existe plus. Le mépris de l'étude a encore donné naissance à une autre classe de gens bien plus dangereuse, à la race des créateurs d'entreprises interlopes, déclassés, intrigants, faiseurs de tout genre, gibier de la correctionnelle.

En voyant, sous l'Empire, la France se décomposer ainsi, comment pouvait-on espérer, en 1870, y retrouver l'inébranlable fermeté de caractère, la noblesse de sentiments qui nous valurent les gloires de 1792 ?

Pour corroborer notre examen, ouvrons un instant le livre de l'histoire de France, et nous serons frappés de la ressemblance de l'état de la France à des époques diverses, mais non dépourvues d'analogie, c'est-à-dire en 1870, en 1713, en 1815.

L'homme de Sedan a voulu copier son oncle, et s'il a trouvé quelques jours de gloire dans ses entreprises guerrières, il les a fait payer bien cher à la France. Pour la gouverner comme son modèle de 1804, il a repris

très confuses, très difficiles à lire et, d'ailleurs, en nombre insuffisant. »

Extrait du Journal des marches de la 2e division du 18e corps, p. 31.

tous les procédés de ce dernier ; comme lui il a commencé par asservir et corrompre la nation ; sa fin devait forcément être semblable. Comme lui, il a eu
son Waterloo. Mais hélas ! si le premier désastre n'a
pas été sans gloire, le second a eu pour notre malheureux pays et pour l'Europe de bien plus graves, bien
plus tristes conséquences !

Et Napoléon Ier lui-même, qui avait-il copié ? Ce roi
Soleil, ce Jupiter de Versailles, illustré par la pléiade
d'hommes remarquables que le hasard groupa autour
de lui et non par lui-même. Lui aussi, il eut son Waterloo politique et militaire : la guerre de la succession
d'Espagne ; il finit son règne par le traité d'Utrecht,
traité humiliant s'il en fut. En effet, l'orgueilleux
Louis XIV dut consentir au démantèlement des fortifi-
cations de Dunkerque, et abandonner à l'Angleterre l'empire de l'Océan.

Les Bourbons aînés et cadets nous ont valu trois révolutions ; les Bonapartes, trois invasions et trois révolutions.

En 1815, l'ambition de Napoléon Ier nous a coûté un
milliard, la perte de nos colonies et des frontières de la
Ire République. En 1870, les folies de Napoléon III nous
ont coûté cinq milliards et la perte de l'Alsace et de la
Lorraine.

Voilà à quels résultats aboutirent tant de gloire et
tant de vanité !.. Puissent ces règnes de Louis XIV, de
Napoléon Ier et de Napoléon III être pour nous un avertissement ! Que désormais les Français apprennent, par
ces tristes résultats, où peut conduire l'omnipotence
d'un seul homme ! Pour gouverner ainsi cette belle

France, il a fallu l'asservir, et ces grands maîtres en despotisme n'ont pas hésité à le faire, au risque même de compromettre notre existence nationale. Pour asservir la France, il leur fallait des courtisans, ils en ont fait ; pour la commander, il leur fallait des ignorants.

Alors ils ont détourné les gens de l'étude et de la réflexion ; ils ont fait naître partout, dans toutes les classes de la société, la soif de la richesse, du luxe, du plaisir et enfin de la débauche.

Une nation affaiblie ainsi moralement, gravement atteinte jusque dans son caractère national, ne peut que succomber, surtout lorsqu'elle est surprise désarmée comme l'a été la France, le 26 juillet 1870.

En effet, comment la France, avec sa génération composée en majeure partie de courtisans, d'ignorants, pouvait-elle résister à une nation qui depuis Iéna se préparait et travaillait à sa revanche ?

Ces causes politiques et morales, à elles seules, montrent pourquoi nous n'avons pas eu de patriotisme en 1870 ; pourquoi nous ne pouvions pas en avoir ; et pourquoi enfin dans cette malheureuse guerre nous devions être fatalement battus.

Chercher ailleurs les causes de nos désastres, c'est vouloir nier la lumière ou bien fermer volontairement les yeux.

Notre bonne volonté et notre expérience ne seraient peut-être pas suffisantes pour nous faire espérer de trouver et nous permettre d'indiquer les remèdes propres à la régénération de la France. Mais le même patriotisme qui nous a dicté cette étude d'analyse et d'observation viendra à notre aide, nous l'espérons, et nous suggérera au moins quelques idées pratiques et logiques sur les besoins de la France. Ces idées, nous croyons de notre devoir de bon Français de les exposer, surtout dans ces moments de perturbation, de défaillance générale.

La position géographique privilégiée, exceptionnelle de la France, sa nature, le caractère de son esprit national, malgré les nombreuses critiques qu'on peut élever contre sa légèreté (légèreté qui est la source de son immortel génie) osons le dire sans forfanterie comme sans faiblesse, sont de précieuses garanties pour son avenir. Tout cela peut lui assurer, pour plus tard, un rôle non moins grand que celui qu'elle a maintes fois joué en Europe. Mais, pour nous relever complètement, nous devons songer à refaire toutes nos institutions, sans exception. Elles ne sont plus en rapport avec le progrès général, avec l'état des peuples qui nous environnent. Ceux-ci, plus habiles que nous, tout en nous empruntant chaque jour nos idées, sont devenus aujourd'hui supérieurs à nous ; mais aussi depuis quarante-cinq ans ils ont travaillé, tandis que nous, depuis plus de vingt ans, nous n'avons rien fait.

Si nous voulons sortir de la torpeur où nous ont plongés les désastres de cette guerre de 1870, il faut absolument que nous nous décidions aussi à rompre avec des principes d'intérêt privé, inculqués à nos populations, qui nous ont fait perdre tout esprit public, et nous ont détachés peu à peu de la grande idée d'une mère commune, de la Patrie.

A l'œuvre donc ! Refaisons vite notre éducation politique ; le temps presse ; sachons mettre à profit le conseil de ce littérateur autorisé :

« En effet, ce qui manque aujourd'hui le plus parmi nous c'est la grandeur d'âme et le sentiment national. Il y a des industriels, des écrivains, des avocats, mais peu d'hommes, moins encore de patriotes ; or l'éducation publique peut seule faire des hommes, la cité des citoyens » [1].

Pour atteindre ce but de l'éducation publique, nous pensons qu'il est indispensable de répandre l'instruction parmi toutes les couches de la société, et que ce n'est plus même assez de l'encourager : il faut encore la rendre obligatoire pour tous. Sans fausse honte et sans rougir de la vulgariser, imitons nos voisins, nos ennemis ; et n'oublions pas qu'ils nous ont vaincus, comme on le dit non sans quelque raison de l'autre côté du Rhin : *plutôt avec le maître d'école qu'avec le canon d'acier.* Déjà le service obligatoire proclamé pour l'armée est un avant-coureur, nous l'espérons, de cette seconde réforme. L'instruction obligatoire nous apprendra peut-être et nos droits et nos devoirs !..

Alors l'instruction deviendra le correctif de cette excessive légèreté qui est le fond de notre caractère en France. Souvent, sous le prétexte d'analyser, on rit et on se moque de tout ; on va jusqu'à ne plus respecter ce qui est respectable.

Mettons un frein à cette licence ; sachons mieux nous estimer et nous apprécier entre nous ; oublions nos théories à perte de vue, nos rêves, nos utopies pour ne songer qu'à la pratique et à la réalité.

Trêve, enfin, à ces discussions interminables qui ont

[1] Legouvé, Histoire morale des femmes, page 275.

rendu jusqu'à nos jours nos lois, nos règlements, souvent illusoires ; qui les font changer au gré du caprice de l'un ou de l'autre, sans nul souci des intérêts de la nation ! Ce n'est assurément qu'en répandant à profusion l'instruction, dans toutes les classes de la société, que nous parviendrons à obtenir la guérison radicale des maux si nombreux, si invétérés qui nous rongent. Mais prenons garde, surtout, de laisser le savoir se monopoliser dans les mains de quelques-uns qui, à un certain moment, pourraient former une génération à part, une classe de gens supérieurs, une véritable aristocratie qui serait encore pour nous une cause de division. Aujourd'hui, ces privilégiés de l'instruction forment dans l'état ce qu'on appelle, non sans raison souvent, des pontifes ; parce que l'ignorance, naturellement, les adore comme tels et surtout parce qu'il ne sont utiles qu'à eux-mêmes et non aux autres. Cherchons à arrêter de notre mieux le développement de cette caste-là.

Donc, plus d'hésitation, si nous voulons régénérer réellement notre pays, si réellement nous voulons la France grande, si nous voulons qu'elle reprenne le rang qu'elle a tenu à certaines époques et qu'elle doit retrouver un jour.

De même que nous cherchons chaque jour, en décentralisant, à faire à chaque groupe de population une part plus large dans l'administration, de même cherchons à généraliser le savoir, à le mettre à la portée de tous.

Plus de pontifes dans l'Etat ! Mais ayons des chefs et non des maîtres qui, par leur patriotisme, par leur désintéressement, par leur dévouement, nous apprennent à aimer la patrie, à la servir et enfin à nous dévouer pour elle.

Aux hommes supérieurs, aux hommes de talent, nous dirons : soyez plus prodigues des bienfaits dont la nature vous a comblés. Vulgarisez cette science que d'heureux dons naturels vous ont permis d'acquérir avec une rapidité tout exceptionnelle ; ne la considérez plus comme votre domaine exclusif ; éveillez partout autour de vous l'esprit d'examen et de recherche ; soyez tout ce qu'il y a de plus grand au monde, des semeurs d'idées; renoncez aujourd'hui à un mobile qui a été jusqu'à présent la règle de bien des existences, la vanité et le sot orgueil de la supériorité. Car quel parti la Patrie a-t-elle pu tirer jusqu'à ce jour de certains mérites dont elle avait cependant favorisé l'épanouissement ?

De même, nous dirons aux orateurs, aux discoureurs publics : le temps des bouches d'or et des oracles est passé ; regardez cette foule qui se presse autour de vous, qui ne se contente plus aujourd'hui de beaux discours, mais qui demande à grands cris à être instruite et initiée aux mystères du vrai et à la pratique du bien !

Aux magistrats nous dirons : Soyez de vrais modèles de vertu et de simplicité ; bannissez le luxe effréné du dernier empire, véritable corrupteur des consciences et des familles ; ne vous considérez plus comme des privilégiés, mais faites que votre caractère et votre science, beaucoup plus que votre titre et votre rang, inspirent le respect de la Justice et de la Loi !

Savants professeurs, faites des élèves, ne vous contentez plus de planer dans des sphères tellement supérieures que personne ne peut, ni n'ose vous y suivre et

que vos travaux ne sont presque toujours d'aucune
utilité pratique pour vous concitoyens. Analysez plutôt
nos plaies, montrez-les au grand jour ; c'est peut-
être l'unique moyen de nous en indiquer les remèdes.

Officiers généraux, commandants d'armée, moins
d'amour pour vos galons et moins de soucis pour votre
personnalité. Redevenez ce que vous devez être réellement, de nobles exemples pour l'armée, de bons serviteurs de la patrie et non des intérêts d'un seul. Revenez
aux mœurs austères et viriles de nos anciens capitaines;
bannissez cet orgueil, cette morgue, cette suffisance qui
n'est pas le signe distinctif du chef digne de ce nom ;
n'oubliez pas que vous êtes des hommes et que vous
commandez à des hommes. Par votre fermeté et votre
patriotisme détruisez, réformez les anciens abus qu'un
gouvernement égoïste a laissé pénétrer dans l'armée.
Désormais établissez cette unité nécessaire dans toute
armée, pour la bonne organisation et de son commandement et de son administration ; alors l'accord le plus
parfait régnant dans toutes les armes et dans tous les
services militaires, la jalousie ou les questions d'amour-
propre ne seront plus autant d'obstacles au fonction-
nement de ce puissant auxiliaire d'un bon gouvernement. Sans estime mutuelle, plus de solidarité ; et sans
solidarité, pas d'armée possible.

Espérons que le service obligatoire, voté récemment,
nous donnera avec le temps une armée nationale, c'est-
à-dire capable pendant la guerre de défendre les droits
de tous et non d'un seul, tandis que pendant la paix elle
ne sera plus qu'une espèce de gendarmerie dans l'État,

une école de courage, de foi patriotique, de désintéressement, de dévouement !

Parasites, oisifs, favorisés de la fortune et de la naissance, tâchez donc de ne plus user votre temps à des
riens ; cessez de consacrer des heures entières au soin
de votre chevelure, de votre moustache et de votre personne physique ; ne mettez plus votre gloire à servir de
mannequin vivant pour le tailleur à la mode ; laissez
aux étrangers leurs us et coutumes ; tâchez même de
parler français et d'avoir quelques-uns des sentiments
qui firent autrefois l'honneur de notre pays ! Pensez
surtout qu'il est des misères toutes respectables, toutes
dignes de compassion ; qu'il est des œuvres utiles, salutaires ; pensez que ceux qui vous ont ménagé la fortune que vous gaspillez au lieu de l'employer durent
parfois invoquer l'appui, le secours d'un voisin ; que la
fraternité seule leur permit de réussir et n'oubliez pas
que vous avez contracté envers la société une dette que
vous devez payer si vous ne voulez pas qu'on dise de
vous, et avec raison : plus vite il disparaîtra celui-
là, et plus vite l'État sera débarrassé d'une inuti-
lité !

Oracles de la presse, descendez de vos trépieds ; son-
gez que, dans l'œuvre régénératrice de la France, votre
rôle peut être très-utile ; mais n'écrivez plus désormais,
pour certaines gens seulement ; écrivez pour toute la
nation. Abaissez votre ton jusqu'au niveau du peuple ; parlez le français ; laissez là le jargon scientifique
et la prétention ; visez à vous faire lire avec profit ;
soyez sérieux certes, mais vrais et sincères. Ne cherchez
pas à étourdir, à éblouir ; contentez-vous, d'instruire et

d'éclairer. Mais laissez de côté vos petites coteries et vos petites jalousies de métier !

Le jour où vous tous, journalistes de toutes les écoles, vous aurez adopté ces idées, vous aurez condamné cette presse vénale qui se vend au plus offrant, qui ordinaire ment ne vit que de scandales, de scènes d'alcôve ou de cabaret ; presse hélas ! trop à la mode sous l'empire et qui a tant contribué à détruire l'esprit public en France !

A l'œuvre donc tous ! ne demeurons pas inactifs, ne perpétuons pas des abus si criants, si funestes !

Par cette solidarité entre tous les membres de notre société, travaillant désormais dans un but commun et non dans l'intérêt d'un seul ; par ces réformes introdui-tes progressivement et avec mesure dans toutes nos ins-titutions, dans notre administration, dans nos acadé-mies, dans nos écoles, dans notre magistrature, dans notre armée et enfin dans notre presse, nous parvien-drons sans nul doute à doter la France d'un gouverne-ment approprié à notre population, conforme à ses idées, en rapport avec ses habitudes libérales qui ten-dent chaque jour à s'accroître et à s'affranchir du prin-cipe de l'autorité absolue et personnelle.

Sans nul doute, avec ce gouvernement progressif, national, constitué et fonctionnant dans l'intérêt et pour le bien de tous, nous trouverons le moyen de réformer nos habitudes, de refaire nos mœurs, sans aucune se-cousse et sans révolution. Car celui qui aujourd'hui se-rait assez imprudent pour exiger cette grande réforme à courte échéance, (comme certains impatients la croient possible) assurément compromettrait l'avenir et nous précipiterait de nouveau sous le joug d'un César quelconque.

Soyons donc patients dans notre œuvre de régénération, soyons constants dans nos efforts, et un jour viendra, qui n'est pas éloigné, où la République, en France, ne sera plus un vain mot. Alors personne, autour de nous, ne se méprendra plus comme cela est arrivé beaucoup trop souvent sur le sens de ce mot : la *République*, la CHOSE DE TOUS !

En prenant désormais pour règle de conduite cet adage : *tous par tous, tous pour tous*, nous finirons par comprendre ce que c'est que l'amour de la Patrie. Et l'étranger, à l'avenir, n'aura plus aussi bon marché de nos bataillons qu'en 1870.

Certainement, alors, nous n'entendrons plus des Français chanter dans les rues, comme à Nogent-sur-Vernisson, le 25 novembre 1870,

> Tant pis pour la patrie
> Sauvons, sauvons notre vie.

Nous ne verrons plus des Français, comme nous l'avons vu si souvent dans la campagne de 1870, aller prévenir nos ennemis de la position de l'armée française pour sauver leur petit avoir soit de la réquisition, soit de l'incendie.

Nous ne verrons plus comme à Tours, à Gien, à Besançon, à Pontarlier, des Français spéculer impudemment sur les besoins de l'armée ; faire des fortunes scandaleuses, ou réserver leurs provisions pour nourrir nos ennemis. Nous ne verrons plus en temps de guerre des **compagnies de chemin de fer** préférer les intérêts de

.leurs actionnaires à ceux de la France. Nous ne verrons plus de Français, pour échapper aux exigences de la discipline, aux devoirs de tout homme digne de ce nom, recourir aux plus odieux, aux plus lâches subterfuges. Enfin nous ne verrons plus de Français se blesser, se mutiler, comme sous Belfort, pour échapper à l'obligation de défendre la Patrie envahie, mutilée, outragée...

A la place de cette génération affaiblie par le despotisme et démoralisée par le pouvoir d'un seul, nous aurons une génération instruite, fortifiée par le gouvernement de tous et l'union de tous.

A la place d'une armée séparée de la nation, accessible parfois aux plus indignes suggestions, nous aurons la nation armée, non-seulement, des armes d'acier et de bronze, mais des armures les plus fortes et les plus puissantes de toutes : ses institutions et son patriotisme. Cette force-là, nul peuple au monde ne saura la briser, l'entamer même.

Arrivés au faîte de ce progrès que nous désirons tous si ardemment, nous pourrons nous apercevoir à quels dangers nous avons été exposés en 1870, et reconnaître de combien peu il s'en est fallu que la France ne perdît son autonomie, grâce aux folies du despotisme de Napoléon III.

Faisons donc, tous, des vœux pour que cette réforme dans notre gouvernement et dans nos institutions se fasse le plus tôt possible. Demandons de toutes nos forces à notre patrie, le travail, la modération, la persévérance, auxiliaires indispensables de notre régénération.

L'Europe entière nous a déjà tenu compte de nos premiers efforts, en contribuant au succès de notre emprunt libérateur.

Courage donc. Mais marchons vers notre but toujours du même pas, sans précipitation, mais aussi sans faiblesse, sans défaillance. Travailleurs de toutes les classes, à l'œuvre ! Ouvriers à l'atelier, agriculteurs à la charrue, enfants à l'école, n'écoutons plus que la voix du bien et de l'honnête ; restons sourds à l'intrigue et aux passions jalouses.

Bientôt ces rayons de progrès pénètreront jusque chez les nations qui nous environnent, une rénovation générale s'en suivra certainement ; la paix sera à jamais assurée sur notre continent. Alors l'époque de la fraternité des peuples, tant désirée, se rapprochera assurément. Peut-être même nous sera-t-il donné d'obtenir ainsi sur nos ennemis les Allemands la revanche éclatante et complète, celle que tout vrai Français doit désirer, poursuivre de toutes ses forces.

Notre tâche est presque achevée. Puissent les enseignements que nous avons essayé de tirer des faits de la campagne de la Loire et de l'Est, et les observations que notre patriotisme nous a dictées être goûtés et appréciés de tous les Français...

Réveiller dans tous les cœurs français l'amour de la France, tel a été notre unique but. Et nous ne pouvons, qu'en rappelant ici, ce nous semble, mieux terminer, qu'en évoquant les célèbres et patriotiques conseils, donnés dans des circonstances analogues, par Démosthène, au peuple Athénien :

« Voilà des vérités utiles, que le pur zèle me dicte ; je vous parle hardiment, sans fard et sans artifice. Mon discours n'est point rempli de flatteries et d'impostures ; il n'est point fait pour valoir de l'argent à l'orateur, et livrer aux ennemis les intérêts de l'état. Je dis donc que vous devez changer de conduite ou ne vous en prendre qu'à vous du désordre de vos affaires. »

DOCUMENTS HISTORIQUES

—

N° 1.

1re Armée 18e *Corps, État-major général.*

La Charité, le 21 décembre 1870.

Ordre de mouvement.

En exécution des instructions de M. le général commandant en chef la 1re armée, les troupes du 18e corps seront successivement embarquées en chemin de fer pour les transporter sur des points qui leur seront ultérieurement indiqués. L'embarquement s'effectuera à la gare de La Charité dans l'ordre suivant :

3me Division.
2me Division.
1re Division.

La 3e division prendra ses dispositions pour que sa tête de colonne arrive à la gare de La Charité à 6 heures 1/2 du matin ; elle s'établira près de cette gare en colonnes serrées en dehors de la route, et placera immédiatement des postes pour empêcher la circulation des voitures, et défendre l'accès de la gare à toute personne civile et militaire, étrangère aux troupes à embarquer.

Cette prescription est de rigueur.

L'embarquement se fera par fractions constituées de 1000 à 1200 hommes d'infanterie par train ; d'une ou s'il est possible deux batteries par train ; enfin d'un train pour les chevaux et bagages de chaque brigade.

On organisera d'abord les trains successifs de la 1re brigade d'infanterie, ceux de deux batteries de la division ; ceux de la 2e brigade, ceux de la dernière batterie de la division, des mulets du train et de l'ambulance divisionnaire, enfin les trains des chevaux et bagages.

On tâchera autant que possible de charger à la fois plusieurs trains et particulièrement les trains d'artillerie, en même temps que ceux d'infanterie. Enfin, au dernier train de chaque division seront attachés les wagons nécessaires pour porter 5 jours de vivres et 5 jours d'avoine pour cette division ; indépendamment de 4 jours de vivres et 2 jours d'avoine qui ont dû être touchés aujourd'hui.

M. le colonel Goury, assisté de M. Dussel, ingénieur des ponts et chaussées, détaché de l'état-major général en qualité de capitaine d'état-major, a pour mission spéciale de présider à l'embarquement de toutes les troupes qui prennent le chemin de fer à La Charité. Il recevra à cet effet, de l'état-major de chaque division, les situations prescrites par l'ordre No 171 en double expédition. Une expédition sera remise par lui à M. Mitchell, inspecteur principal du chemin de fer, avec qui il se concertera pour toutes les opérations d'embarquement.

M. le colonel Goury aura entièrement la police de la gare ; les postes fournis par les divisions qui viendront successivement s'embarquer seront placés sous ses ordres directs et il leur donnera telle consigne qu'il jugera convenable pour assurer le bon ordre et éviter l'encombrement.

Le prévôt de chaque division viendra avec son personnel se mettre à sa disposition, à mesure que l'embarquement commencera.

Le chef d'état-major de chaque division devra également se concerter avec le colonel Goury pour toutes les mesures de détail concernant la division, et mettra à sa disposition un officier d'état-major divisionnaire qui restera à la gare en permanence jusqu'à ce que le dernier train de la division soit parti.

Les commandants de chaque division, brigade ou régiment, partiront avec le premier des trains qui emporteront leurs troupes, de manière à pouvoir présider au débarquement et indiquer à chacun le point où il devra débarquer ou s'établir.

Le colonel Goury veillera à ce que chaque train ait un chef de détachement qui sera responsable de l'ordre et de la discipline pendant la route. Chaque général de division placera, au point où doivent débarquer les troupes, un officier de l'état-major divisionnaire spécialement chargé de les recevoir et de présider en son nom au détail du débarquement. A partir de demain 11 heures, le commandant de la 2e division enverra un officier d'état-major à la gare de La Charité pour prendre les instructions du colonel Goury qui fera connaître l'heure à laquelle les troupes de cette division devront venir à leur tour prendre position à la gare.

L'embarquement de cette division s'opérera dans les mêmes conditions que celui de la 3e division, et l'opération continuera sans désemparer de nuit et de jour.

La 1re division terminera le mouvement et se conformera, de point en point, aux mêmes prescriptions que la 2e.

Dès cette nuit, le sous-intendant de chaque division prendra ses dispositions pour faire décharger son convoi à la gare, et réunira ses voitures vides sur la grande route de La Charité à Nevers, derrière le grand convoi de l'administration qui est déjà engagé sur cette route.

Tous ces convois se mettront en route à 7 heures du matin dans l'ordre suivant : Grand convoi de l'administration, convoi de la 3e, de la 2e et de la 1re divisions, de la cavalerie sous les ordres du chef de bataillon qui commande le bataillon de route, au convoi et au parc.

Les hommes d'escorte monteront dans les voitures vides, et le commandant de l'escorte, sous sa responsabilité, conduira le convoi à marche forcée.

Les parcs du génie et de l'artillerie et la réserve de l'artillerie continueront leur marche sur Nevers en passant par Fourchambault. A Fourchambault, M. le colonel Dartiguelongue trouvera des instructions qui lui prescriront soit d'embarquer au chemin de fer, dans cette station, parc et réserve d'artillerie, soit de continuer sans arrêter sa marche sur Nevers où il ira s'établir à la gare pour faire l'embarquement dont il s'agit.

Que l'embarquement ait lieu à Fourchambault ou à Nevers, il sera dirigé sous l'autorité de M. le colonel Dartiguelongue, chef d'état-major d'artillerie, par les commandants du parc et des réserves, batteries de la réserve. Chaque train sera commandé par l'officier le plus élevé en grade qui recevra en montant en chemin de fer l'avis du point où il doit débarquer.

Le général commandant le 18e corps.

Par ordre, le lieutenant colonel, chef d'état major.

GALLOT.

N° 2.

Extrait du rapport de M. Perrot sur l'armée de l'Est. p. 311.

18 Novembre, 9 heures 15 matin, reçue à Clermont
à 10 heures 5 matin.

Intérieur et guerre à chef exploitation chemin de fer de Lyon à Clermont.

« Le général Crouzat me télégraphie ce matin :
« Je suis à Nevers à une heure du matin ; mon mouvement a été très retardé ; je ne serai à Gien avec toutes mes troupes que demain dans la nuit. Il serait indispensable de supprimer demain les trains de marchandises et voyageurs entre Moulins et Gien. » Ainsi, Monsieur, voilà un mouvement de troupes retardé de deux jours malgré mes ordres réitérés, parce qu'il vous a convenu de mener de front le service de la guerre et les services commerciaux ; une telle mollesse à exécuter nos

ordres est bien coupable ; vous aurez à répondre de ses conséquences ainsi que je vous en ai prévenu par ma dépêche du
16 courant. Quant à présent, faisant application du décret du
23 octobre, je supprime jusqu'à nouvel ordre tout train de
voyageurs et de marchandises entre Moulins et Gien et je
traduirai devant une cour martiale tout agent qui enfreindra
cette décision. Je me réserve d'ailleurs, une fois ce mouvement terminé, de rechercher à qui incombe la responsabilité du retard qu'il a subi et d'appliquer rigoureusement le
décret du 11 courant, relatif à la juridiction militaire. »

DE FREYCINET.

—

Extrait du rapport de M. Perrot sur l'armée de l'Est. p. 312.

Clermont, 18 Novembre.

Réponse à la dépêche précédente.

« Reçu votre dépêche de ce matin.

« Je fais suspendre jusqu'à nouvel ordre tous trains autres
que trains de troupes entre Moulins et Gien.

« Dès l'origine du mouvement de l'armée de l'Est, on avait
suspendu tous trains ordinaires sur les lignes transversales
à simple voie Chagny-Nevers et Chagny-Moulins. On n'avait
maintenu le petit nombre de trains réguliers qui circulent
encore entre Moulins et Gien que parce que, sur ce parcours
qui est tout entier à double voie, ces trains ne pouvaient
opposer et n'ont effectivement opposé aucun obstacle au passage de ceux venant de Chagny ainsi qu'aux retours de matériel vide. Ce qui le prouve surabondamment c'est que, dans
la journée d'hier, nous avons expédié sur Gien, de Nevers et
de Saincaize, sept trains de troupes indépendamment de ceux
venant de Chagny et nous aurions pu en expédier bien davantage.

« Votre dépêche au chef de gare de Nevers ne prescrivait
rien quant aux suppressions de trains. Nous avons dû en
conséquence ne faire que celles qui étaient utiles. Entre Mou-

lins et Gien, je le répète, les trains ordinaires ne gênaient en rien.

« Toutes les difficultés consistaient dans la réunion du matériel et le chargement à Chagny, ainsi que vous l'a expliqué ma lettre d'hier. Tout le possible a été fait sans retard et sans fausses manœuvres.

« *Je revendique personnellement l'entière responsabilité de toutes les mesures prises.*»

E. AUDIBERT.

—

Extrait du rapport de M. Perrot sur l'armée de l'Est p. 326.

23 Décembre.

Clermont de Bordeaux (reçue à 2 h. 50 le 24.) Guerre à M. Audibert, Clermont, faire suivre, Lemercier, Poitiers, faire suivre, extrême urgence.

« L'embarquement de nos troupes se fait avec une lenteur qui sera une éternelle honte pour ceux qui en sont la cause. Dès demain une enquête sera ouverte et un commissaire extraordinaire sera envoyé sur les lieux pour constater à qui la responsabilité incombe. Mais le ministre s'adresse aujourd'hui à deux hommes de cœur, à deux Français, aux deux directeurs des compagnies de Lyon et d'Orléans, et il les adjure au nom de la Patrie de laisser de côté toute récrimination puérile entre les Compagnies et d'unir fraternellement leurs efforts pour mettre fin à des retards qui pourraient amener un irréparable désastre.

C. DE FREYCINET.

—

Extrait du rapport de M. Perrot sur l'armée de l'Est, p. 362.

24 Décembre.

Réponse.

« Trois circonstances tout-à-fait indépendantes de la compagnie de Lyon ont retardé le mouvement de Nevers ; 1º Retard dans mes ordres transmis par le télégraphe de l'Est et qui ont mis 12 et 20 heures à venir de Bourges à Clermont ; 2o Nécessité, d'après les ordres exprès de M. de Serres, de nous tenir en mesure de faire le mouvement de Lyon en même temps que celui de Nevers, ce qui a immobilisé beaucoup de matériel à Lyon ; 3° Absence du matériel d'Orléans avec lequel il était convenu, avec M. de Serres, que se ferait la plus grande partie du mouvement de Nevers. Jusqu'à hier soir Orléans ne nous a rien fourni, sauf une centaine de nos voitures et wagons rendus les 19 et 20 avant même que le mouvement fût commandé ; 4° Le très mauvais temps qui a régné ces jours derniers.

Mon personnel et moi n'avons pas cessé de concentrer tous nos efforts sur ces transports et nous avons fait tout ce qui était matériellement possible pour accélérer : nous nous féliciterons de voir procéder à une enquête approfondie à ce sujet. »

E. AUDIBERT.

—

Extrait du Rapport de M. Perrot sur l'Armée de l'Est, p. 535.
Bordeaux, le 24 décembre, 10 heures 57 minutes.

Guerre à Gambetta Lyon, à de Serres Châlon-sur-Saône en gare.

« Je reçois du général Bourbaki une dépêche ainsi conçue, faisant suite à celle d'hier :

« Comme vous l'avez ordonné, le 15e corps est resté à Bourges à votre disposition immédiate. Je ne me rends pas compte des services qu'il peut être appelé à rendre dans cette région. Ne jugeriez-vous pas opportun de le diriger par les voies ferrées, dès que le matériel sera redevenu disponible, sur les mêmes points que le 18e et 20e corps. Il augmenterait notablement les chances de succès. Le fractionnement des troupes en petits paquets ne pourrait que les diminuer. » — Cette persistance du général Bourbaki m'oblige à revenir sur la question. Il demande que la question soit nettement tran-

chée et je me refuse, quant à moi, à accepter la responsabilité militaire que ce général voudrait déverser sur nos têtes,
conformément à un système que vous avez déjà eu occasion
d'expérimenter et contre lequel je m'élèverai toujours. Si le
général Bourbaki ne croit pas devoir, au dernier moment, se
charger d'exécuter un plan qu'il avait d'abord approuvé, ainsi
que le constate votre dépêche 19 courant, 11 h. 22 s., qu'il
se démette purement et simplement de son commandement,
j'en serait pour ma part enchanté, car j'ai toujours pensé et
dit que Bourbaki n'est pas l'homme qu'il faut. Si au contraire
il continue d'approuver le plan, alors qu'il l'exécute droite-
ment, sans réticences et récriminations perfides. Si enfin il
a en vue un plan meilleur et que vous l'adoptiez, je demande
à le connaître et j'en surveillerai l'exécution de mon mieux.
Mais jamais je ne consentirai à ce que, par un habile dépla-
cement des rôles, nous civils, dont le rôle est de proposer,
nous portions devant la France la responsabilité des fautes
que le général Bourbaki aura pu commettre.

DE FREYCINET.

—

Extrait du Rapport de M. Perrot sur l'Armée de l'Est, p.
327 et 328.

30 Décembre.

*Guerre à Audibert, Directeur de la Compagnie de Lyon à Cler-
mont et en communication à Dijon pour de Serres.*

« Je reçois du général Bourbaki la dépêche suivante :
« Châlon, 19 décembre 10 h. 40 soir. — Notre concentration a été retardée par la rigueur de la saison et par
les mauvaises dispositions des administrateurs des chemins
de fer — ». Voilà donc encore une dépêche conçue dans le
même sens que tant d'autres. Nous ne voulons accuser les
intentions de personne, mais il est certain que nous n'avons
pas trouvé, au total, dans votre exploitation, les ressources
et l'énergie que les Prussiens obtiennent toujours sur leurs

réseaux ; que le chemin de fer de l'Est a fourni à l'Etat au commencement de la campagne et que votre personnel même aurait peut-être su déployer s'il s'était agi d'un trafic commercial exceptionnel. Nous n'avons ni le temps, ni la possibilité, vous devez le comprendre, de nous livrer à des enquêtes sur chaque fait particulier, en vue de saisir les vraies causes et d'atteindre directement les vrais coupables. Ce qu'il nous faut, c'est une rapidité et une liberté complètes de nos mouvements et de la part des compagnies de chemins de fer un concours dévoué, plein, sans réserve. Si votre administration n'est pas dans des conditions à nous assurer ce concours, tel que nous le comprenons, nous nous verrons à regret, pour en finir avec d'interminables polémiques, obligés d'exploiter nous-mêmes votre réseau en nommant un Commissaire Directeur.

C. DE FREYCINET.

Extrait du Rapport de M. Perrot sur l'Armée de l'Est,
page 328.

Même date.

Réponse

« En réponse à votre dépêche de ce jour, je ne puis qu'opposer les dénégations les plus formelles à toute imputation de négligence ou de fausses manœuvres. Si le mouvement de l'armée de Bourbaki a été retardé au début, cela a tenu exclusivement à ce que l'administration de la Guerre ne nous a pas fait fournir le matériel que devait nous livrer la compagnie d'Orléans, et a immobilisé à Lyon le matériel destiné à un mouvement qui n'a eu lieu qu'au bout de huit jours. Tout le possible a été fait dans les conditions où nous nous trouvions placé. »

E. AUDIBERT.

Extrait du Rapport de M. Perrot sur l'armée de l'Est, p. 337.

Clermont-Ferrand de Bordeaux, le 11
Janvier 1871, à 12 h. 45 matin.

Guerre à Audibert, Clermont (extrême urgence).

Je reçois communication de la dépêche ci-après :

« Inspecteur Guerre à Férot, Guerre Bordeaux.

« Vu l'impossibilité d'avancer sur Besançon avant long-temps, suis revenu hier soir à Dijon, voir situation ; depuis le 8 à 3 h. du soir aucun train de troupes n'a pu quitter Dijon. Il y en a sept ici depuis trois jours ; entre Dijon et Chagny cinq ou six, entre Dijon et Labarre douze et d'autres entre Labarre et Clerval. Dôle me répond qu'il n'entrevoit pas amélioration avant 24 heures. Troupes et chevaux souffrent de séjours aussi longs.

« Le transport à pied, depuis Dôle au moins, aurait fait gagner un temps précieux. Faisons débarquer chevaux jusqu'à départ probable. »

GOHIERRE.

« Je ne puis croire, Monsieur, que cette dépêche soit exacte car, si elle l'était, elle dénoterait de la part de votre administration un oubli bien grave de ses devoirs envers le pays. Je déclare que si pareille situation existait et s'il n'y était pas mis un terme immédiat, je saurais prendre des mesures qui en empêcheraient le retour à tout jamais. J'attends de vous des explications qui, j'en ai la confiance, seront à la fois rassurantes et satisfaisantes.

DE FREYCINET.

—

Extrait du Rapport de M. Perrot sur l'armée de l'Est p. 337.

Clermont, le 11 Janvier 1871, 11 h. 10 m.

Audibert à Guerre, Bordeaux.

« Reçu votre dépêche de cette nuit. Les encombrements et

les retards qui se produisent dans le mouvement en cours d'exécution tiennent à ce que, dans les dispositions qui nous ont été prescrites pour ce mouvement, il n'a pas été tenu compte des possibilités matérielles.

1° Le point de débarquement fixé d'abord à Besançon a été reporté à Clerval. Je vous avais prévenu, dans ma dépêche du 2, de l'insuffisance complète de la gare de Clerval. L'idée d'opérer rapidement sur ce point le débarquement d'un corps de troupes très nombreux et d'une artillerie considérable était absolument inexécutable.

2° Avant même que le mouvement des troupes ne commençât, l'intendance a entièrement encombré les gares, notamment Dôle et Besançon, d'un nombre énorme de wagons d'approvisionnement dont la plupart doivent rester chargés et servir de magasins fixes et volants. Ce système de wagons convertis en magasins a déjà encombré nos lignes du Bourbonnais et causé des retards considérables dans le mouvement du premier corps de l'armée de Bourbaki. Il a eu de plus fâcheux effets encore dans cette circonstance. Dans les proportions et les conditions où il est appliqué, il paralyse les mouvements, obstrue les gares, complique énormément leur service et enlève la possibilité d'une exploitation active et régulière.

En somme, la Compagnie a fait des efforts inouïs et mis en ligne des moyens d'action énormes. Si les résultats n'ont pas été satisfaisants, ce n'est certes pas à elle ni à son matériel qu'on peut s'en prendre.

E. AUDIBERT.

Extrait du Rapport de M. Perrot sur l'armée de l'Est, p. 339.

Clermont Ferrand de Bordeaux le 12 janvier 1871 à 11 h. 55 soir
(Extrême urgence).

Guerre à Directeur Clermont, et de Serres, Bourbaki.

« Je reçois la dépêche suivante : Colonel légion bretonne à Gambetta, ministre de la Guerre.

« Il est de mon devoir de vous avertir de notre position. Le mouvement des troupes vers l'Est se fait avec une lenteur inconcevable ; nous sommes depuis quatre jours arrêtés dans la gare d'Etang, et une grande partie de l'armée dans les différentes gares ; hommes et chevaux souffrent beaucoup. Les troupes, si on n'y prend garde, vont encore arriver fatiguées et démoralisées ; les bruits les plus alarmants circulent dans l'armée ; je ne vous parle pas de la légion, elle n'a, malgré tout, rien perdu. Mais l'armée sait que Paris souffre, que le temps presse. On dit tout ce que vous pouvez supposer. Dans tous les cas, comment y a-t-il un encombrement qui nous arrête si longtemps ? Pourquoi n'évacue-t-on pas matériel par Mouchard et Lons-le-Saulnier et au besoin sur la ligne de Belfort ? »

Je vous prie de me dire quelles mesures vous avez prises pour terminer ce lamentable et éternel encombrement et de me faire connaître les noms des agents supérieurs de votre compagnie qui président, de leurs personnes, sur les lieux à l'exécution des dites mesures. »

C. DE FREYCINET.

—

Extrait du Rapport de M. Perrot sur l'armée de l'Est, p. 340.

Clermont, le 13 janvier 1871, 10 h. 30 matin.

Audibert à Guerre Bordeaux.

« Reçu vos deux dépêches de cette nuit.

« Ce sont les difficultés de déchargement, et non de circulation, qui arrêtent les mouvements de l'armée de l'Est sur nos lignes. On a lancé, de toutes les directions, des masses de trains de troupes, de matériel et d'approvisionnements sur Clerval et Besançon, sans s'occuper des possibilités de déchargement dans ces gares. On fait des efforts inouïs pour activer ces déchargements, mais il y a des limites impossibles à dépasser. A Clerval surtout, comme je vous l'ai fait connaître précédemment, les aménagements très restreints de la gare opposent des obstacles insurmontables à la prompte exécution de grands mouvements. Afin de ne pas accumuler les trains à la suite les uns des autres en pleine voie, ce qui aurait eu pour résultat de tout arrêter, nous les avons retenus dans les gares intermédiaires où l'alimentation des troupes est possible. Pour ce dernier point nous faisons le nécessaire, d'accord avec l'intendance.

« Il y a un grand nombre de trains ainsi arrêtés, non-seulement entre Chagny et Besançon, mais encore entre Nevers et Chagny.

« Si l'on ne prend pas le parti de décharger une partie des trains dans d'autres gares convenablement aménagées, comme Dijon ou Gray, par exemple, cette situation se prolongera forcément.

« Elle est l'objet de nos préoccupations exclusives et de nos efforts les plus actifs. Les mouvements entre Dijon et Besançon sont dirigés par le chef de l'exploitation M. l'Ingénieur Bidermann qui est sur les lieux sans désemparer depuis 15 jours.

E. AUDIBERT.

—

Extrait du Rapport de M. Perrot sur l'armée de l'Est, p. 709.

Bordeaux, le 20 janvier 1871, 3 h. 30 soir.

Guerre à Audibert, Directeur, Clermont.

Il faut croire que nos armées ne se comportent pas autrement sur le réseau de Lyon que sur les autres. Or, le réseau de Lyon est notoirement le seul sur lequel se produisent des encombrements aussi prolongés.

Le Ministre de la Guerre n'a pas le temps de discuter les faits point par point. Il prend le résultat d'ensemble, imitant en cela ce que vous feriez probablement vous-même vis-à-vis d'un chef de gare dont la gare marcherait constamment mal. C'est pour couvrir sa responsabilité devant le pays que le ministre de la Guerre a décidé de prendre lui-même en main l'exploitation.

Mais je renouvelle le désir et l'espoir qu'on n'en vienne pas à une extrémité pénible pour tous.

DE FREYCINET.

—

Extrait du Rapport de M. Perrot sur l'armée de l'Est, p. 318. Chemin de fer P. L. M. Exploitation.

Clermont, 23 février 1871.

Note relative aux obstacles qu'a rencontrés le transport de la 1re Armée sur le réseau de Paris à Lyon et à la Médi_ terranée.

« La compagnie des chemins de fer de Paris à Lyon et à la Méditerranée a reçu, le 20 décembre, l'ordre de commencer dès le lendemain le transport à Chagny et à Châlon de la 1ere Armée, composée des 18e et 20e corps, de l'état-major général et de tous ses accessoires, tels que télégraphe, poste, trésor, ambulances etc. Cette armée devait s'embarquer à Bourges, Saincaize, Nevers et La Charité. Outre ce transport, la compagnie devait effectuer le transport du 24e corps de Lyon à Besançon. Enfin elle a reçu le 1er janvier l'ordre de transporter, à partir du 4 janvier, le 15e corps de Vierzon et de Bourges à Besançon.

Le 1er transport fut terminé le 29 décembre, mais les troupes n'étaient pas encore arrivées à leur point de destination qu'il fallut en reprendre la plus grande partie pour les faire continuer sur Dôle, transport qui ne pouvait s'effectuer que dans de très mauvaises conditions, soit par la ligne de Chalon à Dôle, non encore terminée, soit par le long circuit de Mâcon, Bourg et Lons-le-Saulnier.

Enfin le transport du 15e corps ne fut terminé que le 16 janvier.

La compagnie a fait des efforts inouïs pour l'exécution de ces transports et on en peut juger par ce fait, qu'elle y a affecté jusqu'à 250 machines. Mais elle a rencontré des obstacles de toute nature qui se sont traduits pour l'armée par des retards, pour la compagnie par un énorme surcroît de travail et de dépenses.

Ces obstacles, il faut bien le dire, ont été exclusivement le résultat de la légèreté avec laquelle étaient donnés les ordres de la Guerre et de l'absence complète d'unité et de régularité de la part des autorités militaires dans l'exécution.

Les causes générales qui ont paralysé les moyens d'action de la compagnie et amené des retards parfois énormes, sont les suivantes:

1º Autrefois, quand il y avait lieu d'exécuter des mouvements de troupes considérables, des délégués du ministère de la Guerre se concertaient au préalable avec les compagnies pour établir, d'un commun accord, les limites de ce qu'il était possible de faire, eu égard à l'importance des transports, aux facilités de chargement et de déchargement que présentaient les gares prises comme point de départ et d'arrivée, à l'ordre dans lequel les divers corps devaient être expédiés etc, etc.; en un mot pour régler les mouvements conformément aux possibilités matérielles.

C'est ainsi que l'on a procédé pour les guerres d'Italie et de Crimée et dans les premiers temps de la guerre actuelle. Mais l'administration de M. Gambetta avait adopté des errements tout différents; sans entente préalable, sans informations sur l'état des lignes et des gares, sans connaître les effectifs réels des corps, elle prescrivait des mouvements par des dépêches télégraphiques de quelques lignes indiquant les points de départ et d'arrivée, les effectifs approximatifs (toujours incomplets et inexacts) et fixait la durée maximum des transports dans des limites toujours absolument impraticables. Elle n'admettait pas d'ailleurs les objections, alors même qu'elles étaient fondées sur des faits évidents; et certains de ses représentants se fondant sur l'expérience qu'ils prétendaient avoir acquise par leur coopération, plus ou moins heureuse, à l'exploitation de certaines lignes, y répondaient invariablement par des affirmations tranchantes et des menaces. Il en est résulté d'énormes mécomptes dans l'exécution des plans conçus d'après des programmes d'une exécution

impossible. Relativement à cette première cause de délais et
de désarroi, il suffit de parcourir la série de dépêches
échangées entre l'administration de la Guerre et la Compagnie
pour ne conserver aucun doute sur l'état réel des choses.

2e L'intendance, afin de pouvoir accumuler ses approvisionnements et de les répartir plus facilement d'un point à un
autre a pris, depuis 3 mois, le parti de ne plus décharger
qu'au fur et à mesure de la consommation les wagons qui lui
sont adressés et de les envoyer dans les gares les plus rap-
prochées des armées, sans même se préoccuper de savoir si
ces gares sont pourvues de voies suffisantes. Elle immobilise
ainsi des quantités considérables de wagons qui fonctionnent
comme magasins et sont retirés de la circulation ; et, en
outre, en occupant les voies de service, elle apporte les entraves les plus gênantes à la formation, au garage et à la
réception des trains. La même manière d'opérer a été adoptée
par l'artillerie pour le transport des munitions et cette arme
crée aux chemins de fer des difficultés plus grandes encore,
car elle exige que tous ses wagons soient réunis sur une
voie désignée par elle. Dans ces conditions, le service de l'exploitation se trouve dans l'impossibilité de constituer d'avance
des réserves de matériel roulant dans les gares d'embarquement parce que toutes ses voies sont occupées par des wagons
d'approvisionnements. On est donc obligé d'arrêter en route
le matériel vide et de ne le laisser avancer que lorsqu'il doit
être immédiatement employé. De même, dans les gares de
déchargement, on manque de voies pour garer les trains qui
arrivent, lorsque l'on ne peut pas effectuer immédiatement
leur déchargement, et l'on est obligé d'écouler les wagons
vides dès qu'ils sont déchargés, ce qui constitue une sujétion
des plus gênantes pour des gares desservies par des lignes à
voie unique.

Ce système a été appliqué sur une échelle énorme et au-
delà de toute mesure, lors du mouvement de l'armée de
Bourbaki. Avant que les transports de troupes eussent commencé, les gares de Dôle, de Châlon, de Besançon etc. étaient
remplies de wagons d'approvisionnements qui obstruaient

toutes les voies. Les débarquements de troupes et surtout ceux de cavalerie et d'artillerie n'ont pu s'effectuer que très-lentement et les trains retardés par ceux qui les précédaient se sont accumulés sur toute la ligne depuis Besançon jusqu'à Nevers. Depuis lors, du reste, l'intendance n'a pas cessé de persister dans ces déplorables errements et même elle les a exagérés si bien que, dernièrement, sur le réseau de Lyon, le nombre des wagons chargés d'approvisionnements pour l'intendance a atteint le chiffre énorme de *Sept mille cinq cents.*

On pourra apprécier ce que cette manière de procéder coûte à l'État, indépendamment des magasinages qu'il aura à payer aux Compagnies, quand on saura qu'il y a, à l'heure qu'il est, un grand nombre de wagons chargés de vivres qui stationnent dans nos gares depuis plus de deux mois.

3° Ainsi que nous l'avons déjà indiqué ci-dessus, la compagnie n'a jamais été renseignée à l'avance sur l'effectif réel des transports qu'elle avait à faire, les chiffres donnés par le Ministre de la Guerre n'ayant aucun rapport avec la réalité ; elle a toujours été embarrassée pour réunir le matériel nécessaire à ces transports.

4° L'état-major général de l'armée n'a jamais été représenté auprès des chefs de service du chemin de fer qui se sont trouvés, en même temps, en présence de réquisitions des représentants des différents chefs de corps, des intendants et des officiers d'artillerie chargés du service des munitions qui réclamaient chacun la priorité pour les transports dont ils étaient chargés et qui entendaient rendre la Compagnie et ses agents responsables, s'ils n'obtenaient pas la priorité. Les agents du chemin de fer n'avaient évidemment pas l'autorité nécessaire pour faire cesser ces conflits.

5° Ces mêmes chefs de corps, intendants et autres officiers, après avoir donné toutes les indications pour les embarquements ou expéditions qu'ils avaient à faire et avoir fixé l'heure du départ, apportaient continuellement des contre-ordres. Il en résultait des encombrements de voies par le matérie préparé pour les transports ajournés ou annulés et des retards **pour les autres corps qui arrivaient à l'heure convenue.**

6° Malgré les protestations de la Compagnie, les autorités locales avaient, sur plusieurs points, mobilisé plusieurs de ses agents les plus actifs, et elle ne trouvait, avec difficulté, à embaucher que des ouvriers âgés et faibles. Il en est résulté qu'elle a souvent manqué de bras nécessaires pour des mouvements aussi considérables.

Si l'on passe maintenant aux détails d'exécution, on trouve que, dès le début du mouvement, l'embarquement dans la Nièvre a été retardé par le manque de matériel.

Le 20 décembre, lors de l'entrevue qui a eu lieu à Bourges, entre M. le directeur de l'exploitation et un délégué spécial du Ministre de la Guerre, il fut convenu avec la Compagnie d'Orléans que tout le matériel qui se trouvait à Lyon et aux environs serait réservé pour le transport du 24e corps, transport qui devait avoir lieu immédiatement, et que la Compagnie d'Orléans fournirait à celle de Lyon la plus grande partie du matériel nécessaire pour le transport des troupes à embarquer dans la Nièvre ; mais la compagnie d'Orléans ayant aussi à embarquer des troupes à Bourges y avait affecté les premiers véhicules qu'elle avait à sa disposition, et il en est résulté qu'elle n'a pas fourni pendant les premiers jours le matériel qu'elle avait promis.

Les embarquements se sont par conséquent trouvés arrêtés, ou au moins très ralentis au bout de 24 heures, jusqu'à ce que l'on ait pu faire venir de Lyon le matériel qui y avait été préparé pour le transport du 24e corps, transport qui, annoncé comme devant commencer le 21, a été ajourné sans qu'aucun avis fût donné à la compagnie P. L. M.

Ce n'est que plus tard, lorsque le matériel abondait à Nevers, que la compagnie d'Orléans est venue en offrir à la compagnie de Lyon.

Une autre cause de retard dans ce mouvement a été la neige et l'abaissement de la température qui ont obligé à réduire les charges des machines et qui ont ralenti considérablement les manœuvres de gare pour la formation des trains, les machines éprouvant surtout une grande difficulté à démarrer. **Enfin, dans certains cas, la gelée a fait crever les conduites** des prises d'eau, ce qui a entraîné de nombreuses détresses de trains.

Si au lieu de précipiter le mouvement sans tenir aucun compte des difficultés d'exécution, on s'était rendu compte de l'état des choses, on aurait attendu que le passage par Dijon fût praticable, et on aurait échelonné les trains en proportion des possibilités de déchargement. On a au contraire expédié trains sur trains sans se soucier de ce qu'ils deviendraient et ceux qui ont eu à faire le circuit par Mâcon, Bourg et Lons-le-Saulnier ont eu à perdre en route un temps énorme.

Enfin la longue durée du transport du 15e corps doit être attribuée surtout à ce que la plus grande partie des troupes de ce corps ont été dirigées sur Clerval, gare de dernier ordre qui n'est pourvue que de très petites voies de service. Le directeur de l'exploitation de la compagnie avait prévenu à l'avance M. le ministre que le choix de Clerval entraînerait forcément à des retards considérables et des difficultés de toute nature. On avait d'abord paru y renoncer ; mais au dernier moment on est revenu à l'idée malencontreuse de faire arriver le 15e corps sur ce point. Il en est résulté des pertes de temps considérables et des encombrements fabuleux, d'autant qu'outre les troupes on envoya à Clerval tous les vivres, approvisionnements et munitions nécessaires pour trois corps d'armée au complet (les 18e 20e et 24e corps) et pour une partie du 15e corps et ce service devait se faire par une voie unique entre Besançon et Clerval.

De plus, ces wagons chargés de vivres, après avoir été amenés à Besançon, étaient choisis un à un par l'intendance sur des voies différentes sans avoir égard au travail des plus pénibles qu'exigeaient leur triage et leur réunion en un train.

Si l'on ajoute à toutes les difficultés que présentait cette situation que certains officiers, entr'autres un général de division, ont refusé de faire sortir leurs troupes des wagons pendant la nuit, arrêtant ainsi tout le service, on comprend que le débarquement se soit effectué avec une certaine len-

teur et que les trains aient été soumis, sur des points intermédiaires et souvent en pleine voie, à des stationnements qui se
sont prolongés jusqu'à quatre jours pour certains d'entre eux.

Enfin les trains du 15e corps ont éprouvé un retard considérable parce qu'on expédiait en même temps de Lyon, sur
Besançon et Clerval, des troupes destinées à renforcer le
24e corps ; or, les trains venant de Lyon venaient d'être inter-
calés entre les trains du 15e corps.

C'est surtout pour les transports dirigés sur Besançon et
Clerval que les causes générales exposées au commencement
de la présente note ont exercé une influence déplorable.

Sans entrer à cet égard dans des détails qui nous con-
duiraient trop loin, nous citerons un seul fait comme
exemple : à Besançon, le manque de bras s'est fait continuellement sentir ; le général commandant la 7e division avait
bien mis des mobilisés de corvée à la disposition de la compagnie ; mais il n'a été possible d'en tirer qu'un faible parti,
attendu que la plupart d'entre eux s'esquivaient au bout de
très peu de temps, et les sous-officiers chargés de les surveiller leur donnaient souvent eux-mêmes l'exemple en
abandonnant la gare.

Nous nous sommes bornés à signaler dans cette note les
points les plus saillants ; mais il est à peine nécessaire de
dire que nous pourrions citer bien d'autres faits et produire
toutes les pièces nécessaires pour justifier les indications
sommaires qui précèdent. Nous avons réuni, entre autres, la
série des dépêches échangées entre le ministre de la Guerre
et la direction au sujet des grands mouvements qui ont été
exécutés pendant les mois de novembre, décembre et janvier.
La lecture de ces dépêches suffit pour donner la mesure des
prétentions des délégués auxquels était confié le soin de diriger les opérations militaires et celles établissant en même
temps de la manière la plus nette que la compagnie, loin
d'avoir encouru aucun reproche, n'a négligé aucun effort
pour satisfaire à des exigences qui devenaient de jour en
jour plus exorbitantes et qui se produisaient sous une
forme véritablement impossible.

La Compagnie a toujours opposé la plus grande modération aux menaces et aux brutalités dont elle a été l'objet. Elle ne peut pas supposer que cette modération soit interprétée dans un sens qui lui serait défavorable. Mais si l'on devait voir se reproduire les imputations dont son service a été l'objet de la part de gens qui seraient heureux de se décharger sur elle de tout ou partie de la responsabilité qu'ils ont encourue, elle réclamerait avec insistance une enquête approfondie dont les résultats ne pourraient que lui être pleinement favorables.

N° 3.

Rapport adressé par l'Amiral Penhoat au général commandant le 18e corps [1].

« Mon Général,

J'ai l'honneur de vous rendre compte de la part que ma division a prise à l'affaire du 9 au 10 janvier à Villersexel.

Le départ des troupes ayant été un peu retardé le matin par la concentration des régiments, dispersés dans les cantonnements éloignés d'Authoison, de Fontenoy-les-Montbozon et dans les bois qu'elles avaient mission de garder, enfin par une distribution de vivres urgente, je formai une colonne légère composée de trois bataillons 1er et 3e du 52e régiment de marche, 12e chasseurs à pied et de deux batteries destinées à occuper le pont de Villersexel avant notre arrivée. Cette colonne, qui était commandée par le lieutenant-colonel Perrin, faisant fonction de général de brigade, se mit de suite en marche.

Aussitôt que les troupes qui occupaient les bois eurent rallié Fontenoy, le reste de la division se mit en marche avec une batterie d'artillerie pour Villersexel, que l'on ne savait pas être occupé par l'ennemi. Vers une heure, on entendit le canon dans la direction de cette ville ; je donnai aussitôt

[1] Extrait du Journal des Marches et combats de la 2e division du 18e corps.

l'ordre à la colonne légère et à la division de forcer la marche.

La colonne volante parvint à atteindre Villersexel à 4 h. 1/2 et y trouva une partie du 20e corps engagée contre l'ennemi qui occupait fortement la ville.

D'après les ordres du général Clinchant, commandant en chef du 20e corps, une ligne de tirailleurs du 3e bataillon du 52e se déploya devant la ville ; derrière cette ligne le 1er bataillon du 52e forma ses colonnes et attaqua en même temps que le 47e de marche (20e corps,) la partie sud de la ville.

Ces troupes s'emparèrent des premières maisons de ce quartier jusqu'à l'église et parvinrent à s'y maintenir.

Les deux batteries, avec les deux autres bataillons (12e chasseurs à pied et 2e du 52e de la colonne légère,) prirent position sur les hauteurs qui dominent la ville et la rive droite de l'Ognon.

Vers six heures du soir, la 2e division parvint enfin à atteindre Villersexel.

Je me mis immédiatement à la disposition du général Clinchant, dont le quartier général était situé dans une maison, sur la route de Cuse, près de la ville.

L'ennemi était maître de la ville, où il était fortement retranché. Une attaque faite par le 47e de marche sur le parc et le château avait été repoussée. La porte Ouest du parc nous appartenait ; elle était gardée par le 1er bataillon du 52e. Mais le château et le parc étaient encore au pouvoir de l'ennemi ; nous occupions les premières maisons de la partie Sud de la ville, jusqu'à l'église.

Le général Clinchant m'invita à faire attaquer par les troupes de ma division le château et la partie de la ville occupée par l'ennemi.

Le 2e bataillon du 52e fut lancé dans la ville pour tourner le château par le côté Est, en suivant la grande rue qui aboutit au pont de l'Ognon ; cette rue était fortement occupée par l'ennemi.

Vers sept heures, le général Clinchant me prévint qu'en vertu des ordres qu'il venait de recevoir, il était obligé de retirer ses troupes pour continuer sa marche sur la droite ; il me pria de faire relever par un général de brigade et par des troupes de ma division les troupes du 20ᵉ corps, chargées de l'attaque de la ville.

Je désignai pour prendre ce poste le colonel Perreaux, faisant fonction de général de brigade, militaire très énergique et très expérimenté.

A partir de ce moment, j'eus en main l'entière direction de l'attaque. J'ordonnai au 92ᵉ de ligne, colonel Bardin, d'appuyer le 52ᵉ régiment de marche, colonel Quénot.

Le 1ᵉʳ bataillon du 92ᵉ, commandant Roche, pénétra par la grille de l'Ouest dans le parc, que l'ennemi occupait en force et refoula à la baïonnette tout ce qui se trouvait devant lui jusqu'aux portes du château, dont il s'empara sans tirer un seul coup de fusil. L'ennemi évacua alors précipitamment, par les issues restées libres, ce vaste monument en y mettant le feu.

Le 1ᵉʳ bataillon du 92ᵉ parvint à délivrer des prisonniers du 47ᵉ en assez grand nombre que l'ennemi avait enfermés dans les chambres [1] que l'incendie commençait à gagner.

Pendant ce temps, je dirigeai quelques compagnies du côté Ouest de la ville, pour occuper le pont de la Forge qui fut coupé par le génie, afin d'empêcher de ce côté un mouvement tournant de l'ennemi.

Le feu avait envahi le château qui brûla en entier ; les

---

[1] Je dois signaler, à l'occasion de ce fait, une pratique déloyale employée par les Prussiens à l'égard de nos soldats ; comme elle s'est reproduite plusieurs fois dans le cours de la guerre elle paraît avoir été le résultat d'un système préconçu.

Cette pratique consistait à faire à nos troupes des démonstrations amicales, à leur faire signe d'approcher comme s'ils voulaient se rendre et quand nos pauvres soldats, par suite de leur caractère généreux, s'y laissaient prendre, ils recevaient une décharge à bout portant. C'est par l'emploi de ce procédé déloyal que les soldats du 47ᵉ de marche avaient été faits prisonniers. Ils auraient été brûlés si le 92ᵉ n'était pas arrivé à temps pour les délivrer. (Note de M. l'amiral Penhoat.)

flammes s'élevaient par-desus les pavillons des ailes, projetant des lueurs sur la neige du parc et dans les allées par où l'ennemi tenta d'opérer quelques retours offensifs : on se fusillait à bout portant. Afin de pouvoir me rendre compte de la disposition des lieux, je m'étais rendu dans le parc avec mon chef d'état-major, M. de l'Espée et le lieutenant de vaisseau de Beaumont, mon aide-de-camp. Craignant que, dans la confusion d'un combat de nuit, nos troupes ne tirassent les unes sur les autres, nous fîmes une reconnaissance dans la partie du parc située derrière le château. Là nous tombâmes en présence d'un détachement prussien abrité dans un pli de terrain à environ 15 mètres de distance et qui exécuta sur nous un feu de file bien nourri.

Personne heureusement ne fut atteint, excepté mon ordonnance Nouguez, 2ᵉ maître de manœuvre qui m'avait suivi à l'armée, et qui fut blessé au bras. Mais les Prussiens, vivement pressés et inquiets de ce qui se passait du côté du pont et de la passerelle commençaient à évacuer le parc, par le chemin de berge de l'Ognon, placé en contre bas du parc, et qui se trouvait plongé dans une obscurité profonde ; une dernière attaque les expulsa définitivement du parc.

Il était alors dix heures du soir : la ville, le château et le parc de Villersexel étaient en notre possession ; mais l'ennemi était encore maître du pont et des maisons qui l'avoisinent ; il les occupait fortement et, de l'autre côté du pont, il continuait la fusillade.

Pour terminer la lutte, il fallut mettre en batterie, vers minuit, deux sections d'artillerie, diriger leur tir sur ces maisons, et en incendier deux ou trois.

Une vingtaine de coups de canon, tirés par la 20ᵉ du 13ᵉ et la 21ᵉ du 2ᵉ régiment, firent cesser le feu, vers 2 heures 1⁄2. Le combat était complètement terminé à 4 heures du matin. »

Ce rapport est suivi des notes suivantes, de l'amiral :

« Le 2ᵉ bataillon du 52ᵉ occupa le pont, à l'extrémité duquel on éleva une barricade. Villersexel était à nous. On resta en observation jusqu'au jour, un retour offensif était possible de la part d'un ennemi qui avait combattu avec un acharnement pareil. Le jour venant permit de constater l'étendue des pertes. Celles de l'ennemi étaient considérables. Beaucoup d'Allemands avaient péri dans les incendies allumés pour les chasser des maisons où ils s'obstinaient à rester. Beaucoup d'entre eux avaient pu s'échapper en passant la rivière tant sur la glace que sur les pilotis qui la traversaient.

De notre côté les pertes étaient bien cruelles ; beaucoup d'officiers de tous grades, un grand nombre de soldats des deux corps d'armée qui avaient combattu, gisaient dans la neige rougie de leur sang.

Le château n'existait plus ; ce n'était qu'une ruine fumante ; une demi-douzaine de maisons avaient partagé le même sort. De leurs décombres on retirait beaucoup de cadavres prussiens calcinés.

Les prisonniers étaient nombreux ; on en fit encore en fouillant les maisons de fond en comble. On en trouvait beaucoup cachés dans les caves. Plusieurs avaient été étouffés par la fumée. Deux jours après il en sortait encore des cachettes, poussés par la faim.

La journée du 10 fut employée à rétablir l'ordre, évacuer les blessés, ramasser les morts. On fit rallier les convois de vivres et l'on prit tout autour du village et dans le village même les positions défensives les plus fortes. Il fallait craindre un retour de l'ennemi et le prévenir.

Nous avons décrit un épisode de la bataille de Villersexel ; mais cette bataille s'était étendue sur un front considérable. Deux divisions du 18ᵉ corps avaient été engagées : la division Pilatrie et la division Penhoat ; une victoire complète couronnait nos armes. Toute l'armée de Werder était en pleine retraite.

N° 4

1re Armée. 18e corps, Etat-Major général.

Saint-Claude, le 25 Janvier 1871.

ORDRE DE MOUVEMENT

La 1re et la 2e division du 15e corps conserveront leur potion à Buzy, Chenecey, au moulin de Courcelles et aux forges de Châtillon, pour garder ces passages.

La 3e division (division Pétavin) occupera demain matin Ornans, les hauteurs de Scey-en-Varais et les hauteurs des Pugey près de Clairon pour surveiller et défendre au besoin les passages de la Loue qui existent sur ce point. La rive droite de la rivière sera observée et occupée. L'artillerie sera mise en batterie sur toutes les positions qu'elle jugera favorables à son action. Les travaux défensifs seront exécutés et les reconnaissances seront poussées sur la rive gauche. La réserve d'artillerie du 15e corps montera à Pugey pour s'y établir.

La cavalerie légère du 15e corps passera la Loue à Clairon et à Ornans, poussera des reconnaissances sur Coulans, Eternoz, Servillers, Bugny, Amancey et Longeville, prendra, si c'est possible ses cantonnements dans ces villages, ainsi que dans celui de Bolandoz qui est à peu près au centre du terrain à reconnaître.

La réserve générale de l'armée, la division Crémer, et une des divisions du 20e corps d'armée se mettront en route dans les conditions suivantes :

1° La réserve générale passera le Doubs sur le pont de Velotte, montera par Arguel et Pugey sur le plateau, suivra l'ancienne route de Besançon à Pontarlier par Mercy et Villiers, et se rendra par Ornans à Chantrans, Silley et Flagey où elle se cantonnera.

2° La division Crémer passera le pont de Velotte, suivra la même route que la réserve, jusqu'à Pugey et à partir de ce point, se dirigera sur Clairon en passant par Epeugney ; elle prendra toutes les dispositions nécessaires pour pouvoir facilement déboucher, le lendemain, soit sur Amancey, soit sur Ornans, d'après les renseignements.

3o La division du 20e corps désignée par le général Clinchant franchira le Doubs sur les ponts de Besançon qu'elle aura soin de faire reconnaître à l'avance ; elle s'engagera sur la route d'Etalans, en passant par Morre, Mamirolle et l'Hôpital, et couchera à Etalans.

Ces trois colonnes auront soin de s'éclairer au loin, de se tenir autant que possible en relation entre elles. Elles seront placées sous le commandement supérieur du général Crémer, elles seront suivies à six ou sept kilom. en arrière par leurs convois légers. Le convoi de la réserve d'abord, celui de la division Crémer ensuite, ne franchiront les ponts de Velotte qu'après le passage de la division Crémer. Toutes les précautions seront prises pour protéger le passage du Doubs et le dissimuler le mieux possible à l'ennemi.

Le 18e et le 20e corps d'armée prendront toutes les mesures qu'ils jugeront convenables pour conserver leurs positions actuelles malgré le départ de ces trois colonnes sans laisser de points vulnérables dans la ligne occupée par eux. Ils se tiendront prêts à faire un mouvement dans l'après-midi ou dans la soirée ; le 20e corps continuera toujours à garder le pont de Chalèze qui devra être détruit lorsque tout le corps sera passé sur la rive gauche.

Le général Clinchant aura soin d'envoyer à cet effet au capitaine de génie Maillard, qui est de service sur ce point, un ordre écrit qui prescrira la destruction de cet ouvrage.

Les 18e et 20e corps ne feront un mouvement que sur un nouvel ordre; il en est de même pour les grands convois.

Les colonnes qui se mettront en marche demain devront être précédées par des avant-gardes qui seront chargées de fouiller le terrain avant de laisser s'engager ces colonnes. On fera les dispositions nécessaires pour que les corps soient fournis en vivres autant que possible jusqu'au 29 inclus.

Le 18e corps, qui a demandé 30 chevaux pour son artillerie, ainsi que le 20ᵉ qui en a demandé 40, les feront prendre à Saint-Ferjeux, s'ils ne l'ont déjà fait.

Le grand quartier général reste à Besançon. Le général Martinot qui est à Pugey se renseignera sur l'état de l'ancienne route de Besançon à Ornans, qui doit être suivie par la réserve générale.

Dans le cas où cette route ne serait pas praticable à l'artillerie et aux convois, il aurait à faire prévenir le général Palud de faire passer son convoi par Pugey, Cademène, Scey-en-Varais et Maizières. Toutefois cette artillerie et ce convoi ne devront s'engager dans la partie du chemin qui se trouve au bord de la Loue qu'après s'être bien assurés qu'Ornans et Clairon sont occupés par nous. Enfin, dans le cas où cette partie de route serait jugée dangereuse, l'artillerie, et le convoi devront, à partir d'Epeugney passer par Montrond, Mercy, Villiers et Tarcenay pour aller réjoindre la grande route d'Ornans.

Le général Crémer devra de sa personne se rendre à Ornans pour décider, d'après les renseignements, des dispositions à prendre et de la possibilité de l'occupation de la rive gauche de la Loue par les troupes de réserve.

Besançon 25 Janvier 1871.

Pour le général commandant en chef la première armée,

Le général chef d'état-major.

Signé : BOREL.

Pour ampliation, Le colonel chef d'état-major général.

DE SACHEY.

No 4 (bis)

1re Armée, 18e Corps. Etat-major général.

Saint-Claude, 25 Janvier 1871.

ORDRE DE MOUVEMENT

Aujourd'hui 25 janvier, la division Pilatrie quittera ses positions à 9 heures du matin après la soupe mangée, pour venir s'établir militairement sur les hauteurs du château Farine, prête à se porter en avant, si la division Bonnet était attaquée.

Les deux autres divisions conserveront leurs positions jusqu'à nouvel ordre, mais se tiendront prêtes à faire un mouvement dans la journée.

Le quartier général reste à Saint-Claude jusqu'à nouvel ordre.

Le général commandant en chef le 18e *corps.*

Signé : BILLOT.

Pour ampliation.

Le colonel chef d'état-major général.

DE SACHEY.

No 4 (ter)

1re Armée, 18e Corps. Etat-major général.

Saint-Claude, 26 Janvier.

ORDRE DE MOUVEMENT

Aujourd'hui 26 janvier 1871, le 18e corps d'armée passera le Doubs à Besançon ; il suivra l'itinéraire suivant :

Pont de la Madeleine, rue des Granges, rue du Château, rue de la Lire, rue Rivote, *Porte Taillée*, Morre, la Tessée, Nancrais et Bouclans.

Il prendra position en avant de ce dernier village à la hauteur de la ferme de Villorbe.

Le corps d'armée marchera dans l'ordre suivant :

1° Une batterie à cheval, une brigade de cavalerie et le régiment d'Afrique,

2° La division Pilatrie,

3° La division Penhoat,

4° La réserve de l'artillerie,

5° La division Bonnet,

6° Une brigade de cavalerie avec une batterie à cheval.

La brigade de cavalerie, tête de colonne et la division Pilatrie, pouvant rencontrer l'ennemi avant leur arrivée à Bouclans, devront s'éclairer au loin et prendre leurs dispositions pour entrer en ligne rapidement.

Les convois légers des divisions et les bagages des officiers suivront le mouvement de l'armée, se tenant tout le temps à sept ou huit kilom. en arrière ; ils s'arrêteront à Gonnes, parqués en dehors de la route par division et y attendront de nouveaux ordres.

Les ambulances des divisions conformeront leurs mouvements à ceux de leurs divisions respectives.

Les parcs resteront jusqu'à nouvel ordre à Besançon.

Le quartier général quittera Saint-Claude à 5 heures du matin et ira s'établir à Bouclans.

Le Général commandant du 18e corps.

BILLOT.

P. O. Le colonel chef d'Etat-major.

P. C. G. L'officier de service :

BAUDENS.

N° 4 (quater)

1re Armée 18e Corps.

Besançon, 26 Janvier 1871.

ORDRE

Tous les corps se tiendront prêts à faire un mouvement demain 27 janvier. Des distributions seront faites immédiatement de manière à ce que les hommes soient alignés pour 4 jours de vivres au moins.

Les voitures vides dans les convois seront séparées des voitures chargées. Il en sera de même des caissons d'artillerie : les caissons vides devront être mis à part.

Des ordres ultérieurs seront donnés pour les directions à prendre.

P. O. Le général chef d'Etat-major général.

Signé : Borel.

P. C. C.

Le chef du bataillon du génie :
Signature : Illisible.

N° 5

Extrait du rapport de M. Perrot sur l'armée de l'Est. N° 7 134, 2me volume. Page 747. N° 43 (pièce N° 1).

Besançon, 24 janvier 1871, 7 h. 50 s.

Général Bourbaki, à Guerre Bordeaux.

« Quand vous serez mieux informé, vous regretterez le reproche de lenteur que vous me faites. Les hommes sont exténués de fatigue, les chevaux aussi. Je n'ai jamais perdu une heure ni pour aller ni pour revenir.

« Je viens de voir tous les commandants de corps d'armée ; ils sont d'avis que nous prenions les routes de Pontarlier ;

c'est la seule direction que l'état moral et physique de nos troupes nous permette de prendre. Vous ne vous faites pas une idée des souffrances que l'armée a endurées depuis le commencement de décembre. J'avais envoyé une division en chemin de fer pour s'emparer de Quingey et de Mouchard, une autre à Bussy : les deux commandées par le général Martineau. Elles se sont repliées. Pendant que j'ai visité aujourd'hui les troupes de la rive droite du Doubs, le général Borel est allé placer lui-même à Bussy celles du 15e corps, pour les maintenir sur les positions et faire occuper les ponts de la Loue les plus voisins. Entre Dôle, Quingey et Mouchard, il y a deux corps d'armée ennemis, le 2e et le 7e. Demain je compte faire partir le plus vite possible trois divisions pour occuper les positions dont nous avons besoin et l'entrée de Pontarlier. Si ce plan ne vous convient pas, je ne sais vraiment que faire. Soyez sûr que c'est un martyre d'exercer un commandement en ce moment. J'avais prescrit au général Bressolles de garder le plateau de Blamont et les hauteurs de Lomont, de laisser un poste à Clerval pour empêcher le rétablissement des ponts et d'affecter une division avec les mobilisés à cette mission. J'apprends à l'instant que ces positions sont abandonnées et j'ordonne de les reprendre.

Si vous croyez qu'un de mes commandants de corps d'armée puisse faire mieux que moi, n'hésitez pas, comme je l'ai déjà dit, à me remplacer soit par Billot, soit par Clinchant ou Martineau. Ne comptez pas sur le service des troupes de Bressolles. Je n'y ai jamais compté. La tâche est au-dessus de mes forces.

BOURBAKI.

—

Extrait du rapport de M. Perrot sur l'Armée de l'Est, p. 748. 2me volume N° 2.

Besançon, 24 Janvier 1871, 7 h. 50 soir.

Général Bourbaki à Guerre, Bordeaux.

« Votre dépêche me prouve que vous croyez avoir une armée bien constituée. Il me semble que je vous ai dit souvent le contraire. Du reste, je vous répète que le labeur que vous parlez de m'imposer est au-dessus de mes forces, et que vous feriez bien de me remplacer par Billot ou Clinchant.

« Je vous ai envoyé une longue dépêche ce soir ; j'attends la réponse avec impatience.

« Les deux divisions du 24⁰ corps qui doivent se rallier n'arriveront qu'après demain, mais je commence mon mouvement demain à moins d'ordres contraires. Ma santé est très altérée.

BOURBAKI.

—

Extrait du Rapport de M. Perrot sur l'Armée de l'Est, p. 750. 2ᵐᵉ volume Nᵒ 3.

24 Janvier 1871.

Direction générale des télégraphes et des postes à M. de Freycinet.

(*Note confidentielle*).

« Le général Bourbaki se plaint de n'avoir pas été tenu au courant de la marche de l'ennemi sur son flanc et sur ses derrières !

La vérité vraie est que le général en chef de la 1ʳᵉ Armée a toujours reçu les renseignements nécessaires pour lui permettre d'apprécier exactement la situation, pour peu qu'il eût voulu s'en donner la peine.

Sans rappeler les télégrammes envoyés au général Bourbaki par M. de Freycinet, je crois de mon devoir d'informer le délégué du ministre de la guerre (la dépêche ci-jointe le constate et le prouve) que j'avais donné l'ordre au directeur de Lyon de communiquer au quartier général de la 1ʳᵉ armée outes les dépêches de guerre intéressant la région de l'Est, Dijon, Dôle etc. ; cet ordre a été pleinement exécuté.

Que penser après cela et du général en chef et de son état-major ?

N'est-il pas permis de craindre que maintenir ces mêmes hommes à l'état-major de la 1re armée, ce ne soit livrer cette dernière à l'inaction, à l'incurie, peut-être à un désastre irrémédiable ?

M. de Freycinet voudra pardonner l'expression de ces sentiments à son tout dévoué.

(Signature illisible).

Inspecteur du cabinet.

—

Extrait du Rapport de M. Perrot sur l'armée de l'Est, p. 755. 2me volume No 4.

Besançon, 25 janvier 1871, midi 55.

Général Bourbaki à Guerre, Bordeaux.

« La marche que vous me prescrivez est impossible ; c'est comme si vous ordonniez à la 2e armée d'aller à Chartres. J'ai une armée sur ma droite évaluée à 10.000 h. au centre et à gauche, deux corps d'armée 2e et 7e, qui tiennent Dôle, Forêt-Chaux et Quingey.

Dans mes trois corps d'armée, je n'ai pas 30.000 combattants ; Dôle est le lieu d'une grande concentration : des batteries sont établies sur les routes. Si je vais jusqu'à Dôle, je ne reviendrai pas à Besançon et je ne passerai pas plus loin. Je vois une seule chance, route de Pontarlier et ceci, d'accord avec commandants corps d'armée. Je n'ai passable que trois quarts de 18e corps, 6.000 h. de réserve et une bonne partie de la division Crémer. Je puis gagner, de Pontarlier, vallée du Rhône, couvert par un masque de troupes, mais je ne puis avoir espérance de battre forces supérieures.

Répondez-moi de suite, je vous prie.

BOURBAKI.

Extrait du Rapport sur l'Armée de l'Est, p. 756.
2me volume N° 5.

Bordeaux, 25 Janvier 1871, 2 h 30 soir.

Guerre à Général Bourbaki, à Besançon.

« Vos dépêches chiffrées d'hier au soir ne sont arrivées ici
que ce matin après dix heures. Elles n'ont été déchiffrées et je
n'ai pu en prendre lecture que vers une heure. Je m'empresse d'y répondre.

Je suis tombé des nues, je l'avoue, à leur lecture. Il y a
huit jours à peine, devant Héricourt, vous me parliez de votre ardeur à poursuivre le programme commencé et, aujour-
d'hui, sans avoir eu à livrer un seul nouveau combat, après
avoir fait des mouvements à peine sensibles sur la carte,
vous m'annoncez que votre armée est hors d'état de marcher
et de combattre ; qu'elle ne compte pas 30.000 combattants,
que la marche que je vous conseille vers l'ouest ou le sud est
impossible et que vous n'avez d'autre solution que de vous
diriger sur Pontarlier. Enfin vous concluez par me demander
mes instructions.

Quelles instructions voulez-vous que je donne à un général
en chef qui me déclare qu'il n'y a pas d'autre parti à prendre ?

Puis-je, je vous le demande, prendre la responsabilité d'un
de ces échecs qui suivent trop souvent la détermination
qu'on impose à un chef d'armée ?

Je ne puis que vous manifester énergiquement mon opinion, mais je n'ai pas le droit de me substituer à vous-même
et la décision en dernier lieu vous appartient. Or, mon opinion, c'est que vous exagérez le mal. Il me paraît impossible
que votre armée soit réduite au point que vous dites. Le
commandement d'un bon chef ne peut pas, en si peu de
temps, laisser une telle désorganisation s'accomplir.

Je crois donc que, sous l'impression de votre dernier insuccès, vous voyez la situation autrement qu'elle n'est ; en se-

cond lieu, je crois fermement que votre marche sur Pontarlier vous prépare un désastre inévitable. Vous n'en sortirez pas. Vous serez obligé de capituler ou de vous jeter en Suisse. Quelle que soit la direction que vous preniez pour sortir de Pontarlier, l'ennemi aura moins de chemin à faire que vous pour vous barrer le passage. Ma conviction bien arrêtée c'est qu'en réunissant tous vos corps et en vous concertant au besoin avec Garibaldi, vous seriez pleinement en force pour passer soit par Dôle, soit par Mouchard, soit par Gray, soit par Pontarlier ; vous laisseriez ensuite le 24e corps et le corps Crémer en relation avec Garibaldi et vous continueriez votre mouvement en prenant, autant que possible, pour objectif, les points indiqués dans mes dépêches précédentes et si l'état de votre armée ne permettait réellement pas une marche aussi longue, vous vous dirigeriez vers Chagny pour y stationner ou pour vous y embarquer. Remarquez que, dans la position que vous allez prendre, vous ne couvrirez pas même Lyon.

Telle est, général, mon opinion mais, je le répète, vous êtes seul juge en dernier ressort, car vous seul connaissez exactement l'état physique et moral de vos troupes et de leurs chefs.

C. DE FREYCINET.

—

Extrait du rapport de M. Perrot sur l'armée de l'Est p. 758, 2e volume. (No 6).

Besançon, le 25 janvier 1871, 3 heures 55 soir.

Général Bourbaki à Guerre, Bordeaux.

« J'éprouve le besoin d'insister près de vous sur les dangers que présenteraient toutes opérations de la 1ère armée sur Nevers, Auxerre ou Tonnerre, quelque désirable qu'en soit la réalisation.

L'état moral de l'armée est trop peu solide. Elle ne pourrait enlever Dôle. En outre, il nous faudrait passer entre deux rivières occupées par l'ennemi, exécuter ainsi une double marche de flanc, passer la Saône à Auxonne et, pour peu que l'ennemi, profitant de cette situation, menace nos derrières, accepter le combat, ayant la Saône à dos, avec un seul point de passage.

L'ennemi ne peut se concentrer aussi rapidement sur une de ses ailes que sur son centre et, plus il me suivra vers le Sud, plus il découvrira sa propre ligne de communication.

Si je puis le devancer à Salins, mon mouvement se trouvera réduit, comme distance, comme difficulté des routes que couvre la neige, et comme temps.

J'ai dirigé ce matin trois colonnes : la division Crémer, la réserve générale de l'armée et une division du 20e corps qui s'arrêteront ce soir sur les bords de la Loue à Clairons et à Ornans et qui continueront leur route demain soit dans la direction de Salins, soit dans celle de Pontarlier, suivant les circonstances.

Ma grande préoccupation est d'assurer la subsistance des hommes. Elle sera bien réduite si Besançon possède toutes les ressources que j'avais demandé d'y accumuler. L'intendant Friant prétend vous avoir signalé à plusieurs reprises l'impossibilité d'atteindre le résultat voulu, à cause de l'encombrement des voies ferrées.

Il importe peu qu'il soit ou non responsable de cette situation ; elle ne m'en cause pas moins une situation extrêmement difficile.

Je reçois votre télégramme de cette nuit réclamant des nouvelles. Je vous ai télégraphié hier soir à 8 heures 30 et à 9 heures et cette nuit à minuit 45.

Quant à présent, je ne puis que chercher à me dégager et non à forcer la ligne ennemie.

GÉNÉRAL BOURBAKI.

Extrait du Rapport de M. Perrot sur l'Armée de l'Est, page 763
2me volume. N° 7.

Besançon, 26 janvier 1871, 1 h. 45 matin.

Général Bourbaki à Guerre, Bordeaux.

« Je fais occuper les débouchés de Salins et les passages
de la Loue. J'avais chargé le général Bressolles de faire garder
les défilés du Lomont. J'apprends que son corps d'armée a fui
tout entier presque sans combattre. Je pars avec le 18^e^
corps pour tâcher de reconquérir les positions perdues.

Vous me dites de m'entendre avec Garibaldi. Je n'ai aucun
moyen de correspondre avec lui. Mais, si vous ne faites pas
attaquer l'ennemi sur ses communications, je me considère
comme perdu. Je tiendrai le plus longtemps possible de Salins
à Pontarlier et au mont Lomont ; c'est tout ce que je puis
faire avec les troupes que j'ai sous moi.

Donc, par tous les moyens, et aussitôt que je verrai possibilité de me jeter sur Dôle, j'en profiterai, soyez-en bien sûr.
Vu l'état moral et physique actuel de l'armée, et tant que
l'ennemi tiendra l'Ognon et la Saône, je ne pourrai tenter une
pareille entreprise. Croyez-le, en ne me faisant pas assurer
mes derrières, vous m'avez laissé aux prises avec 140.000
hommes.

Les *légions du Rhône* sont impossibles ; elles ne peuvent
entendre un coup de fusil sans fuir.

BOURBAKI.

—

Extrait du Rapport de M. Perrot sur l'armée de l'Est, p. 766.
2me volume. (N° 8).

Bordeaux, le 26 janvier 1871, 5 h. 50 soir.

Guerre à général Clinchant, Besançon.

A la réception de la présente dépêche, vous prendrez le
commandement général de la 1re armée en remplacement du

général Bourbaki que j'avise à l'instant même. Je suis sûr que la résolution et la confiance qui vous animaient à Bourges ne vous ont pas abandonné et que vous saurez ramener vos forces. Vous nous aviserez de vos dispositions.

LÉON GAMBETTA.

P. S. Vous pourvoirez vous-même à votre remplacement à la tête du 20e corps, provisoirement ou d'une manière définitive, avec officier général qui vous agréera le mieux. Vous remplacerez également le général Bressolles à la tête du 24e corps par le général Commagny qui appartient à ce corps.

LÉON GAMBETTA.

Extrait du Rapport de M. Perrot sur l'armée de l'Est, p. 767. 2me volume. (N° 9.)

Bordeaux, le 26 janvier 1871, 5 h. 56 soir.

Guerre à général Bourbaki, Besançon.

En face de vos hésitations et du manque de confiance que vous manifestez vous-même sur la direction d'une entreprise dont nous attendions de si grands résultats, je vous prie de remettre votre commandement au général Clinchant. Jusqu'à ce que cette remise soit effective et efficace, vous assurerez sous votre responsabilité l'exécution des mesures que commande l'intérêt de l'armée.

LÉON GAMBETTA.

Extrait du Rapport de M. Perrot sur l'armée de l'Est, p. 774. 2me volume (N° 10).

Bordeaux, 27 janvier 1871, 11 h. 55 soir.

Guerre à général Garibaldi, Dijon.

« Je viens confier à votre grand cœur la situation de notre

armée de l'Est et vous demander votre appui pour elle. Le
général Bourbaki vient d'attenter à ses jours. A l'heure où je
vous écris, j'ignore s'il vit encore. L'armée, fatiguée par la
rigueur du froid et par des marches stériles, est en retraite
sur Pontarlier. Elle abandonnera cette direction au point le
plus favorable pour se rabattre vers le sud, sur Bourg par
exemple. L'ennemi occupe actuellement Dôle, Mouchard,
Arbois, Poligny, Andelot, Champagnole. Il s'y renforce actuellement par des troupes qui suivent les routes de Pesmes à
Gray et de Pesmes à Dampierre. Notre armée est donc menacée de voir sa retraite inquiétée et coupée lorsqu'elle descendra par les routes comprises entre la Suisse et la direction
de Besançon à Lons-le-Saulnier. Le seul moyen de conjurer
cette dangereuse situation me paraît être de venir inquiéter
les communications de l'ennemi lui-même en s'installant
solidement sur ses derrières, dans la forêt de Chaux notamment. Pour cela il faudrait porter votre centre d'action à
Dôle et enlever conséquemment cette place à l'ennemi qui
s'y est soigneusement fortifié. Un tel résultat à atteindre exi-
gerait selon moi que vous partiez de Dijon avec presque
toutes vos forces disponibles, ne laissant dans Dijon qu'un chef
très-vigoureux et 8 à 10.000 mobilisés des moins aptes à faire
campagne. De notre côté, nous appuierons votre mouvement
par une diversion que tenterait un corps de 15.000 mobilisés
dans la direction de Lons-le-Saulnier, Arbois. Votre entreprise devrait commencer le plus tôt possible, le 30 courant ou
même préférablement le 29. Vous tâcheriez de vous mettre
en communication télégraphique avec le nouveau chef de
l'armée, le général Clinchant, qui doit être actuellement à
Ornans et vous l'informeriez du moment où votre appui lui
serait assuré.

L'entreprise que nous vous demandons est très difficile et
impossible pour tout autre que pour vous, puisqu'il s'agit,
avec de faibles forces, de préserver Dijon contre un coup de
main et d'arracher Dôle à l'ennemi en même temps que
de vous maintenir dans des positions étendues, comme la
forêt de Chaux, que l'ennemi occupe déjà sans doute.

Cette entreprise est digne de votre génie. Croyez-vous pouvoir la tenter ? Répondez-moi d'urgence, je vous prie.

C. DE FREYCINET.

Nº 6.

Berlin, 2 février 1871.

Voici les nouvelles militaires reçues au ministère de la guerre : Versailles, 1er février. Le général de Manteuffel fait savoir ce qui suit :

La 14e division de mon armée, dans le combat du 29 à Sombacourt et à Chaffois, s'est emparée de 10 canons et 7 mitrailleuses.

Nous avons fait prisonniers, dans ce même combat, 2 généraux, 46 officiers et environ 4000 hommes.

Le 30, la 7e brigade s'est emparée de Frasne avec des pertes tout-à-fait insignifiantes, y a fait environ 2000 prisonniers et enlevé deux drapeaux.

Dans la marche ultérieure de cette brigade sur Pontarlier, on a trouvé la route couverte d'armes.

De ce côté les issues de l'armée française sur la frontière française sont fermées.

PODBIELSKI.

Nº 7.

Houteaux, 29 janvier 1871.

Mon général,

L'ennemi vient de s'emparer, par surprise, du village de Sombacourt ; les grand'gardes se sont laissé surprendre et les Prussiens se sont emparés d'une batterie.

Je viens de renforcer le poste que j'avais placé sur la route, le croyant parfaitement inutile puisque je me savais couvert par un corps d'armée ; j'y ai ajouté cinq compagnies. Le nombre des traînards qui traversent le village est énorme; je vais les utiliser en les faisant arrêter. Je vous prie, pour me faciliter cette tâche, de diriger sur mon cantonnement la gendarmerie du quartier général, avec l'escadron de lanciers dont je me servirai aussi pour m'éclairer en avant. D'un autre côté, on m'affirme qu'un armistice de quatre jours est dénoncé.

Le général commandant de la 2e brigade,

ROBERT.

P. C G. *Le commandant chef d'Etat major de la 1re division,*

PAULACROIX.

N° 8.

Pontarlier, 29 janvier 1871.

Mon cher général,

Je viens de recevoir une dépêche télégraphique du ministre de la guerre, dépêche qui m'informe qu'un armistice de 21 jours a été signé entre les belligérants.

Veuillez, en conséquence, donner des ordres à vos troupes et aux francs-tireurs qui sont sous votre direction, d'avoir à cesser demain toute hostilité.

Tenez-vous, cependant sur vos gardes, jusqu'à ce que l'ennemi soit informé.

Chaque commandant de corps d'armée enverra demain, dès le matin, en avant de nos lignes, un parlementaire pour dire que vous avez reçu officiellement la nouvelle d'un armistice.

Le général commandant en chef,

CLINCHANT.

Par ordre : le général chef d'Etat-major,

Signé : BOREL.

No 8 (bis)

Extrait du Journal des Marches de la 2ᵉ division du 18ᵉ corps, page 100.

ORDRE

« Un armistice de 21 jours a été signé le 28. J'en ai reçu la nouvelle officielle ce soir. En conséquence, faites cesser le feu. Informez l'ennemi que l'armistice existe et que vous êtes chargé de le porter à sa connaissance.

Pontarlier, le 29 janvier, 1871.

Signé CLINCHANT.

No 9

1ʳᵉ *Armée*, 18ᵉ *Corps. Etat-Major général.*

Doubs, 29 janvier 1871.

ORDRE

Demain 30 janvier, les troupes du 18ᵉ corps d'armée resteront dans les cantonnements qu'elles occupent aujourd'hui.

Messieurs les généraux de brigade passeront demain la revue des troupes sous leurs ordres ; ils examineront l'état de l'armement et des cartouches et feront faire devant eux un appel, pour bien constater l'effectif des présents.

Le résultat numérique de ces appels en absents et présents pour les hommes, les sous-officiers et les officiers, sera adressé, aussitôt la revue, par les soins de MM. les généraux de division, au général commandant en chef le 18ᵉ corps d'armée.

Demain 30 janvier, on touchera à la gare quatre jours de vivres de campagne et quatre jours de farine. Les sous-intendants divisionnaires feront prendre cette farine à la gare et la feront manutentionner dans les divers villages où sont cantonnées les troupes.

M. l'amiral commandant la 2ᵉ division est prié de faire surveiller avec soin la route de Morteau et la route de la

Chaux à Gilley par lesquelles une colonne d'infanterie ennemie, signalée à Pierre-Fontaine, pourrait tenter de venir inquiéter nos cantonnements. Le village d'Arçon sera mis en état de défense et on étudiera avec soin le moyen de le défendre, et en même temps que le village, la route de Morteau à Pontarlier.

M. le général commandant la 3e division qui a reçu l'ordre de s'éclairer au loin, sur la route de Besançon, par des compagnies d'éclaireurs établies à Lavrine, Moulin-du-Temple et Pont-Rouge, fera surveiller par sa cavalerie la route de Besançon jusqu'à Saint-Georges et au delà, dans les directions de Mods et Ornans pour éviter toute surprise à ses cantonnements.

M. le général Pilatrie établira un poste au nœud des routes de Sombacourt et Chaffois ; il se reliera, par des reconnaissances et des patrouilles,avec les troupes de l'armée établies à Sombacourt et Chaffois.

Le général commandant en chef le 18e Corps,

P. O. *Le colonel chef d'Etat-Major,*

Signé : DE SACHEY.

No 9 (bis)

1re Armée, 18e Corps. Etat-Major Général.

Doubs, le 30 janvier 1871.

Ordre de mouvemeut pour le 31 janvier 1871.

Le 15e corps, 1re et 3e divisions, viendra aux Granges Sainte-Marie et à Labergement ; son artillerie restera aux Granges Sainte-Marie.

Le 18e corps viendra se cantonner à Oye, Cernay, Champs, Ruffey, la Cluse, Verrières, Fourgs, les petits Fourgs etc... et descendra, si cela lui est nécessaire, jusqu'à l'Hôpital Vieux.

Le 20e Corps, division Thornton, et division Ségarol, à **Montpereux, Chaudron, Veysenet et Malbuisson.**

Brigade Crémer à Vaux et Malpas. La réserve générale viendra occuper Pontarlier avec des avant-postes à Doubs, Houtaud et Narboz.

La brigade composée du 2e lanciers de marche et du 7e Chasseurs, qui est à Vaux et aux Granges Sainte-Marie, ira se cantonner à la Villedieu et à Gellin.

Le 24e corps continuera son mouvement vers Mouthe ; les troupes de la 1re division de ce corps, qui sont aux Granges Sainte-Marie, viendront à Mouthe.

Les bagages et l'artillerie devront suivre de préférence la route qui longe le lac de Saint-Point en passant par Montpereux, Chaudron, Malbuisson et Granges Sainte-Marie.

En cas d'attaque de la part de l'ennemi, la trouée de Pontarlier devra, lorsque les troupes auront fait leur mouvement, être défendue par la réserve en 1re ligne, soutenue par tout le 18e corps qui aura pour mission d'occuper les hauteurs de droite et de gauche.

La trouée de Bonnevaux et les coteaux escarpés qui sont entre Bonnevaux et Pontarlier sont confiés à la garde de la brigade Crémer qui devra être soutenue par les troupes du 15e corps et enfin par celles du 20e si cela était nécessaire.

Le quartier général reste à Pontarlier.

Le général en chef commandant la 1re armée,

P. O. Le général chef d'Etat-major général,

Signé : BOREL.

P. C C. Le colonel chef d'Etat-major du 18e corps,

DE SACHEY.

N° 10

18e Corps.

Doubs, 30 janvier 1871, 2 h 1/2 matin.

Monsieur l'amiral,

Je reçois du général commandant en chef la dépêche suivante :

« D'après les renseignements que je reçois, la 1re division du
15 corps, établie à Sombacourt, aurait lâché pied presque
sans combattre et aurait été prise avec son artillerie.

Le général Pallu, dont le flanc gauche a été découvert, a
cru prudent de se retirer à la nuit tombante du côté de Pontarlier ; il exécute dans ce moment son mouvement.

D'un autre côté, le village de Chaffois a été attaqué et le
20e a résisté ; mais ayant cessé le feu pour donner connaissance à l'ennemi de l'armistice, l'ennemi en a profité pour
s'emparer des deux tiers du village ; on est encore en pourparlers avec lui.

D'après ce qui s'est passé aujourd'hui, vos troupes qui sont
à Houtaud et à Dammartin me paraissent dans une situation
qui pourrait devenir difficile ; je vous laisse le soin de juger
si vous devez les replier ou les maintenir. Quoi qu'il en soit,
donnez des ordres pour qu'on soit prêt à repousser, dès
demain matin, l'attaque de l'ennemi. »

D'après les instructions ci-dessus, j'adopte pour ce matin,
au point du jour, les dispositions de combat suivantes :

La division Pilatrie, qui occupe l'aile gauche, défendra les
ponts de Dammartin et de Houtaud, en occupant, en avant
de la rivière, les positions militaires qui ont dû être reconnues
aujourd'hui, et s'y défendra à outrance.

Une forte ligne de tirailleurs occupera les hauteurs dont
l'ennemi pourrait chercher à s'emparer.

La division Pilatrie veillera, surtout à son flanc gauche,
par où elle pourrait être tournée.

Elle sera appuyée, à sa droite, par la division Bonnet, qui
défendra également le pont de Vuillecin, en occupant les
positions les plus favorables autour de ce village, et jetant
une forte ligne de tirailleurs sur les hauteurs qui le dominent.

L'artillerie de ces deux divisions sera mise en batterie, sur les
points les plus favorables, pour battre les débouchés par où
l'ennemi pourrait attaquer notre ligne. (Ces points seront
choisis, autant que possible, de ce côté des ponts où devront,
en tout état de cause, se trouver les caissons, afin d'éviter

l'encombrement sur les ponts, si on était obligé de se replier.)

Au reçu du présent ordre, la division Pilatrie et la division Bonnet dirigeront sur Pontarlier leurs convois, bagages et impédimenta de toute nature, inutiles pour la bataille. Ces voitures seront conduites en bon ordre et parquées en dehors de la route, à un kilomètre de Pontarlier.

Le prévôt de chaque division, avec ses gendarmes, escortera ces voitures ; il sera responsable du bon ordre de la marche et de l'établissement du parc. Si le moindre désordre était constaté, et si la route n'était pas libre au point du jour pour la circulation de l'artillerie et des troupes, le prévôt s'exposerait à être traduit devant un conseil de guerre. Toute voiture qui ne pourra pas marcher sera mise en dehors de la route.

La division Penhoat, dont la position paraît la moins menacée, prendra, dès le point du jour, les dispositions suivantes si les reconnaissances de la nuit ne lui ont pas signalé l'approche de l'ennemi :

Une brigade gardera les hauteurs d'Arçon ; une autre brigade passera le pont et viendra se former en bataille de réserve sur la route qui conduit d'Arçon à Pontarlier, au pied des hauteurs ; son centre à hauteur du village de Doubs.

La division Penhoat, comme les trois autres, fera filer ses impédimenta sur Pontarlier, au reçu du présent ordre.

Le bataillon d'Afrique, établi au village de Doubs, formera le premier échelon de la réserve, dont la division Penhoat fournira le second.

L'artillerie de réserve et l'artillerie à cheval seront mises en batterie, au point du jour, sur les hauteurs de Doubs, de manière à battre toute la plaine depuis le pont Rouge jusqu'au pont d'Houtaud, afin de protéger la retraite des divisions Bonnet et Pilatrie, si elles étaient forcées de se replier.

J'espère qu'il n'en sera rien, et qu'elles pourront défendre les positions qui leur sont assignées.

Si, après un combat acharné, elles étaient obligées de battre

en retraite, elles se replieraient directement sur Pontarlier,
de manière à démasquer le tir des batteries de la réserve qui
arrêteraient l'ennemi au passage du pont de Houtaud,
Dammartin et Vuillecin.

Ces divisions viendraient se reformer à Doubs en traversant
la rivière sur le pont de Pontarlier. Il est bien entendu qu'on
prendra toutes les mesures pour éviter toute surprise. Avec
un ennemi qui ne nous a pas habitués à la loyauté, nous
pouvons tout craindre ; par conséquent, après lui avoir notifié l'armistice, les officiers des postes avancés devront lui
signifier nettement d'avoir à arrêter sa marche et, s'il dépasse
les points qui lui sont indiqués, le combat devra recommencer immédiatement.

Le général commandant en chef le 18ᵉ corps,

Signé : BILLOT.

Nᵒ 10 (bis.)

1ʳᵉ Armée, 18ᵉ corps. Etat-major général.

Ordre de mouvement.

En exécution de l'ordre général de mouvement, la division
Pilatrie et la division Bonnet, au reçu du présent ordre, rallie-
ront leurs postes détachés, mais auront soin de masquer ce
mouvement aux points qu'elles occupent en faisant entretenir
des feux par quelques hommes de bonne volonté qui resteront en arrière en enfants perdus et rejoindront ensuite leurs
divisions.

La 1ʳᵉ division marchera directement sur Pontarlier qu'elle
traversera ; elle prendra position en arrière de la ville et se
tiendra prête à exécuter les mouvements qui lui sont prescrits;
elle se formera bien entendu en dehors de la route.

La division Bonnet se repliera de même au reçu du présent
ordre et avec les mêmes précautions, elle se dirigera sur
Pontarlier, traversera la ville et viendra s'établir en réserve à
la Cluse.

Chacune de ces divisions fera garder, par un poste de cavalerie, les positions extrêmes qu'elle occupe en ce moment, afin d'être prévenue en temps utile du mouvement de l'ennemi.

Les villages de Dammartin, Houtaud, Vuillecin seront occupés, ne fût-ce que par quelques cavaliers prêts à se replier au premier signal pour attester jusqu'au bout que ces points étaient à nous quand l'armistice a été notifié.

La division Penhoat ralliera immédiatement ses avant-postes et viendra à 5 heures prendre position comme elle avait reçu l'ordre hier soir entre Doubs et Pontarlier; elle aura une brigade cantonnée à Doubs, qui sera chargée de la défense de ce village et des hauteurs en arrière et l'autre brigade à Pontarlier défendant les hauteurs situées au nord-est de la ville, le long du chemin que bordent les pièces d'artillerie du 18e corps établies en batteries ; ces pièces d'artillerie relèveront du commandement de l'amiral Penhoat.

Monsieur l'amiral Penhoat laissera au pont d'Arçon, dans les maisons situées sur la rive droite du Doubs, deux ou trois compagnies destinées à défendre le passage de ce pont. Il étudiera la position située à 800 mètres environ du pont, sur la route de Doubs, et qui permet d'arrêter facilement l'ennemi venant par la route d'Arçon tournée sur l'aile droite.

Il est indispensable que M. l'amiral ait pris ses positions de combat au point du jour, car l'ennemi prétend que l'armistice ne s'applique pas à l'armée allemande du Sud, et l'on doit s'attendre à une attaque générale.

La division de cavalerie se portera en réserve à Pontarlier où elle recevra des instructions ; elle ralliera immédiatement ses pelotons et escadrons d'éclaireurs lancés au loin jusqu'à Besançon et laissera seulement un peloton d'éclaireurs à Saint-Gorgon et un autre à Lavrine, se reliant avec les éclaireurs des 3e et 1re divisions établis à Vuilleçin, Dammartin, et Houtaud pour prévenir des mouvements de l'ennemi.

La division de cavalerie enverra un escadron *aux Allemands*, détachant jusque vers Morteau un peloton d'éclaireurs.

L'amiral Penhoat, de son côté, aura un peloton d'éclaireurs pris dans la cavalerie à Montbenoit pour surveiller les mouvements de l'ennemi dans la vallée du Doubs.

M. le général Brémont d'Ars, avec ce qu'il a dans la main à Doubs, se mettra en mouvement à 6 heures 1/2, mais il aura soin de se faire précéder avant le jour de toutes ses voitures de bagages.

La réserve de l'artillerie, ainsi que l'artillerie à cheval resteront en position jusqu'à nouvel ordre.

Les parcs et les convois partiront immédiatement pour aller s'établir sur la route des Verrières à côté du village de la Cluse.

Le grand quartier général du 18e corps d'armée sera à Pontarlier, celui de l'amiral Penhoat à Doubs.

Les divisions Penhoat, Pilatrie et Bonnel, en se repliant d'Houtaud, de Dammartin, d'Arçon, auront soin de faire couper la route à hauteur des ponts de manière que l'artillerie ennemie ne puisse franchir ces ponts.

M. le chef d'état-major général et une partie de ses officiers devront se trouver à l'entrée de la ville de Pontarlier pour recevoir les divisions Penhoat, Bonnel, Pilatrie et Brémont d'Ars, et les diriger sur leurs positions respectives qu'elles doivent occuper. A cet effet M. le chef d'Etat-major et ses officiers se rendront à 4 heures à Pontarlier pour prendre les instructions de M. le général Borel, chef d'Etat-major général, sur les positions à occuper.

Le quartier général quittera Doubs à 6 h. 1/2 pour se transporter à Pontarlier.

Le 31 Janvier 1871.

Le général commandant en chef du 18e corps,

P. O. Le colonel chef d'Etat-major,

DE SACHEY.

No 11.

Pontarlier, 31 Janvier 1871.

ORDRE

Le matériel neutralisé des ambulances sera mis en route sur Verrières immédiatement, de manière à passer la frontière, si les circonstances le rendent nécessaire.

Ces ambulances seront placées sous la direction de l'intendant Bilco, secondé par un adjoint, qui seront chargés de prendre auprès des autorités fédérales et du consul français des mesures nécessaires pour le rapatriement des hommes et du matériel, conformément aux termes de la convention.

On ne conservera qu'une ambulance par corps d'armée.

P. O. Le chef d'Etat-major général,

Signé : BOREL.

P. C. C. L'intendant militaire,

P. J. LEMAITRE.

No 12.

Pontarlier, 31 Janvier 1871.

ORDRE

L'artillerie qui défend la ville sera immédiatement attelée et dirigée sur les Verrières par le fort de Joux.

Le poste de la porte de Pontarlier empêchera toute espèce de voitures civiles de passer par cette porte, fera déblayer la route afin de permettre à l'artillerie de passer.

Le commandant de la place maintiendra, par tous les moyens à sa disposition, la liberté de la circulation dans la ville.

M. le général Billot, commandant les troupes qui défendent Pontarlier, donnera des ordres assez à temps pour que les troupes puissent quitter ces positions sans être tournées. Il fera occuper en arrière de Pontarlier une position défensive qui permette l'écoulement des troupes et de l'artillerie.

Dès que le mouvement du général Billot sera bien dessiné, le 20e corps se portera sur la route des Fourgs.

Le 15e corps se retirera sur la Suisse par les routes qui sont en sa possession et prendra, avant son arrivée en Suisse, les positions qui lui paraîtront les meilleures pour la défensive.

Le 24e corps et la cavalerie se retireront en Suisse, s'ils ne peuvent passer par les routes de la Chapelle des Bois.

Aussitôt la réception du présent ordre, le convoi d'artillerie entrera immédiatement en Suisse et continuera son mouvement de manière à permettre aux autres convois d'arriver.

On défendra avec la plus grande énergie la crête qui se trouve à hauteur du fort de Joux et qui se prolonge au Sud du lac de Saint-Point, de manière à permettre à toutes les troupes et à tous les convois de se retirer en Suisse.

Les chefs de corps qui pourront détruire ou enterrer leurs pièces s'empresseront de le faire si cela leur paraît nécessaire.

Il est bien entendu que tout chef de corps qui pourra se dispenser d'entrer en Suisse après l'exécution du présent ordre est autorisé à le faire.

Le général commandant en chef,

CLINCHANT.

P. O. Le s. chef d'Etat-major général,

NICOLET.

Pour ampliation ; Le colonel d'Etat-major,

G. DE SACHEY.

N° 12 (bis)

1re *Armée* 18e *Corps.*

Pontarlier, 31 Janvier 1871.

ORDRE

En exécution des ordres de M. le général, commandant en chef la 1re division, demain 1er février 1871, le 18e corps d'armée et la brigade de réserve commandée par le général Pallu de la Barrière se maintiendront dans les positions militaires qui couvrent les deux routes des Verrières et des Fourgs, afin de protéger l'évacuation sur le territoire suisse de tout le matériel de l'armée.

La 3e division, qui occupe sur les hauteurs les villages des Petits Fourgs et des Fourgs, y résistera à outrance dans les positions militaires les plus favorables afin de conserver à l'armée la possession de cette ligne de retraite.

Un bataillon de cette division sera envoyé à Chapelle-Méjoux et occupera ce hameau de manière à fermer à l'ennemi le chemin qui, de la Chapelle, conduit aux Fourgs.

Deux autres bataillons seront envoyés à la croisée des deux routes qui viennent des Hôpitaux et des Granges Sainte-Marie.

La 1re division, qui est à Cluse, s'établira fortement sur les positions militaires que protègent les forts de Joux, occupant les hauteurs à droite de ces forts, pour fermer complètement à l'ennemi de ce côté l'accès de la route des Verrières.

Aussitôt que l'artillerie qui était en position à Pontarlier aura été évacuée et aura débarrassé la sortie de la ville, la division de l'amiral Penhoat se repliera, suivra la route de la Cluse et viendra prendre position à gauche des forts de Joux, de manière à barrer à l'ennemi, s'il se présentait, les routes qui, de Oye, Mouthe et des Hôpitaux viennent converger en ce point.

La division de cavalerie et le bataillon d'Afrique continueront à occuper Oye-et-Pallet et Friards, de manière à fermer à l'ennemi les routes qui viennent de Malpas et des Grangettes.

Aussitôt que la division de l'amiral Penhoat aura terminé son mouvement et quitté Pontarlier, la brigade Pallu suivra son mouvement de retraite et viendra prendre position en avant de la Cluse, occupera les hauteurs de chaque côté de la route, de manière à y interdire le passage à l'ennemi.

Le quartier général du 18e corps d'armée sera à Saint-Pierre de la Cluse. Il quittera la ville de Pontarlier en même temps que la division Penhoat.

Les troupes qui traverseront Pontarlier pourront toucher des vivres aux magasins établis par le service de l'intendance, chez M. Dormier, rue des Ecorces, à Pontarlier.

Le général en chef du 18e Corps,

BILLOT.

Pour ampliation, Le colonel chef d'Etat-major du 18e corps.

G. DE SACHEY.

Nº 13.

Billet remis à M. le colonel de l'Espée, envoyé en parlementaire le 1er février près du général Manteuffel.

Aux ouvertures faites par le colonel de l'Espée qui me parviennent sur la route de Levier à Pontarlier, je réponds que je ne puis que m'en rapporter à mes déclarations contenues dans la lettre adressée à M. le général Clinchant et qu'il ne m'est pas permis d'interrompre la continuation des opérations.

Quant à des propositions qui répondent (*sous conformes*) à la situation militaire des deux armées, je les accueillerai volontiers à chaque instant, comme je l'ai déjà dit.

Premier Février 1871, à midi et demi.

Général MANTEUFFEL,

Commandant en chef au Sud.

Nº 14.

Rapport du colonel de Sachey, chef d'état-major du 18ᵉ corps d'armée.

Fleurier (Suisse) le 4 février 1871.

Mon général,

Le 1ᵉʳ février, le 18ᵉ corps, cantonné aux environs de Pontarlier, reçut l'ordre de se rapprocher de la frontière suisse, près des Verrières françaises.

1ᵉ Division à Cluse.

2ᵉ Division à Pontarlier et Doubs.

3ᵉ Division aux Fourgs.

Division de cavalerie à Oye avec le régiment de marche d'infanterie légère d'Afrique.

La brigade Pallu de la Barrière, formant la réserve générale de l'armée, occupait Pontarlier qu'elle ne devait abandonner qu'après le départ des troupes de la 2ᵉ division d'infanterie.

Vers dix heures, cette division avait à peu près terminé son mouvement, et il était déjà assez facile d'apercevoir les troupes prussiennes qui s'avançaient sur la ville par les routes de Salins et de Besançon.

La retraite s'effectua avec assez d'ordre, bien que contrariée par l'encombrement des convois de vivres qui stationnaient sur la route de Cluse.

Il était environ midi lorsque le général en chef fut averti qu'un engagement avait lieu en avant de Cluse, entre les troupes de la brigade de réserve et l'avant-garde prussienne. En peu d'instants, la fusillade prit de grandes proportions. Les troupes françaises garnissant les hauteurs et les postes qui bordent la route de Pontarlier à Cluse étaient attaquées par des forces considérables qui cherchaient à les déborder par la droite.

La 1ʳᵉ division reçut l'ordre de faire occuper les hauteurs du fort de Larmont par le 42ᵉ de marche et d'assurer au régiment d'infanterie de marche de la brigade de réserve, placée sur les mêmes hauteurs, un appui efficace.

Toutefois, les forces dont l'ennemi disposait (et qui faisaient partie du 2e corps) forçaient peu à peu les nôtres à reculer. Le mouvement se produisit jusqu'au coude de la route de Pontarlier à Cluse. A ce point toute tentative de l'ennemi pour gagner du terrain fut infructueuse : les troupes allemandes qui s'y rencontrèrent furent promptement mises hors de combat tant par l'infanterie que par l'artillerie du fort de Joux, qui battait efficacement la route.

Vers deux heures, l'action se ralentit et parut devoir cesser ; mais peu après, elle reprenait plus vive que jamais. Cette reprise était due à l'entrée en ligne du 7e corps prussien, qui servait de réserve au 2e corps. Le général en chef prescrivit à M. l'amiral Penhoat, commandant la 2e division, d'aller occuper le fort de Larmont.

Le 39e de marche et 2 bataillons du 92e en étaient descendus, au moment où les hostilités semblaient devoir cesser.

Grâce aux renforts envoyés du côté du Larmont, l'ennemi put être maintenu sur les hauteurs ; dans la vallée, le village de Cluse, fortement occupé par le 44e de marche, barricadé et appuyé en arrière par des troupes fraîches, maintint l'ennemi dans ses positions.

Pendant ce temps, la droite du 2e corps prussien s'était avancée vers Oye occupé par la division de cavalerie et cherchait à tourner la gauche française et à la couper des routes qui conduisent en Suisse. La division de cavalerie était appuyée, comme il est dit plus haut, par le régiment d'infanterie légère d'Afrique. Ce régiment défendit la position avec une grande ténacité, s'y maintint, et empêcha l'ennemi d'effectuer son mouvement tournant.

Dans la nuit, tous les corps se retirèrent par la route des Verrières et par celle de Fourgs à Sainte-Croix. Cette marche ne fut pas inquiétée ; et, arrivé aux Verrières suisses, chacun des régiments put déposer ses armes entre les mains des autorités militaires de la Confédération.

Tel est, mon général, dans son ensemble, le résultat de l'affaire du 1er février qui a terminé, pour l'armée de l'Est, la longue campagne qu'elle avait commencée à Bourges. Les détails me manquent pour assigner à chaque corps la part qui lui revient.

Je dois toutefois ajouter que, dans cette journée, le 44e s'est particulièrement distingué ; ses pertes sont sérieuses ; son brave colonel M. Achilli et le commandant Gorincourt ont été tués à la tête de leurs troupes.

La brigade de réserve s'est également bravement conduite. Elle a dû être relevée des positions qu'elle occupait parce que les troupes n'avaient plus de cartouches et que le départ de l'artillerie ne permettait pas de remplacer les munitions.

Dès que les corps m'auront adressé leurs rapports particuliers, je m'empresserai de vous faire parvenir, avec tous les détails possibles, le résultat des événements de cette journée.

Nos pertes ont été sérieuses, mais tout porte à croire, d'après le récit des prisonniers, et celui des chefs de corps, que celles de l'ennemi ont dû être encore plus considérables.

Veuillez agréer, mon général, l'assurance de mon profond respect.

Le colonel, chef d'Etat-maior du 18e Corps,

Signé : G. DE SACHEY.

N° 15.

Combat de la Cluse.

Récit prussien extrait de l'ouvrage du colonel Wartensleben.

L'ennemi avait pris, en s'appuyant sur ces deux forts de Joux et du Larmont, une position d'arrière-garde renforcée par des mitrailleuses. Il la défendit dans le cours de l'aprèsmidi avec la plus grande opiniâtreté, principalement sur le flanc droit derrière lequel passait la route de Verrières. L'attaque de front contre cette position était d'autant plus difficile que le feu des forts rendait impraticable la route de la vallée et que les troupes avaient sur le côté à gravir des hau-

teurs escarpées et couvertes de neige. Elles eurent à supporter là un dur combat de montagne et de forêt et cherchèrent
principalement à peser sur l'aile droite ennemie.

L'artillerie allemande ne pouvait, dans de telles circonstances, être presque employée ; le combat d'infanterie
était, à part quelques faibles interruptions, fort animé. Jusque dans les endroits les plus sombres, les vallées de la montagne retentissaient du bruit assourdissant d'un feu rapide et
des salves d'infanterie, auquel venaient se mêler les sourdes
détonations du canon des forts. Le général Fransecki s'était
déjà de bonne heure rendu compte de l'impossibilité d'employer des forces plus considérables à l'attaque de front. Il
envoya donc la 5e brigade d'infanterie sur son flanc droit par
Granges Narboz à Granges-Sainte-Marie pour, de là, attaquer
la route de retraite sur Jougne. De plus, par ordre du commandant en chef, le régiment no 39 du 7e corps, alors disponible à Pontarlier, fut envoyé occuper une autre route de
montagne conduisant au Sud et non encore directement occupée. Les mesures prises considéraient toujours le cas possible de la retraite de l'ennemi vers le Sud. A cause de l'heure
avancée, on ne put cependant mettre ces projets à exécution ;
la nuit arrivant empêcha les troupes d'évacuer sur ces routes
de montagne fort accidentées. Le général du Trossel parvint
très tard à prendre le point de bifurcation de la Cluse ; sa
brigade eut ce jour-là une perte de plus de 400 hommes,
dont 350 du régiment de Colberg.

No 16.

*Plan soumis au ministre de la guerre en cas de reprise des
hostilités.*

Monsieur le ministre,

Ma seule préoccupation est, si les hostilités doivent être
reprises à l'expiration de l'armistice, de me placer dans les
meilleures conditions pour continuer la lutte. J'ai exposé ma
manière de voir dans le rapport ci-joint. Si la confiance du

Gouvernement m'appelle à exécuter un plan de résistance, je désire vivement que celui sur lequel j'appelle toute votre attention soit étudié, en ne perdant de vue ni les conditions dans lesquelles se trouve exactement l'armée, ni la véritable valeur qu'ont actuellement les éléments qui peuvent nous donner de nouvelles ressources, et qui restent à organiser complètement et surtout sérieusement. La situation est grave; je l'envisage néanmoins avec confiance. Mais il est de mon devoir de l'exposer telle que je la vois et sans illusion.

Je ne parlerai pas des forces du Midi ; je n'ai sur elles aucune donnée. Celles de l'Ouest, sur lesquelles je croyais pouvoir compter sont, il faut le reconnaître, à organiser presque en entier. Il leur manque encore une grande partie de leur armement, de leur équipement, de leur habillement, et tout le personnel des services qui, une fois en opération, doivent leur assurer leur solde, leur subsistance, pourvoir enfin à tous leurs besoins.

D'après les renseignements que j'ai pu recueillir, les lignes de Carentan, qui doivent être appelées à jouer un rôle important, sont loin d'être dans l'état de défense que je croyais assuré ; les travaux les plus importants restent à faire, l'armement n'est pas complet et, pour tout achever, il faut du temps, que la marche des événements peut nous refuser, si ces travaux ne sont pas, dès aujourd'hui, poussés avec la plus grande activité.

Tout me porte à croire que l'ennemi prépare, dès à présent, ses opérations sur le bas de la Loire, de façon à nous cerner en Bretagne, si nous ne profitons pas du répit que nous donne l'armistice pour préparer à notre tour le système de défense qu'il nous faut adopter.

Le bruit courait hier, au Mans, que le prince Charles allait porter son quartier général à Tours avec le 10e corps, ce qui indique une concentration dans l'Indre-et-Loire, dont l'occupation donne à l'ennemi les deux rives de la Loire et le met à même de faire un effort rapide sur Nantes.

Il me tarde que l'Assemblée Nationale consacre l'idée de résistance qui, en rappelant à l'armée ses devoirs envers le pays, fasse oublier, surtout chez les régiments de nouvelle formation, le découragement passager qu'ont évidemment produit les fâcheux événements qui viennent d'avoir lieu.

Signé : CHANZY.

A cette lettre était joint le rapport suivant :

Laval, 2 février 1871.

La capitulation de Paris, les conditions dans lesquelles la convention du 28 janvier place chacune de nos armées, créent une situation toute nouvelle qu'il est important de bien étudier et de bien définir. Il est urgent, en effet, de déterminer quels devront être, à la reprise des hostilités, le meilleur plan de défense, et enfin le mode de résistance le plus efficace.

Dans le Nord, l'armée de Faidherbe, obligée de se renfermer dans les places fortes, va évidemment retrouver devant elle les troupes de Manteuffel, renforcées par une partie de celles qui investissaient Paris, sans préoccupation dès lors pour leurs derrières.

Au Hâvre, le corps Loysel, refoulé dans une pointe étroite, sera tenu facilement en échec par le corps allemand qui menace cette ville.

Dans l'Est, la première armée, qui paraît vivement pressée par celle de Werder, ne semble pas, quant à présent, dans des conditions à reprendre l'offensive ; tout ce qu'elle pourra tenter, s'il lui est donné de sortir de cette situation difficile, sera de se rabattre sur le Jura et de là sur la Saône, pour couvrir Lyon et s'opposer à la marche de l'ennemi vers le Midi.

Sur la rive gauche de la Loire, le corps ennemi qui est à Orléans tirant des renforts de l'armée de Paris, tentera évidemment sa marche sur Bourges et sur Nevers avec d'autant plus de facilité qu'occupant, par suite de la convention, le département de Loir-et-Cher, il peut se masser devant le 25e corps près de Vierzon.

Dans l'Ouest, la deuxième armée, jointe aux forces locales et aux troupes du général Cléret, couvre la Bretagne et la Normandie, de la Loire à la Seine, en face des armées du prince Charles et du grand-duc de Mecklembourg. Elle ne saurait désormais avoir le même objectif pour ses opérations ultérieures, puisque Paris est au pouvoir de l'ennemi. Les efforts des Allemands contre cette armée seront probablement les suivants : au nord, le grand-duc de Mecklembourg cherchera à occuper la Normandie ; au sud, le prince Charles, libre de masser ses troupes dans le département d'Indre-et-Loire, qui lui a été donné par l'armistice, essayera sans doute de couper de Bordeaux et du Sud-Ouest de la France la deuxième armée. Enfin, au midi, aucune force sérieusement organisée ne semble prête à empêcher une marche de l'ennemi sur Bordeaux, s'il venait à la tenter.

Les troupes dont nous disposons, il ne faut pas se le dissimuler, n'ont encore ni une organisation assez solide, ni une cohésion suffisante, ni une assez grande habitude de la vie militaire, pour constituer des armées pouvant manœuvrer et lutter avec constance et persistance contre celles que l'ennemi va pouvoir leur opposer en nombre au moins égal. Il faut donc éviter les engagements qui peuvent être décisifs. Le but à atteindre est d'affirmer l'idée de la résistance et de la produire sur tous les points à la fois, de façon à forcer l'ennemi à se disperser, d'obliger l'Allemagne à maintenir en France une armée d'au moins 500,000 hommes, de lui imposer des sacrifices qui finiront par le lasser, et d'atteindre ainsi le moment où, solidement organisés, nous pourrons, par un suprême effort, entreprendre dans de bonnes conditions de refouler l'ennemi de notre territoire. Ce que les Allemands redoutent le plus, c'est la guerre de détail, la défense du sol pied à pied, la résistance derrière tous les obstacles. C'est ce qu'il faut obtenir du véritable patriotisme de nos populations. Les armées, les corps formés ne doivent être que des points d'appui, des moyens ménagés pour profiter habilement des fautes de l'ennemi, de ses échecs et de sa dispersion. Il faut donc organiser partout la défense locale, en faisant appel à

tous les gens de cœur, en les groupant autour de personna-
lités influentes dans leur propre pays, habituant la nation à
l'idée des sacrifices qu'elle doit faire. Il faut qu'après avoir
disputé le terrain pied à pied, on le cède à l'ennemi en faisant
le vide autour de lui, en le privant de toute ressource. Dans
cet ordre d'idées, l'armée du Nord, en s'appuyant sur les
places fortes, peut, aidée par les habitants armés, forcer
l'ennemi à maintenir devant elle au moins 100.000 hommes.
Les soulèvements dans les départements envahis, de Paris au
Rhin, doivent nécessiter une même force, pour assurer aux
Allemands leur ligne de communication et leur occupation
du pays. Les forts et la surveillance de Paris exigent au moins
50,000 hommes de leurs troupes. Il leur faut, devant la première armée, et pour menacer Lyon, 100,000 hommes. A
l'Ouest, pour se maintenir devant la Normandie et devant la
Bretagne bien défendue, cent autres mille hommes ; et une
résistance bien organisée par nous sur la rive gauche de la
Loire les entraîne inévitablement à se montrer de ce côté et
sur cette vaste ligne avec au moins 100,000 hommes ; soit
550,000 hommes ou tout au moins 500,000.

Ces conditions admises, on ne peut songer à laisser dans
ses positions actuelles la deuxième armée, qui constitue aujourd'hui la force la plus sérieuse et qui, je le répète, ne peut
plus rien pour Paris. Il faut donc, ne laissant sur la ligne de
la Mayenne que le strict nécessaire pour donner aux forces
organisées de Bretagne une base solide, faire passer le reste
sur la rive gauche de la Loire en l'établissant sur des positions choisies, de façon à couvrir tout l'intérieur du pays.

L'ennemi va évidemment, comme je le disais plus haut,
mettre à profit le temps de l'armistice pour masser des forces
considérables dans l'Indre-et-Loire, de façon à pouvoir, à la
reprise des hostilités, se porter sur Nantes, et isoler ainsi la
Bretagne du reste de la France. Si ce mouvement réussissait,
alors que toute la deuxième armée serait encore au nord de
la Loire, cette armée, menacée de front par les troupes du
duc de Mecklembourg et du prince Charles, menacée de
flanc par un corps ennemi manœuvrant dans le val inférieur

de la Loire, pourrait être refoulée successivement, et obligée de jeter son aile gauche derrière les lignes de Carentan, son centre et sa droite derrière la Vilaine et, tenue dès lors en échec, elle deviendrait inutile pour la défense du pays. C'est ce qu'on doit éviter à tout prix ; il faut donc couvrir solidement la Bretagne et la Normandie, rendre disponible la deuxième armée, garantir le Sud-ouest de la France.

La défense de la Normandie et de la Bretagne, sur la ligne de Honfleur à Angers, peut être organisée de la façon suivante : en renforçant l'armée du général Colomb de deux divisions, celles des généraux Saussier et Gougeard, composées en grande partie des forces locales, et en disposant ces troupes à peu près comme il suit : 1° Dans le Calvados, la division Saussier, du 19° corps, formée en grande partie des mobilisés du Calvados et de l'Eure, derrière l'Orne, de Ouistreham à Harcourt, défendant Caen.

2° 15,000 mobilisés bretons sous les ordres du général Lipowski, avec ses francs-tireurs, et défendant le pays jusqu'à Argentan ;

3° D'Argentan à Domfront, la division Gougeard, formée au camp de Conlie et distraite du 21° corps ;

4° De Domfront à Mayenne, la division bretonne du général Charette ;

5° A Laval, les deux divisions du 17° corps aux ordres directs du général de Colomb, avec les 8,000 mobilisés de la Mayenne ;

6° A Château-Gontier et sur le cours inférieur de la Mayenne, le corps Cathelineau, soutenu par les légions de la Loire-Inférieure du général Béranger.

Les 14.000 hommes du général Cléret passeraient sur la rive gauche de la Loire. Chacun de ses groupes devrait être rendu et établi sur ses positions pour le 15 février. Pendant ce temps, le 19° corps (2 divisions), le 21° corps (3 divisions) et le 16° corps (4 divisions), s'achemineraient sur la Loire, de façon à venir s'établir, avant l'expiration de l'armistice, sur la ligne qui, partant de Vihiers où se trouverait la droite de la division Cléret, passerait par Thouars, Poitiers, Montmo-

rillon, Châteauroux, Issoudun, se reliant de là au 25ᵉ corps
établi de Bourges à Nevers.

Les forces disponibles dans le Midi, renforçant le corps
d'armée du général de Pointe, tiendraient le pays entre
Nevers et Chagny : le reste, jusqu'à la frontière, étant défendu
par les troupes de Garibaldi et la première armée.

Cette disposition de nos forces obligerait, je le répète, l'ennemi à une dispersion qui l'affaiblirait et qui pourrait nous
ménager des chances de succès, si harcelé constamment par
la résistance locale, il lui devenait impossible de se grouper
sur un point donné.

Nos corps organisés, établis sur de fortes positions préparées
pour la défense, pourraient résister le plus longtemps possible, cédant le terrain s'ils étaient obligés, pour se reporter
sur de nouvelles positions disposées à l'avance, obtenant ainsi
le résultat que nous devons tout d'abord chercher, celui de
prolonger la défense.

Cette résistance pourrait se produire successivement dans
des contrées de plus en plus difficiles pour l'ennemi, et acquérir, notamment en Auvergne, une solidité d'autant plus
grande, que nous aurions eu d'ici là le temps d'organiser,
dans de bonnes conditions, les ressources que le pays peut
encore donner.

En résumé : organiser partout la défense locale, forcer
l'ennemi à se disperser, mettre l'Allemagne dans la nécessité
de maintenir en France une armée d'au moins 500,000
hommes qu'elle ne peut plus fournir sans imposer à sa
landwehr et à ses dernières réserves l'obligation de rester
sous les armes, alors qu'elle n'a obtenu cet effort qu'en pro-
pageant l'idée que la chute de Paris serait la fin de la
guerre ; éviter les grands engagements avant l'organisation
solide de nos troupes ; défendre enfin le sol pied à pied et
amener la nation à comprendre que, pour sauver son honneur
et son intégralité, elle n'a d'autre moyen que le sacrifice de
ses intérêts matériels du moment et la résistance à outrance.

Le général en chef,

Signé : CHANZY.

TROISIÈME PARTIE

INTERNEMENT EN SUISSE

CHAPITRE PREMIER

FLEURIER

SOMMAIRE. — Entrée de l'armée de l'Est en Suisse. — Prudence et vigilance du général Clinchant. — Les Verrières suisses. — La mairie. — L'état-major suisse. — Départ pour Fleurier. — La route de la montagne. — Arrivée à Fleurier. — Explosion de générosité de la population. — Notre hôtel. — Alerte toute la nuit. — Le 2 février. — Déjeuner. — Heureuse rencontre· — Arrivée du capitaine Voiture. — Son récit de la bataille de Joux et de la dissolution du 18ᵉ corps. — Défilé continuel et sans ordre des troupes. — Réclamations de nos soldats. — Le Suisse commerçant d'origine. — Les malades et blessés dans les rues et sur les routes. — Un commandant de place. — L'ambulance de la division de cavalerie du major Sancery à la maison d'école. — La convention franco-suisse. — Interprétation arbitraire de ses clauses par la Suisse. — Déplorables conséquences. — Mesure extraordinaire prise vis-à-vis des officiers français. — Refus des officiers d'y obtempérer. — Erreurs des écrivains suisses sur l'origine de l'officier français en général.

Comme nous l'avons déjà dit, le général Clinchant ne perdit pas son temps dans la journée du 31 janvier. Pendant qu'il entrait en pourparlers avec Manteuffel et qu'il essayait d'obtenir de Versailles des explications sur l'armistice conclu entre notre ministre des affaires étrangères et M. de Bismarck, il négociait activement avec la Suisse le passage de l'armée de l'Est sur le territoire suisse.

Sauver le matériel considérable de cette armée, éviter une nouvelle effusion de sang, devenue inutile par la position où se trouvait l'armée de l'Est ; telle fut la pensée qui le dirigea constamment.

Dans cette nuit du 31 janvier au 1er février, à quatre heures du matin, il signa avec le général Herzog une convention par laquelle l'armée de l'Est devait immédiatement entrer en Suisse.

Il est presque certain, d'après ce que nous avons vu le 1er février et entendu dire pendant notre internement en Suisse, que si le général Clinchant n'avait pas déployé une activité extraordinaire dans les négociations de la convention franco-suisse, la Prusse y aurait mis des entraves qui auraient pu amener la perte totale de l'armée de l'Est.

Il ne faut pas oublier que, dès le 28 janvier, la position de notre armée était devenue critique, que sa ligne de retraite sur Lyon était fortement menacée et qu'il ne lui restait d'autre ressource, pour échapper au cercle de fer qui se fermait peu à peu sur elle, que de chercher à passer en Suisse.

Les Prussiens voyaient une trop belle proie leur échapper et un trop beau fait d'armes à ajouter à leurs nombreux exploits pour ne pas essayer, par tous les moyens, de faire prisonnières, d'anéantir les troupes de Clinchant. Mais, heureusement pour nous, à ce moment, les Prussiens n'étaient pas mieux renseignés sur notre situation que nous ne l'avions été nous-mêmes, pendant toute cette terrible guerre. Il n'est pas douteux que, si les généraux allemands avaient connu notre véritable position, le 31 janvier, assurément ils ne nous eussent pas donné le temps d'entrer en Suisse.

Leur attaque de la Cluse, quoique très-vive, fut beaucoup trop tardive. Sur ce point, le général Clinchant, disons-le sans vanité, avait été plus habile que le général Manteuffel. Aussi les Prussiens, dans la suite, devaient nous en témoigner leur mauvaise humeur et en conserver aux Suisses une vive rancune. Ils nous rendirent, en effet, l'internement en Suisse très dur. Sans cesse ils exprimaient à nos hospitaliers voisins leur ardent désir de nous voir traiter comme de véritables prisonniers de guerre. Ils les contraignirent à nous surveiller beaucoup plus rigoureusement que ne l'exigeaient les devoirs d'une nation neutre.

Le 1er février au soir, neuf heures et demie sonnaient lorsque nous atteignions la limite de nos frontières. La route était encombrée de voitures qui nous forçaient d'aller au pas. Au détour d'une montagne, de nombreuses voix nous annoncèrent un rassemblement d'hommes et le bruit saccadé de ferraille, sans cesse agitée, nous avertit que nous arrivions en Suisse.

Quelques mètres plus loin, en effet, nous nous trouvions dans un groupe d'ombres qui nous paraissaient être un mélange de soldats suisses et français.

A peine avions-nous franchi la petite barrière en bois qui sépare la France de la Suisse, que deux soldats suisses vinrent au-devant de nous et firent jeter les armes à nos hommes, sur le tas le plus rapproché de nous. En effet, de droite et de gauche, sur cette route, pêle-mêle, en monceaux, au milieu de la neige, se trouvaient des armes de toute sorte.

En cet endroit, nous rencontrâmes plusieurs de nos officiers qui s'empressèrent de se joindre à nous et de nous suivre. Nous nous engageons dans une allée qui nous est indiquée par les arbres et les nombreux fusils, sabres, cartouchières, qui jonchent le sol. Nous arrivons ainsi en face d'un groupe de maisons isolées au milieu de la plaine ; les toitures sont moins élevées et plus larges que nos bâtiments ordinaires ; elle nous apparaissent comme de puissants protecteurs contre les rigueurs de la saison. Quelques habitants coiffés d'épaisses fourrures s'empressent de nous ouvrir leurs portes dès qu'ils nous entendent les appeler ; mais nous nous apercevons bien vite que nos compagnons d'armes ont déjà envahi ces maisons et qu'il ne reste plus une place ni à prendre ni à espérer. Ces Suisses et nos heureux compatriotes nous engagèrent à nous diriger vers la mairie, en nous affirmant qu'en ce lieu on nous donnerait toutes les indications et toutes les facilités nécessaires pour nous procurer un gîte pour la nuit.

A quelques centaines de mètres de ces chalets, nous trouvâmes une petite place ou plutôt une rue très-large ; de chaque côté s'élèvent des maisons de toutes les formes. Une foule compacte s'y pressait et entourait particulièrement une maison. Nous nous approchâmes pour savoir ce qui motivait ce rassemblement : on nous dit qu'on faisait des distributions de pain à nos soldats ; nous nous trouvions à la mairie de Verrières suisses.

Nous mîmes aussitôt pied à terre, et un officier suisse voulut bien nous servir de *cicerone* pour nous conduire près du président, c'est-à-dire du maire des Verrières suisses.

Après avoir traversé un très grand vestibule, nous gravîmes un escalier en bois aux proportions gigantesques, tel que la Suisse seule sait en construire. Nous ne pûmes nous empêcher de reporter nos souvenirs vers un monde passé et de songer à nos anciens castels féodaux, en parcourant ces galeries antiques, plafonds et lambris faits entièrement de bois avec leurs sculptures plus ou moins originales. Ce chalet de la mairie nous parut très remarquable d'architecture et de construction. Le mouvement inaccoutumé des soldats suisses et français, qui se croisaient dans cet escalier, ajoutait encore un singulier effet à l'aspect grandiose de ce séjour.

Quand nous fûmes arrivés au premier étage, notre *cicerone* ouvrit une petite porte basse et nous nous trouvâmes dans une vaste salle peu élevée ; quelques lampes en éclairaient une partie. Le reste était dans la pénombre.

Au fond de cette pièce, autour d'une table couverte de papiers, se tenaient quatre personnes : le président et ses assesseurs ; deux soldats suisses de chaque côté du bureau, l'arme au pied, ajoutaient encore à la solennité de la scène.

Notre chef seul s'avança et échangea quelques mots de politesse avec les notables suisses, qui lui répondirent du ton le plus affable. Puis il leur fit part de l'embarras dans lequel il se trouvait en entrant en Suisse avec près de 1.500 voitures de vivres. Il leur demanda comment il pourrait les faire distribuer le lendemain à nos soldats.

« Nous ne sommes pas compétents sur cette question, nous répondit le président ; à l'état-major du général Herzog on pourra vous fixer sur ce point ; du reste il est près d'ici ; je vais vous y faire conduire. »

Aussitôt nous prîmes congé de ce président et nous nous dirigeâmes vers l'état-major du général Herzog. Là nous rencontrâmes deux officiers généraux, MM. Bontemps et de Mandrot, tous deux colonels fédéraux [1] et commandant le poste des Verrières suisses. Sans aucune difficulté, avec beaucoup de bienveillance, ces messieurs nous donnèrent tous les renseignements que nous dési-

---

[1] Les colonels fédéraux sont des officiers généraux de l'armée; ils commandent les divisions et les brigades de l'armée et font partie de l'état-major fédéral. Ce corps, qui est à la tête de l'armée, se divise en six sections. Il comprend 40 colonels, 30 lieutenants-colonels, 30 majors, plus un nombre indéterminé de capitaines et de lieutenants.

Les colonels fédéraux commandent les divisions et les brigades de l'armée ; ils sont nommés à ces commandements sans égard à leur ancienneté de brevet. Ils se recrutent parmi les lieutenants-colonels fédéraux qui ont au moins deux ans de service dans ce grade et les chefs de bataillon qui ont quatre ans de service.

C'est parmi les colonels fédéraux que les chambres choisissent habituellement le commandant en chef de l'armée, sans avoir égard à l'ancienneté. Cet officier porte seul le titre de général ; il conserve ce titre jusqu'à sa mort, mais cette distinction est purement honorifique, puisque, à chaque mise sur pied, les chambres fédérales peuvent nommer un autre officier général commandant en chef. Le général en chef est qualifié d'Excellence dans les rapports officiels.

Essai sur l'Organisation militaire de la Suisse par A. de Mandrot, colonel fédéral, p. 11.

rions, sauf un, cependant, que nous ne pûmes obtenir
ni de la présidence ni de l'état-major. Ce fut la copie
de la convention conclue le matin même entre notre général en chef et le général Herzog relativement à notre
entrée en Suisse. Chose bizarre et assez extraordinaire,
il n'y avait nulle part de copie de cette convention.

Comme notre chef offrait ses services et ceux des
quelques officiers qui l'avaient suivi, pour faire distribuer les vivres que nos voitures avaient amenés en
Suisse, un des officiers suisses lui fit observer qu'étant
passé sur le territoire de la Suisse, son rôle d'adminis-
trateur était terminé. Il ajouta que tous, officiers et soldats, sans exception, nous étions sous le commandement de la Suisse et que, s'il y avait à faire des distributions le lendemain, l'administration suisse les ferait elle-
même, à l'aide de son personnel amplement suffisant.

Dès ce moment et par cette réponse, nous comprîmes
dans quelle triste situation nous nous trouvions. Nous
étions, à la vérité, chez une nation amie, mais elle ne
nous accordait l'hospitalité que sous l'empire de la
crainte et sous la surveillance de notre vainqueur.

Au moment de nous retirer, nos colonels suisses se
ravisèrent et nous engagèrent à continuer notre route
jusqu'à Fleurier, en nous assurant qu'à cet endroit nous
trouverions un emplacement suffisant pour parquer nos
voitures et que le lendemain matin, sous la direction
d'un officier suisse, nous pourrions faire nous-mêmes
nos distributions.

Mon chef accepta cette proposition et aussitôt nous
prîmes congé de MM. Bontemps et de Mandrot, qui nous

donnèrent des recommandations spéciales pour leurs collègues de Fleurier.

La route qui mène à Fleurier longe, d'un côté la montagne et, de l'autre, les profondes excavations produites par la fonte des neiges : au milieu de ces excavations coule un filet d'eau tourmenté par les obstacles qui, parfois, forment de majestueuses cascades et de terribles précipices. C'est au milieu de ces rochers que prend naissance la Reuse, petite rivière qui parcourt le Val de Travers, et va se perdre dans le lac de Neuchâtel.

Cette nuit-là, comme toutes les autres de cet hiver rigoureux de 1871, la route était couverte d'une couche épaisse de neige. Elle était occupée, presque sur tout son parcours, par notre artillerie, nos parcs, le train des équipages, nos voitures de réquisition. Nos soldats marchaient comme ils pouvaient au milieu de ce désordre, de cette cohue, tantôt d'un côté, tantôt de l'autre.

A chaque instant cette marche était interrompue par un cheval qui tombait et le plus souvent ne se relevait plus. C'etait autant de retard pour toute la colonne. Aussitôt une tempête d'exclamations, de jurons s'élevait de tous côtés : on se bousculait, on s'injuriait les uns les autres. En vain les cavaliers essayaient, grâce à leur monture, de franchir les obstacles et de passer. Les pauvres chevaux, harassés de fatigue, n'ayant pas mangé de la journée et excités par la fièvre, refusaient d'avancer, se cabraient, bousculaient les piétons, glissaient et menaçaient à chaque instant de nous jeter dans cette espèce de *gave* dont nous entendions le sourd mugissement à trente mètres environ au-dessous de nos pieds.

A chaque détour que fait la route, qui semble jouer à cache-cache avec la montagne, nous croyions apercevoir les maisons de Fleurier. Mais hélas ! c'était toujours le vide, toujours cet horizon brumeux, toujours la neige. Rien ne troublait le silence de la nuit, si ce n'est le bruit des voitures et des caissons, les cris et les jurons des conducteurs d'attelages.

Dans ces moments de souffrance morale et physique, l'abattement des esprits était profond. Cependant la fatigue, les plaintes et les récriminations avaient fait place à cette gaieté française, à cette insouciance stoïque que bien des fois nous avions été surpris de rencontrer durant la campagne pendant les marches et surtout dans les circonstances les plus critiques. Cependant la lassitude gagne peut-être plus vite l'esprit que le corps.

Nous marchons ainsi plus de trois heures. Enfin nous voilà arrivés au sommet de la montagne : un cri de satisfaction s'échappe de toutes les poitrines. En effet, en plongeant nos regards dans la vallée, nous apercevons des points lumineux. Plus de doute, c'est Fleurier ! nous écrions-nous tous spontanément.

« Mais non ! c'est Saint-Sulpice, reprend un soldat qui passait près de nous ; Fleurier est encore à deux kilomètres.

Cette fausse alerte plonge toute notre caravane dans le silence. Avec de gros soupirs, nous continuons notre route ; quelques minutes à peine nous suffisent pour descendre cette montagne. Bientôt nous arrivons à un petit pont bâti sur la Reuse à l'entrée du Val de Travers. De là nous pûmes jouir, à la clarté de la lune, d'un spectacle qui nous rappelait les derniers jours de campement : entre deux montagnes blanches de neige qui s'élevaient jusqu'aux nues et sur une surface d'environ deux kilomètres, nous aperçûmes des points lumineux vacillant çà et là ; nous reconnûmes aussitôt les bivouacs des soldats français.

A l'extrémité d'un grand terrain qui sert de promenade en été aux Fleurisans, et où en ce moment campaient nos troupes, se trouve le village de Fleurier. Nous nous engageâmes au milieu de cette foule de soldats de toutes armes ; nous eûmes assez de peine pour la traverser, car le plus grand désordre et la plus grande confusion y régnaient.

Aux premières maisons de Fleurier, un spectacle nouveau nous attendait : de nombreuses femmes vinrent nous offrir du pain, du bouillon et des cigares.

L'état-major suisse avait son quartier général à l'hôtel de la Couronne ; nous nous y rendîmes. Nous y trouvâmes un major du nom de Guymps et un capitaine dont je regrette de ne pas me rappeler le nom ; ils nous firent un accueil très sympathique.

Deux heures venaient de sonner à l'horloge du village. A une heure aussi avancée de la nuit, le personnel de l'hôtel de la Couronne, exténué des fatigues de la journée, refusait tout service. Nous fûmes obligés de nous composer nous-mêmes un souper avec les restes de pain et de viande que nous pûmes recueillir sur la table d'hôte. Nous étions partis de Pontarlier depuis le matin et, au milieu de l'affaire de la Cluse, nous n'avions pas eu, bien entendu, le loisir de songer à déjeuner.

Grâce à l'obligeance de quelques officiers de l'état-major suisse, touchés de notre extrême fatigue, nous pûmes reposer dans un lit, chose inconnue pour nous depuis notre départ de Nevers. Notre campagne avait duré 75 jours, et nous avions passé les 75 nuits soit sur des parquets, soit sur des chaises, soit sur de la paille, soit sur les routes.

Il y avait à peine une heure que nous étions couchés que tout à coup un cri formidable retentit dans la chambre :

« MM., l'ordre de mouvement! préparez-vous! »

Dans le premier moment, persuadés que nous étions en activité de service, tous sans exception nous nous jetâmes en bas de nos lits. Mais un rire prolongé et un second avertissement nous rappelèrent à la réalité ; notre chef venait de nous faire une petite farce.

« Dormez, Messieurs, ajouta-t-il, nous ne sommes plus en France, mais en Suisse. »

Le 2 février au matin, la salle à manger de l'hôtel de la Couronne présentait une réunion bizarre, mais bien sympathique. On ne s'était jamais vu, mais on avait appartenu à l'armée de l'Est. Cela suffisait pour qu'on se parlât ; on se retrouvait, on se racontait comment on avait passé la frontière ; comment on était arrivé à Fleurier ; si par hasard l'on apercevait quelque connaissance les demandes ne tarissaient plus : qu'est devenu un tel? Un tel est-il entré en Suisse?.... On se donnait des poignées de mains, on s'embrassait, tellement on était heureux de se retrouver. Malgré cette joie apparente, cette gaieté passagère, l'œil observateur aurait découvert sur presque tous les visages, outre les traces des souffrances matérielles de la campagne, quelques plis de physionomie qui indiquaient qu'un mal caché et dissimulé troublait profondément l'âme de tous ces malheureux Français.

Tout-à-coup survint le jovial capitaine Voiture, qui s'empressa de nous narrer les derniers épisodes de la soirée et de la fameuse nuit du 1er au 2 février.

Il commença en ces termes : « Lorsque vous m'avez rencontré avec votre chef, dit-il, je montais avec mes cinq lanciers la petite route qui se trouve à deux kilomètres des Verrières françaises ; je plaçais alors des hommes en vedette, afin que nous ne fussions pas surpris de nouveau par un mouvement tournant, avant l'entrée complète de nos bataillons en Suisse. Comme vous avez pu le remarquer, la fusillade avait cessé avant la nuit, et en ce moment on n'entendait que de rares coups de fusil de distance en distance ; il n'y avait plus que les forts de Joux qui tiraient avec furie afin d'éviter une surprise de nuit et d'éloigner les Prussiens. Je rejoignis le général à Saint-Pierre la Cluse ; il arrivait en même temps que moi, escorté seulement de quelques aides de camp. Le défilé des troupes se faisait très régulièrement ; tout le monde, avec assez d'ordre, gagnait les Verrières suisses. La cavalerie, qui un instant avait failli être tournée à Oye, défilait sur le chemin de fer.

A cette heure, reprit le brave capitaine, toutes nos troupes régulières sont entrées en Suisse, à part quelques francs-tireurs isolés et une colonne commandée par le colonel Goury qui se dirige vers Lyon. Notre général en chef et le commandant Bruyère sont partis pour Bordeaux en mission. Quelques autres officiers de l'état-major vont essayer à leurs risques et périls de gagner les pays non envahis ; quant à moi je reste, car je crois que nos soldats auront besoin de nous et que nous pourrons leur être encore de quelque utilité. »

Et il avait cent fois raison, ce brave capitaine Voiture !....

A chaque instant arrivaient de nouveaux camarades ; notre groupe se grossissait à vue d'œil ; dans la rue c'était un défilé continuel de soldats ; en réalité le véritable mouvement d'un camp.

Le 2 février au matin ce n'étaient que groupes plus ou moins compacts de militaires qui descendaient des Verrières suisses ; et vers midi une véritable avalanche de têtes humaines venait se mêler à cette foule, qui déjà encombrait les rues et les places publiques de Fleurier.

En effet, dans ce petit village, le 18ᵉ corps se trouvait presque au complet. Selon l'ordre de mouvement, il avait le dernier passé la frontière et ensuite l'insuffisance du matériel du chemin de fer suisse l'avait empêché d'aller plus avant.

Alors notre embarras fut extrême. Celui de l'état-major suisse le fut encore bien davantage. Tous les efforts furent impuissants pour maintenir l'ordre parmi la foule et pourvoir aux besoins de chacun. Le soldat en général ne connaissait plus de chefs, plus de discipline ; chacun errait à sa guise dans les rues de Fleurier ou dans les chalets de la montagne ; le désordre était à son comble.

Quand nous nous présentâmes vers les 10 heures du matin pour faire faire les distributions des nombreuses voitures que nous avions amenées, selon l'ordre de l'état-major suisse, la plupart avaient été pillées dans la nuit ou dès le point du jour. Partout le désordre, partout la confusion, et à vrai dire les Fleurisans n'étaient plus les maîtres chez eux.

Nous étions entrés en Suisse le 1er février : le prêt n'avait pas pu être entièrement fait parce que, du 29 janvier au 2 février, à chaque instant, nous avions été menacés d'être tournés et arrêtés dans notre retraite. Or, sous l'empire de cette crainte, le trésor, par ordre du général en chef, s'était tenu pendant ces derniers jours à proximité de la frontière Suisse, de façon à pouvoir sauver les caisses à la moindre alerte. Comme conséquence, nos soldats n'avaient pas un centime en poche et, dès qu'ils surent que le trésor était à Fleurier, (les voitures se trouvaient en effet, toutes réunies sur la petite place de ce village,) ils réclamèrent à grands cris leur solde. Alors commencèrent à naître difficultés sur difficultés. Comment distribuer la solde puisqu'il n'y avait pas en ce moment d'officiers généraux pour l'ordonner et qu'en vertu de l'article 9 de la convention franco-Suisse les soldats, dès leur entrée aux Verrières suisses, étaient séparés de leurs officiers ? Qui pouvait signer les ordonnancements, puisque le général en chef du 18e corps était en France ?

Que résulta-t-il de cette pénurie et de ces difficultés ?

Beaucoup de nos malheureux soldats vendirent leurs effets et les chevaux de l'Etat à des Suisses qui ne se firent pas scrupule de les acheter à vil prix. Je me rappellerai entre autres ce marché scandaleux conclu, me dit on, en pleine place publique de Fleurier ; un cheval de flèche tout harnaché d'un attelage d'une pièce d'artillerie fut vendu, par son cavalier, pour la modique somme de 8 francs.

Les revolvers se vendaient couramment de 1 à 3 francs ; les chassepots de 2 à 5 francs ; tout ce qui pouvait procurer de l'argent était impitoyablement vendu et avidement acheté. O trafic honteux !...

N'avons-nous pas vu aussi des industriels suisses venir à l'hôtel de la Couronne nous proposer de leur vendre nos chevaux en échange de montres ? N'avonsnous pas rencontré, en traversant la Suisse, lors de notre rentrée en France, dans presque tous les villages, des chevaux de l'armée de Bourbaki achetés ou donnés pour le moindre service malgré l'ordre du général Herzog qui un instant eut la bonne pensée de mettre un terme à ce trafic honteux et qui ordonnait la restitution des chevaux acquis à vil prix [1] ?

Les gares des Verrières suisses, de Neuchâtel, déjà encombrées des trains nécessaires pour le transport de la milice sur les divers points où l'armée de l'Est entrait, ne purent plus suffire à l'embarquement de ces

---

[1] Quartier général, (Neuchâtel), 5 février 1871.

Le commandant en chef de l'armée fédérale suisse,

En suite des faits qui lui ont été signalés :

Enjoint, par les présentes, à tous les militaires français internés de s'abstenir de la vente de tout cheval ou de tout objet d'équipement appartenant à l'Etat et qui leur sont actuellement confiés.

Il recommande en outre, aux citoyens et habitants du pays ainsi qu'aux étrangers séjournant momentanément en Suisse, de ne faire aucun achat de ce genre, sous peine d'être traduits devant les tribunaux et rendus responsables.

HANS HERZOG, général.

80,000 hommes impatients de retrouver un gîte et un abri. Les maisons des Verrières suisses n'étant ni en assez grand nombre ni assez vastes pour contenir cette foule affamée, nos soldats, sans ordre, sans commandement, allaient et venaient tout naturellement en quête d'un gîte sur cette route des Verrières à Fleurier. De plus beaucoup, harassés, anéantis par la fatigue de la marche et par les souffrances du froid, restaient étendus sur la neige sans vouloir bouger ni se lever, malgré les exhortations de leurs camarades.

Le désordre et le tumulte devinrent tels, dans cette nuit du 1er février aux Verrières suisses et dans la journée du 2 à Fleurier, qu'il parut urgent aux quelques officiers supérieurs de notre corps d'armée qui se trouvaient avec nous à Fleurier de prendre des mesures de police, afin de mettre un terme à ce vagabondage de nos malheureux soldats affolés par le malheur et la souffrance. Réellement il y avait urgence, car ce désordre paraissait devoir prendre des proportions inquiétantes pour la tranquillité de ces endroits d'ordinaire si paisibles.

Aussi, dès le lendemain matin 3 février, ces quelques officiers supérieurs qui, par exception, avaient eu quelque souci de leurs devoirs envers leurs soldats, organisèrent à Fleurier un commandement de place.

Le commandant Borius fut nommé chef de la place. Sous ses ordres, nous reconstituâmes tous nos services. M. de N*** notre chef, reprit lui-même la direction de son service ; ainsi l'on put arrêter le désordre et mener à bonne fin l'évacuation de cette foule, par trop bruyante, sur les cantons de l'intérieur de la Suisse.

Une ambulance fut organisée dans la maison d'école par le médecin-major de notre ambulance de cavalerie, M. Sancery, et, disons-le à la louange de Mesdames les Fleurisanes, elles en furent pendant tout notre séjour dans la localité les surveillantes dévoués et charitables [1].

Ce serait une erreur de croire à cet égard ce qu'ont dit certains Suisses de la montagne, d'attribuer tout le désordre à l'état où se trouvaient alors les soldats français, à l'abandon dans lequel les auraient laissés en ce moment tous leurs officiers.

Il est malheureusement vrai que quelques officiers de l'armée de l'Est aimèrent mieux aller se réchauffer au soleil de Bordeaux que de rester à leur poste. Mais ces derniers ne furent qu'une minorité infime. Pour trouver l'origine, la véritable cause du mal, il faut se reporter à la convention conclue entre le général Herzog d'une part, pour le gouvernement fédéral, et le général Clinchant de l'autre, au sujet de l'armée de l'Est. Cette convention réglait les conditions de l'entrée et du séjour de l'armée de l'Est en Suisse. Elle donnait à la Suisse l'entière et complète direction de l'armée une fois sur son territoire. Du reste, pour jeter une plus vive lumière sur la question, nous avons cru qu'il était indispensable de reproduire ici le texte même de la convention :

« Entre le général Herzog, général en chef de l'armée de la Confédération suisse, et M. le général Clinchant, général en chef de la première armée française, il a été fait les conventions suivantes :

[1] Documents historiques, n° 1.

1° L'armée française demandant à passer sur le territoire suisse, déposera ses armes, équipements et munitions en y pénétrant.

2° Ces armes, équipements et munitions seront restitués à la France après la paix, et après le règlement définitif des dépenses occasionnées à la Suisse par le séjour des troupes françaises.

3° Il en sera de même pour le matériel d'artillerie et ses munitions.

4° Les chevaux, armes et effets des officiers seront laissés à leur disposition.

5° Des dispositions ultérieures seront prises à l'égard des chevaux de troupes.

6° Les voitures de vivres et de bagages, après avoir déposé leur contenu, retourneront immédiatement en France avec leurs conducteurs et leurs chevaux.

7° Les voitures du trésor et des postes seront remises avec tout leur contenu à la confédération helvétique qui en tiendra compte, lors du règlement des dépenses.

8° L'exécution de ces dispositions aura lieu en présence d'officiers français et suisses désignés à cet effet.

9° La confédération se réservera la désignation des lieux d'internement pour les officiers et pour la troupe.

10° Il appartient au conseil fédéral d'indiquer les prescriptions de détail destinées à compléter la présente convention.

Fait en triple expédition aux Verrières, le 1er février 1871.

CLINCHANT, HANS HERZOG.

Par la lecture de cette convention, il est facile de voir que la Suisse assumait les charges et la responsabilité de cet internement. Donc si l'exécution lui a causé quelques embarras et quelques ennuis, elle ne peut s'en prendre qu'à elle-même ou plutôt, soit au général chargé par elle de signer cette convention, soit au conseil fédéral qui l'a interprétée dans son arrêté concernant l'organisation de l'internement [1].

Cette charge et cette responsabilité, assurément trop fortes pour la Suisse, elle se les adjugeait par la convention, comme par l'interprétation, sans même en réserver la plus petite part à l'autre partie contractante, c'est-à-dire aux officiers français.

Nous devons examiner tout d'abord si, pour pourvoir à une telle tâche, la Suisse, au 1er février, avait des effectifs suffisants sous les armes. Nous en doutons [2].

Avait-elle aussi un matériel et un personnel de chemins de fer capables de transporter en 24 heures 80,000 hommes dans ses 22 cantons ? Nous ne le pensons pas.

Quel est le mobile qui semble dans cette convention lui avoir dicté la dissolution de l'armée de l'Est dès son entrée sur son territoire ? D'abord le droit des neutres, nous dira-t-on. C'est possible. Ensuite le désir de main-

---

[1] Voir Documents hist. n° 2.

[2] Les mesures prises pour recevoir cette armée, qui pénètre partout, ne me paraissent pas suffisantes. Nous avons trop peu de monde.

Aussi tous les postes de la frontière télégraphient-ils pour demander des renforts. Il est dix heures du soir ; ces masses confuses défilent toujours. Un peintre de genre aurait là bien des sujets de tableaux. Ces soldats de toutes armes, marchant en désordre sur un sol couvert de neige, donnent une idée de la retraite de Russie. Il passe toujours de l'artillerie.

(Extrait du Journal de Genève du 5 février 1871.)

tenir sa tranquillité intérieure ; c'est encore possible.
Toutefois, tout nous autorise à penser que c'est plutôt
la crainte de mécontenter le cabinet de Berlin.

Comment expliquer autrement ces articles 9 et 10 par
lesquels la Suisse, sous le prétexte de se réserver les
prescriptions de détail relatives à l'internement exigea,
des officiers de l'armée, *le serment de ne pas chercher à
quitter le territoire Suisse jusqu'à la conclusion de la paix* ?
Comment interpréter autrement l'arrêté du conseil fédéral daté de Berne le 1er février 1871, qui réglementait
l'organisation de l'internement de l'armée de l'Est ?
Comment comprendre cette singulière mesure de défiance, de séparer, dès leur entrée aux Verrières suisses,
les soldats d'avec leurs officiers, d'interner ceux-ci dans
un canton et ceux-là dans un autre ?

Nous le reconnaissons : nos soldats, déjà assez peu disciplinés par nos combats incessants et nos marches et
contre-marches, lorsqu'ils se trouvèrent sur le sol étranger, sans leurs chefs et, un instant, sans aucune direction, sans ordre, sans contrôle, n'eurent peut-être pas,
à la vérité, beaucoup de retenue. Qui en tous les cas
eût pu les retenir ? Quelle autorité eût pu rétablir le
semblant de discipline qu'ils avaient eu un moment ?
Qui eût pu empêcher le désordre à Fleurier et aux Verrières ? Ce n'eût pas été assurément la milice suisse,
dont l'effectif était en ce moment trop restreint sur ce
point.

Il faut donc attribuer ce désordre des Verrières
suisses et du Val de Travers, dans les premiers jours
de notre entrée en Suisse, à la convention entre les
généraux Herzog et Clinchant. Maintenant nous aurons

l'occasion de voir plus loin que si, pendant notre séjour en Suisse, les internés eurent quelques conflits avec l'autorité fédérale, il ne faut les attribuer qu'aux clauses 9 et 10 de la convention et à l'interprétation plus ou moins arbitraire de la part de la Suisse.

Si au lieu de séparer l'officier français du soldat, lors de notre entrée en Suisse, on les avait internés ensemble, si la Suisse avait voulu stipuler dans la convention que la milice suisse et les officiers de l'armée de l'Est seraient simultanément et d'un commun accord chargés d'assurer et la garde et la surveillance des internés, certes, il se serait produit beaucoup moins de désordres ; beaucoup moins de plaintes et des récriminations se seraient fait entendre contre les internés et surtout contre les officiers de l'armée de l'Est en général.

Donner à cette convention une interprétation assez absolue pour exiger « que chaque officier déclarât l'accepter et s'engageât sur l'honneur à ne pas quitter la Suisse[1], » n'était-ce pas le comble de la défiance et le moyen de froisser une classe de gens déjà fort affectée par le malheur ?

---

[1] Le service de surveillance à l'intérieur et à l'extérieur se développe, se renforce et s'organise chaque jour davantage. A partir d'hier mercredi, des patrouilles circulent dans les rues de la ville pour vérifier la position des nombreux individus vêtus en officiers français qui se trouvent actuellement à Genève. Il arrive, en effet, que certains officiers d'ambulance ou des états-majors sanitaires ne portent pas toujours le brassard qui sert à les faire reconnaître. D'autres ne jugent pas nécessaire de se présenter au contrôle établi pour constater leur identité. Il est important que ces personnes, qui ne sont pas en règle, ne puissent se confondre avec ceux qui sont libres sur parole et qui peuvent circuler, *après avoir déclaré accepter nominativement*

La parole de leur chef ne suffisait donc plus? Pourquoi les traiter de la sorte? N'avaient-ils pas obéi jusqu'à ce jour aux ordres de leurs généraux? Quelle différence y avait-il entre leur situation et celle des prisonniers de guerre?

Autant de questions que se posaient tous les officiers de l'armée de l'Est quand ils furent appelés dans le cabinet de l'état-major suisse à Fleurier.

C'était une clause tout à la fois indigne de la Suisse et vexatoire pour ses hôtes.

A ce propos, je me rappelle l'attitude du brave colonel du 52ᵉ de ligne, à la tête de tous ses officiers refusant, devant tout l'état-major, d'obtempérer à cette condition de l'internement, et disant d'une voix ferme:

« Jamais, Messieurs, ni moi ni mes officiers nous ne souscrirons à une semblable mesure de défiance: faites-nous reconduire à la frontière; livrez-nous aux Prussiens; mettez-nous dans les forts; privez-nous de solde, comme vous nous en avez menacés tout-à-l'heure, si tel est votre bon plaisir. Mais je vous déclare que moi et mes braves officiers nous nous refusons absolument de souscrire à l'engagement arbitraire que vous exigez de nous. Nous ne nous considérons pas ici comme des prisonniers, mais bien comme des internés. »

Peut-être aussi l'opinion que les Suisses avaient con-

---

la convention conclue entre le général Clinchant et le général Herzog. Quant à ceux qui n'ont pas voulu accepter cette convention et qui sont par conséquent purement et simplement prisonniers, ils sont logés à la caserne de la gendarmerie, au Palais de Justice.

Extrait du Journal de Genève, du 9 fév. 1871.

que de l'officier français (car tous croyaient les officiers de l'armée de l'Est issus de l'empire ou les exécuteurs des hautes œuvres du 2 Décembre, les souteneurs de ce régime qui avait attiré tant de malheurs sur la France et dont les projets de conquête inquiétèrent un instant la confédération suisse), fut-elle un nouveau motif de prévention contre les officiers de l'armée de l'Est [1].

Erreur profonde ! les Suisses oubliaient que, lors de la formation de cette armée de l'Est, il ne restait plus que quelques débris de l'ancienne armée impériale et que la plupart des officiers qui se trouvaient en Suisse, au mois de février 1871, étaient de braves volontaires, de braves bourgeois qui devaient être victimes de préventions, de soupçons que rien ne justifiait.

Nous verrons tout-à-l'heure quelles funestes conséquences eurent, pendant notre internement, pour le soldat en général et pour l'officier en particulier, les clauses de cette convention, leur interprétation arbitraire et enfin l'idée fausse que les Suisses se faisaient de la composition de l'armée de l'Est.

---

[1] Les officiers n'avaient ni plus d'entrain, ni plus de zèle ; élevés sous l'empire, leur patriotisme semblait s'être évanoui avec ce régime corrupteur et corrompu. Ils ne comprenaient pas la France *sans cour, sans monarque, sans orgies de Compiègne, sans revues de Satory et le reste.*
Retraite de l'armée de l'Est en Suisse, p. Fritz Berthoud, p. 15.

CHAPITRE II

FLEURIER (SUITE)

SOMMAIRE. — Fleurier. — Son commerce. — Ses cercles. — Les officiers français. — Scène du cercle républicain. — Maladie de M. de N. — Notre mansarde à l'hôtel de la Couronne. — Mlle Frenelly. — Chasse aux Français. — Zèle de nos gendarmes. — Tracasseries de l'hôtel de la Couronne. — Notre réveil. — La table d'hôte. — Confidences de M. X. — Exigences de notre maîtresse d'hôtel. — Les bouchers du 18e corps. — Emploi de mes journées à Fleurier. — Changement subit de l'esprit des Fleurisans à notre égard. — Ambulance de l'école des garçons. — Apparition du typhus. — Dévouement de l'ambulance de la division de cavalerie du 18e corps. — Insultes et récriminations des journaux suisses contre les médecins de l'armée de l'Est. — Protestation Sancery. — Conséquences de l'insuffisance des clauses de la convention du 1er février 1871.

Fleurier est une jolie petite ville du canton de Neuchâtel, située comme une sentinelle avancée à l'entrée du Val de Travers.

La route qui y conduit des Verrières suisses, comme nous avons eu l'occasion de le dire, est très pittoresque, surtout au défilé de la Chaîne. Là, une montagne très-élevée s'ouvre comme par enchantement pour fournir un passage, et tout-à-coup l'œil découvre un horizon de plaine d'une dizaine de kilomètres parsemé çà et là de clochetons qui indiquent autant de villages : Boveresse, Motiers d'abord, ensuite Couvet, Travers.

Une petite rivière, aux eaux vives, claires et peu profondes, resserrée par des travaux de maçonnerie très-régulièrement faits, traverse d'un bout à l'autre la plaine, et par le murmure de ses cascades, formées au moyen des barrages d'usines, donne de la vie au paysage. On lui donne le nom de Reuse.

Cette rivière, dès son origine, met en mouvement des scieries, des moulins, diverses usines.

Une promenade plantée en quinconce sur les bords de la Reuse précède Fleurier ; c'est là que l'été Fleurisans et Fleurisanes viennent respirer et chercher la fraîcheur.

Les rues sont larges, les maisons, ou plutôt les chalets, sont très vastes et même d'une forme gracieuse, comme tous les chalets de la Suisse. Il n'est pas rare d'en rencontrer comptant 5 ou 6 étages. L'intérieur est très confortable ; partout, enfin, dans cette petite ville, règnent l'ordre, le travail et l'aisance.

Toute la population, sans exception, est commerçante par nature, comme dans tous les autres cantons de la Suisse.

La fabrication et l'exportation de l'horlogerie, à Fleurier, se font sur une grande échelle. Au Locle, à Sainte-Croix, on fabrique particulièrement pour l'Angleterre ; à Fleurier, au contraire, on ne fabrique que pour la France, l'Orient et les États-Unis.

Ce village possède des comptoirs importants et une population ouvrière d'environ 3.000 habitants : le commerce du bois ajoute encore à l'aisance des habitants.

Les Fleurisans se divisent en ouvriers et en bourgeois enrichis par le travail de l'horlogerie ou du bois. Ces deux classes de gens se réunissent dans deux cercles différents, dont l'un prend le titre de cercle Républicain et l'autre celui de cercle Démocratique ; dans l'un domine l'élément bourgeois, et dans l'autre l'élément ouvrier. Aussi notre ignorance de la composition de la population surtout du premier de ces cercles, devait bientôt nous occasionner plus d'un désagrément.

Nous l'avons déjà dit, la presse suisse récriminait sans cesse contre les officiers français de l'armée de l'Est, et leur attribuait particulièrement la responsabilité de tous les revers de la campagne. Pour en donner la mesure, nous reproduisons ci-dessous une lettre qui peut montrer jusqu'à quel point les officiers français furent maltraités par les journaux suisses, grâce à une erreur généralement répandue parmi eux que les officiers étaient tous des créatures de l'ex-gouvernement de Badinguet (comme ils appelaient vulgairement Napoléon III)[1].

1   Zurich, 13 février 1871.

Monsieur,

Je trouve reproduite dans votre numéro du 11 février une accusation contre les officiers français qui, selon l'auteur de l'article, s'occuperaient fort peu de leurs soldats.

Je ne sais à quelle source on a puisé ces renseignements et ne veux pas le rechercher ; mais je ne puis laisser passer une accusation aussi peu fondée sans protester énergiquement. Je suis depuis 25 ans au service et je sais ce que font les officiers pour la troupe sous leurs ordres. Le devoir est pour eux une

Le lendemain de notre arrivée à Fleurier, c'ést-à-dire le 3 février, au matin, nous nous trouvions plusieurs camarades sur la place, réunis autour de notre chef, lorsque nous fûmes assaillis d'injures de toute sorte et

habitude et jamais un officier ne s'occupe de lui-même qu'après avoir pourvu aux besoins de ses soldats.

Malheureusement ceux-ci, quand ils manquent de quelque chose, ou que leur négligence les a privés de ce qu'ils auraient dû avoir, sont prompts à accuser leurs chefs et, dans les circonstances où l'armée de l'Est s'est trouvée, il a été souvent impossible de leur donner tout ce qu'il aurait fallu.

Si l'auteur de l'article n'a pas vu beaucoup d'officiers, c'est que la plupart ont été dirigés sur des lieux différents de leur troupe et que 2 ou 3 officiers seulement par fraction de 1.000 hommes environ ont été désignés pour conduire ces fractions à destination. L'autorité fédérale suisse s'est réservé de pourvoir aux besoins des soldats internés et d'assurer la discipline par des agents à elle, avec interdiction aux officiers français d'intervenir en rien dans une troupe qui n'est plus sous leurs ordres et qui ne pouvait rester constituée à l'état de régiments, bataillons et compagnies.

Nous ne pouvons actuellement, et cela depuis notre entrée en Suisse, que nous informer de ce qui est fait par nos soldats, mais nous ne pouvons plus rien par nous-mêmes. Du reste, il faut rendre justice à l'autorité fédérale qui, surprise à l'improviste par l'arrivée d'une troupe aussi considérable, a pourvu à tout, et cela dans une large mesure, aussitôt qu'elle a pu se reconnaître.

Ainsi, Monsieur, au lieu que cela soit une exception, c'est au contraire le plus grand nombre qui fait son devoir, et si quelques-uns y ont manqué, il faut penser que, militaires de la veille, ils n'ont pas eu le temps d'apprendre à connaître toute l'étendue de leurs devoirs, et qu'ils n'ont péché que par ignorance, mais non par défaut de sollicitude pour leurs troupes.

Je vous prie d'agréer, etc.

A. Labbé,
Capitaine au 92ᵉ de ligne.

Extrait du Journal de Genève, du 16 février, 1871.

traités de canailles, lâches, etc... par de bons bourgeois qui assistaient à ce triste défilé de nos soldats. Ces messieurs ne se contentèrent pas de nous insulter, mais encore ils nous montraient du doigt à nos soldats en les excitant contre nous, et en les encourageant à imiter leur exemple.

Devant de pareils outrages et sur les instances de notre chef, nous gardâmes le silence et nous nous réfugiâmes dans une maison de cette place de Fleurier, où se trouvait la poste aux lettres. Dans la même maison, au premier étage, se trouvait un cercle ; nous y montâmes et nous nous installâmes à une table. Nos insulteurs ne tardèrent pas à nous y rejoindre et à recommencer leurs provocations ; un conflit s'en suivit. . .

. . . .

. . . . ; . . . .

Quelques officiers suisses, qui se trouvaient dans la salle, intervinrent et firent cesser de part et d'autre toute menace. Bientôt même, je dois le dire à leur louange, ils engagèrent nos insulteurs à reconnaître leur erreur, et à nous faire leurs excuses.

Quelques minutes après la scène, un de ces messieurs, en son nom et au nom de ses camarades vint, en effet, à notre table, nous faire des excuses et nous prier d'oublier ce qui s'était passé, en disant : que lui et ses amis s'étaient trompés, qu'ils avaient cru reconnaître en nous des officiers français qui, la veille, avaient fait un scandaleux dîner au champagne à l'hôtel de France, et avaient même insulté des Fleurisans.

Ce cercle républicain était le centre de réunion de tous les bons bourgeois, enrichis dans le commerce d'horlogerie de Fleurier. Une société aussi bruyante que la nôtre devait naturellement apporter du trouble dans leurs habitudes de chaque jour. Dès le premier moment, ils furent effrayés de cette quantité d'hommes sans retenue, sans discipline, sans ordre, s'introduisant partout, et que les longues privations et les horribles souffrances de cette campagne rendaient plus exigeants.

Ces scènes furent suivies de plusieurs semblables dans cette même journée. Dès lors le président de Fleurier fit défendre à tout officier français de se présenter en costume militaire à ce cercle.

Cet état de trouble et de perturbation générale ne devait pas durer longtemps. Dès le lendemain matin, le commandant de la place prit des mesures pour faire évacuer le plus promptement possible les communes du Val de Travers. On dirigea la plus grande partie de l'armée de l'Est vers les cantons intérieurs de la Suisse.

Mon chef tomba malade ce jour-là et fut obligé de se mettre au lit : une congélation très grave venait de se déclarer au pied droit. Bientôt nous allions nous trouver seuls à Fleurier et désormais cet hôtel de la Couronne, où nous avions trouvé un gîte, allait devenir une véritable prison pour nous. Nous n'allions plus pouvoir sortir dans les rues de Fleurier sans être insultés ; nous promener dans la montagne, sans être l'objet d'une surveillance toute particulière ; enfin la maladie de notre chef allait encore restreindre la liberté de nos mouvements.

Ignorés, ou pour mieux dire souverainement méprisés dans cet hôtel, toujours en raison de notre qualité d'officiers français, mon chef et moi, nous eûmes à supporter, pendant notre internement, les mêmes duretés, les mêmes vexations de la part des maîtres et des domestiques, voire même de la part des clients de l'auberge. Nous ne faisons pas ici cet aveu dans l'espoir d'y trouver un prétexte pour récriminer encore contre l'hospitalité de la Suisse, mais dans le but de persévérer dans l'obligation que nous nous sommes imposée dès le début de ce travail, d'être vrai et impartial dans nos récits.

Une jeune fille, une nièce du maître de l'établissement, qui servait en qualité de servante dans l'hôtel, nous rendit à la vérité cette captivité plus supportable.

Nous fûmes tout d'abord surpris de voir une jeune fille d'une bonne éducation, instruite, faire la grossière besogne d'une pauvre servante. Mais bientôt nous nous aperçûmes qu'en vertu d'une excellente tradition, en Suisse, les familles d'une certaine classe habituent leurs enfants à servir avant d'être servis eux-mêmes. Et ce n'est que l'application du principe enseigné par Goethe :

« La femme apprend de bonne heure à servir selon la vocation qu'elle doit suivre. C'est en servant les autres qu'elle en vient enfin à commander, à prendre dans la maison l'autorité qui lui appartient[1]. »

Or, la succession de l'hôtel était destinée à cette jeune fille. Mais son oncle, le propriétaire actuel, ne devait lui céder que lorsqu'elle s'en serait rendue digne

[1] Hermann et Dorothée.

et qu'elle aurait fait un long et complet apprentissage.

Un jour la jeune Frenelly, tel était son nom, en nettoyant les mansardes, s'aperçut qu'une entre autres était habitée par des militaires ; sa stupéfaction fut grande : « Eh ! quoi ! dit-elle en nous interpellant, il y a encore des militaires ici ! Depuis quand donc êtes-vous installés dans cette chambre, messieurs ? Nous ignorions votre présence à l'hôtel ; vous avez même un officier malade parmi vous. Que ne m'avez-vous prévenue plus tôt ? Malgré le peu de sympathie que mon oncle professe pour les Français, je vous aurais fait donner tous les soins qui vous font défaut. Mais maintenant ne craignez rien ; je veillerai sur vous ; quant à votre ami qui est au lit, par nos soins assidus et journaliers, nous lui ferons bien vite oublier la mauvaise impression qu'il a justement ressentie du service de quelques domestiques de la maison et des méchancetés de nos vilains bourgeois. Rassurez-vous, Messieurs, on ne vous oubliera plus, et quand mon service me laissera une minute de repos, je viendrai la passer près de votre cher malade. De cette façon vous pourrez, M. Nazim, aller sans crainte respirer l'air de la vallée, et vous promener dans la montagne, lorsqu'il fera beau temps. »

Ces charitables paroles furent une consolation bien douce pour nous qui étions épuisé de chagrin par nos malheurs incessants et les vexations journalières que nous subissions depuis notre entrée en Suisse.

Charmante jeune fille, que Mlle Frenelly ! Sa figure était petite, ovale, ses yeux bleus ; ses longs cheveux

retombaient en deux nattes épaisses sur ses épaules.
Son visage empreint d'une douceur et d'un charme an-
géliques respirait la bonté et l'honnêteté ; sa toilette
se composait ordinairement d'un corset rouge lacé avec
soin et contenant sa poitrine arrondie ; un jupon noir
recouvert d'un petit tablier de couleur lui ceignait la
taille. La propreté et l'ordre qui régnaient dans cette toilette indiquaient suffisamment qu'elle possédait toutes
les qualités d'une honnête et habile ménagère. Que de
douces heures avons-nous passées à écouter les longs
récits, à discuter les espérances de cette jeune Suissesse !
Elle était fiancée depuis un an, disait-elle, à un jeune
homme qui travaillait dans un hôtel à Zurich, et qui
devait arriver au premier jour pour servir d'aide à son
oncle, surchargé de besogne, par suite de notre passage
à Fleurier.

Le 16 février, à la pointe du jour, nous fûmes ré-
veillés par nos ordonnances qui firent irruption dans
notre chambre en se plaignant d'être poursuivis par des
gendarmes.

Nous nous empressâmes de nous informer de ce qui
se passait et aussitôt on nous annonça que, par ordre
du département militaire fédéral[1], on faisait la chasse
à tous les Français qui se trouvaient encore dans le Val
de Travers. Nos gendarmes paraissaient plus ardents à
cette chasse qu'à garder nos convois ou à rétablir l'ordre dans nos marches, avant notre entrée en Suisse.

C'est sans doute grâce à leur vieille réputation de
troupe d'élite qu'ils reçurent un tel accueil des Suisses.

[1] Documents historiques, n° 3.

Ceux-ci les considéraient comme les seuls véritables soldats parmi ce troupeau de 100.000 hommes. Certains même les logèrent dans leurs propres chambres, rien que par souvenir de l'antique réputation de l'arme, et dès qu'il fallut songer à rétablir l'ordre dans la foule des internés, on leur fit reprendre leurs armes et leur service. Le gendarme français devint donc l'objet d'un culte dans toute la Suisse : on le considérait comme le premier soldat de l'armée française.

Bientôt nous-même, notre chef et tous ses officiers, nous reçûmes un ordre plus que sévère d'avoir à quitter Fleurier dans le délai d'une heure.

Mais sur notre réclamation à l'état-major on retira cet ordre si peu parlementaire, en nous expliquant les raisons qui l'avaient motivé. Pour justifier cet ordre de tout point inqualifiable, on nous dit : que le colonel Howar, de l'état-major suisse, qui l'avait signé, avait été contraint d'user d'une rédaction un peu énergique, à notre égard, en raison des plaintes réitérées de la mairie de Fleurier contre la tenue et la conduite de certains officiers français dans cette commune. Mais on ajouta que cet ordre ne s'appliquait point à nous, car jusqu'à ce jour nous n'avions personnellement donné aucun motif de plainte à l'état-major fédéral. Il est vrai que mon chef gardait le lit depuis notre arrivée et que, jusqu'à ce jour, nous lui avions servi d'infirmier.

Ce départ de nos quelques camarades et de nos derniers soldats nous affecta beaucoup ; il ne restait plus à Fleurier que des malades et des blessés.

Tout semblait contribuer à rendre notre séjour triste : d'abord la congélation de notre chef qui nous retenait

souvent à la chambre, ensuite le mauvais temps, puis
les vexations continuelles que nous éprouvions du
matin au soir dans l'hôtel.

A peine faisait-il jour le matin, que nous étions
éveillés par les chants de la *Marseillaise* et de *Partant
pour la Syrie*, accompagnés de coups de poings dans
la mince cloison qui séparait notre mansarde de la
chambre voisine. Quand par malheur notre excellente
chambrière était absente et que nous demandions le
plus petit service, le personnel de cet hôtel s'empressait
de sourire et de répondre à notre demande en nous
tournant le dos. Descendions-nous pour nous mettre
à table? On nous examinait avec curiosité, on s'éloignait de la place où nous nous mettions, comme si nous
étions de ces gens dont le contact eût été dangereux. On
chuchotait en nous regardant d'un œil méfiant, et en
nous narguant dans un patois allemand. Dans les premiers jours de notre arrivée à l'hôtel, les officiers suisses
qui y prenaient leur repas ne nous acceptèrent pas
à leur table. Mais, dès le départ de nos compatriotes,
comme nous nous trouvions réduits à trois officiers
valides, ils ne purent refuser cette faveur à Mme Sutter,
la maîtresse d'hôtel, qui la leur demanda dans le but
de simplifier son service.

Pendant les premiers jours de ces repas en commun, ce
fut pour nous un véritable supplice d'être obligés d'entendre de sang-froid, deux fois par jour, tous les sarcasmes
et toutes les railleries que les Suisses prodiguaient alors
aux Français. J'ai constaté avec beaucoup de peine
que plusieurs officiers suisses, auxquels leur position
imposait à plus d'un titre l'obligation de respecter de

malheureux vaincus, s'oublièrent au point, non-seulement de nous refuser à leur table, mais encore de faire chorus avec ces insulteurs de bas étage.

Que de fois mon camarade, le chevalier Roger Bontemps et moi, nous-avons quitté cette table pour éviter des scènes qui ne pouvaient tourner qu'à notre désavantage ! Nous étions les hôtes de la Suisse, et nous ne devions pas oublier que, si elle ne nous avait ouvert ses portes, assurément la plupart de nous eussent été prisonniers des Prussiens.

Que de fois nous nous sommes retirés brusquement de cette table inhospitalière avec des sentiments de rage et de colère dans le cœur !

Ces scènes prenaient des proportions chaque jour plus graves. Notre chef, très bien informé de ce qui se passait, quoique au lit, à chaque repas, redoutait un conflit et nous encourageait à résister à la tentation d'une réponse quelconque à ces insulteurs.

Cependant le vase d'amertume débordait de toutes parts; notre patience était vaincue. Le 14 février au matin, notre ami Roger s'était levé de table en envoyant rouler sa serviette dans l'assiette d'un officier suisse. De mon côté, dans ma tenue à table, j'avais montré que j'étais fatigué de ce patois allemand, qui excitait fort le rire des officiers suisses.

Cette brimade de mauvais goût avait fini par nous dégoûter absolument et nous étions bien décidés à y mettre fin.

Ce même jour, après le dîner, au moment où j'allais me retirer de table, un officier suisse, M. F. D*** lieute-

nant d'état-major, s'avança vers moi et me demanda
en termes fort polis à me parler un instant.

J'acceptai immédiatement cette proposition.

« Monsieur, me dit-il, vous et votre ami paraissez vivement affectés de nos plaisanteries. Soyez bien convaincus que, dans nos bruyantes conversations à cette table, au moment des repas, mes amis et moi nous n'avons
eu qu'une intention bien naturelle, c'est de rire et d'é-
gayer notre métier de soldat, qui n'a pas pour nous beaucoup de charmes en ce moment, peu habitués que nous
sommes à prendre les armes pendant ces rudes mois
d'hiver, mais non de vous gouailler. Dès que nous nous
sommes aperçus que vous pouviez considérer notre langage malicieux et railleur à l'égard de quelques officiers
français comme s'adressant à vous personnellement, nous
avons pris la résolution de ne plus rire ainsi, pendant
nos repas. Nous ne voulons aucunement vous rendre responsables des fautes que quelques-uns de vos collègues
ont pu commettre en entrant en Suisse. Mais nous ne
pouvons nous taire sur certains faits qui ne méritent pas
la critique, mais bien le blâme.

« Naturellement nous sommes portés plus que tout
autre peuple à aimer beaucoup le caractère de la nation
française et la meilleure preuve, c'est l'empressement
que nous avons mis à vous recevoir.

« Mais nos populations si bonnes, si généreuses, de
mœurs si austères et si simples, ont été vivement froissées
de la gaieté, du sans souci de l'officier français en général qui n'a pensé qu'à une chose, en entrant en Suisse,
c'est à s'amuser, à s'occuper de lui-même, sans se
préoccuper si ses soldats avaient le nécessaire, étaient

logés et nourris. Cette indifférence excessive de l'officier français a non seulement irrité nos populations,
mais encore nous a inspiré à nous, simples miliciens
suisses, du mépris et du dégoût pour votre corps d'officiers.

« Ainsi, à la Chaux-de-Fonds, ici à Fleurier, il y a eu
des scènes très regrettables : nous avons même été obligés d'intervenir. En outre Genève est remplie en ce moment d'une foule de lorettes de Paris qui font le désespoir
des familles honnêtes du canton. Leur décolleté empêche nos femmes de circuler dans nos promenades publiques, d'aller au théâtre, de se rendre au temple : elles sont
forcées de garder la maison.

« Les Suisses ont hâte, je vous l'assure, de voir se
terminer cette guerre qui leur a amené une invasion
malsaine pour nos mœurs et dangereuse pour l'existence de notre petite République.

« Le sentiment que je vous exprime est à peu près
unanime en Suisse. Nous savons apprécier la nation
française à sa juste valeur ; mais ses mœurs, ses habitudes nous paraissent dangereuses pour nos paisibles et
heureux cantons. Nous craignons, je dois vous l'avouer
que, par le contact, les Suisses ne s'amollissent et ne
deviennent légers et insouciants comme vous l'êtes ; qu'un
jour notre pays ne soit envahi non-seulement par vos
idées, mais par vous-mêmes.

« Quand nous avons vu passer, pendant deux jours et
deux nuits, votre artillerie et votre matériel de guerre
(et cependant vous n'aviez plus à ce moment, à proprement parler d'armée), nons avons eu tout lieu de n'être
pas rassurés pour l'avenir. Quelles ressources vous

manquent? Aucune; il ne vous manque qu'une bonne
organisation ; et lorsque vous l'aurez, ne rêverez-vous
pas conquêtes? Ne voudrez-vous pas être encore une
fois les souverains arbitres de l'Europe, comme sous vos
Bonapartes?

« Un autre motif nous fait encore vous craindre; vous
aimez la licence et non la liberté, ce qui rend votre
caractère changeant et révolutionnaire. Une nation
comme la vôtre est plus susceptible d'avoir un maître
ou un dictateur ambitieux qu'un modeste Président de
République. Or, du jour où ce nouvel intrigant aura su
profiter de vos excès et de vos fautes, nous avons tout à
redouter du voisinage de ce puissant maître. A nous
comme à vous, par un simple caprice, il imposera sa
loi, sa volonté, car nos 2 ou 300,000 hommes de milice ne sauraient lui résister longtemps.

« Neuchâtel a jadis appartenu à la France, et vous
avez gardé trop bon souvenir du département du Léman
pour ne pas vous le rappeler un jour ou l'autre.

« Votre dernier gouvernement n'était-il pas une menace continuelle pour Genève? Bonaparte n'avait-il pas
fait maintes fois la tentative d'annexer le canton de
Genève à la France? Chaque jour ses préfets voisins
n'entretenaient-ils pas nos populations dans cette crainte
ou dans cette espérance, selon celui de ces deux mots
qui vous plaira le mieux?

« Un petit pays comme la Suisse, sans cesse troublé
par les agissements d'un voisin ambitieux, sans cesse
envahi, vu la proximité de nos frontières, par une population aux mœurs légères et licencieuses, doit avoir
quelque motif, avouez-le, de ne pas avoir beaucoup de

sympathie pour ces brouillons de Français, comme nous vous appelons, et qui menacent chaque jour notre existence, notre indépendance.

« Pourquoi sommes-nous sous les armes aujourd'hui ? N'est-ce pas à cause de vous ?

« Nous avons abandonné nos familles, nos affaires, pour qui ? Pour vous. N'est-ce pas la vérité ? »

« Mon cher Monsieur, lui répondis-je, quoique vous me paraissiez très franc et très précis dans l'exposé de vos griefs contre la France, je crois cependant que vous avez oublié de me dire que votre voisin du Nord, notre ennemi, n'est pas étranger à ce soulèvement général de l'opinion de votre bonne Suisse contre la France [1].

[1] « Nos compliments à la Suisse pour ses 80.000 prisonniers, et puisse-t-elle bien s'en trouver ! Nous sommes très heureux que ces hôtes non attendus soient entrés en Suisse, et nous lui en souhaiterions le double. Les grands mandarins des petits cantons auront donc l'occasion de mettre ensemble leur nez plein de sagesse et de se casser la tête pour savoir comment l'on peut loger convenablement de « si chers amis. » L'Allemagne n'a certes pas de motif pour se plaindre de la trop grande amitié de la Suisse, car la plupart des journaux de la Suisse, et surtout de la Suisse allemande, ont exprimé pendant la guerre très ouvertement leurs sympathies pour la France, ont cherché par toute sorte de mensonges à nuire à la cause allemande, de telle sorte qu'une petite leçon ne pourrait faire aucun mal à ces messieurs d'au delà du lac. Ils vont avoir l'occasion maintenant de connaître la « grande nation » et nous pensons qu'ils prieront bientôt : « Dieu nous délivre du mal ! » Il n'est pas douteux que ces 80.000 Français vont devenir une calamité pour la Suisse, car elle n'est pas préparée pour héberger tant de monde ; mais c'est là précisément ce que nous lui souhaitons. Sans doute on lui remboursera les frais ; mais les ennuis, les désagréments, etc., qu'elle a, personne ne l'en remerciera seulement. Songeons d'ailleurs de quel tas de canailles (Gesindel), cette armée de Bourbaki est composée, et dans quel état elle se trouve ; alors

« Sous l'empire de ces excitations intéressées, vous ne voyez en nous qu'une nation de fous et d'insensés. Mais, à côté de cette haine de commande, ne pourriez-vous

nous ne pourrons répéter que ce que nous avons dit plus haut : « Nos compliments ! »   (*Journal d'Ulm*, 10 fév. 1875.)

A ces sarcasmes, la *Tagespost de Berne* répond de la manière suivante :

« A quelle occasion la Suisse s'est-elle mal comportée envers l'Allemagne ? Serait-ce peut-être lors de l'expulsion des Allemands de Paris, alors que, au moment de leur passage en Suisse, ils furent partout traités avec les soins les plus minutieux ? Les militaires internés allemands ont-ils jamais eu à se plaindre d'un manque de procédés à leur égard ? Lorsqu'il s'est agi d'envoyer notre personnel sanitaire au secours des blessés, n'est-il pas avéré que l'Allemagne en a reçu pour sa part un plus grand nombre que la France ? Après la révolution badoise, quel pays eut plus de soins et d'attentions pour les fugitifs que la Suisse ? Lorsqu'à la suite de la guerre avec l'Autriche les populations de l'Allemagne du Nord (Prusse orientale) eurent beaucoup à souffrir de la famine, ne vit-on pas la Suisse s'empresser de procurer, dans la mesure de son pouvoir, le soulagement de tant d'infortunes ?

« En vérité, il faut que la passion aveugle les hommes d'une terrible manière pour leur faire oublier à ce point ce dont ils devraient au contraire nous tenir bon compte. Mais nous savons aussi que ces gens qui nous accablent de leurs impertinentes sottises sont de ceux qui sont plus royalistes que le roi lui-même, que ce sont des professeurs de mensonges qui prennent plaisir à brouiller les cartes. Ce n'est pas là la nation allemande.

« Il pourrait bien venir un moment où, à la suite de la guerre actuelle, l'Allemagne à son tour aura bien des souffrances matérielles à endurer et où nous pourrions, nous aussi, nous écrier à notre tour : Nous vous félicitons de votre bonne fortune ! Mais non : nous ne rendrons jamais le mal pour le mal. Nous serons toujours dominés par la pensée que notre neutralité nous prescrit de vivre en bons voisins avec notre entourage, que ce soit l'Allemagne ou que ce soit la France. »

Parfaitement bien dit. Extrait du *Journal de Genève*, 12 fév. 1871.

pas voir aussi une menace directe pour vous? Qu'en pen-sez-vous? La Prusse n'a-t-elle pas jadis possédé le can-ton de Neuchâtel?

« A présent même, est-ce que ses droits sur ce can-ton, en vertu des traités de 1815, ne peuvent pas être invoqués? N'ont-ils pas été reconnus, le 24 mai 1852, par les membres de la conférence de Londres?

« Le canton de Neuchâtel est donc sans cesse menacé de se voir gouverner par la Prusse. La moindre faute, la moindre vexation, ne pourrait-elle pas fournir au roi de Prusse ou à l'empereur d'Allemagne un prétexte pour intervenir chez vous? Cet internement de l'armée de l'Est, qui prive le roi Guillaume de la gloire d'avoir anéanti une armée française, n'est-il pas pour lui un sujet de grave mécontentement?

« Traiter encore son ennemi avec trop de douceur serait trop braver sa puissance... »

M. F. D*** ne répondit pas : il me tendit la main en me priant de l'accepter et en ajoutant qu'aujourd'hui il ne pouvait tout me dire, mais qu'il se proposait d'achever ses confidences et ses explications à Genève, lors de mon retour en France, si je voulais bien l'honorer de ma visite.

A partir de ce jour, les brimades de MM. les officiers suisses cessèrent; une intimité réelle, quoique pleine de réserve, s'établit entre nous, et la table d'hôte de l'hôtel de la Couronne devint désormais supportable.

Dans la nuit du 5 février, nous eûmes une scène dans notre mansarde, qui peut démontrer jusqu'à quel point, dans cet hôtel, on méprisait les officiers français.

Comme nous l'avons dit plus haut, nous occupions

avec mon chef malade, une mansarde assez grande pour contenir trois lits. Or, il se trouva que notre ami G***, qui habitait cette même mansarde, avait quitté Fleurier le matin et, par conséquent, laissé libre le troisième lit.

Vers minuit un grand fracas se fit entendre à notre porte : on frappait à coups redoublés. On nous pressait d'ouvrir. Tout à coup apparut la maîtresse d'hôtel en poussant deux individus dans notre chambre, et en nous disant : « Tenez ! voici deux de vos compatriotes ; j'espère bien que vous n'allez pas leur refuser l'hospitalité. »

« En vérité, répondis-je, je ne demanderais pas mieux que ces braves gens profitassent du troisième lit qui se trouve vacant et partageassent notre chambre. Mais il me semble qu'il serait préférable de prendre les matelas et couvertures, et de les faire transporter dans la salle à manger de l'hôtel auprès du poêle. Ces messieurs seront plus à l'aise, auront plus chaud que dans notre chambre, reposeront tranquillement et ne gêneront en rien mon chef malade, qui souffre beaucoup en ce moment de son affreuse congélation. »

« Comment ! s'écria Mme Sutter, vous refusez de recevoir vos compatriotes ? On vous reconnaît bien à ce patriotisme ! Tas de mauvais officiers, tas de canailles, tas de propre-à-rien, tas de misérables ! etc. etc... Si vous ne voulez pas recevoir dans votre chambre vos compatriotes, je vous réponds que nous les laisserons coucher dehors, et demain nous publierons dans Fleurier que vous les avez chassés de votre chambre ! »

Ne répondant pas à cette sortie furibonde, je m'adressai directement à ces messieurs, et je n'eus pas de peine à leur faire comprendre qu'autant pour eux que pour nous, il était préférable qu'ils couchassent dans la salle à manger. Ils goûtèrent parfaitement mon conseil et n'insistèrent pas davantage pour partager notre chambre. De leur propre initiative, ils signifièrent à notre maîtresse d'hôtel d'avoir à faire leur lit dans la salle à manger.

Mme Sutter s'exécuta d'assez mauvaise grâce.

Mais au moment de nous quitter nous reconnûmes, dans ces deux compatriotes, deux bouchers, fournisseurs d'une de nos divisions du 18e Corps. Aussitôt ces braves gens entourèrent le lit de M. de N***, et tout en lui témoignant beaucoup de sympathie, lui exprimèrent en fort bons termes les plus vifs regrets de l'avoir dérangé en se faisant complices involontaires d'une petite malice de cette Suissesse si peu hospitalière.

A quelques jours de là, les rigueurs que la plupart des gens de l'hôtel avaient pour nous diminuèrent sensiblement. Je crois que l'entretien que j'avais eu avec M. F. D*** y contribua beaucoup. Désormais, si l'on nous regardait d'un œil indifférent, au moins n'étions-nous plus honnis, bafoués, comme quelques jours auparavant ; on se tenait seulement vis-à-vis de nous sur la plus grande réserve.

Le général Herzog, en apprenant la maladie de mon chef, m'avait autorisé à rester auprès de lui, pour le soigner et par conséquent à résider à Fleurier pendant la durée de sa maladie. Je fis quelques promenades dans la montagne et dans les villages voisins mais, par exemple, toujours seul, me gardant bien d'adresser la parole aux promeneurs, me contentant de voir par les yeux et de vivre par la pensée.

La bibliothèque de M. B*** fut alors une précieuse ressource pour moi et mon malade. Chaque matin j'y allais faire ma provision ; j'y rencontrais quelquefois le pasteur qui me parut un homme fin, spirituel, mais un peu froid et par trop absolu de caractère. Ses causeries matinales, hélas ! trop rares, m'étaient fort agréables.

Le soir, vers les 9 heures, à son retour des Verrières, le docteur Antier, médecin de Fleurier, charmant causeur, mais peut-être trop allemand d'origine et de pensée, venait nous rejoindre dans la grandre salle de l'hôtel de la Couronne. Alors nous restions de longues heures à raisonner les faits passés et présents, à nous instruire réciproquement sur nos divers pays, à les comparer dans leurs institutions, dans leurs mœurs, à chercher à nous rendre compte du présent, à pressentir l'avenir de l'Europe.

Lorsque nous avions épuisé toutes les questions de la politique actuelle, nous parlions médecine, et le docteur, qui paraissait être très compétent dans cette science, nous disait ses opérations de la journée, nous montrait les balles ou éclats d'obus qu'il avait extraits aux Verrières suisses, nous donnait de longues explications sur les déchirures de ces projectiles.

Minuit sonnait, on se séparait en remettant au lendemain la continuation de ces instructifs entretiens.

Tout ce mois de février devait se passer ainsi, et notre internement, grâce à ces distractions, devint supportable.

Nous n'étions plus de la part de cette population d'ouvriers et de commerçants qu'un objet de curiosité ; nous circulions librement dans la rue sans qu'on s'arrêtât devant nous, sans qu'on nous adressât des apostrophes peu aimables, comme les premiers jours.

Or, ce changement venait surtout de ce qu'on savait que nous avions installé une ambulance dans la maison d'école ; que nous y avions recueilli environ mille malades ; qu'enfin tous les reproches, toutes les récriminations dont la presse suisse s'était fait sans cesse l'écho, à propos d'officiers français abandonnant leurs soldats, de médecins français désertant leurs malades, n'avaient pas de raison d'être, au moins quant à Fleurier.

Cependant, le typhus vint à apparaître parmi cette foule de blessés de toute sorte que recélait l'ambulance établie à l'école de Fleurier. Bientôt même de nombreuses morts s'en suivirent, mais le fléau put être promptement arrêté dans ses ravages, grâce à d'excellentes et salutaires mesures hygiéniques. Sans retard, on divisa cette agglomération de malades ; on les répartit par petits groupes dans tous les villages du Val de Travers. A Fleurier, toutefois, nous eûmes environ une trentaine de victimes en peu de jours.

Toutes ces sages mesures furent exécutées sous la direction et la surveillance de M. Sancery, médecin en chef de l'ambulance qui, par ses soins personnels et habilement secondé par M. M. Rheims, Carayon, Dufour et Rebuffat, sut mener à bonne fin sa triste besogne.

Chaque jour la presse officieuse de la Suisse se livrait à toute espèce de récriminations, faisant des récits fantaisistes, mais malveillants, en général pour tous les médecins de l'armée de l'Est. Des protestations et des réclamations s'élevèrent de tous côtés.

M. Sancery, médecin en chef de notre ambulance de la division de cavalerie du 18ᵉ corps d'armée, installée à l'école de Fleurier, protesta lui-même au nom de tous ses collègues contre ces inqualifiables récits de trop ingénieux reporters. Cette protestation nous a paru trop importante et trop liée à notre récit pour la passer sous silence, et nous la reproduisons ici :

Fleurier, 11 février 1871.

Monsieur le Rédacteur,

Nous avons l'honneur de vous écrire pour vous prier de vouloir bien donner place dans votre journal à la lettre que nous vous adressons.

Depuis quelques jours, les journaux de Genève, de Neuchâtel et autres lieux tendent à jeter de la déconsidération sur les médecins militaires français qu'ils représentent comme trahissant leur mission et abandonnant leurs malades. Ces imputations nous paraissent fausses et malveillantes et nous éprouvons le besoin de les réfuter.

Le corps médical militaire français, dont nous nous honorons de faire partie, a toujours été à la hauteur de ses devoirs, dans toutes les parties du monde ; et si récemment, à notre entrée en Suisse, les malades ont manqué de secours suffisants et immédiats, il faut attribuer ce fâcheux état de choses *au désordre général qui n'a pas permis de régulariser ces secours aussi vite qu'on aurait pu l'espérer.*

Nous faisons partie d'une ambulance française (division de cavalerie du 18ᵉ corps) et nous avons été retenus par ordre du général Borel, chef d'état-major de l'armée de l'Est, et du général fédéral Herzog, à Fleurier, pour secourir nos malheureux soldats, les recueillir, les panser, faire des évacuations successives et organiser un hôpital militaire temporaire dans lequel on pût les soigner et les nourrir.

Secondés par l'empressement du conseil municipal de
Fleurier et du commissariat fédéral suisse, par les instructions d'un médecin divisionnaire fédéral, M. le docteur
Brière, et enfin par la charité inépuisable des habitants de
la localité, nous avons pu, depuis le 1er février, soulager,
guérir et alimenter près de 1,000 malades, dont les noms sont
inscrits sur des registres d'entrée tenus avec soin par M. l'officier d'administration comptable.

Nous sommes à deux heures de la frontière, recueillant
tous les soldats qu'on nous a amenés ou qui sont venus d'eux-
mêmes réclamer nos soins et nous nous disposons à continuer de la sorte, jusqu'à ce qu'il ne reste plus un seul malade ou blessé sérieux dans les divers locaux que l'on a mis
à notre disposition.

L'état sanitaire est grave, car jamais armée n'a été aussi
éprouvée que l'armée de l'Est ; mais nous ne regrettons ni notre temps, ni nos peines, et nous accomplirons notre tâche
avec conscience, dévouement et patriotisme.

Nous protestons donc de toutes nos forces contre certaines
insinuations malveillantes et nous vous prions, M. le Rédacteur, d'être assez impartial pour donner asile dans votre journal à ces lignes où nous prenons la défense de la médecine
militaire française, que l'on se plaît à calomnier à tort.

Veuillez agréer etc.

SANCERY, médecin-major, chef d'ambulance.

RHEIMS, CARAYON, DUFOUR, médecins-aides-major.

REBUFFAT, pharmacien en chef.

Extrait du journal de Genève, nº du 26 février 1871·

Fleurier, le 11 février 1871.

Depuis plusieurs jours, les journaux suisses sont unanimes
à regretter la conduite d'un certain nombre de médecins français, vis-à-vis de nos malheureux soldats. Je puis heureusement vous citer une bien honorable exception : celle de l'am-

bulance de la division de cavalerie du 18ᵉ Corps (Armée de Bourbaki) composée de :

MM. SANCERY (de Toulouse), médecin-major.

RHEIMS,
CARAYON, } médecins-adjoints.
DUFOUR,

REBUFFAT, Pharmacien.

Cette ambulance, arrivée ici le 1ᵉʳ février, s'est installée dans le bâtiment de l'école des garçons, mis à sa disposition par la commune et n'a pas cessé depuis lors de prodiguer des soins inouïs jour et nuit à plus de 1000 malades ; il en reste encore plus de 150, parmi lesquels de nombreux cas de ty-phus des plus graves. Chaque jour amène de nouveaux décès ; mais ces messieurs sont infatigables et se multiplient autant que leur besogne.

La population et le conseil d'ici ont fait les plus grands efforts pour soulager tant de misères, mais la meilleure vo-lonté ne peut sufûre devant une invasion comme celle dont a été témoin ce vallon. En une seul nuit, outre les troupes fédérales logées chez les bourgeois, il a bivouaqué *ici* 8.000 Français qui ont reçu la nourriture et le bois de chauf-fage, et le passage de l'armée a duré 4 jours, pendant les-quels le zèle de la population n'a pas faibli un instant.

Extrait du Journal de Genève, 14 Février 1871.

La protestation de M. Sancery et la note du Journal de Genève que nous publions ici suffiront à prouver que nous sommes resté fidèle au rôle de narrateur impartial que nous nous sommes imposé depuis le commence-ment et que nous désirons garder jusqu'à la fin du récit de ces faits si douloureux.

Le lecteur, ayant sous les yeux l'accusation et la ré-futation, verra facilement de quel côté est la vérité.

Malheureusement tous ces points noirs, au milieu de la générosité incontestable et de la réception cordiale de l'armée de l'Est en Suisse, n'étaient encore que l'une des conséquences de l'insuffisance de la convention passée entre les généraux Herzog et Clinchant [1].

Répétons-le sans aucun esprit de dénigrement, la Suisse, dans son premier élan hospitalier, et sans se rendre exactement compte de la lourde tâche qu'elle s'imposait de recevoir sans préparatifs 85.000 hommes, avait trop présumé de ses sentiments de générosité et de ses ressources.

Ce rôle de protecteur, si noble, si grand, si enviable, elle se l'était exagéré, elle n'avait pas compté avec les difficultés d'exécution d'une telle entreprise.

Il est inutile de chercher ailleurs les causes des plaintes et récriminations qu'ont pu échanger à diverses reprises les internés et leurs hôtes.

[1] Dépêche télégraphique de Neuchâtel.

Intendant général Friant, au général Clinchant.

Le gouvernement suisse est chargé de traiter les internés et ni vous, ni moi, n'aurons à nous en occuper.

J'aime à croire que le service médical suisse peut traiter 5 ou 6.000 malades du genre des nôtres.

Extrait *Enquête parlementaire sur le 4 sept.* Déposition Clinchant, n° 45.

CHAPITRE III

FLEURIER (FIN)

Quinze jours venaient de s'écouler, le calme commençait à se faire dans tout le Val de Travers. Il ne restait plus que quelques vestiges çà et là, qui devaient indiquer encore longtemps le passage d'une foule militaire. Les routes étaient défoncées; les arbres étaient rongés à leur base; même leur intérieur était attaqué par les dents des chevaux affamés; ici un morceau de drap rouge, là une visière de képi; plus loin une charrette brisée, couchée dans un fossé; de distance en distance, autour de Fleurier, les murs des maisons enfumés indiquaient l'emplacement des bivouacs de nos soldats.

Les villages du Val de Travers avaient repris leur aspect ordinaire; la tranquillité la plus parfaite y régnait; plus de clameurs, plus de cris, plus de tumulte, plus d'oisifs sur les places publiques. Chacun était au travail pendant toute la journée ; aux heures de repos seulement on voyait un peu plus de circulation. Mais, aussitôt l'heure de la rentrée de l'atelier arrivée, les rues redevenaient désertes et solitaires ; les clochettes seules de quelques vaches qui rentraient à l'étable troublaient le silence. Le soir, dès la nuit, chaque fenêtre des maisons de Fleurier s'illuminait, et l'on pouvait apercevoir, derrière une mousseline transparente, un homme ou une femme travaillant assidument, devant une petite lampe, à la fabrication des pièces d'horlogerie. Ces rues entières dont certaines maisons ont six étages, ainsi éclairées, offraient un spectacle étrange, et nous disaient assez jusqu'à quel point le peuple suisse est travailleur.

Nous étions heureux dans nos moments de liberté de nous trouver dans cette solitude, de pouvoir parcourir ces routes avec la certitude de ne plus être l'objet des regards des passants et souvent de leurs injures.

Grâce à ce changement subit, il nous semblait vivre d'une autre vie.

Selon les heures de loisir que nous laissait la maladie de notre chef, et selon les caprices de la température, nous errions avec un livre pour compagnon, soit dans les sentiers de la montagne, soit sur les routes de ce Val de Travers, prenant pour but de nos promenades, ou Buttes, ou Couvet, ou Motiers.

Au commencement de février, à la vérité, les environs de Fleurier ne présentent pas un aspect bien riant. Les

neiges qui couvrent pendant l'hiver le sommet des
hautes montagnes fondent aux premiers rayons du soleil ;
elles créent des torrents qui mettent certaines parties
des rochers à nu : ceux-ci apparaissent comme des
taches noires au milieu de l'immense couche de neige ;
en outre, les sapins chargés de frimas rendent le tableau
fort triste, effrayant même, et cependant, dans cette belle
horreur, nous trouvions une grandeur, une majesté, qui
avait pour nous un attrait singulier et inexplicable.

Comme nous l'avons déjà dit, le Val de Travers est
formé par deux chaînes du Jura, qui se resserrent par
leurs deux extrémités à la gorge de Saint-Sulpice. A
partir de ce point, la vallée s'ouvre assez pour permettre
d'embrasser au loin d'un coup d'œil son prolongement
qui se subdivise en plusieurs petits vallons ; elle peut
avoir trois kilomètres de largeur et douze de Saint-Sulpice au village situé à son extrémité orientale et qu'on
nomme Travers. Tous les villages sont assis au bord
de la Reuse dont les eaux claires et brillantes n'offrent
d'autre abri aux truites que des herbes très fines. Plusieurs hameaux sont étagés sur les pentes des montagnes
qui bordent la vallée. Çà et là on voit aussi quelques
chalets isolés qui sont autant de refuges pour les bes-
tiaux pendant l'hiver.

De nombreux bois de sapins couronnent les sommets
et encadrent les habitations. De loin on prendrait les
sapins pour des arbrisseaux, mais lorsqu'on est au pied
on est émerveillé de leur hauteur et de leur épaisseur.

Dans la vallée on aperçoit peu d'arbres ; ils n'y
viennent pas, prétendent les habitants, à cause du sol
composé en partie de sable et de cailloux, ce qui rend la

promenade peu agréable lors des chaleurs de l'été. Cependant l'absence de tout pli de terrain dans la vallée favorise la marche; les chemins ressemblent par leur niveau parfait à des allées de jardin; aussi nous nous y sommes bien souvent promené avec délices pendant les beaux jours que nous a donnés la fin du mois de février 1871.

Dans nos promenades solitaires au milieu de ce pays plein de merveilles naturelles, que nous aimions à nous laisser aller aux rêveries qui enchantent l'âme et font oublier un instant les rigueurs de la vie!

Près de Fleurier se trouve Motiers, où se réfugia J. J. Rousseau, pour échapper aux rigueurs du parlement de Paris et du conseil de Genève en 1762. Il n'est éloigné de Fleurier que de 4 kilomètres. Visiter le village où l'illustre écrivain fut tant persécuté par l'intolérance de l'Eglise, me tentait fort; parcourir ces routes, ces montagnes, où le grand penseur médita la défense de son *Emile*, en réponse aux Mandements de l'archevêque de Paris M. de Beaumont, les *Lettres* de la *Montagne* pour faire justice des outrages du pasteur de Montmollin, eût été pour moi une douce joie. Mais il fallait attendre un beau jour et aussi que le vallon eût quitté son linceul de neige.

Cet heureux moment ne tarda pas à arriver: la température s'adoucissait chaque jour; quelques rayons de soleil apparaissaient, bien rares à la vérité, mais tout nous promettait un dégel prochain et quelques belles journées.

Le 14 février, la journée s'annonçait très bien; dès le matin le soleil était vif et brillant: la tiédeur des jours

précédents avait débarrassé de neige la route de Fleurier
à Motiers ; dans la montagne même on n'apercevait
plus que quelques espaces blancs ; partout ailleurs la
verdure semblait briller d'un nouvel éclat après un engourdissement de quelques mois. Captivé par la lecture,
mon malade, quoique toujours souffrant et toujours au
lit, était devenu très patient et me laissait ainsi de longues heures de liberté dans la journée. J'en profitai ce
jour-là pour satisfaire ma vive curiosité et je partis seul
pour Motiers.

Je quittai Fleurier à onze heures et je franchis en une
heure la petite distance qui sépare cet endroit de Motiers.

Dès mon entrée à Motiers, ce village m'apparut
comme tous les autres de la Suisse, que j'avais déjà par-
courus dans ces montagnes, sans caractère particulier,
si ce n'est l'architecture des maisons qui tendent à se
convertir en chalets ; les rues ne sont ni plus spacieuses
qu'à Fleurier, ni plus droites.

Dans la rue principale, nous fûmes frappé par une
gigantesque construction en forme de chalet: c'était,
nous dit-on, tout à la fois un hôtel et la mairie de Motiers, ou autrement dit en Suisse, la Présidence.

Pour nous rendre compte de cette singulière maison,
nous montâmes au café de l'hôtel.

Dans une pièce située au premier étage, à laquelle
on accédait par un vaste escalier de bois, se trouvait
la salle du café ; elle était éclairée par de petites fenêtres
dont les vitres étaient tenues par des lames de plomb ;
les lambris et le plafond de cette pièce étaient de bois ;
une rangée de tables la garnissait ; beaucoup de Suisses

s'y trouvaient et dégustaient avec quelqu'entrain le petit vin blanc de Neuchâtel qu'ils paraissaient beaucoup apprécier.

Pour ne pas déranger cette bruyante société qui paraissait discuter les affaires politiques du jour, je me mis au bout d'une table et j'observai l'assemblée tout en gardant le silence.

Un voisin, m'apercevant plongé dans la lecture des journaux, s'approcha de moi, m'examina et dès qu'il eut flairé un Français, m'adressa la parole :

« Vous êtes de l'armée de Bourbaki, Monsieur, et sans doute vous venez vous promener et visiter Motiers ? »

— Certainement ! lui répondis-je.

Après une foule de questions, et une longue conversation, une intimité s'établit entre ce bon Suisse et moi. Bientôt il m'offrit d'être mon *cicerone*, de m'accompagner dans mon pèlerinage à la maison de J. J. Rousseau et même de me donner des détails inédits sur le séjour du grand philosophe à Motiers.

Nous sortîmes ensemble de cette singulière mairie et nous suivîmes une rue assez large qui paraît être la principale de Motiers ; elle se trouve juste en face de l'hôtel. Nous n'avions pas fait cent mètres, qu'il me montra une maison bourgeoise d'un style moderne en me disant : « C'est ici. » Faites bien attention, ajouta mon nouvel ami, que cette maison a subi des changements ; ce n'est plus celle de 1762. La véritable façade n'existe plus ; nous ne pouvons reconnaître la maison de Rousseau qu'à l'intérieur ; là elle a conservé le cachet de son temps, mais je crains bien qu'elle ne le conserve plus longtemps. »

Deux dames habitaient cette maison. Aussitôt qu'elles furent prévenues de notre désir, elles nous envoyèrent très obligeamment leur domestique avec la permission de tout visiter.

Après avoir traversé un porche long de quelques mètres seulement, nous pénétrâmes dans une cour peu spacieuse et entourée de bâtiments assez élevés pour l'assombrir. Tout d'abord nous aperçûmes au-dessus de nos têtes une galerie en bois reliant les parties de droite et de gauche de ces bâtiments ; galerie où Rousseau se promenait de longues heures, lorsque le mauvais temps ne lui permettait pas d'errer dans la montagne. Puis on nous fit monter à gauche un escalier de pierre ; nous entrâmes dans une pièce carrée, élevée et éclairée sur la cour par une fenêtre double : c'était la chambre du philosophe. Rien de bien remarquable n'apparaît dans cette pièce ; c'est tout simplement une chambre ordinaire tapissée d'un petit papier bleu.

« Du temps de Rousseau, me dit mon *cicerone*, les murs étaient tout bonnement blanchis à la chaux ; le philosophe, dans ses heures de loisir, les avait tapissés à sa façon, c'est-à-dire les avait couverts d'inscriptions de sa propre main. Or, ces inscriptions n'étaient guère du goût du nouveau propriétaire, car il s'est dépêché de les faire disparaître en faisant couvrir les murs de papier. C'est dommage, car j'ai souvent entendu dire à mon aïeul que parmi ces inscriptions il y en avait de bien curieuses. »

Cette visite terminée, mon *cicerone* me conduisit à quelque distance de la maison et, au milieu de la rue, qui va toujours en s'élargissant au fur et à mesure qu'elle approche du pied de la montagne, il me montra une fontaine dans le genre de celles qui ornent les villages de la Suisse, et nous restâmes quelques instants devant, à la contempler.

Ces fontaines généralement élevées ont la forme d'obélisque ; certaines sont en pierre, d'autres en bois, et l'eau en sort par des tuyaux de fer et retombe dans de grandes vases de bois ou de pierre.

Non contents de toutes les tracasseries et insultes qu'ils avaient fait subir à Rousseau dans ce village, les habitants, fanatisés par le pasteur Montmollin, exécutèrent Rousseau en effigie en plaçant au-dessus de cette fontaine, le dimanche 7 septembre 1765, un polichinelle qui tenait à la main un papier et qui en indiquait un autre dans un petit sac qu'il avait en écharpe.

Voici ce que contenaient ces deux papiers :

Annexe D.

Je vous prie de regarder dans mon carnier, vous y trouverez les vers que vous devez publier. »

Annexe E.

POLICHINEL

Me voici trouvant tout réjouis
En voyant Motier délivré de l'impie
Qui s'est évadé sa servante encore icy,
Prenez y garde mes amis
Et montrés vous tous zélés
Pour l'aller accompagner
Avec l'instrument sanglant que les femmes de Montmorency
Lui ont eu fait santy,
Ce châtiment à elle donné
C'est pour le scandale qu'elle y a causé.

Le vieux baboin [1] qui ne s'est point contenté
Du scandale que ces deux infâmes cy avait causé
A encore fait des perquisitions
Semblait vouloir détruire tout le vallon,
Y devrait bien s'en repenty,
Avec tous ses amis,
Et prendre garde à luy.

Le Ch... bavarois
Voulant faire valoir ses droits
Devrait bien se modérer,
Et apprendre à mieux parler
Et prendre garde à luy
Quant icy viendra pour se diverty.

Mes bonnes gens voyez,
Je me suis icy présenté
Pour n'estre pas attrapé
Par les mains des Covassons
Qui garde le torchon [2].

Cette anecdote est assez originale et caractérise très-exactement l'acharnement du persécuteur de Rousseau, et de plus, montre les mœurs de la Suisse à cette époque. Ces mœurs, hélas ! n'ont pas aujourd'hui beaucoup progressé. La Suisse est encore assez arriérée pour faire un crime à quelqu'un de régler comme il l'entend ses intérêts purement et rigoureusement privés.

[1] Le châtelain Martinet.
[2] Cette anecdote se trouve racontée, avec plus de détails que nous ne pouvons en donner ici, dans l'excellent article que le docteur Guillaume publia dans le *Musée Neuchâtelois* (2e année). Nous avons eu la bonne fortune d'avoir l'article un instant en notre possession, ce qui nous a permis d'en placer une copie à nos Documents historiques, n° 4. (Rapport Martinet.) Par Covassons on désignait ici les gens de Couvet chargés de garder la maison de Rousseau.

Nous dirigeâmes ensuite nos pas vers la cascade, où Rousseau se rendait souvent et restait des journées entières à méditer ou à herboriser.

En quittant la grande rue, nous prîmes un sentier qui longe les maisons par derrière et qui conduit directement à la cascade. Nous arrivâmes au pied de cette cascade, non pas sans être égratignés par les ronces, car aujourd'hui ce chemin est presque abandonné.

Un tir comme on en rencontre beaucoup en Suisse se trouve près de la cascade : cette dernière n'est remarquable que par sa hauteur prodigieuse ; son volume d'eau est fort ordinaire ; dans la belle saison ses alentours doivent être délicieux comme fraîcheur et comme solitude.

« Rousseau les connaissait bien, me dit mon guide, et y passait de longues heures en méditation. » Par sa position, cette cascade domine en quelque sorte le vallon, et se trouve en face de la vallée de la Reuse ; de chaque côté, de sombres forêts de sapins noirs formaient en ce moment d'immenses rideaux très sombres ; mais l'été, par leur verdure, ils doivent égayer le paysage. De temps en temps la montagne retentit d'un coup de sifflet aigu ; ce sont les trains du chemin de fer de Neuchâtel à Pontarlier qui courent à toute vitesse et qui semblent se jouer de tous les obstacles de la nature.

D'ordinaire, selon notre guide, Rousseau faisait le tour de ce vallon, en commençant sa promenade d'un côté ou de l'autre, selon l'heure de la journée. Il réglait ainsi sa promenade sur la marche du soleil.

Rousseau lui-même en donne l'explication dans sa lettre au maréchal de Luxembourg [1].

« Comme la direction du vallon coupe obliquement le cours du soleil, la hauteur des monts jette toujours de l'ombre par quelque côté sur la plaine, de sorte qu'en dirigeant ses promenades et choisissant ses heures, on peut aisément faire à l'abri du soleil tout le tour de ce vallon. »

Cette promenade favorite et en quelque sorte réglementaire faisait suivre au philosophe l'itinéraire suivant : il rejoignait Boveresse, gagnait les bords des sapins qui se trouvent au-dessous de la gare de Fleurier ; il arrivait à Fleurier par une rue qui contourne cette petite ville, présente de nombreuses scieries et conserve encore aujourd'hui le nom de Rousseau ; puis il regagnait l'autre côté de la vallée, où l'ombre des sapins est plus grande qu'en tout autre lieu de la montagne, et enfin rentrait à Motiers.

Dans toute cette contrée le souvenir de Rousseau est encore fort vivace ; le dernier homme du peuple, comme s'il avait vécu en 1762, vous racontera au besoin le séjour de Rousseau à Motiers, et ses démêlés avec M. de Montmollin. Ces faits-là se transmettent de génération en génération et plus tard, assurément, ils passeront à l'état de légende.

Nous rentrâmes à Fleurier, ce soir-là, quand le jour commençait à baisser ; déjà le berger faisait l'appel de ses vaches, et même déjà nous entendions le tintement des sonnettes de celles qui descendaient de la montagne.

---

[1] Lettre au maréchal de Luxembourg, p. 110, vol. 22, Edition Beaudoin.

Nous retrouvâmes notre chef en compagnie de notre gentille hôtesse. Elle était à son chevet, babillant, racontant des choses naïves et enfantines, selon son habitude, et lui faisant ainsi oublier les longues heures de la journée.

Mon chef ne me pressa pas de beaucoup de questions sur mon pèlerinage ; car il l'intéressait fort peu. Comme la plupart des gens de son monde, il n'avait pas une grande sympathie pour J. J. Rousseau.

Le soir, au milieu du dîner, nous vîmes entrer dans la salle à manger un de nos officiers, que nous croyions alors en France. Il était en compagnie d'un petit monsieur, tout habillé de noir. Celui-là, en nous apercevant, mit un doigt sur la bouche en nous faisant comprendre que sa présence à Fleurier cachait un mystère, et qu'il fallait se contenter pour le moment de ce signe de reconnaissance.

Les deux nouveaux venus se placèrent sans bruit au milieu de la table : personne ne parut s'occuper de leur présence ni suspecter leur mystérieuse mission.

Le dîner fini, les convives s'en allèrent un à un et nous attendîmes que le dernier fût parti pour rejoindre nos compatriotes.

Qu'y a-t-il en France ? demandai-je à mon ex-camarade, pour que vous soyez à Fleurier aujourd'hui ?

« C'est bien simple, me répondit M. X... Les forts de Joux et de Salins sont sur le point de manquer de vivres et nous venons secrètement les ravitailler, en cas de continuation de la guerre. Demain matin nous allons commencer notre entreprise par le fort de Joux ; nous espérons bien que les Prussiens ne s'apercevront de rien. Et, après demain, nous devons aller à Salins. »

Cet officier nous présenta son compagnon de voyage, le secrétaire de notre ambassadeur à Berne. Celui-ci nous interrogea beaucoup à propos de notre séjour, demanda nos impressions sur notre internement dans cette partie de la Suisse.

« Vos récriminations ne m'étonnent nullement, s'écria-t-il ; elles sont partout les mêmes. Le cabinet de M. de Châteaurenard est chaque jour assiégé par des plaintes de toutes sortes. »

Les beaux jours continuaient ; mon chef s'habituait de plus en plus à mes petites absences dans la journée ; la municipalité nous laissait dans la tranquillité la plus parfaite, et les habitants nous regardaient avec la plus grande indifférence ; dès lors, chaque jour, nous fîmes de nouvelles excursions dans la montagne.

Tantôt, nous dirigions nos pas vers les beaux sapins de Saint-Sulpice, tantôt vers la riante vallée de Buttes, et c'était avec grand regret que nous voyions arriver l'heure du retour, tant cet air pur, parfumé, tant ces sites sauvages des monts Jura avaient d'attrait pour nous, et nous causaient du plaisir.

A quelques jours de là, nous partîmes pour Couvet, dont on nous avait beaucoup parlé. Ce village et celui de Fleurier sont les plus importants du Val de Travers.

Certains souvenirs de Rousseau existent encore dans ce village et contribuaient à nous y attirer ; les habitants de Couvet avaient offert un refuge à Rousseau lorsqu'il fut obligé de quitter Motiers.

Nous suivîmes une petite route qui longe la Reuse d'un côté et la montagne de l'autre. Cette partie de la

montagne, au sommet de laquelle se trouve le chemin
de fer de Pontarlier à Neuchâtel est très cultivée jusqu'à Couvet ; partout ce ne sont que des champs d'absinthe. Il est vrai que ce sont les magasins d'approvisionnement des distilleries de Couvet. En effet, le commerce de l'absinthe est la fortune, la richesse de ce
petit village ; la population n'a guère d'autre occupation que de distiller.

A l'entrée du Couvet, nous rencontrons le cimetière
du village : de nombreux *tumuli* fraîchement faits
nous prouvent que notre pauvre armée a laissé là encore
son tribut ; nous nous rappelons, en effet, que le typhus
a sévi avec une grande intensité à Fleurier, et qu'on a
évacué sur Couvet, comme sur les autres villages du
Val de Travers, une partie des malades de l'ambulance.

L'aspect de cette petite ville est très riant : la Reuse
la traverse en la divisant en deux parties qui communi-
quent au moyen de ponts en fonte très élégants. De nombreux chalets et jardins anglais couvrent cette partie
de la montagne ; les rues sont larges et forment des circuits fort gracieux ; les rares magasins sont établis généralement à la mode suisse, c'est-à-dire dans les appartements du rez-de-chaussée ; ce village ressemble beaucoup à nos stations d'eaux ou de bains de mer.

Sur la colline, en face, nous aperçûmes un immense
chalet ; nous nous empressâmes de nous y rendre, afin
de le visiter ; un sentier qui contourne la montagne nous
y conduisit.

Nous reconnûmes à notre arrivée une importante
brasserie ; notre course ayant épuisé nos forces, nous
y demandâmes quelques réconfortants.

A notre appel survint une jeune fille brune, aux
yeux noirs, à la figure délicate, aux traits expressifs :
ce n'était pas un Raphaël, mais un Michel-Ange ; son
corsage rouge avec son lacet de la même couleur, son
tablier de cuir verni, lui donnaient une physionomie
toute particulière.

Que désirez-vous, messieurs, nous dit-elle en s'approchant timidement de nous ?

« Des rafraîchissements et quelques gâteaux, répondit
un de mes compagnons, car ce jour-là deux Français habitant comme moi l'hôtel de la Couronne m'avaient accompagné dans cette intéressante promenade. Devant
l'invasion de la France, ces deux compatriotes s'étaient
réfugiés en Suisse : l'un qui était receveur pour sauver
sa caisse, disait-il, l'autre pour sauver sa personne.
Combien de Français échappèrent ainsi à la mobilisa-
tion et combien leur exemple occasionna de désertions
dans nos armées improvisées !

Notre gentil garçon de café revint un instant après,
installa, avec symétrie, ses rafraîchissements sur une
table voisine et nous invita d'un ton gracieux à y prendre place.

Cette jeune fille paraissait nous regarder avec curiosité, chercher à nous dévisager et à savoir exactement
si nous étions des Suisses ou des Français.

Bientôt elle nous apprit que son père était employé
à la gare du chemin de fer de Quingey ; que lors de l'occupation de cette ville par les Prussiens sa famille
l'avait envoyée chez son oncle qui était le propriétaire
de cette brasserie. Alors elle nous raconta avec de longs
détails le passage de l'armée de l'Est à Couvet.

Comme je lui faisais des questions sur ce sujet, elle nous dit : « Vous avez été militaire, Monsieur ? C'est tout naturel ; est-ce que tous les Français n'ont pas été militaires ? Et cependant chaque jour je vois des Français qui, pour éviter les dangers de la guerre, sont venus se réfugier en Suisse!

C'est honteux, n'est-ce pas, messieurs ? d'être obligée d'avouer de tels faits. Soyez persuadés que si l'on eût appelé les femmes à la défense de la France, elles ne seraient pas aussi nombreuses en Suisse que le sont aujourd'hui les Français. Oui, messieurs, s'écriait-elle dans son exaltation patriotique, nous eussions délivré la France ! »

Il est vrai qu'à ce moment chacun avait la sotte prétention de croire qu'il avait dans sa poche le salut de la France. Pourquoi ne pas laisser à cette jeune patriote son enthousiasme, ses illusions ? Nous nous contentâmes de sourire ; mais cependant il eût été difficile de ne pas reconnaître qu'alors, comme à toutes les époques de nos malheurs, le patriotisme des femmes ne fit jamais défaut à la France.

CHAPITRE IV

LE DÉPART

Bien que notre situation personnelle se fût améliorée
par notre réconciliation avec les officiers suisses, grâce
aux sincères explications de M. F. D***; bien que, depuis le départ des derniers soldats français de Fleurier,
la tranquillité fût devenue parfaite dans ce village et
qu'enfin la présence de l'ambulance de notre division
de cavalerie dans la maison d'école de Fleurier eût ra-
douci quelques esprits ombrageux et par trop suscepti-
bles, cependant une certaine réserve et une certaine
prudence nous étaient encore commandées en vue des
circonstances. Si on ne nous insultait plus tout haut, on
nous détestait tout bas. Dans la journée, mon chef et
moi nous évitions encore le plus possible de nous montrer dans la rue principale de la petite ville et nous
avions la précaution de prendre toujours les rues dé-
tournées pour gagner nos promenades.

Dans notre auberge on nous tolérait encore, sans cependant nous gâter de soins, parce que nous payions
largement. Mais on ne nous épargnait aucune de toutes
les petites misères qu'on pouvait nous susciter. Si l'on
ne pouvait y arriver par le personnel de la domesticité,
on mettait en jeu les voyageurs de commerce suisses,
de passage à Fleurier, qui se prêtaient volontiers à ces
petites méchancetés.

Chaque soir, au dîner, on nous ménageait une petite surprise ou une taquinerie de ce genre. Je me rappelle qu'un jour la table d'hôte était au grand complet et en partie composée de voyageurs de commerce arrivés le matin. Un d'eux, entre autres, racontait qu'il arrivait de Neuchâtel, que partout il avait constaté que les officiers français ne s'occupaient pas de leurs soldats, que dans chaque canton leur déplorable tenue inquiétait les Suisses et donnait lieu à des conflits avec les habitants. Hier soir, ajouta-t-il, des soldats français ivres se battaient avec des Suisses à Neuchâtel ; je me trouvais présent à la scène ; je vis un officier français qui passait au même moment, je le priai d'intervenir. Ce n'est pas mon affaire, me répondit celui-ci ; j'appartiens à l'intendance et je n'ai pas le droit de commandement sur le soldat en général. En outre la convention conclue entre notre général en chef et le général Herzog enlève à l'officier français, pendant son internement en Suisse, toute autorité sur le soldat et confie la surveillance à des inspecteurs suisses[1].

« Cette indifférence, ce sans-souci, ce sans-façon ne sont-ils pas propres à irriter la population suisse contre les officiers de l'armée de l'Est ? continua notre commis-voyageur. »

« Pardon, repris-je, Monsieur, vous ignorez que les officiers de l'intendance ou de l'administration française n'ont aucune autorité sur le soldat ; que ce dernier généralement ne les a pas en haute considération,

---

[1] Art. 9 des instructions concernant le logement, l'entretien, la solde et l'administration des militaires français internés. Documents hist. n° 2.

à telles enseignes qu'il leur a donné le surnom de *Riz-Pain-Sel*. Si cet officier de l'intendance dont vous parlez s'était permis de faire des représentations à ces soldats tapageurs, bien certainement ils n'eussent pas manqué de l'insulter, ce qui eût évidemment aggravé l'affaire. Il est bien certain aussi que si l'on n'avait pas séparé le soldat de son officier, les conflits avec la population suisse eussent été plus rares et bien plus vite réprimés.

« C'est ainsi qu'on a accusé sans cesse les officiers français, depuis le premier jour de notre internement, sans se rendre compte de la véritable situation que leur a faite dans votre pays la convention franco-suisse. »

Notre voyageur se calma et me répondit d'un ton très doux : « Vous avez peut-être raison, monsieur. Pourquoi ne donne-t-on pas toutes les explications dans nos journaux suisses ? De cette ignorance naîtront forcément de nouveaux conflits et de nouveaux troubles. »

« Vos journaux sont trop suisses, ajoutai-je, pour oser publier de telles choses, ils sont trop amoureux d'eux-mêmes et de leurs institutions qui, à la vérité meilleures que les nôtres, sont encore loin d'être parfaites. »

A quelques jours de là, une nouvelle scène devait mettre en relief toute la haine et toute la rancune que pouvait avoir le maître de cet hôtel de la Couronne contre les Français.

Un Français réfugié en Suisse pendant la guerre venait de partir et avait laissé un joli serin à la petite fille d'une dame française réfugiée également dans cet hôtel. Quand cette dernière voulut prendre possession de la cage et de l'oiseau, il s'y opposa énergiquement en s'emportant contre les Français, en les qualifiant de toutes les épithètes.

Dans sa grande colère, il ne parlait de rien moins que de nous jeter tous à la porte. Cette fureur se calma cependant devant notre silence, mais, assurément, n'adoucit pas les rigueurs de notre séjour à Fleurier.

Pour mettre le comble à ces vexations, on mit les chevaux de mon chef à la porte d'une écurie que nous avions louée en dehors de l'hôtel ; on vint nous prévenir qu'on les garderait si nous voulions donner cinq francs par cheval et par jour.

Notre maître d'hôtel, tout Prussien de cœur qu'il était, consentit, pour une moindre somme, à les recevoir dans son écurie, mais avec l'arrière-pensée de s'en rendre plus tard propriétaire à vil prix, comme nous allons le voir. Heureusement la manœuvre de ce Suisse-Prussien fut déjouée.

Malgré la menace de ne plus nous fournir d'avoine, malgré les tentatives de l'administration de nous refuser les rations de nos chevaux, mon chef refusa de les vendre. Il décida que si nous en étions réduits aux dernières extrémités, c'est-à-dire si on nous refusait foin et avoine, nous les nourririons au pain.

Cette résolution une fois connue, les rations nous furent exactement données. Les récriminations, les insultes journalières des Suisses contre les officiers encouragèrent bientôt nos quelques serviteurs à s'affranchir de notre autorité, et même en poussèrent un jusqu'au vol. Le nommé Boisrude, un de nos ordonnances, entraîné sans nul doute par ces mauvais exemples, en vint à vendre quelques sacs d'avoine qu'il avait économisés sur les rations de chaque jour, et partit une belle nuit pour la France.

Ces premières tentatives pour nous décider à vendre nos chevaux n'ayant pas réussi, les manœuvres se renouvelèrent plus tard avec plus d'insistance, surtout lors de notre départ de Fleurier.

Une circonstance cependant vint mettre un temps d'arrêt aux tracasseries. Un de nos infirmiers succomba au typhus qu'il avait gagné en soignant ses camarades.

Notre chef et le major Sancery convinrent que cet enterrement, en raison de la situation de ce soldat, serait fait avec pompe et en présence de tous les officiers alors à Fleurier. Lui-même, encore retenu dans son lit par sa congélation, nous délégua à sa place. Nous suivîmes donc tous, en vertu de cet ordre, le convoi de cet infirmier à l'église et en dernier lieu au cimetière. Le major Sancery, au nom de l'ambulance de Fleurier, prononça des paroles que nous avons tenu à rapporter ici pour honorer, tout à la fois, les sentiments si nobles et si élevés de cet excellent docteur, et la mémoire du brave soldat, mort sur un champ d'honneur aussi glorieux et parfois bien plus terrible que le champ de bataille.

Adieux prononcés, sur la tombe de Jean Reillé, infirmier volontaire, mort à l'ambulance française, à Fleurier, le 4 mars 1871, par M. Sancery, médecin en chef de l'ambulance :

Messieurs,

Avant que la terre ait recouvert cette tombe, autour de laquelle nous sommes réunis dans un sentiment commun de douloureuse émotion et de sympathiques regrets, permettez-moi de dire quelques mots d'adieu à celui que nous reconduisons à sa dernière demeure.

La section d'infirmiers de notre ambulance vient d'être cruellement éprouvée dans la personne de Jean Reillé, né à Aunoge (Basses-Pyrénées), et âgé de vingt ans seulement, qui vient de succomber aux suites du typhus, victime de son dévouement et de son devoir, pendant l'épidémie qui a frappé tant d'enfants de notre pauvre France.

D'un caractère doux et timide, Reillé avait au plus haut point le sentiment de la discipline et du devoir ; il avait aussi un cœur compatissant aux misères de ses frères d'armes. Aussi s'était-il acquis l'affection de ses camarades, la sympathie et l'estime de ses chefs. D'une constitution délicate, déjà ébranlée par les fatigues d'une guerre pénible, il ne put réagir victorieusement contre les ravages du fléau et nous avons eu la douleur de le voir succomber, quels que fussent nos efforts pour l'arracher au trépas.

Mais, si nos paroles peuvent adoucir les regrets de ses parents et de tous ceux qui le pleurent, disons-le hautement : Reillé est mort au champ d'honneur, notre champ de bataille à nous, l'épidémie, en emportant l'admiration de tous ceux qui l'ont connu, l'ont vu à l'œuvre et ont pu apprécier la constance de ses efforts pour soulager ses frères malades.

Adieu, Reillé ; adieu noble et courageux enfant ! A défaut d'une sépulture dans la terre où tu es né, et où ta dépouille n'eût peut-être pas été tranquille, foulée par le pied de l'ennemi, tu vas reposer en paix sur cette terre de Suisse où semble s'être réfugiée l'humanité bannie du reste de l'Europe ; terre hospitalière qui saura respecter les morts, comme elle sait honorer les vivants

Merci pour nous, que tu as aidés dans l'accomplissement d'une tâche difficile ; merci pour ceux que tu as soignés ; merci pour la France pour laquelle tu meurs et qui n'a pas pu te récompenser comme tu le méritais ; Dieu juste te le rendra là haut !

Adieu ! adieu ! adieu !... [1]

[1] Voir aux documents historiques, n⁰ˢ 5 et 5 *bis*, deux discours

Nous avions pensé pendant un instant que cette réu- nion funèbre, à laquelle avait assisté la municipalité de Fleurier, serait une occasion de sceller un pacte de paix, que nous trouverions désormais des égards dans cette localité. Il n'en fut rien ; bientôt les tracasseries recom- mencèrent sur un autre ton, comme nous allons le voir, et menacèrent même notre liberté.

Mon chef, sur ces entrefaites, grâce aux bons soins du docteur Sancery, commençait à se lever, à marcher et descendait même le soir à la table d'hôte, ce qui était pour lui une véritable distraction, après quarante jours de chambre. Quelques réfugiés français se trouvaient encore à Fleurier, et naturellement l'éloignement com- mun de la patrie nous rapprochait. Aussi ne négligions- nous pas à chaque repas de nous grouper dans un petit coin de la table d'hôte, en laissant les bons Suisses de- viser entre eux. Le plus souvent les terribles événements de cette cruelle guerre faisaient les frais de la conversa- tion et l'on ne cessait de raconter une foule d'historiet- tes sur notre internement en Suisse. Par hasard, un de ces voyageurs suisses, un soir, s'éleva encore contre les officiers français, raconta qu'il les avait vus partout, en Suisse, s'amusant, se parant de beaux habits, se couvrant de bijoux, dépensant beaucoup d'argent et ne s'occupant nullement de leurs soldats.

« Vous en avez donc vu beaucoup, de ces messieurs? reprit mon chef. »

prononcés à Fleurier le 25 octobre 1871, à l'occasion de l'inaugu- ration d'un monument destiné à consacrer la mémoire de nos soldats, morts dans le Val de Travers pendant les mois de février et de mars.

« Certainement Monsieur, nous en avons vu beaucoup, faisant bonne chère comme vous, autour d'une bonne table, sans se préoccuper si leurs soldats avaient seulement de quoi manger. »

« Est-ce que vos officiers, à vous MM. les Suisses, repartit mon chef, ne sont pas chargés d'entretenir nos troupes ?

« Ne nous avez-vous pas séparés de nos soldats, dans la crainte que notre armée ne fît la conquête de vos petits cantons, dans la crainte surtout de mécontenter la Prusse?

« Mais ces officiers dont vous critiquez tant le luxe, tant la tenue, dans votre libre Suisse, ne portent pas si élégamment leurs montres que vous. Ils n'en ont pas en or ni d'aussi belles que les vôtres. » Puis aux paroles joignant le geste, notre chef tira la montre d'or de ce monsieur et la rapprocha de la sienne : « Tenez ! dit-il en s'adressant à toute la table, regardez Messieurs ! Ma montre est en argent et celle de monsieur est en or ; vous voyez donc bien, qu'en ma qualité d'officier supérieur, je n'ai pas autant de luxe que vous dans ma tenue. »

« Sur ce point, continua mon chef, vous m'accorderez bien que j'ai raison, et qu'il en est ainsi de toutes vos sottes préventions contre les officiers français. Vous les insultez, vous les injuriez sans les connaître ; sans même vous rendre compte si les griefs que vous leur reprochez, sont vrais ni sur quoi ils reposent. »

Notre brave Suisse ne répondit pas, prit son chapeau et sortit de la salle à manger.

Il est vrai aussi qu'en ce moment, dans toute la Suisse, il venait de se produire une recrudescence d'antipathie contre les officiers français, motivée par les scènes tumultueuses qui venaient d'avoir lieu à Zurich et que les Allemands attribuaient tout naturellement à l'influence et à la présence des officiers français dans cette ville.

De toutes les versions qu'on faisait circuler sur ces scènes de Zurich, nous allons essayer de rapporter celle qui nous a semblé la plus exacte et qui est, en définitive, le résumé de toutes celles qui ont couru la Suisse, à cette époque.

La plus grande partie des étudiants de Zurich qui fréquentent, soit l'université, soit l'école polytechnique fédérale, appartient à l'Allemagne. Mécontents, comme tous les Allemands et leurs généraux, d'avoir vu l'armée de l'Est échapper aux soldats de Manteuffel, grâce à l'hospitalité suisse, ils résolurent de profiter de la célébration de leurs victoires, de la fête qu'ils intitulèrent *Fête de la Paix*, pour témoigner à la Suisse leur mécontentement de cette hospitalité si inopportune pour eux.

Plusieurs habitants de Zurich firent prier les organisateurs de cette fête de la retarder jusqu'au départ des Français qui étaient en ce moment au nombre de quelques milliers dans la ville. Ils faisaient observer que ces réjouissances étaient inopportunes et qu'ensuite elles pouvaient être la cause d'une perturbation générale dans le canton.

Mais les étudiants dédaignèrent ces sages représentations, passèrent outre et le 8 mars au soir célébrèrent un *Commers* [1] dans la *Tonhalle*, grand établissement consacré à ces sortes de réunions.

De nombreuses familles allemandes habitant Zurich assistaient à cette fête, qui était présidée par le professeur Wislicenius. Ce soir-là, il pouvait y avoir 1,000 à 1,200 personnes dans cette salle de la Tonhalle.

Bientôt la nouvelle de cette manifestation allemande agita Zurich. La classe ouvrière fut vivement froissée de ces réjouissances, et se porta en foule autour de la Tonhalle, accablant, du dehors, les Allemands de quolibets et de plaisanteries de toutes sortes. Des injures on passa bien vite aux coups ; des pierres furent lancées du dehors ; les Allemands ripostèrent avec des choppes; alors le siège en règle de la salle commença.

Cette foule furieuse, s'apercevant que la fête était tout à la fois une bravade contre la ville et une injure contre les Français internés, se rua avec violence sur les portes de la salle, cherchant à les ébranler et à les briser. Les portes cèdent aux coups réitérés ; aussitôt le président fait un appel à l'assemblée pour repousser les assaillants ; alors une mêlée générale s'engage ; Suisses et Allemands se frappent les uns les autres avec tout ce qu'ils trouvent sous leur main ; les glaces volent en éclats ; bref on fait le sac de la maison.

Quelques officiers français étaient au restaurant attenant à la salle de la *Tonhalle*.

---

[1] Le *Commers* est ordinairement une réunion ou une des fêtes annuelles des étudiants allemands, où l'on boit force *Schoppen* de bière assaisonnées de chants et de discours.

Au commencement de l'émeute, ils restèrent impassibles et assistèrent comme curieux à cette explosion de colère du peuple Zuricois. Mais bientôt le caractère ardent du Français ne tint plus devant les provocations et les injures. Quelques-uns, malheureusement, se mêlèrent à cette foule furibonde ; d'autres survinrent ; un officier tomba mortellement blessé ; ses camarades voulurent le venger. La lutte prit alors un caractère grave ; assurément, sans l'arrivée de miliciens, qui arrêtèrent le combat, il y aurait eu beaucoup de blessés.

Pendant deux ou trois jours, cette affaire troubla les esprits à Zurich, excita les uns contre les Allemands, les autres contre les Français, qui avaient été involontairement cause de ces désordres. Dès lors les préventions injustes que les Suisses avaient contre l'officier français, en général, ne firent qu'augmenter.

Naturellement à Fleurier, comme dans tous les cantons suisses, ces dispositions devaient se manifester par des actes.

Le 12 mars, mon chef commençait à marcher ; il était heureux de pouvoir sortir après avoir gardé la chambre plus d'un long mois ; il se promenait avec moi devant l'hôtel de la Couronne et examinait attentivement le fusil d'un milicien, lorsque tout à coup, un homme, un brigadier de gendarmerie me saisit un bras et m'entraîna vers lui :

— « Vos papiers ? » me dit-il ; « qui êtes-vous ? Il y a bien assez longtemps que je vous guette ; je vous pince donc enfin, aujourd'hui ; vous ne m'échapperez plus. »

— « Que signifie cette arrestation ? m'écriai-je ; vous

faites erreur, je suis officier français de l'armée de l'Est, je suis bien connu à Fleurier ; j'habite cet hôtel en face depuis le 2 février ; si vous voulez de plus amples renseignements et vérifier ceux que je vous donne, vous pouvez les prendre vous-même, à l'hôtel de la Couronne. »

— « Mais vous ne pouvez séjourner à Fleurier, répliqua mon terrible gendarme, sans une permission. »

— « Je le sais bien, répondis-je ; aussi je l'ai demandée au colonel Bontemps qui me la donna verbalement en quittant Fleurier avec son état-major. »

— « Alors montrez-moi cet ordre verbal, sinon je vous arrête. »

Mon embarras à cette dernière demande fut très grand, mais je ne pus cependant pas m'empêcher d'éclater de rire.

« Allons ! allons ? puisque vous riez, je vous arrête ; et il me saisit par le bras. Puis il dit à son camarade : « Arrête aussi le vieux à cheveux blancs, que tu vois là-bas et qui cherche à nous échapper ; il est de la même bande, ce sont des espions prussiens ! »

La foule s'était amassée et M. de N*** qui n'avait pas d'abord fait attention à la scène qui venait de se passer, se rapprocha de moi avec son gardien.

— « Qu'y a-t-il encore ? me dit-il en souriant.

— « On veut nous arrêter, lui répondis-je, sous le prétexte que nous sommes des espions prussiens ! »

Il ne put retenir un éclat de rire.

— « Que veut-on faire de nous ? »

Nos gendarmes s'écrièrent : « Nous allons vous mener d'abord chez le conseiller de préfecture et ensuite en prison. Allons ! dépêchons et plus vite que ça. »

— « Voyons, m'écriai-je, ayez un peu d'humanité ! M. de N*** sort de maladie ; vous voyez bien que son pied est chaussé d'une pantoufle, et il ne peut pas marcher vite. »

« Allons! allons ! tais-toi, espion prussien, toi et ton camarade vous ne méritez aucune pitié ; vous nous avez bien assez fait courir la montagne, depuis quelques jours. Combien de fois avez-vous changé de costume ! Et ton monsieur, ton vieux compagnon, combien de fois a-t-il changé de perruque !

— « Vous avez le droit de nous conduire où vous voudrez, repris-je, mais vous n'avez pas le droit de nous insulter. Si vous ne voulez pas ajouter foi à ce que je vous ai dit tout à l'heure, respectez au moins M. de N*** officier-général français et décoré. »

— « Ah! oui, un bel officier-général comme toi ! Et sa décoration ! sa décoration ! Combien de fois l'a-t-il aussi changée ! »

M. de N*** n'y tenait plus ; le sang lui montait à la figure ; il avait sa canne à la main et je craignis pendant un instant qu'il n'en fît usage.

Nous arrivâmes ainsi à la porte du conseiller de préfecture ; nous montâmes un escalier de bois et nous nous trouvâmes dans une petite pièce. Un homme d'une soixantaine d'années, courbé sur un bureau chargé de papiers, leva la tête au bruit de notre entrée.

— « Que voulez-vous ? » dit-il aux gendarmes.

« Nous venons d'arrêter ces deux hommes, repartit le brigadier ; ce sont assurément des espions prussiens.»

Le conseiller nous examina des pieds jusqu'à la tête et, après avoir causé en allemand avec les gendarmes, il nous interrogea. Dès qu'il apprit que nous étions des officiers de l'armée de l'Est, (ne pouvant s'expliquer lui-même en français), il nous fit répondre par le brigadier :

« Que vu notre bonne mine et notre qualité de militaires, il ne voulait pas nous arrêter, mais qu'à l'avenir il faudrait nous garder d'examiner les armes des miliciens. Autrement, il nous enverrait à Couvet. Du reste, dit-il en terminant, tenez-vous le pour dit : vous allez être très surveillés. »

Pendant toute cette scène, mon chef resta muet, mais des larmes de colère et de rage perlaient dans ses yeux.

En supposant un instant que notre arrestation eût été une méprise de la part des gendarmes suisses, méprise peu surprenante au milieu du trouble dans lequel l'internement de l'armée de l'Est avait jeté la population de la Suisse, nous avions lieu d'être surpris des injures de toute sorte que ces gendarmes ne cessèrent de nous prodiguer jusqu'à notre comparution devant le conseiller de préfecture. Sans nul doute, par leur excès de zèle, ils avaient rendu la scène pour l'un de nous plus qu'humiliante ; on pourrait dire cruelle.

M. de N*** sortit avec moi de chez ce conseiller, bras dessus, bras dessous, silencieux, ne répondant même pas à mes interrogations. Une douleur secrète absorbait toute sa pensée ; il était profondément peiné de notre humiliation et surtout de l'impossibilité d'en obtenir une réparation quelconque.

Le soir, vers la fin de notre dîner, le docteur Anker, en compagnie d'un inconnu, vint se placer à notre petit coin de table. Selon notre habitude, nous nous mîmes à deviser sur les choses du jour ; nous parlâmes longuement de notre arrestation. Cet inconnu garda d'abord le silence, puis prit tout à coup part à la conversation. Nos plaintes à propos de toutes les vexations que nous subissions en Suisse l'indignaient et il s'écria :

— « Comment ! nous vous avons reçus avec tout l'empressement possible ; nous vous avons empêchés d'être faits prisonniers par les Prussiens ; nous vous avons donné une hospitalité sans exemple ; nous vous donnons aujourd'hui vêtements, solde, nourriture, etc.., et même nous vous autorisons à garder vos chevaux, que nous vous nourrissons !... Et c'est ainsi que vous savez reconnaître notre généreuse hospitalité ! »

— « Oh ! Oh ! Monsieur, reprit notre chef, si vous nous faites toutes ces fournitures, vous savez bien que la France vous en indemnisera largement. »

— «Nous n'en avons pas la même certitude que vous, Monsieur, répondit notre interlocuteur ; en somme vous n'êtes que des ingrats. »

— « N'avez-vous pas, reprit mon chef, dans vos parcs, à Colombier, notre matériel qui garantit suffisamment nos dépenses ? Et, ne reniant pas en cela l'excellente tradition de vos pères, en bons Suisses, à l'occasion, vous vous en souviendriez ! »

« Jusqu'aujourd'hui, répliqua ce Monsieur, j'avais hésité à remplir l'ordre que j'ai reçu de faire évacuer sur l'intérieur de la Suisse les militaires qui sont encore à Fleurier. Mais, dès demaim, je vais prendre des mesures en conséquence : les officiers et les soldats qui sont dans cet hôtel seront les premiers que je ferai partir. »

« Mais les soldats dont vous parlez, monsieur, repris-je, ce sont nos ordonnances, et si vous les renvoyez, par qui ferons-nous panser nos chevaux ? Ainsi vous ferez, sans le vouloir, les affaires des marchands suisses qui, chaque jour, veulent acheter à vil prix nos chevaux. »

« Peu m'importe ! » répondit brusquement notre Suisse.

Or, cet inconnu était le directeur de la police municipale de Fleurier, qui était venu tout simplement à l'hôtel de la Couronne pour s'assurer de notre identité, après notre arrestation du tantôt.

Notre chef devint pourpre de colère en entendant les déclarations de ce commissaire de police. Plus d'une fois, cet excellent docteur Anker et moi, nous craignîmes qu'il ne manifestât son vif mécontentemeut, et ne traitât ce policier comme il méritait d'être traité ; néanmoins, grâce à l'habileté et à la bienveillance de ce brave docteur, nous pûmes, à nous deux, conjurer l'orage et éviter une scène qui menaçait de devenir fort grave.

A partir de ce jour, nos promenades autour de Fleurier devinrent très rares ; nous restions la plupart du temps dans notre mansarde en attendant avec anxiété l'heure de la délivrance ; nous savions que la paix avait été signée le 26 février et que le rapatriement de l'armée de l'Est ne devait plus tarder.

Fleurier s'était tout à coup transformé pour nous en une véritable prison : nous étions l'objet de la surveillance active et tout particulièrement tracassière de la police.

Naturellement la population, un instant indifférente à notre séjour dans ce village, nous devenait presque hostile, et les taquineries des premiers jours reparaissaient à un tel point que notre libraire ne voulait plus nous confier de livres.

Après la scène du 12 mars, et comme les vexations recommençaient, j'écrivis au nom de mon chef à Berne et demandai au département militaire un ordre de départ pour la France.

La réponse ne se fit pas trop attendre : le 15 au soir, au moment de notre dîner, nous vîmes entrer le directeur des postes et du télégraphe tout rayonnant de joie. Il se dirigea vers nous avec précipitation et nous remit la dépêche suivante :

De Berne à Fleurier, le 15 mars 1871.

De N... Intendant en chef, Fleurier.

« Vous êtes autorisé à vous rendre à Lyon par Neuchâtel et Genève avec D** officier d'aministration, deux ordonnances, Raynaud et Martineau, et quatre chevaux.

Cette dépêche vous servira de laissez passer.

Département militaire fédéral.

La joie de ce brave directeur égalait la nôtre ; pourquoi tous les Fleurisans n'ont-ils pas été, comme lui, gens de cœur ?

Nous avions bien notre laissez-passer pour la France, mais nous n'étions pas encore affranchis des tracasseries que quelques Fleurisans ne cessèrent de nous prodiguer jusqu'au moment où nous devions monter en wagon.

L'ordre de départ du département militaire de Berne

était bien formel. Cependant il n'était pas encore suffisant aux yeux du directeur de la police municipale de Fleurier.

Dès le 16 au matin, nous donnâmes communication à ce tyranneau de village de la dépêche de Berne. Il se montra fort affable, se mit à notre disposition pour organiser notre départ, et, comme nous avions quatre chevaux, il nous promit de demander à Neuchâtel un wagon spécial pour eux.

Etait-ce complaisance ? Était-ce encore une taquinerie de sa part ? Je crois qu'il faut plutôt admettre la seconde hypothèse : il avait tout bonnement trouvé là un moyen de nous tenir sous sa férule quelques jours de plus.

Le wagon tant promis ne vint pas, et nous restâmes cinq jours encore à Fleurier pour l'attendre.

Ce n'était pas faute cependant de presser le chef de gare : chaque jour, à partir du 15 mars, nous faisions l'ascension de la gare de Boveresse.

Notre promenade du 18 fut l'occasion de plusieurs incidents que je ne puis passer sous silence.

Comme les jours précédents, nous nous présentâmes au bureau du chef de gare vers une heure de l'après-midi. Comme toujours, nous reçûmes la même réponse : « Nous recevrons probablement demain le wagon pour vos chevaux ».

Ce jour-là, j'étais en compagnie d'un jeune Français réfugié en Suisse ; nous entrâmes nous reposer dans un chalet qui se trouve au-dessous de la gare et comme accroché aux flancs de la montagne. Pour y arriver de la route de la gare, il faut traverser un petit pont en planches, qui donne encore un cachet tout particulier au cabaret. L'intérieur n'offrait pas un aspect très luxueux ; un misérable mobilier de bois de sapin garnissait la pièce principale ; les murs étant tapissés de gravures grossièrement coloriées ; en revanche, la vue était fort belle : de droite et de gauche on voyait une étendue illimitée du Val de Travers.

L'isolement de ce chalet au milieu de la montagne couverte de neige, son ameublement, nous faisaient faire malgré nous certains rapprochements avec ces tavernes de voleurs, si bien dépeintes dans les mémoires de Vidocq et dans les récits des exploits des célèbres aventuriers de la Grande-Bretagne.

Après un repos d'une demi-heure, dans cette auberge, nous regagnâmes Fleurier. Nous l'avons déjà dit ; à l'entrée du village se trouve le cimetière. Ce jour là, une neige fine et abondante recouvrait le sol ; nous fûmes surpris de voir des hommes travailler dans le cimetière ; nous y entrâmes et suivîmes une petite allée tracée pour une personne au milieu de la couche de neige. En nous approchant de ces travailleurs, nous reconnûmes deux fossoyeurs. L'un était dans la fosse et creusait ; l'autre arrangeait avec symétrie la terre à la surface du sol.

— « Comment pouvez-vous faire des fosses par ce mauvais temps ? leur dis-je ».

— « Pour faire vivre nos femmes et nos enfants il faut bien travailler, Monsieur ; c'est notre métier. Le terrain est un peu difficile aujourd'hui, à la vérité. Mais il suffit de donner quelques coups de pioche de plus ; si nous ne faisions pas en tout temps la besogne, on nous changerait, et que deviendrait alors notre famille ? »

— « J'ai deux enfants », dit l'un ; « j'en ai quatre » dit l'autre. Puis le premier ajouta : Nos fonctions de fossoyeurs et de guetteurs nous permettent d'élever notre petit monde. »

— « Comment ? guetteurs ! » repris-je.

« Oui Monsieur, » me répondit celui-ci qui creusait la fosse ; « le jour nous préparons la dernière demeure des habitants de Fleurier ; et la nuit nous veillons à leur repos et à leur sauvegarde afin qu'ils ne soient pas surpris par les incendies, ni dévalisés par les voleurs. Nous parcourons donc les rues de ce petit village la nuit, et du matin au soir nous fouillons ce charnier. »

Ce fossoyeur, tout en bavardant, sans cesser son travail, venait de mettre à nu la tête d'un squelette : « On se donne bien du mal dans la vie pour arriver à ce résultat, s'écria-t-il, en me montrant le squelette qu'il dégageait avec précaution.

« Voilà la véritable égalité, la vraie liberté et fraternité ! En définitive, qu'est-ce que la vie, Monsieur, sinon un court voyage rempli de soucis, de déceptions pour la plupart d'entre nous, de jouissances et de bonheur pour quelques-uns seulement ? Mais la fin du voyage est la même pour tous.

« Puis notre fossoyeur ajouta en prenant la tête du squelette qu'il avait sous ses pieds : « Tous nous deviendrons ainsi, aussi bien ce millionnaire dont nous préparons la place que les 32 militaires français que vous voyez couchés plus loin.

« Ah ! pourquoi ? » conclut notre fossoyeur philosophe, « pourquoi les hommes se détestent-ils tant, et se font-ils tant de mal sur terre ? Dire qu'ils n'en viennent pas moins tous là ! »

Et à ce moment il rejeta dans la fosse la tête du squelette qu'il avait tenue pendant tout le temps qu'il discourait si sagement.

Le lendemain mon chef, qui commençait à trouver que notre commissaire de police abusait de son droit en nous retenant ainsi à Fleurier, s'autorisa du permis qui nous avait été adressé le 15 mars par le département militaire fédéral pour prier notre geôlier de vouloir bien lui délivrer sans retard un laissez-passer pour nos chevaux.

Sur cette réquisition, notre trop zélé commissaire fut forcé de s'exécuter, et nous délivra le laissez-passer que nous réclamions.

Aussitôt cette pièce reçue, nous fixâmes notre départ au lendemain 20 mars ; nous décidâmes que nous prendrions le chemin de fer jusqu'à Neuchâtel. Afin d'écarter toutes difficultés que nous craignions de voir surgir à la gare de Boveresse, il fut décidé que nos chevaux nous seraient amenés par la route à Neuchâtel.

Le lendemain, dès midi, par un dégel affreux, nous quittâmes l'hôtel et le village où nous n'avions guère connu que soucis et tracas sans nombre.

Nous avions retenu nos places à l'omnibus du chemin de fer, mais le conducteur ne s'en souvenait plus. Ce n'était pas étonnant : nous étions des officiers français.

Avouons-le toutefois : il comprit qu'il y aurait inhumanité à laisser aller à pied, au milieu de la neige, notre chef à peine remis de sa congélation, et ne marchant qu'à l'aide d'un soulier coupé et mis en pantoufle. Il

consentit à le prendre dans l'omnibus. Quant aux bagages, il les laissa sur la place de Fleurier, en me disant : « arrangez-vous ; car je ne veux pas m'en charger. »

J'avisai alors notre maître d'hôtel et lui demandai
une voiture. « Je n'en ai pas ; » me répondit-il. Il faisait cependant le métier de loueur de voitures, comme
tous les maîtres d'hôtel de ces petites localités et, par
ce temps de neige, il n'avait que très peu de voitures
dehors. Il reprit bientôt : « j'ai une petite voiture qui
« fera votre affaire et je vais la faire atteler ; vous pour-
« rez vous-même y trouver une place ».

Tout d'abord j'avais espéré une charrette comme
celles de nos paysans. Pas du tout : je vis s'avancer un
chariot pour transporter le bois, lorsqu'on le descend
de la montagne, c'est-à-dire un véhicule qui se compose de deux morceaux de bois reliés par des cercles
de fer ; je ne pus retenir un éclat de rire devant la petite malice de notre homme, qui du reste me comprit.

— « Donnez-moi de vos nouvelles, » me dit-il d'un
ton ironique, en me tendant la main et en me priant de
lui écrire souvent.

« Oui, répondis-je et pour vous rappeler sans cesse,
reconnaître avec gratitude toutes les faveurs dont vous
nous avez comblés pendant notre séjour dans votre
hôtel. »

Sur ce, je me perchai comme je pus sur nos colis ; et
notre carriole prit au petit pas la route de la gare de
Boveresse.

Il est facile de comprendre que notre impatience était
grande et que nous craignions de manquer le train.

Notre maître d'hôtel eût eu l'intention de nous le faire manquer qu'il n'eût pas mieux réussi ; mais heureusement que le train avait du retard ; nous pûmes donc arriver assez tôt pour le prendre.

Le chef de gare mit très mauvaise grâce à nous donner des billets de place sur le vu de notre laissez-passer et, lorsque je lui fis remarquer que je désirais m'arrêter à Neuchâtel afin de prendre nos chevaux pour lesquels il n'avait pas pu ou plutôt pas voulu nous donner de wagon, il s'emporta :

« Comme ces officiers français sont insupportables ! s'écria-t-il. Je ne donne pas de billets pour Neuchâtel ; je ne peux vous donner de billet que pour Genève. »

Un autre employé de la gare, qui assistait à cette altercation, m'adressa ce compliment : « Cessez donc vos récriminations et occupez-vous mieux de vos soldats, tas de mauvais officiers ! »

Mon chef, en entendant ces nouvelles injures, se dirigea sans retard vers le train, afin d'éviter encore une scène qui eût été fort désagréable pour nous. Comme il ouvrait un compartiment de 1re classe, le chef de train s'écria : « Ce n'est pas pour vous, canailles d'officiers ; voici vos places. » Et il montrait les 3e classe !

Mon chef, sans hésiter, et malgré son pied en pantoufle, se hissa comme il put dans le wagon dont il tenait la portière, en me faisant signe de le suivre. Puis, dès qu'il y fut installé, il dit au chef de train : « Faites-moi descendre maintenant, si vous l'osez ! »

Le chef de gare et son employé ne répondirent pas.

Tout-à-coup sortit des bureaux de la gare une femme âgée qui s'avança précipitamment jusqu'à la portière du wagon et nous dit ces mots de consolation, qui sont restés gravés dans notre cœur :

« Oubliez, Messieurs, les propos de malheureux insensés qui ne comprennent pas que c'est un crime d'insulter le malheur ! Leur conduite est un déshonneur pour la population de la Suisse hospitalière et généreuse par nature. Que Dieu vous protège et vous ramène sains et saufs dans vos familles ! »

En prononçant ces paroles, cette femme nous tendit la main les larmes aux yeux, et partit... Qu'était donc cette dame si humaine, si compatissante au sort des internés ? C'était la femme du conseiller de préfecture, qui avait été témoin de notre scandaleuse arrestation du 12 mars.

Les paroles de cette brave et digne dame furent un véritable baume appliqué sur la blessure que nous avaient faite en plein cœur les outrages qu'on nous avait si peu ménagés à Fleurier.

N'est-ce pas là le plus beau côté du rôle de la femme sur la terre ? Ne sait-elle pas faire oublier d'un mot, d'un geste, les injustices les plus criantes et les plus odieuses ?

Le trajet en chemin de fer, de Boveresse à Neuchâtel, offre des sites ravissants et fort pittoresques ; la ligne suit fidèlement tous les contours de la montagne, sauf à de rares endroits où des travaux d'art ont été créés par le génie humain pour prévenir les accidents et adoucir les pentes trop rapides.

De la plaine, c'est un charmant coup d'œil que de voir les locomotives traverser avec autant de facilité et de rapidité des montagnes si accidentées.

Ce jour-là, l'aspect des montagnes du Val de Travers était d'autant plus saisissant, qu'elles étaient en partie recouvertes de neige. Les rayons brûlants du soleil la faisaient fondre avec rapidité et projetaient au loin de nombreux éclats qui brillaient comme des feux de diamant. Cela ajoutait encore, et grandement, à la beauté du spectacle.

La ligne de fer, en quittant Boveresse, s'engage dans une foule de circuits qui forment un ensemble de pentes très rapides et le trajet se fait presque sans vapeur ; en quelques minutes on descend à Couvet.

A cet endroit, la ligne semble avoir quitté les sommets pour ramper au pied de ces montagnes. Nous arrivions à Travers, petit village peu important, et en quelques minutes nous atteignions Noiraigue, station située à l'entrée d'un tunnel, à l'extrémité d'une véritable gorge.

A cet endroit, en effet, la gorge se resserre, les montagnes qui forment les deux côtés de la vallée et que nous voyions, quelques kilomètres plus loin, distantes l'une de l'autre d'au moins deux mille mètres, semblent ici se toucher. Nous nous trouvons au pied Nord d'une montagne très élevée qu'on appelle le Creux du Vent ; elle mesure, nous dit-on, 1466 mètres. Pendant les quelques minutes d'arrêt de notre train, nous avons pu voir un immense cirque bordé de rochers d'une hauteur vertigineuse ; au fond de ce chaos, des masses de grosses pierres suspendues les unes sur les autres, des débris d'arbres renversés, décombres formidables ainsi entassés par la nature. Dans le voisinage de ces gros rochers, on aperçoit quelques pins naissants et quelques arbustes, sans cependant qu'on puisse distinguer un atôme de terre végétale.

Devant ce cirque gigantesque, tout à la fois grandiose et majestueux, nous restâmes saisi d'étonnement et d'admiration. Nous nous rappelions alors le chaos que l'on rencontre dans les Pyrénées, sur la route de Saint-Sauveur à Gavarnie. Il est en tous points semblable ; il présente, comme le Creux du Vent, ces belles horreurs qui, par leur caractère sauvage et extraordinaire, semblent tenir de la fable et de la féerie.

Evidemment le Creux-du-Vent et la Peyrade des Pyrénées doivent avoir la même origine. Tous deux doivent provenir d'un formidable écroulement de la montagne produit depuis des siècles.

Mais nous ne pouvons rester un long temps absorbé dans notre contemplation ; bientôt il faut remonter en wagon ; le train part et s'engage dans quatre tunnels que nous traversons successivement.

Durant les quelques minutes qui séparent ces tunnels l'un de l'autre, nous nous apercevons que nous nous sommes élevés depuis Noiraigue à la hauteur de 60 mètres ; que la vallée est devenue tellement étroite que les montagnes de droite et de gauche sont séparées de quelques mètres seulement. La Reuse coule au milieu de ces montagnes ; son cours n'est pas aussi paisible que tout-à-l'heure dans la vallée : elle bondit par cascades à travers de gros blocs de rochers qui forment maintenant son lit. La végétation a un aspect sauvage qui donne à cette dernière partie du Val de Travers un air de grandeur et de sévérité ou plutôt de majesté extraordinaire.

Tout-à-coup nous voilà sortis du dernier tunnel. Quel coup d'œil féerique ! Devant nous l'horizon est tout bleuâtre : c'est le lac de Neuchâtel.

A nos pieds, la ville ; à droite et à gauche les Alpes avec leurs cimes élevées. Sortir rapidement des ténèbres et revoir la lumière avec un tel panorama, c'est une surprise dont on ne peut rendre l'enchantement et le ravissement. Les yeux ne sont pas assez grands pour voir, et le cœur est trop profondément, trop vivement remué, pour qu'on puisse analyser ses sentiments.

De notre roche escarpée, nous descendons majestueusement à Auvernier puis, en quelques minutes, nous sommes à la gare de Neuchâtel.

Neuchâtel se trouve situé sur un versant du Jura, à mi-côte, et s'étend en amphithéâtre jusqu'au lac qui baigne ses promenades. C'est un site très-heureux qui rend très agréable le séjour de la ville. Cette dernière respire l'aisance, le luxe même ; elle est peuplée d'une foule d'étrangers qui en font leur station de vacances. Les rues sont larges, les avenues spacieuses et bien alignées sur le modèle, réduit en quelque sorte, de celles de Paris. Les promenades du lac sont ornées çà et là de beaux et splendides hôtels.

J'aurais bien désiré pouvoir séjourner quelques instants dans la ville, afin d'examiner à loisir toutes ses beautés, mais je devais rejoindre au plus tôt mon chef à Genève.

N'ayant pu obtenir du chef de gare de Neuchâtel un wagon pour embarquer nos chevaux, je résolus de gagner Genève, à cheval et par étapes.

Je passai donc la soirée à Neuchâtel et je remis mon départ au lendemain.

Dans cet intervalle, je rendis visite à un colonel fédéral, qui avait eu beaucoup de complaisance pour nous à Fleurier, M. de Mandrot. Celui-ci, par ses nouveaux témoignages de sympathie, me fit oublier un instant les mauvais procédés de quelques Suisses à notre égard.

A la louange des Neuchâtelois, nous pouvons affirmer que le récit que nous fîmes de notre séjour à Fleurier les surprit fortement.

Nous le comprenons d'autant mieux qu'ils furent dans cette ville, en général, très affables pour nous et pour nos infortunés compagnons.

Je quittai Neuchâtel le lendemain, vers midi, par un beau soleil; je chevauchai sur la route de Neuchâtel à Yverdun. Se sentir libre de respirer, de penser, n'être plus environné de sbires ni d'insulteurs, était pour moi, durant cette belle journée, le comble de la joie.

J'allais au pas, laissant s'égarer mon imagination au gré des idées les plus bizarres et les plus fantastiques, mais me gardant bien de détourner un instant les yeux de ce lac aux eaux tranquilles. La route de Neuchâtel à Yverdun suit constamment les bords du lac et semble jouer avec le chemin de fer, qui s'enlace de temps en temps avec elle.

Nous longeâmes pendant quelques kilomètres les monts élevés du Jura, derrière lesquels se trouve notre ancienne prison, Fleurier, et nous arrivâmes ainsi à Colombier.

Là nous ne pûmes nous défendre d'une impression

pénible, dès que nous aperçûmes, parquées dans le château fort, nos pièces d'artillerie et nos mitrailleuses, le gage de notre rançon.

Aussi franchîmes-nous très vite Colombier, car nous avions hâte, après la vue d'aussi tristes souvenirs, de contempler cette belle nature que nous avions perdue un instant, et de nous trouver au milieu de ces beautés infinies qui ravivent les âmes malades, troublées, et n'éveillent d'ordinaire que de nobles sentiments.

Nous marchâmes ainsi sans désemparer jusqu'à Gorgier Saint-Aubin, où nous fîmes une petite halte, pour faire reposer nos chevaux. Ce petit village se trouve situé sur les bords mêmes du lac, et il est charmant d'aspect.

En face, de l'autre côté du lac, on apercevait sous les rayons du soleil couchant Estavayer, jolie petite ville, dit-on.

Pendant cette halte, à une auberge qui s'appelle l'Ecu de France, je fis la rencontre d'un Suisse qui me demanda à monter un de mes chevaux. Il prétextait qu'il allait au village voisin, à Concise, et qu'ainsi je lui éviterais de la marche et lui ménagerais du temps pour faire ses affaires, la journée étant déjà avancée.

Devant la bonhomie de notre homme, et croyant réellement l'obliger, je fis avancer un de nos chevaux, et, mon ordonnance et moi, nous le hissâmes dessus comme nous pûmes.

Bientôt nous nous mîmes en route. Notre homme, une fois en selle, après avoir examiné attentivement sa monture, me demanda à aller un peu au trot, ce que je lui accordai volontiers. Le cheval, se sentant plus libre qu'à l'ordinaire, partit d'un train rapide, nous dépassa. Puis, ne voyant pas ses compagnons le suivre, il s'arrêta, se cabra, et menaça de jeter par terre son cavalier par trop présomptueux. Celui-ci alors nous appela à grands cris à son secours.

Nous arrivâmes assez tôt pour arrêter et calmer le cheval impatienté et surexcité.Autrement ce brave Suisse serait certainement allé prendre avec son cheval un bain dans le lac.

Revenu de son émotion, notre homme se souvint de sa première pensée et s'écria : « C'est égal, monsieur, c'est un bon cheval que vous venez de me faire monter ; il faut que vous me le vendiez ; j'ai de l'argent sur moi et assez pour le payer ; tenez ! je vous en offre deux cents francs !

— « Ces chevaux ne sont pas à vendre ; ils ne m'appartiennent pas, » lui répondis-je.

Néanmoins, il persistait à tenir la bride du cheval et ne paraissait pas décidé à la lâcher ainsi.

« Il est temps que cette comédie finisse ! m'écriai-je ; j'ai voulu vous rendre service et voici comment vous êtes reconnaissant ! »

Il se mit à sourire et eut l'air de me narguer. Je donnai aussitôt l'ordre à mon ordonnance de prendre la bride du cheval. Le Suisse ne voulait pas encore la lâcher mais, sur un coup d'éperon donné par l'ordonnance à sa monture, tous les chevaux se mirent à ruer et notre Suisse fut forcé de s'éloigner pour éviter d'être renversé.

Nous n'avions pas fait dix mètres qu'il nous prodiguait toutes sortes d'insultes, et n'oubliait pas surtout celle qui était tant à la mode alors dans les cantons Suisses : « Ah ! les Bourbakis ! Ah ! les chiens de Bourbakis ! »   . . . .

. . . .

La morale de cette historiette c'est que le Suisse n'oublie jamais ses intérêts, même au milieu du danger.

Après deux heures et demie de marche, après avoir traversé plusieurs villages peu importants et peu remarquables, nous arrivâmes à la petite ville de Grandson, qui se trouve, elle aussi, sur les bords du lac. A l'entrée, on aperçoit un vieux château penché sur les eaux du lac, tapissé de lierre, et qui semble placé là comme une sentinelle avancée.

Nous nous engageons dans une longue rue qui côtoie les bords du lac, rue peuplée, qui ne manque pas de s'émouvoir en apercevant des Bourbakis. Heureusement encore que les gens ne nous arrêtèrent pas, et qu'ils se contentèrent de nous regarder avec curiosité, sans nous insulter. Nous sortîmes donc sans embarras et sans encombre de la ville.

La route de Genève longe le chemin de fer et le lac jusqu'à Yverdun, point désigné pour notre étape. Il était environ six heures du soir lorsque nous arrivions en vue d'Yverdun.

Cette ville, située à l'extrémité sud-ouest du lac de Neuchâtel, est surtout industrielle ; les bords du lac en cet endroit n'offrent que des quais de débarquement noirs et poudreux. Une certaine activité règne non-seulement dans le faubourg mais encore dans toute la ville. Les rues sont très étroites et les maisons peu élevées et d'un style douteux. Au milieu de la ville, sur une place, on aperçoit l'ancien château de Conrad de Zœhringen, qui renferme aujourd'hui la bibliothèque municipale. Ce château du XIIe siècle ne représente qu'un gros œuvre assez bien conservé, sans aspect remarquable.

Le soir, à l'hôtel de Londres, où nous étions descendus, nous nous trouvâmes à la table d'hôte auprès d'un officier de mobiles arrivé depuis peu de l'intérieur de la Suisse et qui comptait faire un long séjour à Yverdun parce que, disait-il, le temps de rentrer dans ses foyers n'était pas encore arrivé.

J'avoue qu'il m'était difficile de comprendre ce peu d'empressement à revoir la France, et encore plus difficile de me faire admettre un motif quelconque de prolongation de séjour en Suisse. Cela d'autant plus que le rapatriement de l'armée de l'Est était commencé depuis quelques jours, et que l'amabilité des Suisses n'était pas proverbiale parmi nous.

Certaines paroles qui échappèrent à notre officier, durant la conversation, me donnèrent à penser que la rentrée de son bataillon dans sa petite ville pourrait bien être la cause principale de cette prolongation de séjour en Suisse. Notre homme avait, disait on, plusieurs fois lâché pied devant l'ennemi. Hélas ! que d'exemples semblables n'aurions-nous pas à rappeler !

Dès le lendemain matin, nous continuâmes notre marche vers Lausanne, qui devait être notre seconde étape. Nous profitâmes de la matinée pour parcourir les quelques kilomètres qui séparent Yverdun de la ville aux trois collines ; le soleil de février fut très chaud dans la journée,

A 11 heures environ, nous étions en vue du lac
Léman et nous entrions à Lausanne ; le lac nous apparut comme par enchantement ; dès que nous eûmes
contourné le dernier monticule du mont Jorat, nous
fûmes surpris de nous trouver de suite au milieu de
Lausanne. La ville est bâtie sur trois collines séparées
par de petits vallons. Naturellement, les rues sont en
général très étroites, en pente, mais en revanche très
peuplées.

Je rencontrai un Suisse que j'avais connu en France
et qui voulut bien me servir de guide. Sans perdre une
minute, dès que j'eus pris un peu de repos, nous visitâmes ensemble Lausanne. Nous nous rendîmes tout
d'abord à la cathédrale ; nous y admirions la grandeur
de la nef ; nous y examinions, en détail, les nombreux
tombeaux de grands personnages et d'évêques qu'elle
renferme.

On nous dit que cette église avait tour à tour servi
aux cultes catholique et protestant : aujourd'hui elle est
réservée exclusivement aux protestants.

Nous fîmes ensuite l'ascension du château qui se
trouve sur la colline du centre. De ce point, on découvre une grande partie du canton de Lausanne, le lac
et ses bords à une grande distance. Jadis, ce château
servit de demeure aux évêques, puis aux préfets ; aujourd'hui il est occupé par le conseil du canton de
Vaud.

Nous parcourûmes la ville qui, grâce à sa position
pittoresque, offre des vues également variées et agréables ; nous y vîmes quelques belles maisons et quelques
belles rues.

Le soir, pour achever de payer sa dette d'hospitalité, notre guide nous reçut à son foyer. Douce prévenance, bien faite pour nous faire oublier les mesquines et cruelles tracasseries des Fleurisans !

Selon notre habitude, le lendemain, dès le jour, nous quittâmes Lausanne, emportant de cette ville les meilleures impressions et les meilleurs souvenirs.

La route de Lausanne à Genève, dès qu'on a parcouru un kilomètre seulement, offre des pentes successives et peu rapides ; elle côtoie les bords du lac Léman presque jusqu'à Genève ; c'est une succession de sites, de paysages, qu'il est difficile de rencontrer ailleurs que sur les bords de ces lacs de la Suisse.

Nous traversâmes d'abord Morges, petite ville très animée, qui semble être très commerçante. On aperçoit sur les bords du lac, en cet endroit, une tour ancienne, qui semble dépendre du château : c'est l'arsenal, nous dit-on, destiné à recevoir l'artillerie du canton. Plus loin est Saint-Prex qui s'avance dans le lac ; c'est un village peu important.

Ici à notre droite, d'immenses côteaux, plantés de vignes, qui s'étendent jusqu'à Rolle.

Nous entrons dans cette petite ville sur les dix heures ; le soleil commence à être très chaud, nos chevaux ont besoin de souffler après une course de trente kilomètres environ.

Rolle se compose d'une grand'rue très spacieuse et très commerçante. L'arrivée du bateau, qui fait le trajet sur le lac entre Lausanne et Genève, est l'occasion d'un mouvement inaccoutumé, qui donne la vie à toutes ces petites localités du bord du lac. Ce jour-là nous pûmes jouir de ce spectacle, car le bateau de Lausanne arrivait en même temps que nous à Rolle.

Après quelques heures de repos, nous allâmes nous promener sur les bords du lac. En face de l'hôtel de la Tête-Noire, on aperçoit à quelques mètres dans le lac un petit îlot au milieu duquel s'élève un obélisque entouré d'une grille. C'est un monument destiné à honorer la mémoire du général Laharpe, qui contribua en 1814, grâce à la protection de l'empereur Alexandre de Russie, à la séparation du pays de Vaud et du canton de Berne. Par cet acte, il rendit son pays indépendant ; la construction a été faite aux frais des habitants de Rolle, concitoyens du général.

Nous restâmes quelques instants dans les jardins de de l'hôtel de la Tête-Noire, sur les bords du lac, à contempler la tranquillité de cette plaine d'eau, troublée à de rares intervalles par quelques bateaux à vapeur. Nous ne pouvions nous lasser d'admirer en face, devant nous, les montagnes de la Savoie, dont on distingue parfaitement, de Rolle, les sommets couverts de neige.

La journée s'avançait, et nous n'étions qu'à moitié de notre route. Nous fûmes bientôt tirés de notre contemplation et de nos rêveries par notre ordonnance qui vint nous prévenir que le moment du départ était arrivé.

Nous quittâmes Rolle vers les quatre heures. A cinq heures, nous arrivions en vue de Prangins, la résidence du cousin de notre ex-empereur. Il ne nous fallut pas une longue étude pour la reconnaître, grâce au luxe, au mauvais goût qui a présidé à la construction du château, à la disposition du parc.

A deux kilomètres au-delà se trouve Nyon, charmante petite ville, sur le lac. En la traversant, nous ne pûmes remarquer que la silhouette du vieux château. Nous n'avions qu'un regret, c'est que le règlement de notre temps ne nous permît pas de nous arrêter quelques minutes dans cet endroit.

A six heures, nous entrâmes à Coppet, village également situé sur le lac. Un instant de repos devint nécessaire pour nos chevaux ; je mis pied à terre et m'installai sur les bords de ce beau lac, pendant que nos chevaux mangeaient leur avoine : je ne pouvais rassasier ma vue de ces belles eaux bleues, et cependant, depuis le matin cinq heures, j'en côtoyais les bords.

Notre maître d'hôtel nous parla longuement de son pays, nous en vanta fortement l'excellente situation et nous engagea à borner là notre course de la journée, prétextant la lassitude de nos chevaux.

Comme je bavardais avec ce brave homme, je vis tout-à-coup accourir mon ordonnance effaré et s'écriant:

« Encore les soldats suisses ! Ils m'ont poursuivi jusqu'ici ; ils sont à la porte de l'hôtel, ils nous attendent pour nous arrêter. »

« Faites, lui dis-je, manger nos chevaux, et aussitôt qu'ils auront fini, prévenez-moi ; ne vous préoccupez pas des soldats suisses. »

A peine étais-je sorti de cet hôtel qu'un soldat suisse accourut, saisit la bride de mon cheval, en me criant:
Halte-là !

« Que signifie, m'écriai-je, cette nouvelle comédie ? Laissez-moi continuer ma route ; je suis en règle et je ne dois aucun compte de ma conduite à un simple soldat qui d'ailleurs n'est pas en service. »

Aussitôt le milicien appelle tout le poste à son secours. Celui-ci s'empresse de sortir les armes à la main, et tous de me barrer complètement le passage.

« Où donc est votre officier, repris-je ? »

Aussitôt un homme petit, à la figure peu aimable, sortit des rangs.

« Nous ne sommes pas des fuyards ni des voleurs, monsieur lui dis-je ; nous sommes deux Français qui nous rendons à Genève avec nos chevaux et la preuve : la voici. Regardez ce laissez-passer et faites donc cesser toutes ces tracasseries ! »

Notre milicien n'en pouvait croire ses yeux : C'est vrai, Monsieur, vous avez raison ; vous êtes parfaitement en règle ; je vous demande pardon de vous avoir retenus ainsi ; vous êtes libres, vous pouvez continuer votre route.

Les miliciens se retirèrent un peu confus de leur puérile équipée. Mais les Coppéens se chargèrent de leur faire oublier leur déconvenue, en nous poursuivant de leurs quolibets et de leurs cris : « Chiens de Bourbakis ! Ah ! les Bourbakis ? Ah ! les capitulards, etc. etc. » .

. . . .

Nous fûmes accueillis encore quelques instants plus tard par les mêmes injures dans les hameaux et les villages que nous traversâmes avant d'arriver à Genève. Mais bientôt, le jour baissant, il devint difficile de reconnaître des soldats de l'armée de l'Est et, grâce à l'obscurité, nous pûmes gagner Genève sans nouvelles insultes et sans nouveaux soucis.

Dès Versoix, village considérable, les becs de gaz des quais de Genève, avec la réflexion de leurs rayons dans les eaux du lac, nous apparaissaient et nous indiquaient notre direction. Tableau majestueux et vraiment beau.

Nous avions vu ce lac Léman sous tous ses aspects ; nous l'avions vu dans la journée, avec le lever et le coucher du soleil ; nous avions contemplé ses deux rives dont l'une annonce l'aisance, la richesse même et l'autre la misère et la pauvreté. Maintenant l'éclairage de nuit ajoutait un dernier trait au tableau qui seul avait occupé notre pensée depuis Lausanne.

Peu à peu, nous nous rapprochions de ces lumières. Enfin, à neuf heures du soir, nous nous trouvions tout-à-coup, sans nous en douter, transporté sur le quai du Mont-Blanc.

Ce quai nous surprit un instant, car nous croyions revoir les vastes quais de la Seine.

La ville, que nous parcourûmes pour nous loger, nous parut petite, mais fort belle, surtout dans les quartiers qui environnent la gare et les quais.

Le lendemain nous fîmes de longues promenades dans Genève et nous visitâmes toutes ses curiosités.

Dès le 25 au matin, nous partions définitivement pour la France, tellement nous étions impatients de la revoir après notre internement de deux mois en Suisse. Et cet internement avait été si dur et si cruel que nous ne voulions pas nous y attarder plus longtemps. Certes, nous y avions rencontré des sympathies ; nos y avions

trouvé, grâce à l'autorité fédérale, un asile et une hospitalité que nous n'oublierons pas. Mais pourquoi faut-
il que l'immense majorité de la population ait étalé devant nous des défauts et des vices capables d'éclipser les
plus belles qualités ?

CONCLUSION

ÉPIGRAPHE

« Il se peut qu'ils soient aimants et sensibles ; mais rien n'est plus éloigné du ton du sentiment que celui qu'ils prennent; tout ce qu'ils font par humanité semble fait par ostentation, et leur vanité cache leur bon cœur. »

J.-J. Rousseau.

Correspondance, vol. 3, page 96, (Edit. Beaudoin.)

Nous avons essayé de présenter avec la plus grande impartialité et avec la plus grande exactitude les faits dont nous avons été témoin pendant notre internement en Suisse. Nous n'avons jamais cherché à mettre dans cet exposé l'amertume que certains esprits prévenus pourraient y apercevoir.

Par l'observation de ces faits et par les réflexions qu'ils nous ont suggérées, nous avons cru reconnaître les mobiles de l'excessive antipathie que les Suisses manifestèrent pendant tout notre internement, particulièrement contre les officiers de l'armée de l'Est. Après un court exposé et une scrupuleuse analyse, il sera facile d'apprécier à sa juste valeur cette hospitalité tant glorifiée chez eux, tant vantée chez nous.

Depuis le 1ᵉʳ février, jour de l'entrée de l'armée de l'Est sur le territoire Suisse jusqu'à la fin de mars, date de notre rapatriement, la presse de tous les cantons de la Suisse, sans en excepter un seul journal, s'est mise en campagne pour chanter sur tous les tons l'hospitalité qu'ils accordaient aux militaires français.

Ainsi, non-seulement les journaux suisses, mais même depuis lors ceux de France, — car la fièvre d'enthousiasme gagne facilement notre trop généreux pays, — furent remplis d'éloges et de louanges à l'adresse de ces bons Suisses. La formule journalière ne variait guère, et était à peu près celle-ci : « Nous apprenons que tel ou tel canton a distribué tant de soupes, tant de pains ; que les habitants ont donné des vêtements, etc.

Toujours l'article se terminait par un dernier boniment. Tantôt c'était : « Nous remercions aussi les dames de tel ou tel canton pour leurs dons et offrandes, et nous leur adressons de sincères félicitations à propos de leur touchante compassion pour ces malheureux soldats français, etc. »

Ailleurs on lisait : « Il faut être témoin du dévouement infatigable de la municipalité, des dames et de la population de tel canton pour être convaincu que chez nous la charité n'est pas un vain mot, etc. »

Nous sommes loin assurément de blâmer, de nier même de louables et très réels sacrifices, de nobles dévouements auxquels nombre de nos compatriotes durent un réel soulagement. Mais qu'on nous permette de le demander, cette charité, faite avec moins d'ostentation et plus de simplicité, eût-elle été moins noble ? Crier bien haut que nous donnons un morceau de pain à un malheureux, n'est-ce pas atténuer la valeur de notre bonne action ?

La France, sous le poids de ses désastres, a subi le sort réservé ordinairement au vaincu. Elle a vu le vide se faire autour d'elle : ses alliés d'un jour, d'un moment, mais naturels, l'ont abandonnée, se sont tenus à l'écart dans une neutralité absolue. Comment, alors, pourrions-nous trouver étonnant que, dans une certaine mesure, dans certaines parties de la Suisse, on ait pu oublier un instant cette France si généreuse, si prodigue de ses ressources et pour ainsi dire de sa substance, de sa chair et de son sang, envers les nations qui l'environnent ?

Nous ne ferons pas à la Suisse l'injure de penser, comme certains l'ont déjà fait, que son hospitalité fut d'autant plus grande et d'autant plus généreuse que son débiteur lui offrait de plus sérieuses garanties pour ses frais d'internement [1]. Nous ne lui rappellerons pas

---

[1] *Væ victis ! Pas d'argent, pas de Suisse,* dit un vieux proverbe. Les descendants de Guillaume Tell tiennent à conserver leur vieille réputation ; ils viennent de le prouver à la France. On se souvient qu'après la défaite qu'elle eut à subir dans l'Est, l'armée de Bourbaki chercha un refuge en Suisse.

Nous avons été tous pleins d'enthousiasme pour l'accueil qu'ont fait nos voisins à nos pauvres soldats. Du haut de la tribune de l'Assemblée Nationale, on a même vanté l'hospitalité suisse au point que l'hospitalité écossaise, d'ancienne réputation, paraissait dépassée. Que les enthousiastes mettent une sourdine à leur admiration et à leur reconnaissance ! La note à payer a été présentée. Elle s'élève à 12 millions, frais directs et frais indirects compris.

Parmi les frais indirects que la France doit payer, nous voyons figurer l'entretien des troupes suisses mises sur pied pour garantir

les accusations cruelles qui ont été lancées contre elle mainte et mainte fois à cette occasion. Mais cependant nous ne sommes pas portés à croire, comme la plupart de nos journaux et tous ceux de la Suisse le pensaient et le criaient alors à tous les échos, que cette hospitalité fût aussi large et aussi désintéressée qu'on l'a prétendu.

Ne pourrions-nous pas répondre à certaines feuilles officielles du gouvernement fédéral, aujourd'hui que nous avons reçu la carte à payer, que lorsqu'elles affichaient des sentiments désintéressés et hospitaliers vis-à-vis de leurs malheureux internés et qu'elles essayaient de rire des menaces de la Prusse, elles n'ignoraient pas que la Suisse avait dans ses magasins des garanties suffisantes pour couvrir les frais de notre internement ?

Est-ce que le gouvernement fédéral n'avait point pris, dès notre entrée sur le territoire suisse, une excellente précaution pour prévenir de notre part tout retour offensif contre les Prussiens ? N'avait-il pas réuni, dans un seul endroit, sous bonne garde, à Colombier, tout le matériel de l'armée de l'Est, cela plutôt pour garantir les frais de notre internement que pour tout autre mo-

la neutralité ; nous voyons figurer une église brûlée par l'imprudence des soldats suisses ; nous voyons figurer... Mais acquittons-nous afin de n'avoir plus à nous occuper de pareils comptes. La commission voudrait rabattre, dit-on, un ou deux millions.

Ce serait trop s'abaisser que de chicaner de la sorte. Il est des générosités qu'il faut savoir s'imposer. *Pas d'argent, pas de Suisse.* Ne l'oublions plus et payons ; il viendra bien le jour où nous aurons à nous faire payer à notre tour.

Extrait du journal *La Liberté* du lundi 29 avril 1872.

tif. Ce matériel, comme nous allons le voir, avait une certaine importance.

Liste exacte des voitures qui étaient parquées sur dix lignes de hauteur à Planèse (Colombier).

Pièces de 12 livres avec affût et avant-trains	24
« 8 « «	28
« 4 « «	115
Canons à balles (Mitrailleuses)	19
Pièces de 4 livres, de montagne sur affût et limonière	16
Caissons de 12 livres	69
« de 8 «	125
« « 4 «	186
Caissons des équipages pour télégraphes	6
Caissons de canons à balles	18
« d'infanterie	78
« des équipages militaires	34
Forges de campagne	51
Chariots de batteries divers	53
Chariots de parc	73
Charrettes diverses de réquisition	121
Affûts de rechange de 12 livres	2
« « 8 «	7
« « 4 «	17
Chariots du parc du génie	8

Voitures de divers genres à deux et à quatres roues, chargées de barils, de caisses d'approvisionnements ou de munitions d'infanterie.   528

Ainsi aujourd'hui ne pourrions-nous pas dire aux Suisses : Si vous avez pourvu aussi largement aux besoins de l'armée de l'Est, n'est-ce pas aussi avec l'assurance d'être un jour exactement et fidèlement remboursés? Dans tous les cas, vous déteniez un gage suffisant, et votre conscience de négociants était pleinement rassurée sur vos déboursés et sur les frais de notre internement.

Peut-être avez-vous accordé une hospitalité plus large, plus bienveillante au soldat qu'à l'officier ; peut-être même avez-vous été injuste envers ce dernier, mais pas plus envers l'un qu'envers l'autre vous n'avez été prodigues de liberté. Il est vrai, me direz-vous, que les menaces de la Prusse et la crainte de voir troubler l'ordre admirable de vos cantons en sont les véritables causes.

Mais alors pourquoi avoir fait tant de réclame pour l'hospitalité que vous avez donnée à l'armée de l'Est ?

Soldats et officiers avaient droit à votre sympathie ; vous avez voulu faire une distinction entre eux, distinction malheureuse, qui ne reposait sur aucun des préjugés émis par cette presse officieuse qui se trouve en majorité dans vos cantons.

Dans notre emprisonnement, et non pas internement, car c'est le véritable nom à donner à notre séjour en Suisse, nous nous sommes demandé bien souvent quelles étaient les causes de la préférence marquée des Suisses pour le soldat, tandis que l'officier était en butte à toute espèce de vexations. Pour nous faciliter cette recherche, nous n'avons pas voulu nous abandonner dès le premier moment à des sentiments d'impatience et de colère cependant bien naturels.

Nous avons voulu étudier, sonder l'opinion publique en Suisse. Après beaucoup d'observations, nous avons été forcé de constater que nos premières impressions étaient malheureusement trop vraies.

Notre plus vif désir c'est que, pour l'honneur de la

patrie de Guillaume Tell, nous ne nous soyons pas trompés dans nos déductions. Cette recherche permettra d'apprécier plus impartialement la manière dont les Suisses ont traité l'armée de l'Est.

Nous rattachons à trois causes certaines mesures rigoureuses qui ont été prises par le département militaire fédéral et par l'administration cantonale contre le soldat, contre l'officier de l'armée de l'Est, et les vexations dont l'un et l'autre ont été abreuvées par certains membres de cette population d'un naturel si simple et si bon.

La première cause, c'est la crainte de la Prusse. Déjà, au mois de janvier 1871, nos journaux signalaient une forte pression de la part du cabinet de Berlin sur les Suisses, et nous en retrouvons la trace dans une note du *Moniteur* du 6 janvier 1871 qui vient corroborer [1] et nos observations et nos réflexions.

---

[1] Nous avons eu plusieurs fois occasion de nous louer des bons procédés de la Suisse envers la France, dans les temps douloureux que nous traversons.

Ce n'est donc pas sans un étonnement mêlé de tristesse que nous recevons d'un correspondant, digne de notre confiance, la note suivante :

« La Suisse, malheureusement, prête à l'Allemagne une main complaisante en empêchant depuis 3 semaines (la lettre de notre correspondant est du 27 décembre) les Alsaciens d'aller rejoindre leurs compatriotes. Les autorités suisses livrent même les malheureux Alsaciens, qui veulent se sauver par des petites routes de traverse aux officiers prussiens avec lesquels elles fraternisent. »

Nous le répétons, la nation suisse ne nous avait pas habitués à ces procédés, et ce n'est pas le peuple que nous accuserons, persuadés que tels ne sont pas ses sentiments à notre égard. Nous voulons plutôt croire au zèle de quelques autorités isolées

Si on pouvait douter un seul instant de cette première cause, l'avis suivant ne servirait-il pas seul de
confirmation à notre thèse?

Canton de Vaud.

Un avis du département militaire cantonal rappelle :

« *Que les soldats internés en Suisse sont soumis aux dispositions du code pénal militaire fédéral ; qu'ils doivent
séjourner dans les lieux qui leur ont été assignés ; que l'autorité a pris les mesures nécessaires pour éviter les départs
clandestins ; qu'aux termes du code pénal militaire, toute
personne qui détourne ou qui cherche à détourner des militaires internés de leur devoir, sera poursuivie conformément
aux dispositions dudit code. Spécialement, tout voiturier,
tout batelier ou autre personne qui faciliterait le départ de
militaires internés sera poursuivi conformément à la loi.*

L'avertissement ci-dessous n'a-t-il pas été aussi inspiré par un semblable motif de crainte de la Prusse
plutôt que par le scrupule de violer les lois neutres?

« *Le département militaire fait savoir par la présente
que ceux des officiers français qui, jusqu'au 15 février
au soir, ne se trouveraient pas dans un des lieux d'internement pour les officiers, savoir : Saint-Gall, Zurich, Baden, Lucerne, Interlaken et Fribourg, ou qui n'auraient pas déjà obtenu du département l'autorisation
de choisir un autre lieu d'internement, perdront*

en face de ces Prussiens qui jouent, avec tout le monde, au cro-
quemitaine.

Moniteur du 6 janvier 1871.

leur solde jusqu'au 15 courant et peuvent s'attendre à ce que des mesures ultérieures soient prises à leur égard.

Berne, le 12 février 1871.

Département militaire fédéral.

Ne retrouve-t-on pas encore dans la convention faite aux Verrières suisses, le 1er février 1871, entre les généraux Clinchant et Herzog et les instructions du département militaire fédéral relativement au logement, à l'entretien, à la solde, à l'administration, les traces de la préoccupation dont nous parlons ?

N'est-ce pas sous l'empire de la crainte de la Prusse que le général Herzog mit pour première condition à l'internement de l'armée de l'Est en Suisse que, dès son entrée, cette armée serait dissoute, les soldats désarmés et séparés de leurs officiers ?

De plus, si la Suisse a cru devoir prendre certaines mesures exceptionnelles vis-à-vis des officiers de cette armée, n'est-ce pas aussi par crainte de voir ceux-ci exciter ses paisibles habitants contre l'Allemagne ? Si enfin les officiers suisses affectaient pour l'officier français une indifférence qui allait même jusqu'au mépris, n'était-ce pas encore là un *sentiment de commande*? N'était-ce pas un ordre du département militaire ?

Comment dès lors s'étonner de ce discrédit général de l'officier français en Suisse ?

Il serait donc difficile ou plutôt impossible de ne pas voir dans tous ces agissements la main de la Prusse, et les documents officiels, que nous venons de citer, mettent en pleine lumière cette ingérence de nos vainqueurs dans les affaires des Suisses.

Comment eût-il pu, d'ailleurs, en être autrement ?

La Suisse n'ignorait pas que l'Allemagne avait vu avec un extrême mécontentement l'armée de l'Est internée en Suisse ; elle n'ignorait pas toutes les récriminations que cet internement avait provoquées et à Berlin et dans toutes les parties de l'Allemagne.

Il est évident que l'Allemagne ne pouvait pas être satisfaite de la conduite de la Suisse en cette circonstance. Sans elle, sans l'hospitalité qu'elle offrit à l'armée de l'Est, assurément Manteuffel eût fait toute l'armée de l'Est prisonnière et se fût emparé de son matériel si important. Aussi la presse officielle allemande, chaque jour, et à partir du 1er février 1871, c'est-à-dire du jour de notre entrée en Suisse, saisissait toutes les occasions pour rappeler à la Suisse qu'elle n'était pas aussi indépendante qu'elle le proclamait, que le moindre prétexte pouvait permettre d'intervenir dans les affaires fédérales.

Dans une telle situation, et sous l'empire d'une menace constante, que devait faire la Suisse ? Veiller et faire tous ses efforts pour que désormais l'Allemagne n'eût plus contre elle de griefs réels ou apparents. Malgré elle, malgré ses sentiments de générosité, elle se voyait contrainte de traiter les internés de l'armée de l'Est avec une rigueur réelle.

Or l'officier, généralement plus libre d'allures, de caractère que le soldat, devenait pour la tranquillité de la Suisse un danger permanent ; il était donc urgent et dans l'intérêt de toute la Confédération de prendre des mesures énergiques vis-à-vis de lui, pour garantir cette indépendance, si ouvertement menacée au-delà des lacs.

Telle est, selon nous, la première cause de la préférence marquée des Suisses pour le soldat et de leur vive antipathie contre l'officier de l'armée de l'Est.

L'imparfaite connaissance que les Suisses avaient du caractère français doit être encore une seconde cause de leur préférence pour le soldat au détriment de l'officier. En effet, ce peuple, habitué à une grande régularité d'existence, a été vivement frappé de trouver parmi ces hommes, au physique misérable, en dépit des plus cruels échecs, non pas un découragement absolu, mais une tristesse qui n'excluait pas certains éclairs de joie et de gaieté passagère. Quoi de plus naturel cependant, quand on vient de subir toutes les souffrances et les privations imaginables pendant de longs mois et que l'on touche au port sain et sauf? Et pourquoi trouver déplacé un fonds de gaieté indestructible qui fait avant tout la force de résistance du Français?

Mais aussi comment les Suisses auraient-ils pu saisir et comprendre toutes les nuances du caractère français? Leur nature à eux est toute différente de la nôtre. Profondément réfléchis, très posés, très calculateurs, ils se sont formés pour ainsi dire d'après les exigences de leur sol et de leur climat. Pour eux, ce caractère français si vif, si impressionnable, si généreux, si peu soucieux de ses propres intérêts, faisant en quelque sorte fi des préoccupations matérielles de la vie, même au milieu du malheur, leur parut d'autant plus accentué chez l'officier de l'armée de l'Est, que celui-ci était supérieur au soldat et par l'éducation et par l'instruction. Comment alors n'aurait-il pas été pour eux une nouveauté pleine d'extravagance ?

Aussi ont-ils été profondément surpris de voir avec quelle aisance, avec quelle philosophie le Français s'accommodait de ses malheurs pour ne songer qu'aux besoins et aux jouissances matérielles qui lui avaient fait défaut pendant ce rigoureux hiver de 1870-1871.

Maintenant il n'est pas seulement possible qu'il se soit trouvé, il est certain qu'il se sera trouvé, dans l'armée française, quelques jeunes fous qui, en voyant arriver la fin de leurs maux, auront laissé voir une joie trop bruyante. Mais ces quelques regrettables exceptions autorisent-elles à flétrir en masse les gens qui ont été les premiers à les blâmer? La majorité, l'immense majorité n'a-t-elle pas supporté son malheur de façon à prouver qu'il était immérité?

Nous pouvons le dire hautement : les Suisses ne se sont pas assez souvenus, dans ces pénibles circonstances, du précepte que leur prêchent sans cesse leurs pasteurs : « Ayez de la tolérance pour les défauts des autres. »

Rousseau aurait-il dit vrai lorsqu'il écrivait en 1763 [1].

« *La religion, dont se piquent les Suisses, sert plutôt à les rendre hargneux que bons. Guidés par leur clergé, ils épilogueront sur le dogme mais, pour la morale, ils ne savent ce que c'est ; car quoiqu'ils parlent beaucoup de charité, celle qu'ils ont n'est assurément pas l'amour du prochain, c'est l'affectation de donner l'aumône.* »

Nous ne voulons pas tenir pour rigoureusement exacte cette affirmation de Rousseau. Cependant les faits que nous avons vus, s'ils ne nous autorisent pas à

[1] J.-J. Rousseau, Corresp. tome 8, page 91. édit. Baudoin.

croire que partout, en Suisse, les habitants se sont montrés plus que « hargneux » pour certains de nos internés, nous permettent d'affirmer cependant que, partout où nous avons passé, nous avons rencontré bien des gens qui savaient se faire une vertu facile en accusant, en condamnant les autres.

Le propos le plus innocemment plaisant échappé devant leurs femmes, la moindre saillie inspirée par l'esprit parisien de Paris les scandalisaient ; le moindre geste bruyant dans leurs établissements publics les offensait, et souvent motivait de longs et virulents rapports à l'autorité qui arrêtait toujours et immédiatement des mesures de rigueur.

Nous pouvons encore attribuer cette prévention injuste de l'habitant de la Suisse envers l'officier à une troisième cause : à l'ignorance que la plupart des Suisses avaient de l'interprétation faite de la convention conclue entre les généraux Clinchant et Herzog, le premier février 1871.

La presse suisse, elle-même, qui aurait du mieux que personne être renseignée sur les clauses de cette convention faite beaucoup trop précipitamment, ne paraissait en avoir aucune notion exacte[1].

---

[1] « Une observation que chacun peut faire, c'est que ces soldats sont ordinairement délaissés par leurs officiers qui seraient cependant utiles pour établir l'ordre et la discipline, surtout au moment où l'on apporte des vivres. Chacun tend sa gamelle et veut être servi le premier ; ceux qui sont les plus voisins de la porte reçoivent plusieurs distributions, et, si l'on n'y veillait attentivement, les plus éloignés n'auraient rien. J'ai vu ce matin au nouveau collège, M. le colonel Perrot, obligé d'établir lui-même un peu d'ordre dans cette cohue.
Extrait du Journal de Genève, du 7 février 1871.

Comme on le voit, la population suisse aussi bien que la presse reprochaient aux officiers français de ne pas s'occuper de leurs soldats pendant leur internement en Suisse.

Pour répondre exactement à ces cruels reproches, il suffit :

Premièrement : de se rendre un compte très précis de l'entrée de l'armée de l'Est en Suisse, et de savoir dans quelles conditions cette entrée a eu lieu ;

Secondement : d'examiner avec soin cette convention du 1er février conclue entre les généraux Clinchant et Herzog, et ainsi on arrivera à connaître la véritable position que cette convention faisait à l'officier français sur le sol de la Suisse.

Maintenant, et pour achever de mettre le lecteur à même de se prononcer en parfaite connaissance de cause, rappelons en peu de mots le dernier ordre de mouvement du général en chef de l'armée de l'Est[1].

Dans un premier paragraphe, il disait : « On défendra avec la plus grande énergie la crète qui se trouve à hauteur du fort de Joux, et qui se prolonge au sud du lac de Saint-Point, de manière à permettre à toutes les troupes et à tous les convois de se retirer en Suisse. »

Et dans le paragraphe final : « Il est bien entendu que tout chef de corps qui pourra se dispenser de rentrer en Suisse, après l'exécution du présent ordre, est autorisé à le faire. »

La contradiction flagrante qui existe entre le premier paragraphe et le dernier devait forcément amener la

[1] Ordre de mouvement, 31 janvier 1871.

confusion des idées chez les soldats, même dans le nombre d'officiers et anéantir les quelques restes de discipline qui rattachaient encore le soldat à l'officier.

Aussi, la journée du 1ᵉʳ février terminée, beaucoup d'officiers de tous grades, même des chefs de corps, se crurent en droit de quitter leurs soldats, et s'empressèrent de se rendre à Lyon sans s'occuper de ce que serait ou pourrait être l'internement de leurs troupes en Suisse.

Voilà dans quelles conditions s'est effectuée l'entrée en Suisse de l'armée de l'Est.

Evidemment, au premier moment du moins, une telle armée, sans chefs, pouvait inspirer de la crainte et jeter l'épouvante dans les communes suisses, avoisinant les frontières françaises.

D'un autre côté, et comme nous l'avons vu déjà, les Suisses, ou du moins la plupart d'entre eux, jugèrent tout-à-fait à propos de séparer officiers et soldats[1].

---

[1] En entrant en Suisse, MM. les officiers français ont perdu tout droit d'exercer une juridiction quelconque sur leurs troupes. Ils ne peuvent plus leur donner des ordres, mais seulement des conseils et, pour exercer sur elles de l'influence, ils devraient avoir recours à des moyens d'action d'ordre purement intellectuel et moral.

Or, il est de notoriété que, pour divers motifs, les liens de la subordination, de l'affection et de la confiance réciproques se trouvent en ce moment plus ou moins relâchés entre les soldats français internés et un certain nombre de leurs officiers. Dès lors il serait à craindre que *laissés en contact immédiat avec leurs troupes, ces derniers vissent leur autorité morale méconnue* et, dans ce cas, leur présence, bien loin de faciliter la tâche à nos propres officiers, ne ferait que la rendre plus pénible.

Le fait qu'un très grand nombre d'officiers français ne se trou-

Le général en chef de l'armée de l'Est aurait peut-être prévenu ce trouble et ce désordre s'il eût exigé impérativement que tous les chefs de corps entrassent en Suisse avec leurs troupes, restassent avec elles et ne les abandonnassent pas un seul instant pendant toute la durée de leur internement.

Voilà les véritables causes du désordre et du trouble que la plupart des écrivains suisses n'ont pas manqué d'attribuer aux officiers de l'armée de l'Est. Ils n'ont jamais voulu tenir compte de ce que les officiers étaient séparés de leurs soldats par la convention et les instructions qui réglaient leur internement. Assurément, si les officiers fussent restés attachés à leurs soldats, la police et la surveillance, dans les communes et dans les cantons, n'auraient eu qu'à y gagner. Cette organisation de l'armée prisonnière était donc vicieuse : on ne peut faire retomber la responsabilité des désordres sur les officiers qui n'ont eu qu'un triste privilège aux yeux des Suisses, c'est d'être officiers.

Il semblerait tout d'abord, pour celui qui parcourt la Suisse, qui rencontre à chaque pas les emblèmes de

veraient pas dans le cas précité, attendu qu'ils ne méritent nullement le reproche d'insouciance et d'indifférence pour le bien-être de leurs soldats, que quelques journaux ont le tort de beaucoup trop généraliser, ce fait, dis-je, ne saurait modifier le principe général, car il est évident que l'autorité suisse ne peut pas diviser MM. les officiers en deux catégories, ceux qui vivent bien et ceux qui vivent mal avec leurs troupes. Il suffit qu'on ait des raisons de croire qu'un certain nombre de ces messieurs n'exerceraient pas sur leurs soldats une influence suffisante, pour que la mesure qui sépare complètement les soldats des officiers, pendant leur internement, soit justifiée.

Extrait du *Journal de Genève* du 15 février 1871.

la liberté, c'est-à-dire des enseignes au nom de Guillaume
Tell, que ce nom si aimé, si populaire dans tous les
cantons, est en quelque sorte l'étiquette exacte des
mœurs et des institutions du pays.

Pour celui qui veut voir de près et examiner à fond
la Suisse et son gouvernement, il se convaincra bien
vite qu'il est le jouet d'une illusion. La liberté, sans
doute, est à la base des institutions, mais il s'en faut
de beaucoup qu'elle soit toujours la règle : bien des
usages, des privilèges, des abus, la restreignent et en
faussent l'application. Toutefois le peuple, travailleur
et honnête, progresse chaque jour tandis que, chez
nous, nos conservateurs, malheureusement encore trop
nombreux, n'ont d'autre souci que de faire oublier,
d'effacer de nos institutions les grands principes de
1789 et de 1792.

Peuple de même origine que nous, sans nul doute,
mais plus mal partagé quant à la part du sol qui lui
est échue en lot, par son travail assidu, par ses privations journalières, il est arrivé à disputer à la nature,
à conquérir sur elle des vallées, des plateaux souvent
bien vastes, à installer des villes à la place de torrents et
de plaines de neige. Admirons ce travail opiniâtre, et
respectons-en surtout le résultat. Ne nous dissimulons
pas que le peuple de la Suisse a conservé ses mœurs
primitives, parce que le contact des peuples des autres
parties du monde n'a pas été si fréquent chez lui
que chez nous, où l'accès est si commode et si facile.

Pour compléter cette étude, nous allons essayer de
résumer les quelques observations que nous avons

faites pendant notre séjour en Suisse sur le gouvernement fédéral et sur ses institutions. Puis, nous chercherons à faire la comparaison avec celles de la France. De cette façon nous espérons mettre en lumière des institutions qui sont en partie méconnues chez nous.

La Suisse a grandi en dépit de l'ambition, de la convoitise des peuples ses voisins. Plusieurs fois elle a été envahie et même conquise par eux. Mais ses vainqueurs furent toujours forcés de renoncer à leur conquête, dans la crainte de voir ses principes démocratiques, ses instincts libéraux pénétrer chez eux-mêmes, s'introduire dans leurs propres états et y saper les institutions monarchiques.

Quelques cantons de la Suisse, à l'origine, et dans le but unique de repousser les attaques continuelles de voisins jaloux de leur bien-être et de leur tranquillité, signèrent des traités d'offensive et de défensive et se jurèrent assistance et protection réciproques. Successivement cette ligue de quelques cantons s'accrut des 22 cantons de la Suisse et se donna une constitution fédérale. Quoique tous les efforts des cantons aient tendu sans cesse à faire progresser cette constitution, quoiqu'ils l'aient changée en 1798, qu'ils l'aient modifiée en 1803, 1814, 1846, 1848, et enfin qu'ils l'aient revue en 1866, néanmoins aujourd'hui cette constitution fédérale est encore imparfaite. Aussi est-ce une grossière erreur, erreur malheureusement trop répandue que de la considérer, avec la plupart de nos écrivains d'aujourd'hui, comme parfaite.

Pour donner plus de créance à notre affirmation, il nous suffit de laisser la parole à un organe de la presse

suisse. Fatigué d'entendre chanter sur tous les tons
l'excellence de la forme du gouvernement, à propos de
l'hospitalité donnée par la Suisse à l'armée de l'Est, il
en vint à craindre de voir les Suisses s'endormir au
bruit flatteur des applaudissements des officieux. Alors
il s'empressa d'avertir ses concitoyens qu'il ne fallait
pas s'en tenir aux conquêtes de liberté que la Suisse
pouvait avoir faites ; que, pour conserver désormais
dans son intégrité la confédération, il fallait veiller
avec grand soin et travailler avec ardeur et sans retard
à réformer ce qui était mauvais.

Cet article qui est la peinture vraie du gouvernement
de la Suisse nous a paru trop important et trop rempli
de vérités pour le passer sous silence.

Le voici tel que nous l'avons trouvé dans un journal
paraissant à la Chaux de Fonds, dans le *National Suisse*
du 15 mars 1871 :

« Ne nous vantons pas trop !

L'homme libre est seul vraiment fort. L'émanci-
pation religieuse et morale est la condition d'une liberté
complète. Nous avons vu que la puissance du clergé est
est encore bien considérable en Suisse, qu'elle gêne le
développement de l'instruction populaire et que, sous
ce rapport, nous ne sommes pas de beaucoup supérieurs aux nations qui nous environnent.

Le peuple suisse est éminemment politique. Les idées
d'indépendance qui depuis des siècles le caractérisent,
les luttes qu'il a dû soutenir au dedans et au dehors pour les faire prévaloir, la pratique des institutions populaires, du droit de vote et du droit de

réunion, font que son éducation politique est plus avancée que celle des autres nations européennes. Les Français qui, comme nous, possèdent le suffrage universel souverain, ne le pratiquent encore que comme des apprentis et l'ont fait servir jusqu'ici aux usages que l'on connaît.

Mais notre supériorité ne réside guère que dans ce point et aussi, cela va sans dire, dans la cohésion de notre patriotisme. Qu'ont dû dire cependant, par exemple, les Français internés chez nous en lisant dans nos journaux, à propos de la révision fédérale, bien des détails peu édifiants de notre ménage fédéral? Que de linge sale, bon Dieu! Et songer encore qu'on s'obstine à ne pas le laisser laver !

Oui, que doit-on penser de la Suisse en apprenant au dehors que cette révision de notre pacte fondamental provient d'une proposition tendant à reconnaître au citoyen suisse le droit... de se marier! Ce droit, le premier en date dans l'histoire des sociétés, le plus naturel et le plus imprescriptible de tous les droits, nous ne l'avons pas encore. Et il dépend de quelques matadors de communes, de l'influence de quelques ecclésiastiques, de le limiter suivant leurs caprices! Le mariage est dans plusieurs cantons ou communes soumis à un impôt; c'est donc un luxe que les riches seuls peuvent se payer, tandis que les pauvres sont voués au concubinat et leurs enfants à *l'heimathlosat* [1]. Et nous nous vantons d'être un peuple avancé et libre! Avons-nous donc quelque chose

---

[1] Vagabondage par le monde, formé du mot *heimathloss, bohémien.*

à dire tant que des usages aussi révoltants subsisteront
sous l'égide de la constitution fédérale ?

En fait de libertés civiles, ne plaignons pas les malheureux Français ; ils en possèdent plus que nous, et
à cet égard tous les peuples ont encore à apprendre
d'eux. Ainsi, sans parler du droit au mariage qui n'a
plus de progrès à faire chez nos voisins, dans les relations civiles, ils sont beaucoup plus dégagés que nous
des entraves du pouvoir ecclésiastique. On peut dire
qu'en France les institutions sont en avance sur les
mœurs. Ainsi, ce pays possède depuis plus d'un demi-
siècle l'état civil laïque ; le prêtre n'a rien à voir dans
les actes essentiels de la naissance, du mariage et de la
mort sans l'assentiment des intéressés ; il n'exerce donc
aucune influence officielle sur les relations civiles. En
Suisse le canton de Neuchâtel est à peu près le seul
où les registres de l'état civil soient exclusivement tenus
par des laïques ; et ce progrès si important rencontrera
bien des obstacles encore avant de passer dans nos
institutions fédérales.

Les Français sont très égalitaires ; un citoyen jouit,
dans cette nation, de tous ses droits sur quelque point
du sol français qu'il se trouve. En Suisse, le citoyen
n'est pas toujours et partout citoyen ; il peut perdre
momentanément cette qualité sans avoir du reste forfait
en aucune manière ; il lui suffit par exemple de passer
de Renan à la Chaux-de-Fonds ou de la Chaux-de-Fonds
à la Ferrière, pour être pendant deux années frappé
d'incapacité politique. On peut aussi payer l'impôt,
faire son service militaire, remplir tous ses devoirs de
citoyen sans jouir du premier droit du républicain, qui

est de nommer ses magistrats. Et nous nous appelons un peuple libéral et avancé! Mais, à ce taux, les Russes le sont plus que nous!

Notre pays est peut-être celui où les plus étranges anomalies se rencontrent. Ainsi, à côté des progrès les plus considérables, on peut signaler les usages les plus surannés. Ce sera plus tard une des gloires du XIXᵉ siècle d'avoir relevé la valeur individuelle de l'homme et le respect et de sa vie et de son corps, principes si malheureusement obscurcis par l'Allemagne dans la récente guerre. Tandis que certains moralistes prétendent que les peines corporelles, et notamment la peine de mort, sont indispensables au salut de la société, le canton de Neuchâtel a prouvé que cette dernière peine, en particulier, peut parfaitement être abolie sans que la propriété ou les personnes en soient plus menacées. Mais, tandis que ce canton atteint ainsi le point culminant du sentiment humanitaire, il y en a d'autres où l'on est encore aux usages barbares des inquisiteurs et des tortionnaires. La schlague est en vigueur dans plus d'une prison; elle figure comme peine publique dans plus d'un code. Et pourtant ces cantons se croient avancés!

Oh! comprenons-le donc une fois! Les conquêtes civiles nous sont nécessaires si nous voulons rester dignes de nos conquêtes politiques; elles continueront à relever l'esprit des citoyens et à inspirer aux étrangers, plus avancés que nous sur ces différents points, une estime beaucoup plus grande du nom et du caractère suisses.

Comment, dans un tel mode de gouvernement, en serait-il autrement? La fédération est un système de gouvernement perfectible, principalement en théorie, bien difficile en pratique, sauf à dégénérer en système unitaire. Et le gouvernement de la Suisse qui est du plus pur fédéralisme puisqu'il repose sur le canton et la commune, est loin de remplir les conditions de perfectibilité que semble impliquer l'idée de fédération d'après ses admirateurs. Certainement c'est un mode de gouvernement de progrès, et si la théorie était mise strictement en pratique elle pourrait produire d'excellents résultats.

Un système de gouvernement qui repose sur une groupe d'individus, et pas sur la souveraineté des individus composant ce groupe, peut difficilement enfanter des institutions libérales et, par suite, la liberté politique et civile.

Et sur ce point, aucun rapprochement n'est possible avec le système fédéral de l'Amérique, qui est tout autre que celui de la Suisse. Le premier est créé par le concours de tous, c'est-à-dire par l'élection; le second ne peut exister sans le concours des autorités, des seigneurs de village de tous les cantons de la Suisse. »

Il est bien certain que, lorsqu'on compare le gouvernement de la France avec celui de la Suisse sous le rapport de la liberté politique, il serait puéril de ne pas reconnaître que les institutions de la Suisse sont aujourd'hui encore de beaucoup préférables aux nôtres, ainsi que dit en excellents termes le rédacteur du *National Suisse* dans l'article si important que nous venons de citer.

Mais aussi n'oublions pas cet axiome politique: « que le gouvernement, qui convient à une nation ne convient pas aux autres. »

Le système fédératif convient à la Suisse parce que

ses populations sont de trois races différentes et parlent trois langues différentes.

En est-il de même en France ?

Le système de gouvernement qu'on semble chercher à adopter en France paraît plutôt emprunter sa forme à celui des Etats-Unis qu'à la Suisse ; et cela se conçoit aisément.

Les Etats-Unis, comme la France, se composent en général d'une population parlant la même langue, la langue de l'Etat, comme on pourrait l'appeler, et n'ayant qu'un objectif : *le triomphe de la souveraineté populaire*.

Nous n'osons pas dire que le système fédératif ne puisse pas devenir la loi de l'avenir. Il est celui des Etats-Unis, mais il est fortement centralisé. De plus, dans cette hypothèse, assurément il se perfectionnera ; il progressera, il prendra alors son point d'appui exclusif sur la souveraineté nationale, tandis qu'il ne le prend aujourd'hui que sur une certaine collection d'individus. Alors la République fédérative aura fait son temps et sera remplacée par la République unitaire, celle de nos vœux.

De cette longue dissertation, nous voulons tirer la conclusion suivante : La France, aujourd'hui, peut envier la forme de la république suisse, mais à une condition, c'est de la perfectionner.

Rappelons-nous néanmoins et n'oublions jamais ce noble exemple de la Suisse donné aux grandes puissances qui nous environnent. Dans nos malheurs, elles se renfermèrent dans un égoïsme aveugle et oublièrent qu'elles étaient arrivées à l'apogée de leur grandeur, non pas sans l'aide et sans le secours de la France. Seule, la petite Suisse se souvint et nous tendit la main. Rappelons-nous sans cesse, n'oublions jamais cette leçon d'humanité qui est la vraie grandeur et la vraie gloire que doit rêver un peuple, comme l'écrivait si bien Alphonse Karr en quittant la Suisse [1] !

[1] Lettre d'Alphonse Karr, au *Journal de Genève*, le 4 février 1871.

Monsieur le Rédacteur,

Aidez-moi, par le secours de votre publicité, à accomplir un devoir.

Je ne veux pas quitter Genève, où je viens de passer quelques jours, sans proclamer hautement les sentiments d'admiration attendrie et de profonde reconnaissance dont je suis ému en voyant avec quelle généreuse sympathie et quelle touchante fraternité la Suisse accueille nos malheureux soldats.

Pour nous autres Français, livrés aux souffrances et aux crimes de la guerre tour à tour par la trahison, par l'ineptie et par les mesquines ambitions personnelles, lorsque nous ne trouvons autour de nous, chez ce qu'on appelle les grandes puissances de l'Europe, que l'ingratitude et l'égoïsme également aveugles, c'est un spectacle consolant que de voir que l'humanité et la fraternité, ces fleurs bénies, ne sont pas partout desséchées et mortes, et s'épanouissent encore sur cette petite terre libre et généreuse de la Suisse.

C'est la vraie grandeur, c'est la vraie gloire.

Veuillez, etc.

ALPHONSE KARR.

EPILOGUE

La Suisse n'a pas attendu longtemps pour réparer les vices qui lui étaient signalés presque chaque jour dans sa Constitution. Dès 1874, elle l'a révisée dans un esprit vraiment démocratique et libéral.

La France elle-même n'a pas tardé à suivre ce bon exemple. Après avoir subi un instant la pression des cléricaux, elle s'en est complètement affranchie et s'est donné une Constitution républicaine. Puis, lors des élections du 20 février 1876, elle a signifié à tous les ennemis de la démocratie qu'elle entendait faire ses affaires elle-même, qu'elle n'avait plus besoin de tuteurs et qu'enfin les maîtres qui prétendaient l'asservir à leurs intérêts exclusifs perdraient désormais leur temps et leurs peines.

DOCUMENTS HISTORIQUES

No 1.

Le *Chroniqueur* de Fribourg publie, sur les instructions fédérales relatives aux troupes internées, les observations suivantes qui nous paraissent suffisamment fondées :

Les médecins internés doivent rester avec les troupes pour continuer auprès d'elles leur service. Nous apprenons que la plupart des médecins français, invoquant les bénéfices de la convention de Genève, veulent rentrer où sont déjà rentrés en France. Il est certain qu'un petit nombre d'entre eux accompagnait la troupe entrée dans le canton de Fribourg, pendant ces derniers jours ; et ceux-là même qui l'ont suivie ne paraissent pas disposés, nous ne savons pour quelles raisons, à donner des soins aux malades. On n'ignore pas que les cantons ayant en ce moment une grande quantité de soldats à la frontière, le nombre des médecins cantonaux est très limité, si bien qu'à peine il peut suffire aux besoins de la population civile.

D'un autre côté, les malades français sont très nombreux. Les ambulances improvisées partout dans notre ville regorgent de blessés et de malades. Le nombre s'en accroît tous les jours, parce que chaque convoi en passage pour se rendre dans la Suisse orientale laisse dans notre ville un certain nombre de blessés et de malades. Les médecins fribourgeois ne peuvent pas suffire à ce surcroît de travail.

Des démarches immédiates doivent être faites pour forcer les médecins français à rester auprès des corps auxquels ils étaient attachés. L'armistice qui a été signé rend leur présence inutile en France, et leurs compatriotes malheureux les réclament en Suisse.

La population fribourgeoise, les dames charitables de nos villes font des prodiges de dévouement et de charité, mais on ne peut pas demander d'elles l'impossible : elles ne sont pourtant pas tenues d'être des médecins.

Il existe dans les instructions du conseil fédéral une contradiction regrettable, et qui rend très difficile l'organisation de l'armée prisonnière. Les généraux peuvent choisir le lieu de leur séjour. Le reste des officiers de tous les grades et de toutes armes seront internés à Zurich, Lucerne, St-Gall, Baden et Interlaken. Chaque officier s'engage sur l'honneur et par écrit à ne pas quitter le district dans lequel il est interné.

D'un autre côté, le formulaire contenant cet engagement d'honneur oblige l'officier interné à user de toute son influence pour maintenir le bon ordre parmi les hommes qu'il commandait.

Il est inutile d'insister pour montrer combien ces dispositions sont difficiles à concilier.

Les officiers français internés à Zurich ou ailleurs ne peuvent évidemment pas être tenus, sur l'honneur, à user de toute leur influence sur les soldats gardés à Fribourg ou dans d'autres villes.

Les officiers français devraient rester attachés à leurs troupes. La surveillance et la police n'en seraient que mieux faites. Les inconvénients auxquels le gouvernement fédéral a voulu parer par cette dislocation n'existeront pas si, comme nous n'en doutons pas, la discipline est sévèrement maintenue, et si les troupes fédérales chargées de la garde des internés font fermement leur devoir.

N° 2.

Le Conseil fédéral a arrêté les instructions suivantes concernant le logement, l'entretien, la solde et l'administration des militaires français internés :

A. *Officiers.*

1. Messieurs les généraux des différents corps de l'armée internée en Suisse ont déjà été invités à choisir à leur convenance le lieu de leur séjour en Suisse, à l'exception des cantons frontières de l'Ouest, et de se mettre directement en relations avec le département soussigné.

2. Le reste des officiers de tous les grades et de toutes armes, à l'exception des médecins qui restent avec les troupes, seront internés à Zurich, Lucerne, St-Gall, Baden et Interlaken.

Sont chargés de la surveillance des officiers :

à Zurich :	M. le colonel *Stadler.*	
à Lucerne,	» »	*Stocker.*
à St-Gall,	» lt-col.	*Steiger.*
à Interlaken,	» colonel	*Greyers* (jusqu'à son retour M. le comm. *Wyder*).
à Baden,	» colonel	*Zehnder.*

Chacun de ces officiers choisira lui-même son adjudant.

3. Chaque officier s'engagera sur l'honneur et par écrit (formulaire) à ne pas s'éloigner, sans autorisation spéciale, du district dans lequel il est interné et dont les limites devront lui être exactement indiquées.

4. Les officiers pourvoiront eux-mêmes à leur entretien et à leur logement. Pour suffire à leurs débours, ils recevront la solde journalière ci-après :

Les officiers supérieurs. . . . . Fr. 6

Les officiers subalternes y compris les capitaines. . . . . . » 4

5. Les officiers ci-dessus désignés feront établir des états

nominatifs exacts de tous les officiers, immédiatement après leur arrivée au lieu de leur destination. Ces états devront être établis suivant les armes et les corps auxquels les intéressés appartiennent. Les rubriques du formulaire fédéral feront règle à l'exception qu'au lieu du canton on indiquera le département français et, au lieu du domicile, le lieu de naissance.

6. Les officiers sont libres de porter la tenue militaire ou civile. Dans le premier cas, ils conservent le sabre.

7. Au lieu d'appels, les officiers sont tenus de se présenter personnellement à chaque jour de prêt (tous les 5 jours) aux officiers ci-dessus désignés.

8. Les officiers qui enfreindront leur parole d'honneur ou qui se rendraient coupables d'autres délits, devront être transportés en garnison de punition au Luziensteig où le nécessaire sera ultérieurement ordonné.

Commandant de la garnison de punition : M. le major fédéral *Caviezel*, à Coire.

Adjudant : M. le lieutenant fédéral *Planta*, à Furstenau.

Un médecin de corps, de St-Gall.

Commissaire des guerres : M. le sous-lieutenant fédéral *Boller*, Henri, à Uster.

B. *Troupes.*

9. Il sera institué dans chaque canton un inspecteur des sous-officiers et soldats internés.

La troupe de surveillance est placée sous ses ordres ainsi que tout ce qui a rapport à la discipline.

L'autorité militaire cantonale est chargée de la nomination de cet inspecteur, auquel elle donnera les ordres qui lui paraîtront convenables.

Il se mettra en relations avec le commissariat des guerres quant au logement, la solde et l'entretien.

Le nom de cet inspecteur doit être indiqué au département militaire fédéral.

10. On mettra sur pied, pour la surveillance des internés

des détachements de la force de 1/5 à 1/10 des troupes à surveiller.

Il n'est pas nécessaire d'employer à cet effet des subdivisions tactiques organisées, mais, dans l'intérêt du service, il sera même préférable d'appeler ceux des militaires de toutes les armes (élite, réserve et landwehr) qui, comme surnuméraires ou par suite de maladie, d'absence, etc. n'ont pas fait leur service l'année dernière ou pendant le courant de celle-ci.

11. Les troupes de surveillance doivent être soldées et entretenues conformément au règlement fédéral.

12. La troupe préposée à la surveillance y pourvoira en établissant le nombre de gardes et de postes nécessaires qui devront être relevés régulièrement et en organisant un service de patrouilles régulier.

13. Les hommes des troupes de surveillance, armés du fusil, recevront de l'arsenal du canton 30 cartouches à balle par homme. Il ne devra être fait usage de l'arme à feu que dans le cas de légitime défense et de révolte.

14. Les commissariats des guerres des cantons pourvoiront au logement, à l'entretien et à la solde des internés. Ces derniers devront, si possible, être logés dans des locaux propres à cet usage, mais où toutefois la paille ne devra pas faire défaut. On ne devra pas compter sur les approvisionnements fédéraux de couvertures.

La nourriture se compose de $^3/^2$ livre de viande et de 1 $^1/^2$ livre de pain par jour, plus de légumes qui seront délivrés en nature et à raison de 10 centimes par homme et par jour.

La solde est de 25 centimes par sous-officier et soldat.

Le droit à la subsistance et à la solde sera établi au moyen des rapports réglementaires qui devront être adressés par les commandants des différents dépôts aux commissariats des guerres cantonaux et par ceux-ci au commissariat des guerres central, chargé d'en bonifier le montant.

15. Des états nominatifs exacts des internés devront être établis immédiatement après leur arrivée dans les différents cantons. Ces états nominatifs devront être établis suivant les

dépôts dans lesquels la troupe doit être internée et suivant les armes et les corps auxquels elle appartient.

N° 3.

Avis de la préfecture

Par ordre du département militaire, tous les Français internés, valides, domiciliés dans le district du Val-de-Travers, reçoivent l'ordre de se rendre immédiatement à Neuchâtel et de s'adresser à Monsieur le colonel Perrot, commandant de place.

Les communes et municipalités sont chargées de surveiller l'exécution du présent avis.

Donné pour être publié et affiché en la forme ordinaire.

Motiers le 16 février 1871.

Le Préfet,

DALPHON FAVRE

N° 4.

Rapport du châtelain Martinet sur de nouvelles insultes faites à Rousseau — Du 12 octobre 1765.

Le conseil se rappellera qu'aux fêtes de Pâques M. le professeur de Montmollin, sous prétexte d'une direction donnée à lui par la V. C. (vénérable classe) entreprit de faire excommunier par le consistoire M. Rousseau, et fit, mais inutilement, des efforts étonnants pour parvenir à ce but, et c'est de quoi j'ai eu l'honneur d'informer le gouvernement par deux rapports très circonstanciés auxquels je me réfère.

Sur la fin d'avril M. le professeur fit un sermon que j'entendis et dans lequel il paraissait qu'il avait en vue pour le moins les quatre anciens qui n'avaient pas voulu opiner à son gré. Le dimanche suivant, jour que j'étais descendu en ville pour assister aux États, il tonna d'une manière plus vive et plus directe encore, à ce que j'ai appris. Le consul n'en fut pas plutôt informé et que de plus M. Rousseau avait été apostrophé en rue, par un homme qu'il ne connut pas, qu'il lâcha un arrêt qui fut lu en communauté et en justice, accompagné par M. le lieutenant, qui s'était rendu à Motiers pour cela, des réflexions les plus propres à engager la communauté à avoir pour M. Rousseau les égards et les ménagements dus à une personne qui avait l'honneur d'être sous la protection immédiate de S. M. Cela semblait d'abord avoir un peu calmé les esprits, mais cette tranquillité apparente ne dura pas longtemps ; M. de Montmollin ayant assemblé un consistoire, suivant l'usage, la veille des fêtes de Pentecôte, la matière de l'excommunication de M. Rousseau y fut remise à flot, non par M. de Montmollin, mais par l'ancien clerc ; il fallut opiner là-dessus, je le fis dans les mêmes termes à peu près que j'avais conclu en consistoire de Pâques, et mon avis ayant été goûté par quatre anciens, fut résolu par la pluralité qu'on laisserait tranquille et en repos M. Rousseau et qu'on abandonnerait cette affaire...

« La nuit du 6 au 7 dudit septembre, il se commit de nouvelles violences contre la maison de M. Rousseau, nuit où il semblait être le plus en sûreté, puisqu'il y avait les gardes de foire des villages qui veillaient dans le village ; on assaillit à coups de pierres les fenêtres de M. Rousseau ; une de ces pierres de la pesanteur de trois à quatre livres était proche de la chambre de M. Rousseau, et la galerie attenante à la maison en était remplie, d'une manière à faire frémir, ainsi que je l'ai déclaré en tête des enquêtes que je fis le lendemain, et qui ont déjà été vues en conseil. Eveillé comme je le fus par les cris que j'entendis dans la rue, je courus sur-le-champ chez M. Rousseau, que je trouvai de même que sa gouvernante dans un état de frayeur inexprimable et c'est aussi ce qui m'engagea, pour les mettre en sûreté, à mettre des gardes devant sa maison pour le reste de la nuit ; le lendemain j'ouvris, comme je l'ai dit, de nouvelles enquêtes, que le conseil m'a ordonné de laisser dormir, mais à mesure que le gouvernement me donna cet ordre, il me fut enjoint de faire assembler la communauté de Motiers, à laquelle, conformément aux intentions du conseil, je témoignai son indignation au sujet des nouveaux attentats de la nuit de la foire; je déclarai qu'elle serait responsable de toutes les violences ou insultes qui seraient faites soit à M. Rousseau, soit à sa maison, soit à ses effets, et enfin je fis publier dès le jeudi suivant la récompense que le gouvernement promettait à ceux qui découvriraient les coupables de ces attentats. Tout cela est détaillé dans mon rapport du 7 septembre.

« M.Rousseau partit le lendemain, en laissant ses effets et sa gouvernante à Motiers, mais en me priant de pourvoir à leur sûreté ; c'est ce que je fis en mettant deux gardes de Couvet armés qui y ont veillé chaque nuit pendant qu'elle est restée dans ladite maison.

« Le dimanche 7 septembre, nouveaux désordres ; on vint m'avertir qu'il y avait une figure perchée sur la fontaine devant les halles et qui tenait un papier, et qui en indiquait un autre dans un petit sac que ladite figure avait en écharpe. J'envoyai le Sautier pour la chercher, et l'ayant apportée, je trouvai dans une main de la figure le morceau de papier cott. D. et dans le sachet celui cott. E.; après m'être nanti de ces deux papiers, j'ordonnai au Grand Sautier, crainte que cette figure ne retombât de nouveau entre les mains de quelques mutins et ne fût un nouveau sujet de moquerie, de la mettre en pièces et de la jeter dans la rivière. J'eus l'honneur dès ce jour-là d'informer le conseil de ce nouveau désordre, et le soir ayant appris que tout le monde parlait de cette pasquinade, je mandai les gouverneurs de la communauté, les sommai de pourvoir à la sûreté du village, puisque s'il arrivait que l'on fît la plus petite égratignure à qui que ce fût, leur communauté en serait responsable , et eux, gouverneurs, pris à parti; et je les sommai enfin de référer le tout à leur communauté. Là-dessus, ils me répondirent bien des choses qui tenaient de l'indécence et entr'autres qu'ils ne pouvaient assembler leur communauté le lendemain, vu que c'est le jour de la foire des Verrières, mais qu'ils l'assembleraient le surlendemain, et le soir ils me firent dire qu'un homme veillerait devant la maison de M. Rousseau, précaution qui n'empêcha pas des mutins d'y rôder, mais sans oser rien faire, attendu qu'il y avait deux gardes de Couvet qui veillaient sur la galerie de M. Rousseau. Le surlendemain, la communauté fut assemblée, les gouverneurs y dirent avoir eu une conversation avec moi, mais loin d'en dire le sujet, ils battirent si bien la campagne que personne ne comprît et qu'on ne délibéra sur rien à cet égard ; aussi ces gouverneurs ne daignèrent ils pas après cela m'informer de ce qu'ils y avaient fait. Enfin Mlle Le Vasseur étant allée se coucher la veille de son départ au Prieuré, il arriva que sur les 9 à 10 heures du soir, des mutins vinrent criailler d'un côté de ladite maison et, s'apercevant qu'un domestique sortait en les menaçant, passèrent d'un autre côté de cette maison et réitérèrent leurs criailleries et leurs huées. »

Déclaration du sergent Clerc.

« Je soussigné David François, Clerc Grand-Sautier en 'honorable justice du Val de Travers, certifie que. dimanche 15 septembre dernier, Jean Henry Rossel, boucher, vint chez moy, environ les 7 heures du matin, me disant qu'il y avait un polichinel sur la fontaine devant les hasles de Mostier. Et que M. le Chatelain m'appelait pour luy aller parler, ce que je fis, et estant auprès de M. Martinet, Conseiller d'État, capitaine et Chatelain du Val de Travers, il m'ordonna d'aller de suite enlever ledit polichinel et de lui porter, ce que j'exécutay, et estant chez M. le Chatelain, il demanda ce qu'il y avait dans le petit sac que portait le susdit polichinel, je luy répondis que je n'en savais rien et que je n'avois pas regardé dedans, sur quoy je mis moi-même la main dans le sac, autant que je puis m'en rapeler, et j'en sorty un papier que je remis à M. le Chatelain, qui ensuite pris un autre papier que l'on avait mis à la main dudit polichinel et mon dit sieur le Chatelain se garda lesdits deux papiers. Après quoi il m'ordonna de mettre en pièces le susdit polichinel et de le jeter en bas la rivière, ce que j'exécutay dans l'instant

et sans me rendre où que ce soit déclarant que le prédit polichinel pouvait être d'environ un pied et demy, autant que
je puis m'en rapeler, habillé d'un habit vert, paremens rouges
ledit habit galonné de peau jaune et la culotte bleuve et longue, souliers de toile cirée noirs, montant un peu en haut la
jambe qui me parut ladite jambe du reste couverte par ladite
culotte, ayant un chapeau de toile cirée noir retroussé, sac
blanc en écharpe tout comme on porte un carnier de chas-
seur. C'est ce que j'atteste en savoir à cet égard et autant que
ma mémoire peut me fournir, et le présent certificat par moi
donné d'ordre de M. le Chatelain le 10 décembre 1765.

D. CLERC. »

No 5.

Fleurier, le 25 octobre 1871 [1].

Dimanche 22 courant a eu lieu l'inauguration du monument
élevé à la mémoire de 80 soldats de l'armée française, morts
dans les hôpitaux et ambulances du district du Val-de-Travers. Le monument placé dans le cimetière de Fleurier et sur
lequel sont gravés les noms de ces soldats, à l'exception de
cinq qui sont restés inconnus, est surmonté d'une croix ; il
est simple et fait honneur au talent de M. Cottel-Dumoulin.

Deux discours ont été prononcés en présence de 2000 personnes au moins ; l'un par M. Ribaux juge de paix, l'autre
par M. le curé Ruédin, de la paroisse catholique du Val-de-
Travers.

M. Ribaux s'est exprimé en ces termes :

Citoyens !

Nous sommes venus ici pour inaugurer un monument fu-
néraire, non pas à la mémoire de quelque puissant de ce
monde, non pas à la mémoire de quelque grandeur déchue

[1] Courrier du Val-de-Travers, 28 novembre 1871.

ni, comme on le voit plus communément chez nous, à la mémoire de quelque personnage de distinction, qui, par ses vertus, son talent, son dévouement, a acquis des droits à la reconnaissance de son pays et de ses concitoyens, mais à la mémoire de pauvres et obscurs soldats, à la mémoire des soldats de l'armée française de l'Est, décédés dans notre contrée durant les mois néfastes de février et mars derniers. Ils sont 80 ces infortunés : 33 ici sous cette terre, 32 aux Verrières, 10 à Motiers, 2 à Couvet, 3 à Travers. Les noms de cinq d'entre eux nous sont restés inconnus ; quant aux 75 autres les noms sont gravés sur le monument. Ils ont tous succombé dans nos ambulances, quelques-uns des suites des blessures qu'ils avaient reçues en combattant pour la défense de leur pays, les autres par l'effet des fièvres et des maladies de toute espèce qu'ils avaient gagnées dans leur pénible et triste campagne. Nous les avons encore devant les yeux, ces malheureux que la fièvre consumait ; nous les voyons encore, manifestant leur étonnement et leur reconnaissance des soins que leur prodiguaient des mains inconnues, mais charitables, et s'éteignant l'un après l'autre en songeant à leurs familles, à leurs amis, à leur patrie surtout, à leur patrie terrassée et humiliée malgré leurs efforts et qu'ils ne devaient plus revoir.

Ah ! citoyens, ces choses et tant d'autres non moins émouvantes dont nous avons été les témoins à l'occasion du passage de cette armée en déroute, elles sont à jamais gravées dans notre mémoire, car elles sont de celles qui ne s'oublient pas et que l'on doit au contraire rappeler aux générations futures, comme un enseignement, et c'est à cela qu'est destiné le monument que nous inaugurons actuellement.

Il est dû, ce beau monument, à l'initiative et aux souscriptions des citoyens français habitant le Val-de-Travers et aussi d'un certain nombre de citoyens suisses du village de Fleurier. Et que l'on n'aille pas voir — je me hâte de le dire, afin de ne laisser aucune prise aux susceptibilités exagérées, — que l'on n'aille pas voir, dans le fait de la participation de citoyens suisses à cette œuvre modeste, une manifestation politique; que l'on ne voie pas davantage une manifestation politique dans la présence à cette cérémonie d'un aussi grand concours de citoyens suisses, en tête desquels les autorités et les fanfares de la localité.

Non, en accueillant ces infortunés guerriers, en leur donnant asile, en les secourant, en les soignant, en leur fermant les yeux, en leur donnant enfin la sépulture, nous n'avons pas fait de la politique; nous ne leur avons pas demandé qui ils étaient, d'où ils venaient, à quelle nationalité ils appartenaient; nous avons vu qu'ils étaient malheureux et nous les avons considérés comme des frères et nous les avons traités comme tels; voilà tout. D'ailleurs, n'étaient-ils pas, avant tout, membres, comme nous, de la grande famille humaine, et cette famille humaine, n'est-elle pas la plus grande et la plus noble des nationalités?

Voilà, citoyens, les sentiments qui nous animaient il y a quelque huit mois, et ces sentiments nous les avons sanctionnés dès lors en érigeant ce monument.

Nous avons voulu ainsi, en élevant cette colonne, donner témoignage de sympathie aux familles et aux amis des malheureux défunts, et leur prouver que ceux qu'ils pleurent reposent dans une terre et dans un pays où l'hospitalité est pratiquée dignement jusque dans la sépulture. Puisse ce témoignage rendre leur douleur moins vive, leurs regrets moins amers!

Nous avons voulu encore que cette pierre restât, pour nos après-venants comme une évocation incessante des scènes de carnage, de désolation et d'horreur de toute sorte dont ceux qui dorment ici ont été quelques-unes des innombrables victimes. Puisse ce souvenir contribuer à perpétuer et à inculquer toujours davantage, dans le cœur des citoyens, l'amour de la patrie et des principes démocratiques et républicains qui sont à la base de nos institutions, grâce auxquelles non-seulement nous avons pu échapper à l'affreuse tourmente, mais il nous a été donné de pouvoir secourir des voisins malheureux! Puissent ces principes, que le brave peuple français paraît enfin vouloir adopter, se développer et prendre racine au sein de ce peuple et lui procurer dans un avenir prochain des institutions franchement libérales, une République sage et modérée, solidement assise et avec elle l'ordre, la paix, la liberté et la prospérité?

N° 5 (bis).

M. le curé Ruédin prononça l'allocution suivante :

Citoyens,

Permettez-moi quelques paroles. Je ne veux point enlever à cette fête le caractère que lui a assigné notre honorable orateur et qui lui convient. Mais je croirais manquer dans cette circonstance à un devoir impérieux en ne vous remerciant pas encore une fois, au nom de la religion. Puis-je oublier que les malheureux dont nous rappelons le souvenir étaient mes enfants pendant qu'ils habitaient cette partie de notre canton? Aussi comment oublier le devoir sacré de la reconnaissance devant ce monument qui témoigne par son élégante simplicité de votre générosité vraiment inépuisable? Comment l'oublier au milieu d'un cortège si imposant, si recueilli, si sympathique? Comment l'oublier après l'éloquent discours de notre éminent député[1] qui couronne si noblement cette cérémonie? Oui soyez bénis à jamais pour ces soins maternels prodigués à ces malades pendant des mois! Soyez bénis à jamais et dans tout le monde pour ce témoignage de respect que vous donnez à ces morts sur notre terre hospitalière!

Je vois avec bonheur une croix dominer ce monument. Elle nous rappellera la croix de Jésus-Christ, notre commun sauveur. Elle nous rappellera la croix de nos bannières fédérale et cantonale, à l'ombre desquelles les malheureux trouveront toujours, je l'espère, protection, salut et liberté!

[1] M. Ribaux est aussi député au Grand Conseil de Neuchâtel.

FIN

TABLE DES MATIÈRES

DU TOME DEUXIÈME

—

Armée de l'Est

Internement en Suisse

Cartes

FIN DE LA TABLE DU TOME DEUXIÈME ET DERNIER

Imprimerie de DESTENAY, à Saint-Amand (Cher).

En Vente à la même Librairie

OUVRAGES POUR BIBLIOTHÈQUES POPULAIRES
Et pour distributions de Prix.

Extrait de la Bibliothèque de la Jeunesse Française

Nouvelle Série, grand in-4° raisin (petit in-folio)

POUR PRIX D'HONNEUR

Magnifiques volumes de 224 pages richement illustrés. — Prix : brochés, **8 fr.** Cartonnage toile avec fers spéciaux or et noir, tr. dorées, **10** fr.

LE LIVRE D'OR DE LA PATRIE
PAR Louis MAINARD

Préface d'ANATOLE DE LA FORGE, député de la Seine, président de la Ligue des Patriotes

SÉRIE GRAND IN-8° RAISIN

Beaux volumes de 320 pages, illustrés de nombreuses gravures. — Prix : br., 3 fr. 50. Cartonnage toile avec fers spéciaux or et noir, tranches dorées, **5 fr.**

Les Chants Nationaux de la France, poètes et musiciens de la Révolution, par Ch. Lhomme, rédacteur à la Préfecture de la Seine. — Médaille de bronze de la Société pour l'instr. élémentaire. Médaille d'honneur de la Société d'instruction et d'éducation libres. VP.

Les Généraux de la République, par E. Guillon, profes. d'histoire au collège Rollin. — Médaille d'argent de la Société pour l'instruction élémentaire. Médaille d'honneur de la Société d'instruction et d'éducation libres. IP. — VP.

Les Marins de la République et de l'Empire, par P. Lecène, professeur au lycée Charlemagne. Médaille de bronze de la Société pour l'instruction élémentaire. — Médaille d'honneur de la Société pour l'instruction et l'éducation libres. IP. — VP.

Les Guerres de Vendée, par Eug. Bonnemère. — Médaille d'argent de la Société pour l'instruction élémentaire. IP. — VP.

Histoire de la Guerre de Cent Ans, par Albert Meyrac, rédacteur en chef du *Petit Ardennais*, préface de M. Eug. Bonnemère, dessins de Paul Hercouet.

MARC BONNEFOY. — *Histoire du Bon Vieux Temps.*

Ouvrage adopté par la commission des Bibliothèques populaires [Ministère de l'Instruction publique]. Recommandé par une circulaire de M. le Préfet de la Seine pour les Bibliothèques de la Ville de Paris.

Un volume in-8° raisin de 450 pages. Prix : 5 fr.

Pour tous renseignements, catalogues, livres de prix et conditions, s'adresser à M. H.-E. MARTIN, 45, rue des Saints-Pères, à Paris.

Imprimerie de DESTENAY. — Saint-Amand (Cher).